U0460558

本书编委会

总 策 划	陈朝龙　陈炜琳
主　　编	刘兴范　刘明军
总 统 筹	曾　昶　刘　勇　戴　昱
执行主编	张伟明　舒　阳
编　　委	刘明军　王文舵　张伟明　舒　阳
编　　辑	郑格端　周涛平　仪　侗　十　十
校　　对	周涛平

本届终评委

王十月，1972 年生于湖北。现为中国作协全委委员，广东省作协副主席，《作品》杂志副总编辑。获第五届鲁迅文学奖中篇小说奖，人民文学奖，百花文学奖，人民文学未来大 TOP20，《小说选刊》年度中篇小说奖，《中国作家》鄂尔多斯文学奖，广东省第八、第九届鲁迅文艺奖，广东省五个一工程奖，南粤出版奖，老舍散文奖，冰心散文奖，在场主义散文奖等。长篇小说《无碑》被《中国日报》评为 2009 年度十大好书，2000—2009 十年十五部中文佳作，出版有英译单行本。画作参加中国新野性艺术群第一、二、三季展（北京）并但任学术主持。

王十月

张伟明，男，生于广东梅州，一级作家；中国打工文学发起人，曾任中国首家打工文学杂志《大鹏湾》执行主编；第二届广东青年文学院、首届广东文学院签约作家；深圳宝安首届高层次人才、深圳宝安文化名家文学工作室领衔人。

作品散见于《青年文学》《花城》《长城》《作品》《芳草》《特区文学》等。至今已出版《无所适从》《对了，我是打工仔》《虚玄歌》等文学专著 9 部，作品曾多次获文学奖。

张伟明

周航，男，生于1971年，汉族，湖北咸宁人，曾在深圳宝安打工漂泊18年。北京师范大学文学博士，四川大学文学博士后，美国弗吉尼亚大学英语系访问学者。长江师范学院教授，重庆当代作家研究中心主任。系中国当代文学研究会理事、中国文艺评论家协会会员、重庆作协全委委员、重庆文联全委委员。出版专著8部，曾获第十五届中国当代文学研究优秀成果奖、第七届"重庆艺术奖"、乌江文艺奖一等奖等。

周航

郑小琼

郑小琼，女，生于1980年，四川南充人，2001年南下广东打工。作品发表于《人民文学》《诗刊》《独立》《活塞》等。有作品译成德、英、法、日、韩、西班牙语、土耳其语等语种。出版诗集《女工记》《玫瑰庄园》《黄麻岭》《郑小琼诗选》《纯种植物》《人行天桥》等12部。诗歌曾多次获奖，曾参加柏林诗歌节、鹿特丹诗歌节、土耳其亚洲诗歌节、不莱梅诗歌节、新加坡国际移民艺术节等国际诗歌节，其诗歌多次被国外艺术家谱成不同形式的音乐、戏剧，在美国、德国等国家上演。

林坚

林坚，男，1963年生，广东人。著有《别人的城市》《有个地方在城外》等作品，曾获广东省及深圳市多个文学奖。

评委、嘉宾与获奖作者合影

此心安处是吾乡

第三届打工文学获奖作品集

刘兴范
刘明军
主编

国际文化出版公司
·北京·

图书在版编目（CIP）数据

此心安处是吾乡：第三届打工文学获奖作品集／刘
兴范，刘明军主编. — 北京：国际文化出版公司，2020.4
ISBN 978-7-5125-1196-5

Ⅰ. ①此… Ⅱ. ①刘… ②刘… Ⅲ. ①中国文学－当
代文学－作品综合集 Ⅳ. ① I217.1

中国版本图书馆 CIP 数据核字（2020）第 024977 号

此心安处是吾乡——第三届打工文学获奖作品集

主　　编	刘兴范　刘明军	
责任编辑	李　璞	
封面设计	鸿儒文轩	
出版发行	国际文化出版公司	
经　　销	全国新华书店	
印　　刷	三河市华东印刷有限公司	
开　　本	710 毫米 ×1000 毫米　　32 开	
	25 印张　　　　　　　　400 千字	
版　　次	2020 年 4 月第 1 版	
	2020 年 4 月第 1 次印刷	
书　　号	ISBN 978-7-5125-1196-5	
定　　价	78.00 元	

国际文化出版公司
北京朝阳区东土城路乙 9 号　　　　邮编：100013
总编室：（010）64271551　　　　传真：（010）64271578
销售热线：（010）64271187
传真：（010）64271187-800
E-mail：icpc@95777.sina.net
http://www.sinoread.com

目　录

散 文

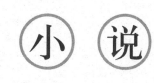

乌 金

陈卫华　男，1967 年生，深圳某生物技术公司总经理，有中短篇小
　　　　说发于《星火》《作品》《特区文学》等刊物，部分小说获
　　　　奖。现居深圳。

一

陈骗子的讲座才听到一半，刘桃花的手机就来了，你这个骗子，打你几次
电话都不接，一天拖一天，蒋宋孔陈，没一个好人。孔方兄忙走到会场外，压低
声说，轻点，你想让全世界都听见吗？

对！刘桃花大吼一声。这下全世界应该是听见了。

柳如烟也跟了出来，她说，孔哥，吃饭去吧，今天我买单。在冶春小馆吃
饭的时候，孔方兄一直没说话，柳如烟鼻子轻哼一声，笑道，有些人就是经受
不住生活的打击，向苦难低头。孔方兄不由笑一下，我就是觉得心烦，感觉跟
她过了二十年，一团乱麻。柳如烟一听，忙夹一筷子乱糟糟的茶树菇到孔方兄
碟里，吃吧，以乱治乱，大乱大治。

两杯酒下肚，孔方兄的心情才好起来。当然，还有柳如烟这个天上掉下来
的柳妹妹，柳美人。

陈骗子这些年是修炼到家了，讲出来的话都是理论，狗屎能说成鲜花，咸

鱼能畅游大海。

柳如烟蹙一下眉，将碟子向前一推，我不吃了。

孔方兄忙说对不起、对不起，吃饭的时候不能说屎，我这人就是粗俗。不，粗野。孔方兄又讨好地夹一块客家豆腐到柳如烟碟里，看着她像电影里洋人吃圣餐一样充满仪式感吃下去，才放心。女人在男人面前就是喜欢撒点小娇嗔、小娇情，与年龄无关哈。

你们上饶蒋宋孔陈，我全认识了，不错，谈笑皆人物，往来不省油。柳如烟明显心情好转。或者，本来心情就一直好着，她一个远离人间烟火的女子，心情坏从何来？

蒋宋是这半年来孔方兄带柳如烟认识的，陈骗子只是下午讲座前才介绍给柳如烟的。陈骗子握着柳如烟的手一直不舍得放，说，老孔，难怪你这半年闹离婚，你把柳妹妹介绍给我你要悔断大肠的。孔方兄先把柳如烟的手用力掰出来，才说，陈骗子，柳如烟是高雅人士，不能开这种玩笑。

孔方兄喝了杯中酒，说，过奖了，在深圳混，都要使出吃奶的力，将自己一点杂技放大化，其实，腹中空得很呢。像陈骗子，看了几本书，考了一张证，就号称全球职业心理咨询师，上中心书城来挥斥方遒了。

这个人挺有意思的，幽默加狗血。

是啊，见了女人迈不动步，还说能坐怀不乱，七过美色关。七过？反正他的话就像东门的衣服，打五折后再打五折，老板仍高兴地唱《步步高》。

说完他们都哈哈大笑。但他们都同意陈骗子的一个观点，深圳是世界教科文组织命名的创意之都，深圳和全国其他城市的区别不是财富、级别、美食、美女，而是创意。深圳要想在全国乃至世界长久混下去，唯有创意、创新之巧。

这点，孔方兄和陈骗子英雄所见略同。来深圳二十年，孔方兄认为自己之所以还没有坐实成功人士商界精英的身份，就是因为从开咨询公司到贸易公司，从开食品厂到电子厂，创新何在，创意皆无。最后，竟连四十岁的糟糠之妻，都罔顾花容失色之躯，要甩了自己，这还不够痛定思痛么？

但现在孔方兄要干一件大事。

大事肯定是激情洋溢的，他压了压，才低调对老婆刘桃花说，我现在要办的公司是创新企业，是有核心技术的。这个公司要办起来就不是 CBD 买房的问题了，而是买多少套多少层了。刘桃花乜他一眼，啧，啧，又大展宏图了，就你那芥菜籽大的智商，只配和柳如烟那种傻硕士谈。我现在只有一件事，趁自己还有一点姿色，尽快嫁给老黄。刘桃花换了一口气，人家老黄，只读了高中，手中有十三套房，八个商铺，三百万本金炒股现在炒成四千万。刘桃花看孔方兄又一脸沮丧陷进沙发里，再次把没说完的话吞回肚子。她那句话句子比较长，也比较打击人——二十年前我辞了中学数学老师的事业编制不顾爹娘打簸箕反对来深圳和你无日无夜装货卸货公司食堂买菜做饭用十块钱的大宝 SOD 蜜却像黄鼠狼过年好一年坏一年想过年怕过年永无出头之年你就是我爹说的命里只有五合米劳劳碌碌不满升我一朵人见人爱的鲜艳桃花红颜薄命算砸你孔白劳手上了。

孔方兄只是叹了一口长气，说了一句短话，刘桃花，你是倒在黎明前。

孔方兄之后果真约了柳如烟，在深大西门的书吧咖啡厅。柳如烟一下班就赶了过来。

孔方兄急切地望着柳如烟，说，如烟，我今天要给你说一件大事。

柳如烟放下咖啡杯，说，孔哥，我听呢。

柳如烟听完半晌才回过神来，她说，孔哥，这是一个宏伟的计划，是一个伟大的创意，它必将载入深商发展史。孔方兄激动地抓紧柳如烟的手，似乎不抓紧她的手，那句话就会像煮熟的鸭子飞了。是真的吗？如烟，你别骗我。柳如烟看这个平时四平八稳的孔哥明显是失态了。也难怪，这么一件宏图伟业，有着点石成金，化腐朽为神奇的创意，换谁谁也把持不住啊。她也激动地说，孔哥，我骗过你吗？柳如烟泪倏地就涌了出来，孔哥，如果说我平时是看好你，今天我是崇拜你了。这真是一个伟大的创意。

孔方兄鼻子一酸泪也涌了出来，就像一个在外受尽委屈的孩子回家，在村口远远望见日夜牵挂他的亲娘。他只恨咖啡厅还有其他的一杯咖啡喝半天蹭位子谈情卖骚的人，否则他真想一把将柳如烟抱起来叫一声娘。他说，好，我想通了，和刘桃花，离。等我公司办成功了，如烟，我第一件事就是向你求婚。

柳如烟还能说什么呢，她的芳心早被这个伟大的创意和想出这个伟大创意的男人融化了，她从心底叫了一声——哥。这声哥，虽然声音不大，孔方兄还是听到了，他瞬间也被融化了。

二

木棉飘絮的时候，刘桃花上街去捡花絮给孔方兄做枕头。这是她以前的广东同事教的，说木棉絮做枕头去湿。而孔方兄身上湿气大。孔方兄一感动，也跟了去。夫妻本是同林鸟，他对刘桃花说，桃花，看在儿子的份上，你还是留下吧。刘桃花怅然道，老孔，你别劝了，我去意已定，我都有抑郁症了，我要用老黄的房子来治我的抑郁症。孔方兄说，桃花，你想过没有，那是老黄的婚前财产，跟你毛关系没有。

一阵风吹来，木棉花絮飘飘扬扬。啊，真美，下雪一样。刘桃花扔下袋子，在花絮中摆了几个翩翩起舞的动作，孔方兄忙拿出手机拍照。刘桃花说，还记得徐志摩的诗吗？说完她手扬向半空，做一个手接雪花的动作，假如我是一朵雪花／翩翩地在半空里潇洒／我一定认清我的方向。孔方兄接道，飞扬／飞扬／飞扬／这地面上有我的方向。后来，刘桃花就让花絮迷了眼睛。孔方兄轻轻地翻开她的眼皮给她吹，又用湿纸巾慢慢擦。刘桃花乘势倒在孔方兄怀里，她说，老孔，我要你背我回家。

孔方兄说，桃花，我那企业是有核心技术的，是一个伟大的创意，我会成功的。刘桃花说，老孔，还记得吗，你追我的时候，一次我们去看梨花，西坑花果山，一山的梨树，一山的白雪，层峦叠嶂，蜂飞蝶舞。初春的清风，嫩绿的树叶，空气中湿漉漉的莺飞草长。你第一次背我，人来了也不舍得放下。孔方兄笑说，后来我们还偷偷在树林里接吻，你的口水真多，那天我都不知道吃了你多少口水。刘桃花将头靠在孔方兄肩上幸福地闭上眼。孔方兄一米八五的个子，这些年又肥胖了，整个肩背一堵墙一样厚实。还说呢，后面两天舌头都痛，你还讽我脆弱，一点都不心疼人。刘桃花一下娇嗔起来。孔方兄周身一激灵，他微微侧头，道，走，现在就回家。

到布尾村，刘桃花手机铃声大作，她对孔方兄说，是老黄。原来，老黄的妈不行了，想见未来的儿媳一面。

孔方兄只是面无表情地说，去吧，死者为大。想了想，补充道，欲死者为大。

回到布尾村某栋的 401 房，孔方兄看着这套住了十年的房子，心中不免一阵苦涩。刚搬进来时，儿子六岁，现在十六岁，在红岭中学读高一。早些年，也不是没钱买房，孔方兄说，事业是男人之盐，房子过几年再说吧。那时房价才四千，钱都是花在公司里，公司从十几个人壮大到四十多人，有学市场营销的、工商管理的、食品科学的，货也是一车一车向天虹岁宝沃尔玛送，有代理的维维豆奶、海天黄豆酱、中华牙膏、宝通和茶杯。后来开电子厂更压资金，加设备一起投了五百多万。生产出来的热敏电阻，上游企业有些半年才返款。这时，房价已涨至一万五，刘桃花急了，要从厂里财务室截款。孔方兄大喝一声，你敢，厂里的钱都是用在刀刃上，现在工资都推后一个月才发，你想要我的命？刘桃花说那房子呢？不安居何以乐业？而且房价一天比一天涨。国家呢？老孔，你不是说国家会调控吗？房价会降回一万吗？孔方兄说，国家不是在调控嘛，你要相信政府。刘桃花嗤笑一声，老孔，你是说那些国八条国六条，我去！那是扬汤止沸，地方经济七成都靠房地产支撑，房价还有不涨的理由？这次是刘桃花和孔方兄两年来闹得最凶的一次，刘桃花的声音越来越大，孔方兄的底气越来越弱，因为刘桃花后来甩出一个笔记本，上面是家附近几个楼盘房价上涨明细。像万科金色家园，2000 年开盘时，他们去看过的八十九平方米的三房，2004 年年底是七十万，2005 年年底是九十五万，2006 年年底是一百四十万，2007 年年底涨到了一百八十七万。刘桃花说，还有擎天华庭，那套一百四十平方米的，前年一百五十八万，你不肯买，骂人家天价，是吃人不吐骨头，说房价不跌你不姓孔。现在呢，2008 年才刚过一个月，三百万！三百万呢！刘桃花说，她的心在滴血，按她的计划，贸易公司是不会转给别人的，一年抽五十万资金买房，擎天华庭买套大户型自己住，金色家园买一套大户型出租，以后装修一下给儿子，景城府买两套小户型给双方的父母过冬，现在老人不都蜂拥到南方来过冬嘛。尤其是她父母，田里讨生活把她养到大学毕业，镇上买年货炒碗剩饭吃上街，连一块钱的米粉都不舍得尝一下，不该来深圳享几天女儿女婿清福吗？你父母也是，说起来有一份体面工作，洗锅水只要见有几星油花都要放葱当汤喝，省省揩揩养大你们，来深圳玩了十天就要回去怕花我们的钱。你老孔满口仁义道德，自诩和孔老二家里同一个堂名，你不为老婆的贱爹娘想也该为你自己的生身父母想一下，子欲养亲不待，百善孝为先，子孝父心宽……孔方兄的心也在滴血，那些数字，就像匕首，一下一下扎在他心上。尽管表面泰然自若，内心还是有点撑不住了。去年厂里一共只有八十万纯利，竟不够一套房上涨，这哪有天理？实业是可以创造世界改变未来的，房价暴涨能创造什么？只能创造泡沫，毁了中国经济啊。老乡宋有才一直动员他卖了贸易公司后跟他炒房，他鄙夷地跟陈骗子说，二贩子的崽子天生就是炒家，血液里流淌的都是罪恶。宋有才现在手上常年有四套房炒着，2007年，宋有才就将他的老二贩子爹娘接到黄埔雅苑常住，是这一大堆老乡中最早实现子孝父心宽的。孔方兄想给党中央写信，可党中央出的政策还不够吗？次次打七寸，问题是地方政府阳奉阴违或者干脆置若罔闻为虎作伥。太可恶了。孔方兄砸了一个茶杯。当然，他是挑有裂纹的那个茶杯砸的。那次，刘桃花最后弘扬中华烈女的传统流弊，要死在他脚下。直到孔方兄搬出老泰山，让那个一辈子拳打泰山婆的暴躁男人来电话才呵止住她。

门铃响了，是陈骗子来访，这个不务正业的陈骗子竟然都敢教训他几次了。他的底气是有房一族，堂堂宝安桃园居某栋某房正宗业主。他说，老孔，你就是一个猪脑筋，你看一下我们这一波前后脚来的老乡，二十年了还住农村的只有你一个孤家寡人。从泥岗到蔡屋围到岗厦到布尾，又是几坊又是几巷几排几号，死难记。不是你住在这里，我这种有身份的人是不会进来的。看看，我这衣服上的水是刚刚拜楼上晒衣服的女人所赐，要是衬衣上的水还好，怕就怕是短裤上的水。陈骗子扫了一眼卧室，怎么，嫂夫人不在？孔方兄拿一块抹布帮陈骗子擦水，说，闻着气味就是短裤上的水，骚。说完他们都哈哈大笑。

客人来访，孔方兄只得强打精神。他说，刘桃花再过一两月就不是你的嫂夫人了。她刚刚去老黄那儿，不是我拖，我骗，去年年底他们就要领证，现在估计在忙着做孕检呢。

陈骗子说，老孔，我肯定是同情你的，今天吃饭就由我买单。但是，如果我是刘桃花一样会跟你离，你不想想你连一个安身立命之所都不给她，她能不跑吗？杜甫还有一栋自己的茅屋，秋风一过，加两层茅，照样过冬不是。

那天晚上是在福图雅乐庭吃饭，孔方兄喝醉了。他说，醉了好，醉了可以不想房价，不想刘桃花，不想菜价。他又点了个海鲜一品锅，一个苦竹笋，叫了一瓶长城红钻石五星。本来还视金钱如粪土的陈骗子一下慌了神，老孔，醉酒伤肝，海鲜吃多了痛风，你这是恨不得我破产吗？小姐拿了酒来，陈骗子说不开，小姐说已经开了，陈骗子的脸又一下涨得通红。孔方兄说不行我买单，我房子没有，吃饭的碎银还是有的。陈骗子一听更气，老孔你这是狗咬吕洞宾，我是为你好，我再叫两瓶都是敢的。最后陈骗子也醉了，因为后来叫的酒菜八成都进了他肚子，这样也少吃点眼前亏。至于边吃边听孔方兄宏伟计划的来意，都在酣醉中一截遗欧，一截赠美，一截还了东国。

三

早上起来还有点醉，孔方兄泡了一壶婺源绿茶。这绿茶还是老黄去年送他的。不知怎的，孔方兄对老黄并不恨。恨什么呢？老黄是多金，但人家又没欺朋友妻，明明是刘桃花粘上去要用人家的房子治抑郁症。开始，孔方兄还觉得老黄被利用，只是后来想老黄也四十好几了，除了有钱就是一个大肚腩，老婆离了两年了能找好的他早找了。刘桃花才貌不差，又会把持家政，他老黄几乎是白捡也算不上吃亏。还有一条，刘桃花忠，她绝不会卷了老黄的家产，去拉美粟米小国隐身。

倒是老黄，从跟刘桃花有关系后再没敢来见孔方兄，几次朋友饭局，一见有孔方兄，他扭头就遁。不见也好，省得两人尴尬。老黄是多年前朋友介绍认识的，那时孔方兄的贸易公司刚开张，老黄是另一个贸易公司的副总，他给孔方兄提了好多建议，还介绍了几个厂家给他认识，谈下海天黄豆酱系列产品代理，老黄也从中斡旋不少。总之，这个本地佬很热情，心无芥蒂，适合做朋友。后来有一年，吃饭时老黄总是唉声叹气，原来是他老婆要跟他离。老黄在宝安沙井乡下长大，从小脏惯了，生活不检点，老黄老婆是广州市里的，喜干净爱时尚，走路还要晒大长腿，结婚以来两人一直像平行线。孔方兄去老黄家吃饭时见过他老婆傅菲，他们倒很谈得来，从生意到政治到宏观经济。有几次孔方兄吃完饭傅菲会先倒一杯茶给他，让其他客人高呼吃醋。傅菲也不管这些，在阳台上拿一条凳子坐他身边接着聊，有时还会用她那充满嗲气的声音哈哈大笑。孔方兄说英国佬最早喝中国茶是煮一大锅水，把水倒掉，放点盐吃里面的叶子。她大笑。孔方兄说小时正月间，故意做一个厚厚的假红包扔路上，结果是下班回来的老爹捡到，老爹一进家就躲进房间去了。她更是大笑。后来桌上的陈骗子拿腔捏调说，傅菲，你要注意老孔，老孔是红颜杀手喔。时移世易，现在倒是自己的老婆跟了老黄。孔方兄又倒了一杯茶。今天是星期五，在红岭中学住校的儿子晚上要回来，刘桃花去超市买菜了。她照例会买儿子喜欢吃的花甲、莲藕，还会买筒骨煲汤，给儿子补钙。也许是要离家了，这几月她对儿子特别关心，有时星期二三也会送一盒菜去校门口等他。刘桃花说已和儿子达成谅解备忘录，毕竟儿子长大了，能理性看待这事。

　　刘桃花和老黄走得近应该是从 2012 年中秋那次新疆之旅开始的。四大家族夫妇和老黄夫妇都去了。刘桃花问老黄炒房成功靠的是什么秘诀？老黄说没什么秘诀，是乱撞进去的。老黄谈得多的倒是炒股。他说 1997 年他家在村里有两栋房子准备拆旧建新，因为跟邻居有地皮争执，就把三百万让香港的伯买了 B 股，没想到 2001 年 B 股突然开放猛烈暴发了一回，他也从此跟股票结了缘。至于房产，主要是村里旧改按面积补偿的，店面是他这些年股票里的钱慢慢买的。做投资不能把鸡蛋放在一个篮子里啦。老黄说完看着刘桃花，像学生交完作业。刘桃花笑了，看我成查账的了。刘桃花发现老黄很实在，心里没一点要隐瞒的，尤其是命好，轻轻松松就有大把花不完的钱。而他们这些北佬，不远万里来到深圳要从礼品业务员、吃方便面做起，还有更多人混不下去，这些年都陆续含恨而别了。那天晚上在宾馆，刘桃花笑着让宋有才给老黄算个命。宋有才说，还用现在算，我早给他看过了，命带偏财，而且，四柱中带官星。刘桃花问，此话怎讲？宋有才说，偏财格讲究日主兴隆，财星生旺，才能运向财旺之地。如果偏财被刑、冲、破、害，遭到比、劫分夺，或财星太衰，或日主太弱，或财多生煞，都属破祖劳碌的命局。刘桃花说宋有才，宫商角徵我听不懂，你就一句话，老黄的财靠得住吗？宋有才故意吸了两口烟，闭闭眼，好像祖魂附体，又好像经历了一场命理深处运筹帷幄决胜千里的大革命，才说，绝对可靠。刘桃花啊一声，松下一口气。老黄有时也讲笑话，但都是拾人唾余。在石河子的晚上，老黄说，一次他去深图，位满，他见一个学生崽伏在桌上睡觉，口水四溢，就说你爸在门口找你，学生崽说不去，又说你妈在门口找你，学生崽说不去，再说，一个美丽的女同学在门口找你，学生崽连忙收拾书本走了。当时大家都没听见一样，只有刘桃花一个人笑得不可收拾，还说老黄是智多星吴用。陈骗子悄声对孔方兄说,还敢讲笑话给傅菲听不,现世报来了。刘桃花自杀事件之后,她和老黄的关系骤然升温。刘桃花在日记中写道,两颗苦难的心,渐渐靠近,抱团过冬。那时傅菲正和老黄龃龉,男人就是这样,家长里短的事,再好的同性朋友都不愿说,宁可捂在心里烂,但有一个红颜知己就不同了。所以,刘桃花这一时期成了老黄的出口,心里的垃圾都倒给了她,像个委屈的小弟弟。恰恰,刘桃花是母爱泛滥的人,她的希冀是生五胎,只恨深圳养孩子开销大,仅四十天一期的早教右脑开发就要一万五,又没别墅,否则,一地的花花朵朵。

第六杯茶下肚,孔方兄出门了。他现在很少和刘桃花单独待在家中,他不愿听她那些善后的话。

孔方兄到了车公庙安徽大厦,宋有才在这里有一个餐饮公司,下面有四家江右情食府,做江西菜。更确切地说是做江西上饶菜。要说江西菜在全国根本排不上队,但江西菜和湖南湖北菜是近亲。明初江西填湖广,两湖五成的人口来自江西,其中包括饶州府,即现在的上饶。所以,风俗饮食都大同小异。深圳两湖人多,江西人也不少,但一直以来缺江西食府。宋有才早年在广告公司做策划,和市场缝隙点,产品的水平差异化和垂直差异化打交道,广东人不是喜欢煲汤吗,后来他给一个江西人开的餐饮公司策划了瓦罐煨汤的营销方案,江西泰和的乌骨鸡,广东的药膳汤料,在瓦罐中邂逅,于是,有了一场舌尖上的赣粤风云际会。结果,广东人来了,江西人、两湖人来了,广西人江浙人也来了,江西瓦罐煨汤在二十世纪九十年代的华强北片区开一家火一家,深圳才有了江西菜的概念。及至后来,宋有才自己搞江右情,两年连开四家,都选的旺地,他在深圳赣系餐饮中的开山地位已是撼山易撼宋难。人就是这样,有一样独特的成就,走哪都有你的位置。宋有才早年也是各处混脸熟,后来,自有人虚位以待,连省府来深港招商,日理万机的副省长也说要见宋有才,吃一吃江右情的三杯鸡。渐渐的,宋有才说话慢了,走路也不急了,同乡会非要让他做副会长了。再后来宋有才又用广告公司的这一套理论炒房,竟然屡试不爽。他说,亏得离开老家那相互倾轧的小银行,是深圳改变了他的命运,是广告公司拔高了他的智商。

宋有才对孔方兄的创意大为赞赏,他拍着老板桌说,老孔,你祖坟冒青烟了，这公司要办不好，我头砍下来给你当摇凳坐。只管说，你需要我做什么，要钱出钱，要力出力，你老孔是什么人，我也该报恩了。

宋有才1993年来深圳是孔方兄举牌接的站，又在孔方兄公司宿舍打地铺。宋有才家里负担重，只带了五百块钱来深圳，还是缝在短裤上。钱用完了，工作还没找到，又是孔方兄劝他留下，每晚多买一包方便面让他有福同享。那时，正是孔方兄最艰难的时候，在礼品公司跑业务，月薪三百。当时深圳业务界公认有三大难，一礼品二广告三保险。孔方兄是来深圳打天下的，自是要换筋骨，所以选了难上难的礼品公司应聘。到第三个月，孔方兄仍没接下一单业务，每月只靠三百块钱吊命。所以，晚上只有一包方便面的预算，中午两包，中午不吃饱是没力气扫写字楼的。

孔方兄说我什么都不要，我只要你给我打一卦。宋有才哈哈大笑，老孔啊老孔，你也有今天，以前你总骂我是算命瞎子的孙子，装神弄鬼，今天算你高看我了。宋有才祖上有算命打卦的手艺，"文革"中一家被批得像坨屎。宋有才上江西银行学校时，业余买书偷偷看，可能真有祖宗荫庇一说，竟一目十行，倒背如流。所以，宋有才说他在有中国人的地方不会饿死。

宋有才拿出三个康熙通宝，让孔方兄放在掌心，额首，合十，手心意一念，观想识不二，五蕴皆空六根清净，由此，开卦。孔方兄扑哧一声笑了，难怪人称宋玄子，你这是要叫我打卦还是出家当和尚？宋玄子也笑了，这你不懂，心诚则灵嘛。于是孔方兄边笑边开卦。

竟是十五卦，谦卦，谦虚之意。

好！宋玄子高喊一声，并说拿酒来。一会儿女秘倒来两杯醩酒，里面还飘着几颗鲜红的枸杞。这是宋玄子老婆周小燕专为他私人定制的老家米酒，健体不伤身。从十年前宋玄子就不喝白酒红酒啤酒了，到哪个饭局都是自己带一矿泉水瓶米酒，最要好的朋友分你一杯，像孔乙己爱护茴香豆。

宋玄子喝完酒又叫孔方兄用小银勺吃干净酒糟。孔方兄忍不住叫嚷，老家喂猪的东西，难道你老婆也放了什么祖传，叫天物不成？宋玄子不屑和他计较，老孔，你知道不，我们小时常见一个老妈妈担米酒在街上卖，你知道她是谁吗？宋玄子不等孔方兄回答，抢着说，周小燕外婆。为什么你妈我妈他妈做了一辈子米酒，仍不能十拿九稳？冬天做得好夏天又不行呢？答曰，不懂诀窍。做酒是看师傅的，和做茶一样，和手艺有关，和地域无关，你把师傅带走了，山还是那座山水还是那江水，做出来的就不是原来的酒和茶了。孔方兄说，茅台不是说离不开赤水么，他们的师傅去外地就做不出茅台。宋玄子笑道，那是品牌保护策略，心计。他将杯中最后一粒酒糟吃进嘴里，才无罪一身轻坐下来。

十一点了，孔方兄看了看表，宋玄子，还是解卦吧。宋玄子不慌不忙把三个康熙通宝用红布包好，放进一个老柚木匣子，再放进身后壁橱的某个抽屉，巴拉锁好。不是已给你解完了吗？宋玄子见孔方兄一脸懵逼，接着道，我爷爷对我爹说，我爹又对我说，卦是死的，人是活的。丰子恺说，人要能沉进水底，更要学会浮出水面。对打卦算命，我前五年终于开悟，我只问你，老孔，我们今天聊得开心吗？孔方兄说开心。宋玄子说，开心就好，开心卦就解完了。不是吗？你既知谦卦之意，又何求象曰象曰，过多的枝蔓都是藩篱，都是作茧自缚不宜动土，尤其你这种不懂卦象的人。唉——孔方兄笑叹一声，他还能说什么，人家五年前就开悟了，他只是说，老乡都说你和周小燕是一对活宝，然钦。

午饭是在车公庙江右情吃，灯盏粿，韭菜炒子皮丝，冬笋炆土鸡，发肉，八宝菜，全是上饶风味。孔方兄见用餐的人并不多，表示疑惑。宋玄子难得叹一声，租金年年涨，分量年年降，还会有多好的生意？过完年准备四家一起低价转掉。实业误国，地产兴邦。怕打击孔方兄，宋玄子又说，实业就拜托你老孔了，你那厂，一定红火。

菜上齐了，孔方兄不禁摇头，一碟一碟都袖珍了。孔方兄说，李逵若来了肯定要乱拳打死你这个抠老板。宋玄子沉默了一会儿道，鲁迅说，无穷的远方，无数的人们，都和我相关。老孔，我其实也是房价的受害者，一条食物链中，谁也不要想独善其身，我只不过是利大于损而已。

四

端午节前，孔方兄将新项目向不下十个朋友谈过，没有一个说不绝的。办厂，孔方兄有经验。他把自己关在房间里做了一个三万字的整体策划案，发了一份给柳如烟。第二天，微信里收到三个大拇指。

事情在向前积极发展，孔方兄压在心上的石头慢慢放了下来。当初的激动已过，现在更多的是稳中求胜，就像那个谦卦，含蓄，内敛，克制。他联系了原来厂里的几个高管，刘亚洲、杨扬、马蔷薇、方紫都愿意回来跟他。这都是用熟了的老部下，有实力负责任，把他们请回来，孔方兄一下就轻松多了。

工厂选址现在有两个，一是坪山田心村，一是龙华岭排围。因为是环保型企业，当地村委都十分欢迎，深圳市、区也都有各种详细的优惠政策。这都让孔方兄十分欣喜——深圳确实是创业打拼的土壤。

刘桃花的心情也阳光明媚，因为孔方兄终于答应过了端午就和她去办离婚。其次，老家修高速，原来说要经过他们村的，现在改线了。刘桃花家前年刚建好全新的三层小别墅，赔偿十分不划算。尤其，院子里枣树、桂花树、梅花树、桃树几十年了，有灵气，拆迁就把风水毁了。刘桃花家四棵树，四个季节，四个漂亮女儿。她爹说这是天公公安排，虽然命无男丁，一样知足。他给四个女儿分别取名刘枣花、刘桂花、刘梅花、刘桃花。四个女儿还有一样特别——聪明，全是师院毕业，中学教书。现在在外地的只有刘桃花一人。

今天是端午节，孔方兄办完事早早向家赶。宋玄子还是够义气，说孔方兄现在办新厂，打交道的人多，把他的宾利换了孔方兄的老奥迪。孔方兄推辞几次就要了。他想起1993年的时候吃方便面，冲一大碗水咕咚咕咚将肚子吃得鼓胀胀的。有一次孔方兄晕车，还有半碗汤不吃了，宋玄子拿过去又喝了个精光，还说下面全是大块的鸡肉冬菇，营养全让他占了。

推开家门，刘桃花已做好一桌菜，还开了一瓶红酒，更特别的是大厅里点的是蜡烛。最后的晚餐？孔方兄说。刘桃花嘴巴一撇，看你说的，以后我还是孩子他妈，只要这个屋里没新女主人，我还是会来坐的。

晚上，刘桃花睡下，孔方兄撩开挡在她脸上的长发，看着眼前这个二十一岁就跟他，相濡以沫二十多年的女人，鼻子泛起一阵酸楚。他拿过刘桃花的左手在她手腕上轻吻一下，那里有一条疤痕，是她2010年自杀时留下的。这条疤，昭示着他们的婚姻走到了尽头。

缘起，天涯咫尺，缘灭，咫尺天涯。

2008年9月，金融风暴全面爆发，房价应声跌落。每次，刘桃花都欣喜地告诉孔方兄，哪个花园又跌了，哪个户型又降了。刘桃花本来也是在孔方兄厂里做的，但孔方兄为了给管理团队更好的信任空间，让刘桃花回家做了全职太太。厂里刚进了一台十五万美金的真空玻封烧结炉，有了它，生产工艺一下赶上去一大截。做小厂和做小公司一个样，永远没有话语权，永远在投钱，永远想走快点。好几次，孔方兄都没理刘桃花，她又不是不知道厂里的资金状况。刘桃花说，老孔，我的话说到墙壁上去了？孔方兄说，慌什么，才跌三十万，你想买一把泡沫？而这时刘桃花的个人信息早流到售楼处和中介去了，整天都是电话催她快出手，有一个关外的楼盘说已跌到2006年中的价位。房子是买涨不买跌的，几个月来中介生意全无，那些小男生、小女生一个个急得脸上长痘、嘴角生疮，把手上的潜在客户电话都打烂了。狭路相逢勇者胜，一个营业点十多二十平方米，十多二十个业务经理，每月总会有一两个做成单的。他们男经理攻女客户，女经理攻男客户，最后总会有一两个男女客户被男女经理搞定。刘桃花，美艳丰腴，看到好房子眼睛发绿，自是不断有男经理要请她吃饭、喝茶。还有一个说是中大毕业生，百分百童男，要请她桑拿。刘桃花问，你都几月没有业务了哪来的钱？他说借的。刘桃花说，孩子，省省吧，我现在是攻不下我老公。

拖到2009年6月，刘桃花也拉孔方兄去看了几个楼盘，孔方兄还是说再等等，泡沫还多，厂里马上要进稀土，要压资金。但是，四万亿开始发威了。2009年7月，深圳的楼盘一夜间止跌反弹，又一天一个价猛涨了，而且这次是报复性猛涨。这下是客户打中介的电话，楼盘开始捂盘，卖家开始惜售。刘桃花崩溃了，她对孔方兄说，老孔，你赶快从横岗给我滚回来，我真要死在你脚下了。

这次金融风暴，给孔方兄的打击是，房子没有挤掉泡沫，工厂却在倒厂潮中倒下了。

后来，2009年年底的国四条，2010年4月号称史上最严的国十条都没有困住房价这条猛兽，它像嗜血的野狼，咆哮着在中国大地上兴奋地狂奔，从北京到三亚，从上海到深圳。

刘桃花选择了一个台风天自杀。那是一个周末的夜晚，刘桃花在卫生间一直没出来。孔方兄这段时间都在防备她。工厂倒了，也没什么地方好去，他就一直守着刘桃花。他以为她只是情绪低落说说。孔方兄摸一下床上没人，一个激灵爬起来冲进卫生间。刘桃花倒在地上，手划了一刀，血在不断地流。刘桃花已有点昏迷了，孔方兄忙把她抱到沙发上，扯一块布包扎，一边打120。还好，刀口不大，血慢慢止住了。后来刘桃花说，她死不了，她还有儿子，她只是轻轻拉了一道小口，估计流十几分钟血就会止住。她真要死她何不割动脉，别忘了她妈做了村里十多年的赤脚医生。刘桃花说，她只是压抑，这房价太万恶了，它绑架了多少无房一族！所以她要以死向它做一次抗争，但不会真为它送命。不值！

刘桃花向房地产以死抗争，就像在大海中投了一枚绣花针，对于房地产，对在房地产盛宴中狂欢的人引不来哪怕一眨眼的罪恶感。但对孔方兄却是惊天地泣鬼神的。惊天地是第二天台风莫拉菲正式登陆深圳，顿时狂风暴雨，墙倾楫摧，半个深圳的高压线路都跳闸了。狂风还将六楼住户的花盆卷下来，重重砸烂了他停在楼下的奥迪。这样大的台风，孔方兄只记得2003年的杜鹃。雨水从窗台缝隙吹进来，一会儿地板上就是一片汪洋，孔方兄整晚上都在手忙脚乱拿拖把拖水。邹衍冤殁六月雪，窦娥冤死旱三年。孔方兄望一眼躺在床上苍白羸弱的刘桃花，不禁一阵寒战。

泣鬼神是几天后泰山公婆知道了，杀向深圳，说孔方兄的父母不教我们来教也是顺理的。那个当初就打簸箕反对的泰山说孔方兄是五毒俱全的强奸犯——吃喝嫖赌抽，吃香的喝辣的抽烟打麻将，嫖是指孔方兄当初将他还没过门的女儿肚子搞大了。泰山婆一辈子被男人欺负，这次被裹挟而来，只有骂得比老倌更狠一条路。她骂孔方兄是扁毛畜生，说不定是他下毒迷昏桃花后割的手。她说，阿十多年在乡里五湖四海行医，么世面都见过，法医做了几多起，你要是谋害桃花，阿瞄一眼就知道。只可惜她在女儿身上硬是没瞄到一点凶杀线索。骂了两天，见不争气的女儿并不配合，说一声儿孙自有儿孙福，在孔方兄的相邀下，游完锦绣中华、世界之窗、欢乐谷、动物园、东部华侨城、航母世界、弘法寺后，两人含笑回了上饶。

是儿子告的密。儿子为什么要这样做呢？这个逆子！孔方兄气不打一处来。听刘桃花说，儿子对他是不满的，一个班，他是少有的几个非深户，家里又住农村，所以他从不把同学向家里领。更不满的是老父去年扼杀他的初恋于摇篮，砸烂了他的手机。唉，孔方兄摇摇头，世上辛苦数爹娘，养大一只白眼狼。

五

中秋节后，四大家族之一蒋干从老家回来，给孔方兄带了一堆蒋氏农场的土货。四大家族在江右情聚了一次，蒋干就开始和孔方兄商讨建厂的事。

孔方兄是准备邀蒋干一起办厂。要说早十年，孔方兄马云牛云都敢做，现在毕竟离五十不远了，加上项目又大，就想找一个知根知底的老乡合伙，心理上有一个依靠。没错，是依靠。在刘桃花要散伙后，这大半年内心特别飘零。柳如烟虽然也给他不少力量，但她一个做科研的女子，实业皮毛都不懂。

蒋干性子慢，却是一个做实事的。四大家族中，陈骗子舌灿莲花，主要靠一张嘴，现在忙着在各企业讲课，用他自己的话说务务虚，骗口饭吃。宋玄子喜欢挣巧钱做无本生意，所以他是二贩子的儿算命瞎子的孙，江右情生意一清淡不是想办法破局而是一转了。蒋干打了三年工后一直做实业，唯一的毛病是贪大，他现在手上有三个公司，其中一个是若干年前从孔方兄手上转去的贸易公司。现在又在老家武夷山做蒋氏农场，种菜种果、养鸡养鱼，没事还上山割野蜂蜜采灵芝石斛，被熊追了两回都不言放弃。

孔方兄合作的唯一条件是他必须转掉所有公司，一心一意搬砖。

蒋干考虑了一个月，有一天凌晨四点来电话说，老孔，定了！！！以后你敢要我，我就割了你的老鸡，让柳如烟守活寡去。

让蒋干转掉所有的公司，赤条条来搬的砖，会是一般的砖么？

前年冬季，孔方兄在叔父家散心，英国拜伯里小镇。有一天，堂弟、洋弟媳包括侄子女一家和镇上的八十多人，包了两部大巴去伦敦唐宁街十号请愿，抗议英国向中国倾销垃圾。洋弟媳说，英国人的天性中包含贪婪、自私、杀戮，把中国最好的东西抢夺来摆在大英博物馆，把自己最污染的垃圾一船船运往中国，这是犯罪，是反人类。说完还砸了一个茶杯。孔方兄才发现砸茶杯并非中国人的国粹。第二天孔方兄随堂弟一家也去了伦敦。这次是去英国下院，到西敏宫外一看，原来还有英国各地来的五十多辆车，是 CC 环保组织主办的。孔方兄也看到了一些中国人面孔，手里举着牌子，NO，每年八十万吨塑料垃圾！NO，中国不是垃圾站！一小时后，又一个环保组织来了几个大巴，抗议 CC，说英国每年根本处理不了八十万吨塑料垃圾，不向中国运是杀害英国人。

这次拜伯里之行，孔方兄的关键词是，环保。

回国后一月，好友南卫东找孔方兄去帮忙，做临时管理。他公司接了地健集团一个外包单，罗湖二线插花地棚改项目建筑垃圾处理。由于今年罗湖区对建筑垃圾有减量化、资源化、无害化、综合利用产业化的要求，地健集团招标书注明，建筑废弃物就地处理升级达到百分之六十五。老孔，一千栋房，一百六十万吨建筑垃圾，五个承包商，想想都心潮澎湃啊。这些建筑垃圾，现在在南卫东眼里就像美女美食让他饱眼又饱肚。他现在吃住都在工地，也不让孔方兄回家。明天，德国进口的克磊镘移动破碎机和筛分机就到盐田港了。一星期后，公司日处理能力将提升到四千吨。他现在有成堆的问题要处理，还要出去和各方面的人洗桑拿松骨，他有孔方兄，就像刘备有了孔明，不啻打下半壁江山。

在工地帮了南工头半年，孔方兄的关键词还是，环保。

孔方兄决定办一个这样的厂。

孔方兄对蒋干说，南工头就地消化，就地生产，争分夺秒，这种和心脏你死我活的事我们不做。南工头只是消化建筑垃圾做成砖，而我们不但做砖，还塑造人。

孔方兄选了江右情一个包间给蒋干详谈建厂策划。他夹了一个灯盏粿送到嘴里，厂址之所以选坪山区田心村甘角落余泥渣土受纳场，是为了和他们配套，享受政府用地和税收优惠，还因为远离市区喧嚣。我是指心灵上的。我们的厂不叫厂，叫孔府心智修炼馆有限公司。我们的工人不是民工，都是细皮嫩肉的城里人。我们的工人分为五个组。第一组，初级佛学人士，他们需要找一个地方苦修，不打妄想，不迷惑颠倒，一心清净，放下看破。好吧，白天搬砖，工禅并举，晚上跟师父学佛，信、解、行、证、破迷开悟。一期一年，收费二万八千元。第二组，老板人士，膘肥体胖，亚健康亚长寿，他们需要找一个地方养生，脱脂安眠祛躁。白天出汗晒太阳，吃青菜啃粗粮，晚上做针灸理疗按摩，早起早睡，不忘初心。一期半年，收费三万元。第三组，戒网瘾人士，这主要是青年，尤其是当地佬的孩子，一排排房子种好后每月收租几十上百万（当地人把做房子叫种房子，以前种田，现在没田种了，改种房子了），玩物丧志。这一组刚开始会有抵触情绪，慢慢找到劳动的成就感，特别是体质逐渐提高，吃饭香了，睡觉甜了，会乐不思蜀心怀感恩。一期一年，收费三万元。第四组，城市受挫者，包括失恋失业，上当受骗，空想愤世人士。白天有劳动量后刺激内啡肽分泌，排解抑郁焦虑，晚上听心理咨询师上课，重塑阳光人生。一期半年，收费零元。第五组，自闭宅女，白天阳光下搬砖，运动流汗，回归自然，改变原来心慌气短、月经不调、脸黄长痘、食欲不振、失眠多梦的林黛玉状，晚上听陈骗子讲心灵鸡汤，一期一年，收费二万八千元。

听到这里蒋干哈哈大笑，老孔，孔公公，你这不是王老板的沙头角雏鹰生态农场吗？骗一帮学生去种菜拔草，吃一顿没肉少油的饭，收费三百八，还美其名曰社会实践生存体验。孔方兄用筷子敲了一下蒋干的碗，能比吗？他王老板成天贿赂教育局和校长，我谁都不贿赂，我甚至可以拿出百分之五十的纯利做慈善公益，像基督徒做十一捐一样。我不但从事了环保事业，又顺手治了一把城市现代病，王老板和我哪样有可比性？蒋干，蒋司令你说。

孔方兄看着墙上的一张丰收田园图，就像厂在其中，没再理会蒋司令。他说，在坪山甘角落，一个远离红尘喧嚣的城市边缘，我，人称孔公公，蒋干，人称蒋司令，正在用实业诠释深商创新、拓展的新锐商帮精神——成立孔府心智修炼馆有限公司，一期投资两千万，拥有国产全自动化流水线设备两条，半自动化设备一条，年处理二百万吨建筑垃圾，生产再生骨料八十万吨，石粉七十万吨，仅所生产透水砖，每年节省黏土二十五万立方米，节省耕地一百一十亩，大量减少二氧化碳、二氧化硫等有害气体排放。透水砖，用再生骨料加水泥一次压制成型，是建筑和海绵城市的环保建材。轻质砖，以石粉为原料，广泛用于内隔墙，重量轻、强度高、施工快捷绿色环保。孔方兄接过蒋司令递过的茶轻喝一口，他并没有口焦舌燥体力不济几欲叫停的意思，并且添加了朗诵韵味，在宽阔的厂区，五个工作组二百多工人在有序忙碌，一个巨大的储物罐立在骨料分选车间与制砖车间中间，铲车轰鸣着将建筑垃圾送入分选车间破碎机，大量的建筑垃圾被粉碎后经过无尘化处理，通过输送带输送到筛分机上进行筛选，并将杂质分离。在全自动化电脑控制下，输送机的末端分别流出建筑骨料和石粉，将骨料经过配比掺加水泥，送入制砖原料仓中，经过一道道工序，最后一块块灰黑的透水砖被整齐地摆放在货场中，等待出厂。孔府公司二期投资三千万，增加四条全自动化三条半自动化生产线，增加工人四百名，年产值达三亿元。

蒋司令不禁再次纵声大笑，孔公公，以后还可以在石碧、水径、黎光、塘朗山、新坑、年丰受纳场设分厂，在建筑垃圾围城的广州、东莞、佛山、惠州以及杭州、南京、武汉、长沙设分公司。孔公公，这已经不是透水砖了，这是乌金啊！

蒋司令先醉了，这些年做实业半死不活确实没有一家有孔府这样有宏伟前程的，他嘴里一直叨念着，乌金，乌金……

六

办厂是需要钱的，不是早年多如牛毛的家政公司、广告公司、咨询公司，两张办公桌一台电话，空手套白狼。办厂是实业，首先要地皮厂房，然后是设备。孔府公司孔方兄和蒋司令一人各出一千万，蒋司令刚卖了公司，手上不愁钱。孔方兄倒厂后卖废品手上有四百万。那时他已和房价扛上了，就是不做接盘侠。刘桃花也死心了，四百万于她也就是一沓纸。不是要办厂吗，刘桃花把这些年炒股的本金和收益一百万全给了老孔，自己净身出户。老黄要以前朋友的身份借孔方兄六百万，免息。孔方兄还是让刘桃花传话，钱不用，朋友在。刘桃花说，死撑什么，你不外乎两条路：一、让蒋司令多出五百万，你付息；二、打柳如烟房子的主意。我劝你那柳如烟老处女，房子是她的命，你别把她拖进去，万一厂里有什么三灾两难，坑了人家。

不愧是一张床睡了二十年的女人，他心里的想法，她一清二楚。宋玄子第一次见刘桃花，就说老孔你把一个人精都给娶回来了。孔方兄说，是呀，桃树精。刘桃花心里有货，这是孔方兄最佩服的，就比如她心里的话，她想说的，天王老子挡不住，她不想说的可以烂在肚里几十年。孔方兄做贸易公司时，为了进大卖场，常请商超的老总吃饭松骨，也是逼出来的，像赣南板鸭，就一个单品厂里一年给一百万的任务，不进商超，哪个渠道能走那么大的量？开始，孔方兄在外面干坐，看手机，心里想这些龟孙子拿他的钱在里面该干什么了，呸一口。后来，老总们一拉，老孔，难道你真是公公？就进去了。这事刘桃花应该是清楚的，但她从来不问。有时在电视里看到类似的情节，孔方兄尴尬，偷瞄刘桃花一眼，她脸上没有任何表情，不嗔不喜，不怨不哀。

孔方兄对蒋司令说，一期投资我会想办法，二期投资不够，再让你多出吧。

想什么办法呢？他想到了柳如烟，想到了柳如烟说她有办法。

在深圳，要用大钱，自然会想到房子。柳如烟2011年在蔚蓝海岸按揭了一套八十九平方米的二手房，嫁不到好男人，就嫁给房子吧。总价三百万的房子，经过2013年的一轮暴涨成了七百万。柳如烟想自己和父母凑的一百万，一年多竟净赚四百万，吓了一跳。这就是中国的妖房，让人欢笑让人歌，也让无数平静的生活爆雷，无数恩爱的夫妻分手，它以粗戾的霸道逻辑，颠覆了几千年中国人一分耕耘一分收获的至信常理。

柳如烟联系了号称中信银行信贷员的武多多，她打算以房作押，做抵押贷。武多多骚扰她两年了，听说柳如烟想贷款立马像苍蝇闻到血腥，姐，我这就过来和你当面谈。武多多果然是一张血盆大口，手指甲也是大红，像《西游记》中刚吃完人的女妖。她说，姐，如果你款还没还清，先还清贷款，我也可以帮你找中介赎楼。如果你红本在手，我争取帮你做到七成贷六百万。你知道我们一般都是按房价六成贷的。柳如烟接了一句，你们银行有熟人。这是武多多电话里常说的。是的。武多多笑了一下，姐你运气真好，这两月利息还是六点二，年底中央要紧缩银根，情况就不好说了。一会儿武多多的手机又响了，她又是接起只说一句话，不好意思，我正跟一个客户谈抵押贷，你排在后天。对，后天，明天我还有一个客户先排了。放下手机，武多多显得很疲惫，只等柳如烟问起。柳如烟却是问，你公司和中信银行有关系吗？你是怎么知道我手机的？武多多只是不悦地笑了一下，并不回答柳如烟。

晚上，柳如烟和孔方兄在红树林海边公园碰头，孔方兄内心只有感激，他把手轻轻揽上柳如烟肩头，这是他第一次和柳如烟相拥，海风将她的头发撩在他脸上，也将她身上淡淡的香水味送来，有点像老家七月的九节兰香，又像山上的野刺梨香。孔方兄用力吸了几口。柳如烟并没有拒绝，她在享受这种相拥，发于自然，真情真性，一如他们的相识。

他们是在莲花山相识的。

那天是五月湿热的回南天。下午，柳如烟从蜜蜂研究所请了半天假，这种天气户外走动一下是最好的逃离。她先在红树湾海边吹风，一个人在栈道踱着。从福建农林大学蜂学院研究生毕业来深圳六年了，她仍是单身。柳如烟慢慢习惯了自己的生存状态。白天有做不完的工作，有时还要去南昆山蜜蜂育种基地，一去几个月甚至半年。晚上，她喜欢看书听音乐，写点文字，再朗读下来，有空时慢慢听，完全是过自己惬意的小资生活。恋爱呢谈过，在学校时和来深圳的头两年，都无疾而终。总觉得有点像游戏，无法真实起来。而柳如烟要的是真实有触感的爱。后来同事帮她去征过婚，竟没几个是良民。要么是大老板找二奶，要么是寂寞男人寻刺激，更要么是小男人求包养。几个良民也让人不顺眼，不是自己缺男人气，就是还怀疑柳如烟老大不小嫁不出去是性冷淡。处过一年的同事李林倒不错，但自从按揭买房后，也成了个戴壳行走的男人，锐气全无。一年又一年，柳如烟只得把寻缘变为守缘。这个城市的男人病了。什么病呢？或许叫城市病吧。那自己的嫁不出去就全当对这些男人的嘲讽了。不知从哪天起，柳如烟嘴角多了一丝讥笑，这更让她和这个世界有了距离。研究所的大姐频繁说她，如烟，你要不食人间烟火了，有什么好讥笑的，做女人就是这样的，差不多就嫁了。说完，将裤上的拉链用力向上拉，只无奈肚腩收起又涨大。现在，柳如烟在下沙一间餐馆吃晚饭，老板是个秃顶男人，在收银台一边玩网游，一边呵斥他老婆传菜收盘，还不忘用眼睛扫柳如烟的胸。柳如烟嘴角的讥笑又出来了。

吃过饭，柳如烟转地铁九号线在景田下车，她准备登莲花山。她选了一首蜜蜂爱听的古筝《静心曲》边走边慢慢欣赏。从进蜂学院到现在十多年了，她一直和蜜蜂打交道，她觉得自己越来越愿做一只蜜蜂，快乐、单纯、有序、享受阳光。她试验的中华蜂群，听到她喜欢的二胡，更温顺，转移蜂场也不怒不躁，听到她喜欢的古筝，更欢乐，八字舞跳得更翻跹。老饲养员说，蜂随人性。柳如烟却想，在这滚滚红尘中，她更愿意人随蜂性。

所以登莲花山，她选择了偏僻的步道，在若隐若现的灯光中，远离车马喧器。在一个岔路口，柳如烟正在找路标，迎面就遇上了夜跑的孔方兄。他说步道晚上很少人走，尤其你一个女人。柳如烟心中一热。走了几十米，孔方兄又追上来说，我送送你，送到大路口。果然，几公里长的步道只遇上两三个人。到大路，孔方兄说了声再见就回头了。是柳如烟问他的手机。问一个陌生男人的手机，她还是第一次，她想应该有这样的礼节吧。她没想到，生命和这个男人就此结下了不解之缘。

孔方兄打算先帮柳如烟付清银行按揭，再用她的红本做抵押贷。柳如烟笑道，孔哥，你就不怕我不认账，二百万啊，真金白银。孔方兄也笑，你就不怕我放长线钓大鱼？金钱就是这样怪异，可以让朋友反目，也可以让朋友卒相与欢，为刎颈之交。孔方兄和柳如烟明显是后者。走到一个灯火幽暗处，孔方兄揽紧了柳如烟，情不自禁吻着她的脖颈。而泪，也止不住滴落。这半年是他最伤感之时，刘桃花走了，心空了，却有一个柳如烟可以用全部的财力来支撑他，如梦如幻，如梦如幻。

第二天，孔方兄柳如烟约武多多一起见面。武多多说可以按目前市面上最高价八百八十万评估，但要给人家一点茶水费。又说，不多不多，五千。我这边就不用了，我们是统一阵线。孔方兄见武多多嘴唇要滴出血来，而自己现在不明不白被她归为同类。他做了个苦笑的表情。武多多见了放下咖啡杯，孔大哥，不多的，你自己去找，没八千搞不定。武多多的杯口都是红唇印，她换了一边，今天干脆把话挑明，做七成贷也是要茶水费的，规定只能做六成。柳如烟一听忙说，民生那边都做七成，我朋友贷过，也没听说要这费那费。武多多脸霎时拉下来，那是哪一年，你再拖过了年连六点二都没了。孔方兄以前贷过款，别说这些代理公司，就是银行本身信贷部一样公开收钱，像做流水，看抵押物，没钱一样鸡蛋里挑出恐龙骨头。孔方兄一时有点心烦，他厉声问，多少，一口价。六万。武多多想也没想就回答了。

中午，孔方兄回到布尾村401，也没心思做饭，就把早上剩下的湾仔码头包子吃了。刘桃花走了几个月了，家越来越简单，饭做得简单，卫生搞得简单，连梦都做得局促。儿子现在一星期只回来一次，说周六要补课。这个没心没肺的儿子，甚至还有几次去他妈那边过周末，说吃老爸做的菜像吃药，没烟火味。

七

陈骗子在微信语音里说有要事相谈，但不会来布尾村了，上次被女人的短裤滴水，最近还在霉运中。孔方兄说，骗子，一年听不到你几句真话，既然是要事，语音里一阵清一阵浊谈得拢？陈骗子也不理会孔方兄，说近日又有一悟，假如一个性感火辣的绝世美女诱惑我，我自认为修了白骨观就够了？不够的，绝对不够的。陈骗子估计在摇那颗资源开发过度的头。我终于开悟，我把美女当成美会落入轮回痛苦，当成丑，仍是概念，非终极。只有空性，才是真觉悟。既然是空性，就应该没什么好坏、留弃，一切皆平等。这样，单修也好，双修也罢，才有果证，哈哈。陈骗子自得其乐。孔方兄也不由笑出声，原来准备骗人双修了，陈骗子，你死后，有一样东西不能火化，要留着做科研。陈骗子答，据你说是舌头。

陈骗子又道，老孔，四大家族都说陈孔走得近，但你又是最不了解我的。比如我老陈骗子最近做梦都想着你的砖。陈骗子说他昨天拜访了宋玄子，还买了单。当然成果是丰硕的，只三句话就搞定了他一套房。小宋这人嘛，是不错，只是见善不勇。我对他说，当初没有老孔的方便面哪有你的今天，现在老孔要钱，连柳如烟一个弱女子都不惜以房作押，你小宋一把的房就不可以出手一套解老孔之急。最后宋玄子被我说得满脸羞愧，丢了平日的花花架子。哈哈。信号有点弱，孔方兄走到阳台大声道，宋玄子也不是无意，是我回绝过他。陈骗子也大声道，老孔，别说这么多了，开公司是有风险的，你再有核心技术也罢，你用宋玄子的钱不比用柳如烟的踏实些？一套房，是宋玄子的五分之一是柳如烟的全部，你想想。孔方兄还想说什么，陈骗子急了，我只跟你说这些，我忙得很，我还要去双修。说完，陈骗子真的就挂了。

武多多还是一天来几个电话催，打完柳如烟的打孔方兄的，并且费用也可商量了。柳如烟听了孔方兄说宋玄子准备卖房的事，坚定地说，她还是跟武多多签约吧。她说，哥，相信我。这次她把前面的孔字去掉了。孔方兄听得心上一震。他也坚定地说，如烟，哥已定了，大恩不言谢！说完他鼻子又是一酸。

六百万不是一个小数目，但对房子还真不大。前有上市公司出手北京两套房救市的传奇，现在，宋玄子拿最偏的坪山万科金域缇香一套四房出手，就回笼了七百万。宋玄子挑周末四大家族都有空的日子，在江右情向孔方兄交款。这天，他一下拿了四瓶米酒来，老的，三碗不过岗。他说，今晚他只有一句话，老孔，我宋玄子毛都不是，但你若负了柳如烟，你扁毛畜生都不如！

　　饭后四个人都有点醉，都叫了代驾。孔方兄的车刚停进布尾村口，陈骗子的车也赶到了。他说他还有事和孔方兄相谈，若太晚就睡在孔府。孔方兄一听故意拉长声，有什么话饭桌上不好相谈，非要来我家相谈，我又不同你双修。陈骗子兀自在前面走，进了屋，先让孔方兄泡茶，又让孔方兄捏把毛巾，他要擦嘴，最后才神秘兮兮对孔方兄说，老孔，知道我上午看到谁？陈骗子是个急性子，他问人的话从来等不及别人回答，我看到前嫂夫人刘桃花了，说出来气死你，我带老婆去医院检查妇科，见刘桃花和老黄在产科，老黄说她三个月了。孔方兄听完刚准备掰手指算，想下罢了，他说有什么气，人家的老婆，生个孩子也正常。孔方兄递给陈骗子一个苹果，陈骗子见是没削皮的，努努嘴叫他放茶几上，说，老孔，一个人的生活真是窝囊，苹果皮也不削了，现在的苹果不是以前的苹果，很多都打了蜡。陈骗子的醉意越来越浓了。老家米酒就是这样，初喝，柔绵清淡，几碗下去，都要把水泥地当沙发。陈骗子也不管蜡了，拿起苹果啃起来。老孔，怎么能不气，自己好好的老婆跟了别人，还被搞大了肚子，士可杀不可辱也。孔方兄叹出一口气，一会儿，他说，骗子，你听过县长的故事吗？孔方兄也明显心急，不等陈骗子回答，接着说，县长贵为一县之长，薪俸丰厚，前呼后拥，是一县之翘楚。县长的老婆自是以夫为贵，众星捧月。但是他们过了二十年，不平静了，县长夫人死活要跟城南的一个木匠，闹了几年，县长焦头烂额，只得放手。后来，县长问一道人，道人取出一面铜镜，镜中竟是他们的前生——天寒雨湿，行人稀少，老婆前世暴毙路边，自己赴省城乡试，见其衣不遮体，脱下长褂为其遮盖，然后匆匆赶路。木匠是个农民，荷锄下田，见状呆立一阵，将女人扛上山葬了。看毕，道人问县长，是你跟她缘深还是木匠跟她缘浅？县长一时噤声。

　　夜已深，农民村最不肯消停的各种噪音也显露疲态，像四线城市靠地产透支多年的 GDP。陈骗子故事听到一半鼾声已起，孔方兄骂了一声猪坯，把他向沙发一边挤，自己也沉沉躺下。

第二天五点，孔方兄就醒了，他发现自己睡在床上，应该是下半夜冷了爬上床的吧？陈骗子还在沙发上打鼾，人已龟缩成一团。孔方兄笑着拍醒他，你要冷死在孔府，是党和国家的重大损失。陈骗子说好今天和他一起去甘角落看一下的，四个人就他还没去过了。

　　资金到位了，事就好做。孔府公司是租村里的厂房改造，孔方兄给装修公司调高了两个百分点的进度奖，第二天乙方就增加了三十个工人。郑州的设备供应商在收到预付金全款后，也答应一个月内准时发货，调试人员同时进场。营业执照还有七个工作日也会办好，这是孔方兄没想到的。记得办第一个公司时，天天跑红桂路工商局，今天这个不行，明天那个不对，窗口又不肯多说一句。门口的中介说，你办不好的，从这个门进去的，没几个是办好出来的。另一个中介说都那么容易办，他们哪来的水蜜？你以为他们就靠那点硬工资。中介看了孔方兄的资料，办公场地是架空层，原则上办不了。孔方兄说我隔壁几家都在办公司。中介捋了一下脸上的雨水，刚下了一阵太阳雨，一大伙中介都躲在屋檐下。中介说，我们雨淋日晒天天守在这里也就挣点跑腿费，大头是他们拿，中介指了指门里，国家鼓励搞活经济，架空层经工商部门批准也可暂时作为办公场地，水蜜费一万。这个是公价，我们只收工商税务办证费三千五百。办了半个月还是一团乱麻，孔方兄看看坚如磐石的工商局大楼和制服笔挺的工商干部，将中介费砍到三千二，一咬牙，定了。

　　人员招聘也进展顺利，这曾是孔方兄最担心的，毕竟，乍一听像荒诞现实主义。一星期前，孔方兄蒋司令和电子厂原来的几个高管都统一在朋友圈发了招人信息，陆续就有人报名。老板组报了十八个，佛学组报了二十三个，宅女组七个都是马蔷薇方紫的朋友，只有网瘾组报了一个，还是父亲强迫儿子报的。孔方兄有四个老板朋友报了名，有一个参加过深圳皇家养生会的说，什么皇家养生会，狗屎，每天就是在粤北山区吃素食做按摩听所谓的中南海退休中医讲他的辉煌人生，半年收十五万，太狠了。还有一个学佛的朋友大呼，无边红尘啊，竟无我一间清修之地，孔兄，阿弥陀佛，随喜功德。孔方兄听完心中一震。孔方兄这两年也在兼修佛学。

　　才下午三点，孔方兄就坐不住了，他把手上的事丢给蒋司令，一个人开车回布尾村。一路上他都很焦虑，回到家喝了两杯茶，仍是坐立不安。他想他是被佛友那句随喜功德震伤了。

晚上孔方兄吃了一桶方便面就倒在床上。他不断念叨，人家给我搬砖，我不付人家工钱也罢了，一年还收人家两万八，我何功德之有？我纯粹是利用商业运作概念投机。现代社会确有很多新颖的营销手法，以时尚创新为标榜，让人在眼花缭乱的市场中不及细思，逐渐化为合理，身陷其中。孔方兄不觉一身冷汗，自己这种忽悠运作一旦被大家效仿，对社会公序良俗将有多大的戕害啊。

到下半夜，孔方兄还在床上辗转反侧，脑中是过电影一样这几十年炙手可热的各种营销、各种概念，杂糅横陈，良莠不齐：传销，直销，返利果园，天价唐京，拥有一片美国土地，售楼花，借壳上市，买一送一买一套西装送一双袜子，中奖交税，会议营销，老人亲情牌，卖猪仔，优惠套餐多余金额月底清零，高息投资，0元购，资本运作，低价团，半夜摇号，加价打折，校园贷……孔方兄不能再想了，他掀开毯子，从床上一跃而起，巨大的冲力压得床板吱呀呻吟，这让他似乎有了性的冲动。他快速拨通蒋司令的手机，用激情难抑的声音说，蒋司令，公司得更名，叫孔府环保砖有限公司，人员招聘不能收费了，并且要按劳动能力发工资，不够再招劳力强的工人。或者，以劳力强的工人为主。你想下，我们一年消化了多少建筑垃圾，一块又一块灰黑的环保砖像乌金一样，从我们厂里销出去，顺手我们又治理了城市现代病，我们是多么功德无量啊。蒋司令，你怎么不做声？沉默表示无异议，那就这样定了，项目是我的，我有主导权。我们不能用概念投机，不能有违公序良俗不是？虽然我们会捐款做慈善公益，但那和先行骗再修桥，先贪污再助学有什么区别？蒋司令，你怎么嗯也不嗯一声？一会儿手机里才传来蒋司令崩溃的声音，老孔，你是不是要吃药了？

孔方兄一直到凌晨四点才安静睡去，他并没有跟人吵架，蒋司令说完那句话就关机了。是孔方兄自己一直从这间房走到那间房，兴奋得不行。他觉得他做出了人生最有意义的一件大事，杀伐决断，一念之间，他就升华了。蒋司令一贯是优柔寡断的人，这种事由不得他做主，他大不了撤资。别忘了我还有柳如烟一套房，以我年轻时冬泳的身体，咬咬牙，一样能扛得下来。

八

蒋司令罢工了，一连十天都没有来公司，孔方兄也没理他。柳如烟又联系了武多多，她对孔方兄的改弦更张并没有很大的惊讶，她只说删了概念，利润是少了，但现在深圳旧城改造，城市更新对环保砖的需求大得很，一块砖利润几分几厘摆在那，这就是乌金。她又在讲蜜蜂的故事——蜜蜂是全勤奉献型动物，从出生到死没有一刻停止劳作。一只工蜂在夏季寿命只有四十天，头十天，叫幼年蜂，承担饲喂幼虫、扇风、清理巢房、调制粉蜜的工作；中十天，叫青年蜂，主要是吐蜡筑巢，蜜蜂的巢是六角形，是最节省空间的；后二十天，工蜂就开始一生中最繁重的采集花蜜、花粉、树脂的重任，直至无声无息离开这个来去匆匆的世界。一克蜂蜜，蜜蜂要采集三千朵花，飞行四百五十公里，一公斤蜂蜜，蜜蜂要采集三百万朵花，飞行四百五十万公里，等于绕地球赤道十一周。蜜蜂采集花粉，是对人类贡献最大的地方，世界上一千三百多种农作物，有一千多种要靠蜜蜂授粉，蜜蜂授粉可以让油菜增产 35%、棉花增产 40%、大豆增产 90%、油茶增产 500%、梨增产 900%。听过农村人爬梯子为梨树人工授粉摔死吗？那就是没有蜜蜂。爱因斯坦说，如果蜜蜂彻底从地球上消失，人类最多只能再活四年。

孔方兄一直默默听着，他最后说，如烟，我知道了，等我忙完手上的事，我一定跟你去南昆山养俩月蜂。

到第十天，蒋司令的老婆来电话，她对孔方兄说，老蒋想是想通了，就是面子上过不去，你公司派个人来接下他吧。孔方兄一阵哈哈大笑，人才难得啊，我派公司最养眼的马蔷薇去接他。说好第二天上午，等蒋司令打开门，来的却是马蔷薇孔方兄两个。孔方兄又是一阵哈哈大笑。蒋司令还是有点意外，老孔从来不是那种心细的人。人是走了，蒋司令也不忘放话，孔公公，你是知道的，我是屠夫老倌的儿子，我八岁捉猪脚下手，十岁递杀猪刀，你再要出尔反尔，我戳你一刀。说完，用手指向老孔胸口一戳。孔方兄顺势做一阵肥猪的干嚎——嗷——嗷。

刘桃花却出事了。

那天，刚送走环保局来看现场的一拨人，儿子哭着来电话，爸，老妈住院了，康宁医院。怎么是康宁医院呢？孔方兄头有点懵。他开车向翠竹路赶。他打了老黄的手机，老黄说正在办住院手续，来了面谈。冲了两个红灯，孔方兄心急火燎赶到康宁医院，老黄坐在门诊铁椅上，一脸憔悴，儿子哭丧着脸站在一边。老黄睁着布满血丝的眼，唉了一声，说都闹一个星期了，医生初步诊断是精神分裂，立即住院。看看，老黄展示手上的抓痕，不是叫了你儿子，我一个人根本弄不来她。孔方兄一听，人也虚下去，精神分裂，不治之症，精神上的癌症啊。

老黄说，发病那天她正看《南方都市报》，一条消息是，中国千家上市公司参与炒房金额达两万亿。刘桃花骂了一句他娘的。第二条消息是，上面正拆毁三栋三十层高的大楼，说要建一个多少万平方米的大型综合体。刘桃花更气，猛一拍茶几，大骂这伙畜生，有钱任性，二十多年的楼就要炸掉，我们老孔连住都没得住。过了一会我刚下楼去公司，她冲下来拦住我说，崩盘啦崩盘啦，快买楼。我说那不是崩盘，是拆楼。她就开始哭，说明明是崩盘，说我骗人，说她和老孔盼这一天盼了十多年。就这样好一阵闹一阵，今天非要叫我借钱给老孔，说安得广厦千万间，大庇天下寒士尽欢颜，否则，她就从楼上跳下去死给我看。最后，阳台上的玻璃砖都被她踢裂了。孔方兄听到这里，觉得周身一阵寒战，他有点语无伦次地对儿子说，去，快给我买一包烟。孔方兄戒烟有十几年了。

孔方兄见了住院部的主任医师。医师说，根据诊断和仪器检查，精神分裂症是无疑了，幻视幻听，大脑错乱，喜怒无常，吃药吧。这几年的新药副作用越来越小，就是贵点。另一个医生说，控制得好跟正常人也没多大区别，但精神分裂症，目前整个世界都只能缓解，无法治愈，家属要有心理准备。

公司在紧锣密鼓前行，厂房改造已完工，设备再有三天就能到，郑州的调试人员已在火车上。孔方兄坐在厂区杧果树下点燃一根烟，又上瘾了。他昨天分别找老黄和蒋司令谈了一次，他需要重新规划人生。

刘桃花在住院的第三天流产了。医生说本来也建议引产，大剂量的精神类药物吃下去，对胎儿损伤十分严重。老黄哭了一天，他跟傅菲一直没有生育。孔方兄的意思是，三个月或半年住院期满，他把刘桃花接回家护理。医生也说，精神分裂症家属护理是一个长期科学的过程，不能让她再受刺激，而我，是最懂她的。孔方兄看了老黄一眼，刘桃花为我而病，我不能扔给你一个病人，你们离婚吧。你年纪还轻，再找一个不难，听说傅菲一直想复婚。老弟，老鞋养脚。老黄一开始反应很激烈，老孔你当我是什么人了，我这样对刘桃花见危而弃会被世人唾骂一辈子的。刘桃花是个好人，虽然我们只过了半年，但我俩发过誓，无论这个世界如何风云变幻，我们都不离不弃牵手一生。后来孔方兄急了，老黄关键是你不懂她，探视的时候不是吗，你给她说那些安心养病，不要牵挂家里，她眼皮都不搭理一下。我给她谈金色家园擎天华庭谈套内面积哪个房间给儿子哪个地方摆花盆，她一下就安静了。心病要用心来治，解铃还须系铃人，懂不？

孔方兄对蒋司令说，我要请假，也许以后都不来了，公司你办，过几年公司资金充足了，把宋玄子那笔钱拨出来还了，我那点资金按比例给我分红就行。我不能不管刘桃花，我这辈子欠她最多，我要让她过得像正常人的生活，病也病得有尊严。孔方兄边说边涌出了眼泪，一会儿竟像个孩子一样哭出了声。这半月，孔方兄一下沧桑了。

蒋司令只是拍了拍孔方兄的肩。

柳如烟也跟孔方兄去探视过刘桃花两次。孔方兄说，这是柳如烟。刘桃花略显吃惊，说你也来看我，一看你就是聪明人，知道早早买房。然后就一直和柳如烟谈她那套房，一脸的幸福，好像那是她刘桃花的房子。护士说刘桃花今天情绪一直烦躁，不肯吃药，不肯吃饭，又在说中介讥笑她穷酸，说她只恨自己手上没刀，不然一定杀两个以告天下。柳如烟问孔方兄，真有这事吗？孔方兄说，和中介吵是有的，有时一套房多看了几次，没有成交，素质低的中间难免会奚落几句，但其他的都子虚乌有。像她说我给老板下跪求打折，女中介陪我睡了两次，我都不签单，整个幻视幻听。孔方兄说完，刘桃花那边又在拉着护士哭，专家说市中心要涨到二十万一平方米，这不是要我和老孔的命吗，天理何在啊！

出来的时候，柳如烟说感觉治疗还没见什么效果呢。孔方兄点了一根烟，长抽几口，无奈道，医生说她十多年前思想就有问题了，我也感觉她这些年常常喜怒无常，可是我们中国老百姓有几个会注意精神卫生。现在，病去如抽丝，刘桃花算是毁了。

晚饭，孔方兄和柳如烟都觉得没胃口，就在康宁医院对面随便吃了一碗沙县水饺，然后孔方兄送柳如烟回南山家里。孔方兄又点了一根烟，边开车边将烟灰弹向窗外。车到深圳湾，柳如烟侧过头说，孔哥，我有两句话，第一，把烟戒了，烟并不能麻醉什么，你都快上瘾了；第二，刘桃花的病我们一起扛。我想过了，你对老黄的决定没错，问题是你一个人担不起这副担子。医生不是说出院后要避免刺激，最好是换一个环境吗？你又把她接回布尾村行吗？她最恨的就是农民村了，那一片楼盘也是她最受刺激的地方。孔哥，于事有补吗？按照你的小九九，你向我道个分手歉，你救了一个人，又弃了一个人，你高尚了？孔方兄说，如烟，我不能连累你，这可是你一辈子天大的事。柳如烟有点哽咽，她拿过一张纸巾擦了擦鼻子，孔哥，我认识你就是因为你的善良，现在我不能因为你的善良，就躲开。我决定了，就像报上说的那样，你带着前妻做上门女婿吧。柳如烟为这个说法笑了一下，刘桃花不是喜欢我的房吗？她住一个房，我们一个房，你儿子回来挤小书房，就这样吧，孔哥。

夜色如水，路边的紫荆、小叶榕魅影婆娑，城市星星点点的灯火像没有穷尽的银链，连绵不绝。十一月了，一群海鸥仍在岸边的红树林间飞舞，从这棵树飞到那棵树，也有一两只在孔方兄的车灯前一掠而过，留下一声啾啁。深圳是没有夜的城市，鸟儿也忘了归巢。孔方兄放慢车速，他吸一口咸腥的海风，让自己的大脑松弛下来。柳如烟提议，车停到前面公园，去海边走一下。

柳如烟的父母，明天要从南京来深圳，这个让他们操碎了心的女儿先是嫁不出去，现在欲嫁，却是个二婚，大了十七岁，还带着一个读高中的儿子，一单接一单都挑战他们衰老的心灵。当然，更要命的事，柳如烟让孔方兄带着前妻做上门女婿，还没说呢。

朗月如洗，十一月了，孔方兄还只穿一件单衣。他说，在他老家这个时节，早起草地上都是一片白霜，远远望去，也是白茫茫的一片大地好干净。柳如烟说，南京也是，我出生的时候，门口的柳树一树白挂，我爸触景生情，给我取名柳如霜。我妈说太现实，不如叫柳如烟虚幻一点。唉，两个语文老师，知乎者也斗了一辈子嘴。孔方兄笑完说，不相信吧，我居然抢过狗屎呢。那年有十一二岁了，家里的猪卖了，菜地没了肥料，老娘叫爸早上去捡狗屎，爸脖子一梗说那我还怎么有脸去上班，于是鼓动我去。十一月，早上城外的草地上都是霜，有些狗屎还冒着热气。那时捡狗屎的都是一些没事的老倌，他们都有固定的线路。我正在石板渡捡，忽然一个手攥狗屎耙的老倌赶过来说，别捡，我的狗屎。我一听气了，这条狗我跟一路了，怎么是你的狗屎呢？我说，我的狗屎。老倌还是说我的狗屎，末了，他还指着我的畚箕，说，这都是我的狗屎。看争是争不过他了，我灵机一动，说，你怎么会拉狗屎？

柳如烟开心地笑着，银铃般。孔方兄说，你真年轻啊，声音还是小姑娘一样。说着他把柳如烟拥过来，寻到她的舌吮进嘴里。有点窒息，柳如烟发出断续的喘息。

回到蔚蓝海岸，孔方兄见时间不早了，准备回布尾村。一拉门，反锁了。柳如烟从背后双手抚上孔方兄肩胛，头贴在他背脊，陪我。声音很轻，很柔，像柳絮拂过池塘，又像初雪落入苇丛。以前，好几次，孔方兄都想留下，但又想多给柳如烟一点时间审视，甚至还想让她反悔也好，太不般配了，自己就当认一个妹吧。一辈子有这样一个善解人意的妹也是福莫大焉。刘桃花病后，孔方兄想自己和柳如烟的事基本到头了，他不能为了自己把口口声声我们老孔还没买房的刘桃花扔给不懂她的老黄，在私心和大义面前，他一个素以大男人自居又姓着孔子的孔的老孔，肯定是选择大义的。就是负了柳如烟。没承想，这样一个弱女子，一犟起来也是九头牛拉不回，不但要去探视刘桃花，还要把刘桃花接回来。妹啊妹，你真是傻到火星了。

孔方兄把柳如烟抱起来说，你真傻。

九

2016 年的第 N 次寒潮到深圳后，深圳才真正有了寒意。梧桐山的枫叶火红灿烂，银杏满树金黄，它们在北风一遍遍粗糙的蹂躏后，留下一地颜色和游子的乡愁。街上的行人竖起衣领，女人穿上羊毛短裙，聒噪一年的华强北、东门、深南中开始慢慢安静，尽管心有不甘，他们还是践行着老祖宗博大精深的中医理论——冬宜敛阳护阴，匿藏精气。

孔方兄换上一件夹克，他最厚的冬衣。今年真是邪了，中午，冷雨慢慢变小，沙沙的竟下起了小雪粒。孔方兄看了一下朋友圈，全是欢呼，铺天盖地的视频和照片。有人说上一次深圳下雪还是五十多年前。但也就十几分钟，小雪粒又变成了冷雨。孔方兄哈了一下手，刚骑车下来，是有点冻。他把共享单车锁好，又顺手将一辆横在路中的单车推到楼道边。

孔方兄不知自己这是多少次当共享单车管理员了。才短短一年，整个深圳全是乱停、倒伏、残废的共享单车。新闻上说，几个大城市都有共享单车坟场，十万二十万辆，铲车将它们堆成尸山，而五成都是只骑了一两次的新车。现在，下游企业，像自行车厂，为自行车厂提供配件的工厂，为自行车配件厂提供配件的工厂拿不到货款，工人发不出工资，工人的儿子没钱上学，老婆没钱交药费，老娘没钱打麻将，上访的，堵路的，跳楼的……孔方兄对蒋司令说，有钱太任性了。像有一次，他对在地铁口摆单车的摩拜管理员报告，布尾村的角角落落至少有二百辆共享单车，也有你们摩拜的，新的。管理员头都没抬，我们就几个人管这一大片，地铁口公交站都忙不过来，不要了，新的也不要了。蒋司令说，他们现在是抢市场占有率，拿押金放贷，拿市场融资，是资本运作赚钱，几辆甚至几十万辆单车都不值钱。孔方兄说，唉，野蛮生长，看不懂，唉，唉。他推开窗，是绿意盎然的荔桂林和草木葳蕤的远山。这一片山林有亿万斯年了吧，冬来暑往，世态炎凉。而最不扛事的还是人，貌似拥有整个世界，也就短短的百十年，便被这个世界一掠而过。孔方兄说，他们就是破坏公序良俗的一小撮嘛，共享共享，貌似城市公共财产，又是他们的企业私产，老百姓开始还怜惜，扶起来的，推拢来的，摇头的，叹息的，知道实情后，没人心疼了，一街的车，倒的，坏的，视而不见，习以为常。马蔷薇接话道，最惋惜的是全民爱护公物，爱护财物的公德心被他们有意无意洗劫了一次，以后政府怕十年都难宣传回来了。

十二月初，更名的孔府环保砖有限公司开业了，孔方兄没有去参加开业庆典。他更坚定自己当初的杀伐决断没有错，他现在对那种玩资本、玩概念、玩营销的套路很厌倦。他除了一星期去探望刘桃花两次，就是关起门来看社会学。有两句话他在心里咀嚼了又咀嚼，一句是：不能让经济行为任意随市场波动，不能让它放任自流，而导致社会公平与公正的破坏以及经济环境的破坏。还有一句是：在这样一个剧烈变革的时期，不仅历史上长期积累起来的深层次社会经济问题会凸显出来，而且还会出现一些新的社会经济问题和不确定因素，其与原有的社会经济问题相互交织在一起，使得社会系统性的风险加大，或者说使得社会的脆弱性加剧，隐含潜在的经济发展风险。

孔方兄觉得，山林归于自然存亡，人归于四季更迭，经济总得归于社会秩序吧，且谓敬畏自然，敬畏苍生吧。

陈骗子还是东走西窜，寒潮天也不肯歇息。

大热的东西必大死。陈骗子说，他的讲座现在一场少一场，价钱也像女人三婚四嫁，由不得自己做主。去和朋友一起挖矿吧，现在比特币又高得离谱。至于那些炙手可热的公募私募基金、PE、P2P、小额贷，他嗤一声，理都不愿理它。在家里闭关一个月，也许是受孔方兄蒋司令影响，他决定从此迈向实业，把宋玄子的江右情承包下来。陈骗子做了一番市场调查，认为江右情和湘菜鄂菜都属同质化竞争，还不如把米粿突出起来，赣菜为辅。米粿虽以江西为个性，长江中下游华南人全吃，都能接受，且尚未有一家挖掘米粿市场的。一个灯盏粿，要上等粳米，清明时节的小种艾叶，要不大不小的火候，将米浆在大锅里搅拌变糊成团，再在砧板山捺，最后做成一个一个灯盏碟形的粿坯。馅就更复杂，包罗了江南的山珍海味，香菇、萝卜丝、墨鱼、春笋、黄豆芽、辣椒，半小时后大火蒸熟，再撒上香葱，一个江西人的烟火人生就有了。宋玄子就是因为嫌太费工时，不愿推广，多年只把她当姜子，有熟客才让她露个脸。陈骗子给江右情更名为米粿江南，向各路朋友诚征广告语。

装修改造做好后，陈骗子请大家吃饭。因为还没有一条让人眼前一亮的广告语，陈骗子眉头一直解不开。柳如烟行前说，她想好了一条。陈骗子立马眼笑成一条缝，亲自下楼迎接，将她请上首座。宋玄子说，先喝酒，好东西要藏得住，酒过三巡再公布不迟。大家都说对，让陈骗子给柳如烟斟酒。

柳如烟写广告语还中过一次标。那是她刚到深圳的第二年，一家蜂产品公司一字万金十万元征广告语。柳如烟蜂学系出身，和蜜蜂打了几多年交道，她就一条一条在纸上写，总结蜜蜂的个性，罗列蜜蜂产品的卖点，最后定稿：口中甜，心不苦。一个月后，报上登出，中标作者——柳如烟。

柳如烟最后说，米粿江南的广告语是：一粿知江南。

先是沉默，接着是热烈的掌声。孔方兄说，这广告语也值十万块了，陈骗子要给如烟永久免单。大家都说值，有这么好的广告语，卖出去的粿也是乌金了。陈骗子又激动得握紧柳如烟的手，半天不舍得松开。

陈骗子还放料，实业千百种，为什么我单对做米粿情有独钟，我是有渊源的，且心怀敬畏，诚惶诚恐。

陈骗子大口喝着宋玄子带来的米酒，他一般喝别人的酒都比较大口。他牛饮了几口后，打一个大嗝，说，新中国成立前我爷爷因病从粮政科失业，就是现在的粮食局，俗称粮府，奶奶担起了养家糊口的重任。那时，山河破碎，兵荒马乱，一街都是讨饭逃难的，一个女人养家何其艰难。奶奶先给人家洗衣，伺候月子，也洗军衣，但一天只能保住两顿饭。后来就开始做米粿卖，因为家对门是县立中学，有一百多学生。做米粿和磨豆腐一样，是劳力活，男人的活。奶奶凌晨三点就起床，先在沉重的石磨上磨米浆，磨到四点，然后倒进大锅搅粿，米浆边搅边熟成团，也越来越要力气。五点，爷爷和爸爸姑姑起床帮忙做粿坯。六点钟，上早读的学生就能吃到热气腾腾的灯盏粿了。奶奶说，加上做粿，一家人终于能保住三顿，但也是一次只买两天的米，没有多余的钱。奶奶细心手巧，做的灯盏粿艺术品一样，据说是当时县城最出名的一家。奶奶说，有一年两个当兵的连着几天来吃白食，爷爷说小本生意，指着买米度日呢，当兵的没听见一样。后来，在三战区长官司令部做饭的本家弟媳，请了两个宪兵在门口坐了一阵，当兵的就再也没露过头。两个宪兵，十八九岁，只喝了两口水，一个粿也不肯吃。还有一年，一个很有身份的人来吃粿，后面还跟着两个便衣。来人问爷爷的职业，生病情况，更多的是问县里老百姓的生计，流露出很浓的忧愁和同情。临走他说他姓马，粿很好吃，钱不能少。陈骗子说，我猜是马寅初老先生无疑了。书上说，1941年马寅初曾软禁于上饶铅山县北的鹅湖书院，马先生来县城几次，有一次指着明时铅山县令笪继良所书"白菜碑文"说，党国的官僚们若是有古时笪县令的官品，何愁国家不昌盛、天下不太平？奶奶做了七年米粿，直到爸十六岁做挑夫养家。奶奶说，那几年做粿起早摸黑的，十分劳累，但一家人总算没饿死。奶奶还说，米粿要搅得透捣得熟才筋道，萝卜丝要先炒一遍再拌馅蒸才软，做米粿是手上事，把心用进去，粿就好吃了。

大家听完都说有故事、有故事，以后可以作为一笔宝贵的企业文化，这是别的同行山寨也山寨不去的，陈氏专利。孔方兄说，上初中时我常去陈骗子家玩，见过他奶奶，八十多了，慈眉善目，干干净净的一个老人，想不到也是从苦海里渡过来的。

这顿饭大家都吃得很高兴，也很费时费酒菜。宋玄子带来的米酒喝了，又开了红酒白酒。陈骗子在心里用计算器算着，一瓶二百六，两瓶五百二，三瓶六百八，不，七百八。算到后来，更糊涂了，也想开了，钱不就是水嘛，花了又来，我再开两瓶都是敢的。

醉到后来，大家说话都有点奇怪舌头短。宋玄子总结，深圳这几十年，草莽时代，可以说遍地乌金，不同的人有不同的取法，富了后，别墅了，豪车了，都是乌金，但质地不同，成色各异。

发表于《特区文学》2019 年第 1 期

凌霄花

周益民　笔名阿民，湖北省作家协会会员、咸宁市作协副主席。作品散见于《北京文学》《散文选刊》《安徽文学》《长江文艺》《长江丛刊》《当代作家》《当代小说》《青海湖》《飞天》《草原》《延河》《诗潮》《工人日报》《检察日报》《法制日报》《扬子晚报》等300多家公开报刊，著有散文集《风是我的朋友》、中篇小说集《驿路风尘》等，获第七届湖北文学奖、香城泉都文艺奖文学类金奖、中国·涪陵首届"茶花情"全国诗歌征文大赛一等奖等多种奖项。

一

火车到达宁都火车站时已是傍晚时分。凌霄接过朱小山递来的行李箱，顺手去拎茶杯，没想到杯子底部突然破裂，水溅了旁边一位年轻男子一身。凌霄歉意地冲他笑笑，轻轻地说了声，对不起！

男子见凌霄一脸真诚，掸了掸身上的水大度地说，没关系，你又不是故意的。男子虽然摆出了高姿态，但凌霄的心里还是有些纠结。坐了十个小时的火车，杯子好端端的，怎么无缘无故就碎了呢？

朱小山不停地催，凌霄，快点下吧，茶杯破了就破了，多大的事儿呢，到时再买一个! 凌霄嘴里不说，心里却想着，这个茶杯是你认识我时送我的，见证着我们的爱情岁月，怎么能说没多大的事?

从站台 C 出口一出来，就到了马路边。街道上车水马龙，人来人往，络绎不绝。凌霄正四处张望时，一辆黑色小车在路边嘎地停下，春桃从副驾的前门钻出来，大声地喊着，凌霄，凌霄。

凌霄快步迎上去，春桃热烈拥抱了她一下，说，久等了吧? 凌霄说，没有，刚下车哩。春桃冲朱小山笑了笑说，路边不能停太久，赶紧上车吧。春桃打开车后备厢，朱小山把行李箱放进去。

春桃说，朱小山你坐前面，我和凌霄坐后面，我们姐妹好久没见面了，坐一起聊聊天。春桃坐定后，向他们介绍了开车的朋友叫陈超。

春桃和凌霄是闺蜜，比凌霄大几个月，她们出生于同一个村庄，从小学到高中都朝夕相伴，形影不离。高考时，凌霄考上一本，春桃考上二本，虽然各奔东西，但一直保持着密切联系。春桃和凌霄所在的那个县密山县是一个贫困县，出生地仙女村是一个贫困村。

春桃家庭条件不好，大学一毕业，她毫不犹豫坐车去到了宁都市，两年多来一直在地产公司从事售楼工作。凌霄家条件比春桃家更差，母亲年轻时就患上了风湿病，长年吃中药，父亲做了二十多年的泥瓦匠，却没有能力给自己家盖一栋房子。懂事的凌霄暗暗发誓，一定要好好读书，长大了给父母建一栋漂亮的住房。以凌霄当年高考成绩，完全可以填报一些热门专业，但她最后选择了一所农业大学园艺专业，是想用所学的知识带领村民致富，让乡亲们过上好日子。

理想很丰满，现实很骨感。读大一时，凌霄的父亲在一次做工中不慎从楼上摔了下来，腿部多处骨折，虽然保住了性命，但从此走路一瘸一拐，不能再从事重体力劳动。

家里的顶梁柱倒了，凌霄的梦也像肥皂泡一样破灭。大学毕业，当一些同学纷纷选择去往经济发达的沿海城市或租住在学校旁边全力以赴报考研究生时，凌霄慌不择路地在密山县经济开发区找了份工作，她必须迅速挣钱才能缓解家庭的困难。

密山县经济开发区是全县经济最发达的地方，几乎聚集了当地所有的好企业，凌霄就职的公司开给她的月薪是三千元。作为一名刚踏入社会的年轻人，这个工资在当地已经很高了。

车子启动，春桃打开了话匣。春桃问，我父母亲都还好吧？平时打电话，他们都说很好叫我放心。凌霄说，你父亲身体不错，一年四季在外面打零工，但你母亲就差些，去年患了一场重感冒。

春桃幽幽地说，都是我这个做女儿的不孝，今年春节也没回去陪他们。凌霄说，你父母没有责怪你，他们理解你，来的时候，他们让我转告你，不要记挂他们，一心一意挣钱，想回去就随时回去。

春桃的眼圈红了，转过话题说，你们一路还顺利吧？凌霄开着玩笑说，顺利，没有遇到坑蒙拐骗的，只是，我和朱小山这次来给你添麻烦了，谢谢你借朋友的车来接我们。

春桃故作不高兴地说，凌霄你这话就见外了，我们姐妹俩谁跟谁呢？要是你明年这个时候来，说不定我自己亲自开车来接你。凌霄吃惊地问，你不是前年刚刚在县城买了房吗？明年哪来的钱买车呢？

春桃神秘地一笑说，到时候你就知道了，不但我可以买车，你也一样能买，宁都这个地方经济发达，工资高，许多梦想都可以在这里实现，不像我们那个贫困的小县城，生活都困难。

我已经没有你这个雄心壮志了，只想挣钱给家里建栋房子。凌霄感叹地说。凌霄的确没有想过买车，在这个年代，许多同龄人在读大学时就已经拿到了驾照，但凌霄没有钱报名学车。

车子在一个小区停下来，春桃租的房子在三楼，两室一厅，冰箱、空调、洗衣机等一应俱全，房子收拾得干净、整洁、清爽。凌霄问春桃，房子租金多少？春桃说，一个月三千元。凌霄伸了一下舌头，说，天啊，这么贵，相当于我一个月的工资了！

喝了茶，休息了一会儿，春桃把他们带到小区外不远的一家餐馆吃饭。想着这次来给春桃添了很多麻烦，凌霄不想让春桃太破费，一再说简单点，但春桃还是很盛情地点了不少菜。

晚上，春桃把朱小山安排在另一间房，自己和凌霄同睡一间房。春桃感叹地说，凌霄，要是两年前毕业时你出来，现在钱早挣到手了！凌霄说，我家情况你又不是不清楚，哪由得了我？春桃点了点头，说，那也是，不过现在出来也为时不晚。

凌霄这次下决心出来打工还有另一个原因，但她没有对春桃讲。春节前，村里的年轻人回家过年，凌霄家冷冷清清，邻居秀秀家却人来客往。秀秀背着凌霄趾高气扬地对人说，凌霄读了几年大学又怎样？长得漂亮又怎样？现在还不是穷酸！

这话传到凌霄的耳里，像针一样刺痛了她。秀秀学习成绩不好，高考落榜就直接到南方打工了，挣了不少钱，还找了一个男朋友。男朋友虽说大她十来岁，还结过一次婚，但条件好，是一家企业的老总。

想起秀秀说的话，凌霄就觉得有一口气堵在心口。我与你无冤无仇，又没招你惹你，你秀秀凭什么这样贬我？我要是出去了不一定比你差。春节还没过完，凌霄就向父母提出想外出打工的想法。

母亲流着泪心疼地说，凌霄啊，我们这个家庭拖累你了，你要是想出去就出去吧，放心，娘和你爸能照顾自己，只是，女孩家家的，在外面一定要走正道，娘当年给你取名凌霄，就是希望你像院里的凌霄花一样，积极向上，好好生长。

凌霄把想外出打工的打算告诉了男朋友朱小山。朱小山一听头摇得像拨浪鼓，说，不行不行，你一个人出去，我怎么放得下心？后来见凌霄态度坚决也就勉强同意了。他说，要出去，我们就一起出去，两个人在一起可以相互有个照应。

朱小山毕业于北方一所重点大学的市场营销专业，1.80米的个头、国字脸，又英俊帅气。当初别人向凌霄介绍朱小山时，他正准备去南方闯荡，认识凌霄后，朱小山就放弃了外出的想法，在当地一家企业找了份行政管理工作。

朱小山信誓旦旦地对凌霄说，我是一个爱情至上的人，为了爱情，可以放弃一切，你凌霄在哪里我就待在哪里，你要是去天涯海角我也追随你去天涯海角。一番话把凌霄感动得眼泪直流。

凌霄最欣赏的还是朱小山的善解人意。朱小山感情丰富，激情十足，和凌霄待在一起显得十分体贴。他总喜欢牵凌霄的手，搂凌霄的腰，有一次他喝多了酒，抱着凌霄一个劲地说，凌霄，我想要你！

凌霄是个很传统的女孩，把爱情看得无比神圣。她严肃地对朱小山说，不行不行，我一定要到做新娘那天才能把自己完完整整地交给你。从此以后，朱小山再也没有提过此事。

美中不足的是朱小山的家庭经济条件也一般，父母都是地地道道的农民。朱小山在物质上不能给凌霄提供什么帮助，凌霄无所谓，她不是那种势利的人。凌霄认为，人好，就比什么都好。

二

春天的早晨天亮得早，凌霄一觉醒来时，窗户里已透进许多阳光，春桃正背对着她坐在梳妆台前对着镜子在梳头。透过镜子，凌霄看见春桃像桃一般的脸蛋流泄着无限的妩媚，从白色睡袍里伸出来的手白皙纤长，晶莹如玉，瀑布般的头发服服帖帖地披到了肩上。

凌霄由衷地赞叹了一句，春桃，你真美！春桃闻声转过来看见凌霄正躺在床上悄悄地欣赏自己，红着脸说，山中无老虎，猴子充霸王，没有你，我还有几分自信，你一出现我就不值一提了。

春桃这话发自内心，她虽然长得也美，但和凌霄站一起就相形见绌了。凌霄花朵一般的脸蛋、葡萄般的眼睛、乌黑靓丽的头发、雪白柔嫩的皮肤，360度旋转，不管怎么看都是一位大美女，特别是1.70米的身材，让她更是显得亭亭玉立，楚楚动人。

凌霄穿了衣服，梳洗完毕又和春桃打闹了一阵，开始言归正题。凌霄问，我是个闲不住的人，春桃你什么时候带我去面试？春桃打趣说，你这种人才，还用面试么，我敢打包票，别人一看就中意。

朱小山早已洗漱好等在客厅，他穿着一套西服，皮鞋擦得锃亮，精神十足。春桃羡慕地说，凌霄，你们俩站在一起真是天生一对！凌霄轻轻捶了她一下说，贫嘴。

三个人说说笑笑出了门，在附近小摊简单吃了早餐，他们兵分两路。春桃带凌霄直接去公司面试，朱小山一个人去寻找工作。

坐了几站公交车，横穿一个十字路口，春桃在一栋紧临街面、装修得很气派的六层楼前停了下来，她指着楼对凌霄说，到了，就是这里！凌霄仰起脸看见楼顶上镶嵌着"恒丰模具"四个镏金大字在太阳的照射下闪闪发光，仿佛一张张笑脸在热烈地欢迎她的到来。

走进公司，上了二楼，进了董事长室，只见一个约莫四十多岁、容貌姣好、很有气质的女子正坐在办公桌前。春桃快步上前与她打招呼，冯董事长，您好！打搅您了，我把人给您带来了，请多关照！

春桃转身对凌霄说，这就是公司的冯玲董事长。凌霄礼貌地道了声：冯董事长好！冯董事长热情地招呼她们坐下，她打量了一番凌霄，对凌霄说，你的情况春桃之前都给我介绍过了，先在营销部干吧，底薪六千元，奖励另计，你看怎么样？

在家乡月薪三千元已是高工资，这里起薪就是六千元，还有奖励，凌霄哪还有话说。春桃使着眼色在一旁一个劲地对凌霄说，还不赶快谢谢冯董事长！

冯董事长带她们参观了厂房。车间里机声隆隆，工人十分忙碌。冯董事长介绍说，恒丰模具公司是生产汽车配件的，总部在宁都，其他省份还有几家分公司。

参观完毕，回到办公室，冯董事长打电话叫来一个中年男子，说，杜部长，这是新招进来的凌霄，安排在你们营销部，你好好带带她，让她尽快熟悉业务，尽早开展工作。

杜部长说，冯董事长放心，我一定按您的指示办。杜部长又热情地对凌霄说，今天，我和一个客户在谈一笔业务，有些忙，你干脆明天上班吧。春桃和凌霄说了一堆感谢的话，起身告辞。

路上，春桃主动对凌霄说，这里离我的租住地近，你以后干脆就住我那里，省得又花钱租房，反正一个人是住，两个人也是住。住宿是个大事情，宁都房屋租金贵，春桃有这个意思，凌霄当然求之不得。

回家前，凌霄专门拐到花木市场买了一盆凌霄花。这些年，无论在哪里，她都习惯在房间摆上一盆凌霄花。凌霄欣赏凌霄花宁愿枯萎也不愿匍匐在地、努力向上生长的精神和柔弱却十分顽强的性格。

"我如果爱你，绝不像攀援的凌霄花"。凌霄一直没有搞懂诗人舒婷为什么要在《致橡树》一诗里通过这样的诗句贬低凌霄花来抬高橡树。在她的心目中，凌霄花代表着母亲的爱，象征着积极向上的精神，凌霄花才真正是应该被赞美的花。

因为春桃的帮忙，凌霄轻而易举就找到了工作，相比凌霄，朱小山的求职路就不那么顺畅了。来宁都之前，朱小山通过百度搜索在网上联系过一家公司，当他兴致勃勃地按地址找到那家公司时，只见公司大门紧闭，一伙人正在门口大吵大闹。

走上前一问，才知道这伙人原来都是公司的员工，老板欠了他们几个月的工资，卷了铺盖不知躲到了哪里，他们是来讨薪的。朱小山骂了声真他娘的晦气掉头就走了。

朱小山找到了一家中介所，想了解一些求职的信息，坐在电脑前的几个家伙东南西北地问了些情况，提出要先预交些钱。朱小山见他们张口谈钱，就没了兴致。从中介所出来，他沿着街面慢慢地走，一家家地问，一天下来没有任何结果。

凌霄安慰朱小山说，初来乍到，人生地不熟的肯定有困难，不要急，明天接着再找吧，车到山前必有路。朱小山信心满满地说，知道，我还不信这么大的地方找不到工作了。

凌霄上班了，营销部里共有四名员工，杜部长、凌霄、一个来自山东的女孩，还有一名女员工前几天请了产假回家生小孩去了。山东女孩的工作主要是做资料，和客户洽谈由杜部长负责，凌霄配合。

杜部长是公司的老员工，情况熟悉、业务精通。他搬出一大堆资料，一遍遍不厌其烦地给凌霄介绍公司的发展情况以及一些工作方法。他讲得细致耐心、深入浅出。凌霄悟性好，听得认真，不久就进入了角色。

杜部长伸出拇指夸赞凌霄说，我在营销部干了二十多年，你是我见到的最有潜力的一个员工，好好干，前途定会一片光明。凌霄谦虚地说，您这话让我感到无地自容，不过我年轻，一定好好学，好好干。

朱小山继续马不停蹄地四处找工作，开始他还信心十足，几天后就灰心丧气了，他将就着找了份文案策划的工作试着干了两天，才发现隔行如隔山，那工作他根本干不了，不久就又辞了。

朱小山感慨地对凌霄说，早知工作这样难找，当年，我就应该去考研，大城市需要的是高学历人才，像我们这样的本科生随手一抓就是一大把。凌霄给他打气说，你一不聋二不哑三不瞎眼跛脚，现在又有地方落脚，找份工作无非是时间问题，气馁什么呢？

一番话说得朱小山又雄心勃勃起来，参加了几家公司的面试后，他终于被宁都有名的五星级酒店东方国际大酒店聘为餐饮部经理，试用期间月薪五千元，转正后每月再加一千五百元。

春桃说，那地方好是好，就是鱼龙混杂，你在那里可不要乱了方寸，被一些蜂呀蝶呀晃花了眼睛。朱小山胸脯拍得叮当响，说，你放一百个心吧！在我心里，凌霄永远是最美的，我绝对不会做出背叛她的事来。

朱小山要搬到酒店那边去住了。他简单收拾了一下行李，凌霄把他送到车站，说，有事随时打电话，不忙时就过来吧！朱小山俯下身亲了一下凌霄的额头说，亲爱的，我会经常与你联系的！

三

恒丰模具公司的业务很广，营销部每天都要接待好多批来自全国各地的客户，凌霄开始变得忙碌起来。凌霄喜欢忙碌的生活，忙碌起来人充实，人充实心就踏实。

公司每个星期规定只休假一天，但只要销售部有事，休息时间凌霄也上班，凌霄觉得休假也是闲在家里，干点活人不无聊。春桃见凌霄每天笑脸进笑脸出的，就知道她在公司里干得很愉快。

把凌霄和朱小山安顿好，春桃也开始脚不沾地。她每天把自己打扮得漂漂亮亮地出门，常常很晚才回家。春桃说，在售楼部工作，时间由不得自己把握，客户来了，就得小心翼翼地陪着他们，耐心地讲解，带客户里里外外看房，有时还要陪他们吃饭喝茶，以此增进感情。

凌霄理解春桃，幸福不会从天降，春桃一年能挣那么多钱，肯定要比常人付出多得多。晚上没事，凌霄就和父母打个电话或视频一阵，有时与朱小山发发微信聊聊天，日子倒也过得惬意。

转眼间，凌霄在恒丰模具公司已待了一个月，她协助杜部长完成了好几笔单子，销售收入一下子涨了几个点，销售部为此受到公司表扬，冯董事长还给每人发了一个大红包。杜部长对凌霄说，冯董事长重视人才，关心员工，奖罚分明，在她手下干事，吃不了亏！

一天，销售部来了一位身材矮小、眼睛细小、头顶微秃的男人，杜部长向凌霄介绍说，他就是公司的总经理赵万里。赵万里看到凌霄时，紧紧握住她的手，眼睛直勾勾地在她身上停留了好久，一双细小无神的眼睛仿佛一下子睁大了好多，变得有神了很多。

冯董事长不知什么时候悄没声响地走过来，她咳嗽了一声，赵万里赶紧松开手，做出无所谓的样子轻松地说，你们销售部这个月业绩不错，我就是过来看看，没其他事，你们忙吧。说完就随冯董事长走了出去。

杜部长对凌霄说，赵万里是冯董事长的丈夫，一个月前到其他几家分公司去检查工作了，刚刚才回来。凌霄摇着头说，不像，一点也不像。杜部长说，像也是，不像也是，他们是一家人，那是没有假的。

过了几天，赵万里打了一个电话来，说，凌霄，公司要请几个客户吃饭，你过来陪一下。凌霄回答说，赵总经理，我喜欢清静，不喜欢那种热闹的场面，您安排其他人去陪吧。赵万里不高兴地说，陪客，也是销售部的工作，必须来，没有价钱可讲。

凌霄征求杜部长的意见，杜部长劝她说，还是去去吧，赵总经理是个爱面子的人，你如果不去，他心里肯定不好想，大众场合，他不会为难你的，你自己把握好，不喝醉就行了。

进餐地点就在朱小山就职的东方国际大酒店，酒店金碧辉煌，人气很旺，凌霄踏进大酒店就像刘姥姥进了大观园。她东瞧瞧西瞅瞅，想看看朱小山在哪里，找了一阵，没有发现朱小山。

服务员热情地把她领进贵宾包房，赵万里和几个人正谈笑风生，看到凌霄，他很高兴，大声招呼，快过来坐！凌霄犹豫了一下坐到他身边。赵万里向她介绍了身边的几位老板，又向老板们隆重推介了凌霄。

菜上来了，好多海鲜，都是凌霄从来没有见过的。赵万里致了开场白，大家轮番敬酒。李经理站起身端起酒杯说，赵总，没想到你身边竟有这样的绝色佳人，真是好福气啊，来，我先敬你们两人一杯！

赵万里站了起来，望了凌霄一眼，目光充满了期待。凌霄脸白一阵红一阵，不知如何是好。毛老板走过去不由分说把酒端到凌霄的手里，说，凌霄美女，你和赵总是女貌男财，把这一杯喝了吧！凌霄只好站起身，轻轻喝了一口。

　　老板们谈着阴阳八卦、荤段笑话，酒过三巡，凌霄借口喝多了去下洗手间，特意到外面大厅转了一下。这次，她看到了朱小山，他正站在大厅的门口，比画着手指挥服务员帮客人运送行李。

　　凌霄走到门口，轻轻叫了一声，小山！朱小山转身看到凌霄，有些意外，他问道，凌霄你怎么在这里？凌霄小声地说，公司老总在这里请客户吃饭，要我陪一下客人。朱小山眼里掠过一丝不悦，凌霄小声说，现在不方便，回去我给你发微信。

　　凌霄返回包房时，酒已喝到了高潮，几个老总在猜拳行令，看到凌霄进来，又要敬酒。凌霄说，实在是不胜酒力，真的对不起，不能再喝了！她依次给客人一人舀了一碗汤，这才过了关。

　　从酒店出来，凌霄没有再看到朱小山，她想拦出租车，赵万里拽住她的胳膊，说，现成的车在这里，拦出租车干吗，我送你！司机把车开过来，凌霄只好上了车。

　　赵万里紧紧拉着她的手，不停地没话找话。车子行到一个岔路口，凌霄借口有一位朋友约她去商场买东西，提前下了车。看赵万里的车走远了，她挥手拦了一辆出租车。

　　到了家，凌霄洗完澡就早早上了床。她给朱小山发了一个微信，解释了陪客人的来龙去脉。过了一阵，朱小山回了一个"哦"字就没了动静。凌霄还想再发，一阵睡意袭来，朦朦胧胧地进入了梦乡。

　　凌霄梦见自己挣了好多钱，在家乡建了一栋面积很大的别墅，别墅后面是山，前面是小河，四周是一个大大的花园，花园里开满了红色喇叭状的凌霄花，父母住进去时，一个劲地夸她孝顺……

　　过了几天，朱小山过来了。凌霄对春桃说，前一阵子，我和小山的事让你操了好多心，现在我们都找到工作了，这个月我又得了奖金，请你吃饭，表达一下心意，你可不要说没时间。

春桃本来有事，见凌霄提前封了她的口，只好爽快应允下来。春桃说，你们来宁都一个多月了，为了工作的事奔忙，还没一起好好聚聚，也没带你们出去看看，今天，我陪你们逛逛这个美丽的城市。

春桃给陈超打了一个电话，又回房间洗了脸，补了个妆，重新打扮了一下，没多长时间，楼外就响起了按喇叭的声音。春桃拎起包说，陈超的车到了，我们出发吧。

车子离开小区，驶向城中心，春桃一路上滔滔不绝地讲解宁都的自然和人文景观，哪里好玩、哪里好吃、哪里好景，她一件件如数家珍，有时还滑稽地学说一两句当地话，她已经完全融入了这个两百多万人口的城市，言行举止都像一个地道的宁都人了。

进了几个高档商场，看了热闹繁华的街道，去了游人如织的公园，天色渐渐暗了下来，春桃把他们带到了宁河边。宁河是宁都最大的河，宽三百多米，长一百多公里，穿城而过，直入大海。

夜幕下的宁河两岸灯火通明，人来人往，舒缓的轻音乐此起彼伏，各种休闲设施在灯火的映照下露出美丽的造型。陈超把车停到一旁，几个人沿着河道缓缓步行。凌霄眼花缭乱，一路看一路不停赞叹。

在河边一家餐馆前，春桃停下脚步，说，我以前来这里吃过，味道不错，价格实惠，今晚，我们就在这里尝尝海鲜。春桃挑了一处靠河边的桌子坐下，又叫陈超去点菜，陈超很听话地去了前台。

三杯酒下肚，朱小山大发感慨说，来到这么美丽的城市，真的不想回去了。春桃瞪了他一眼，说，梁园虽好，不是久恋之家，你可不要像阿斗，乐不思蜀了！朱小山不好意思地打了个哈哈，说，我不就开了个玩笑，你还当真了！

吃完饭，春桃笑着对凌霄说，你和朱小山平日见面机会不多，后面的时间就交给你们了，我还有点事，让陈超送我回去，就不当电灯泡了，你们多亲热一会儿。

夜色弥漫，月光柔和，朱小山牵着凌霄的手不紧不慢地走在河边的人行道上。凌霄柔声问朱小山，你工作还顺心吧？朱小山说，还行，就是不自由，除了正常上班外，有事也要随叫随到。

俩人在一条长椅上坐下来，凌霄把头靠在朱小山的肩膀上，说，打工本来就是这样，老板给我们开这么高工资，辛苦点也是应该的！朱小山说，道理我懂，就是有时受不了一些有钱人的颐指气使。

凌霄说，你怎么能有这种想法呢，受点气就要你命了？你一个大男人的，心胸能不能放宽广点？朱小山打了一个酒嗝，埋怨道，凌霄，你要我心胸怎样宽广，宽广到你陪那些有钱人喝酒也无所谓？那些有钱人有几个是好人？陪酒的女人又有几个是好女人？

朱小山嘴里突然嘣出这些话，凌霄有点生气。她说，朱小山，你怎么能这样判断一个人的好坏，我不就是陪别人喝了点酒么，你还看见我做了其他什么，我是什么样的人你不了解吗？

朱小山自知理亏，忙掉转话题说，凌霄，我们不谈这些，聊点其他事，好么？凌霄刚才还兴致勃勃的，现在心情被破坏，就没了兴致，她站起来说，累了，不聊了，我想回家休息了。

四

这天上午，凌霄刚送走一个客户，办公室电话就响了。凌霄一接，原来是赵万里打来的。赵万里说，凌霄，我有事找你，你到我办公室来一下，就现在，马上。

凌霄喜欢冯董事长的坦率，感觉她就像一位大姐，待人热情、真诚、关心人，但对赵万里没有好印象。第一次见面，赵万里的眼睛像蚊子一样紧盯着她，就让她讨厌。她不明白，这样截然不同性格的两种人怎么竟成了一家人呢？

赵万里矮小的身子缩在高大的老板椅上，从桌子上平看过去，只有一丁点儿。看到凌霄进了门，他像弹簧一样一下子从椅子上弹了起来，走到门边往外瞧了瞧，然后关了门返回座椅上。

凌霄忐忑不安地问，赵总经理，不知您找我有什么事？赵万里用小眼睛盯着凌霄问，你感觉我这人怎么样？凌霄没想到他问这个问题，慌乱地答道，我与您接触不多，对您不是很了解，不过，觉得您还是很关心人的。凌霄前一句说的是实话，后一句是违心补上去的。

看来你心里还是有数的，我确实一直在暗中关心你！赵万里从文件袋里抽出一份文件扬了扬，说，看看吧，这是中国企业家协会在上海举办的一场洽谈会，分配我们公司两个出席名额，我第一个就想到了你，想不想和我一起去？

凌霄没有去过上海，曾经千百次期待有朝一日能去这个国际性大都市看看繁华的南京路和曾经的十里洋场，但她只想和朱小山一起去，不想和赵万里一起去。她红着脸说，这么好的事我可不敢想！赵万里再一次从椅子上弹起来，走到凌霄的身边用手拍了拍她肩膀，说，有什么不敢想的，只要我赵万里一句话，你就可以去！

赵万里的手在凌霄的肩膀拍了几下后慢慢向下移动，最后停在了她的后背，他突然一用力环住了凌霄的腰，凌霄站立不稳向前一倒，脸部差点和赵万里的脸部贴到了一起。

那一瞬间，凌霄看到了一张猥琐、丑陋的脸，以及一双喷着欲火的眼睛，她奋力挣扎着，呼吸急促地说，赵总经理，您不能这样，冯董事长她就在外面办公室。

赵万里停住手，回到座位上，说，你考虑考虑吧，不急，距洽谈会还有一段时间，考虑好了就告诉我，我好安排人订机票。凌霄像惊弓之鸟飞一般地逃离了赵万里的办公室。

晚上，凌霄回到家，特别想找个人说说话，她推开春桃的房门，房里静悄悄的，春桃还没有回来。她想给朱小山打电话聊聊赵万里的事，想了想又觉得不妥。两人刚闹了别扭，朱小山这几天没有与她联系，现在再跟他说这事，无异于火上浇油。

想起朱小山，凌霄不由得气不打一处来，男人翻起脸就像夏天的天气变起来一样的快，争吵了几句就不联系了，现代爱情真的这样脆弱吗？以前怎么就没有发现他这样小肚鸡肠！

凌霄一抬眼看到了窗台上鲜艳欲滴的凌霄花，父母的身影就在眼前晃动起来。也不知他们怎样了？凌霄马上打开手机，找到母亲的微信，按了一下视频键，一会儿，屏幕上就出现了母亲的笑脸。凌霄亲热地叫了一声，娘！母亲问，凌霄啊，你在外还好吧？

凌霄笑着说，娘，您没看见吗？我好着哩。母亲说，在外边一定要照顾好自己，有什么事记得对娘讲。凌霄说，娘，您放心吧，我知道。母亲又问朱小山的情况，凌霄回答说，他也一切都好。

第二天早上，凌霄梳洗完毕正要出门，春桃一脚踏进门来。春桃手扶着门，眼圈发黑，显得有些疲倦，好像晚上没睡好觉。凌霄关切地问，昨晚怎么没回来呢？我想找个说话的人都没有。

春桃揉了揉眼睛说，忙得太晚了，就在同事家将就了一宿。她又笑着说，有话你可以和朱小山说呀，怎么就找不到人呢？凌霄说，别提他了，这几天他一直没与我联系。春桃说，你就不会主动点？凌霄说，我才不会，他是大男人，要主动也该他主动。

凌霄嘴里这样说，心里还是动了一下，毕竟相爱了两年，有什么事不能沟通呢？晚上睡觉前，她给朱小山发了一个微笑的表情，等了好久，朱小山没回复，又试着给他拨了一个电话，语音提示朱小山关机了。凌霄气得要命，心里想着，朱小山呀朱小山，有本事，你就关一辈子机，永远不要开机！

这天早上，凌霄和春桃在外面吃早餐时，感到旁边桌子一个男人好像在哪里见过，正当她努力地在脑海里搜索时，男人主动走过来笑着与她打起了招呼，美女，还认识我吗？

这不就是火车上把水泼到他身上的那个男人吗？凌霄的脸腾地红了，说，怎么是你？男子幽默地说，怎么不能是我？世界这么大，今天我们能再次遇见，说明有缘分嘛！

春桃眼睛一翻，瞪了男人一眼，说，谁跟你有缘分，我们凌霄早已名花有主了，你们是有缘无分！春桃以为陌生男子在撩拨凌霄，毫不留情地给予打击。男子呵呵一笑，说，没有分做个朋友也很好呀！

凌霄笑着制止了两人的唇枪舌剑，向春桃讲了车上发生的故事。春桃将信将疑地说，以前只在电影电视上见过这样的事，没想到会发生在你们身上，真巧！男子笑着说，这不叫巧，叫有缘。

男子自我介绍说叫梁子湖，是宁都晚报社的记者，老家是江西的。春桃咯咯地笑了起来，笑得花枝乱颤。还梁子湖呢，你既然是江西人，应该取名鄱阳湖？梁子湖眨着眼睛说，可我姓梁不姓鄱呀！我的名字有什么问题吗？

三个人聊了一阵，聊得很投机，分别时互留了电话，又加了微信。春桃说，你在晚报工作，门路多、人脉广，说不定以后有事找你，可要帮忙哦。梁子湖爽快地回答，承蒙瞧得起，一定效犬马之劳！

一晃，凌霄在恒丰模具公司又工作了一个月。发工资那天，冯董事长给凌霄打电话，要凌霄去一趟她的办公室，凌霄以为冯董事长找自己有事，欢天喜地去了。这些日子，不忙时，冯董事长没事总喜欢与她谈工作，凌霄觉得她有思想、性格好，待人特别真诚。

冯董事长客气地招呼凌霄坐下，给她倒了一杯茶，问了她家里一些情况，凌霄一五一十地回答了。冯董事长柔声细语地说，凌霄，杜部长说你是个好姑娘，我也看出了，正因为你是个好姑娘，所以我们公司不能留你了，你到其他地方找个工作吧！

凌霄瞪大着眼睛问冯董事长，为什么？我做错什么了吗？因为我是个好姑娘，您就要辞退我，这是什么逻辑？冯董事长缓缓地说，你没做错什么，你做得很对，我这样做是为了你好，以后你会懂的！

冯董事长打开包，拿出一沓钱，说，这些是你的工资，另外的是我个人的一点心意，如果以后有困难需要帮助，可以随时来找我。凌霄收了工资，把另外的钱还给冯董事长，气咻咻地说，工资是我应该得的我收了，您的心意我不想领！

五

凌霄拖着沉重的步子回了家，她浑身无力地躺到了床上，干得好好的工作就这样没了，她特别难受，心里像有无数只爪子在抓。她的脑子一会儿闪过父亲一瘸一拐的腿，一会儿飘过秀秀尖酸刻薄的话，一会儿又浮起赵万里直勾勾的眼光……

凌霄伤心极了，眼泪无声地滴落下来，她抱着被子放声恸哭起来，原以为在这个公司可以好好干几年，挣点钱，可是才做了两个月就被解聘了，凌霄很委屈，暗暗恨起冯董事长来。

虽然他赵万里落花有意，可我凌霄流水无情，你凭什么就辞退我呢？恨完冯总，凌霄又恨自己，都说红颜命薄，老天啊，你为什么要给我一副好容貌，要是我长得丑一点，就不会有人打我主意了。

晚上九点多钟，春桃兴冲冲回了家。她提着一袋周黑鸭，大声地叫着，凌霄，看我给你带什么回来了，你最爱吃的鸭脖子。见凌霄没有声音，她径直推门走了进去，见凌霄躺在床上蒙着被嘤嘤地啜泣。春桃慌张地问，凌霄，你怎么了，朱小山那家伙欺负你了吗？

凌霄的身体抽动得更猛烈了，她又一次大声地哭了起来。凌霄，到底发生了什么事，你倒是说呀！春桃摇着凌霄的双肩急切地问。凌霄抽抽噎噎地说，春桃，我……我被公司解聘了！

春桃喃喃自语，不会吧，怎么可能呢？冯董事长那么好的一个人，她不会无缘无故这样做的，一定有什么原因。凌霄止住哭向春桃讲述了事情的原委。春桃安慰她说，我就说呢，这事你不能怪她，你已经威胁到她的家庭，换了我也会这样。

春桃打开袋子，拿出一个鸭脖子，说，解聘就解聘吧，想开点，我们凌霄这么漂亮，还愁找不到工作？来，先尝尝美味，过好今天，今朝有酒今朝醉，明日愁来明日忧。凌霄破涕为笑，春桃拿起一个鸭脖子迅速塞进她的嘴里。

朱小山知道了凌霄被解聘的事，专门请了一下午假过来陪凌霄。他自我检讨了一番，说自己心胸狭窄，不该不发微信，不该关手机，并发誓坚决下不为例，然后开导了凌霄一阵。

凌霄听了朱小山一阵哄，心情好了许多。晚上吃饭时，胃口大好，居然比平时吃得还多。春桃感叹地说，爱情的力量真是巨大啊，我今天算是见识了！临走时，朱小山从口袋里拿出一沓钱，塞给凌霄说，就算以后不找工作了，我也一样可以养你。

凌霄看那沓钱的厚度，起码有一万元。她警觉地问，小山，酒店不是每月给你开的工资是五千元吗？你现在工作才一个多月，怎么一下子发了这么多？

朱小山怔了一下马上反应过来，说，这是两个月的工资，这不，我说女朋友被公司辞退，生活没了着落，酒店就把下个月的工资一齐支给了我。凌霄说，我现在不需要钱，你自己把钱存起来吧。

休息了几天，凌霄的精神恢复了，她向春桃提起了找工作的事。春桃思索了一下说，现在正值四五月份，一般公司该招的人年初都招齐了，我先打听一下吧。

春桃打了好多电话，找了好多熟人，没有联系到合适的工作。凌霄问，你们售楼部招不招人，要是招的话，干脆我也去售楼。春桃愣了一下说，你要是感兴趣，我可以介绍你到另一家售楼部。

凌霄说，那你迅速联系吧，你能做的工作，我想我也可以做。春桃说，这倒未必，你的相貌适合做这个工作，但你的性格未必行。凌霄不明白春桃的意思，还想继续问。春桃打断她，说，目前也没有找到更好的工作，既然想做，那就试试吧。

在朋友帮忙下，春桃把凌霄介绍到佳诚地产公司宁都花园售楼部。上班才几天，凌霄就感觉到了巨大的压力。三个月实习期满如果没业绩，走人！正式上班后如果业绩是最后一名，淘汰！

另外，还有一股无形的压力压迫着凌霄。这股压力来自于美丽的售楼小姐们。凌霄到售楼部的第一天，就感觉到售楼小姐们热情洋溢的笑脸包裹着的一颗冷冰冰的心。

当经理丁娅把凌霄介绍给售楼部的美女们时，季度销售冠军阿梅哼了一声，酸溜溜地说，哟，这俊的模样，日后一定会飞黄腾达。朵朵说，这么美的人，做这个行业可惜了。其他美女虽然没有说话，但凌霄还是能够察觉到她们脸上复杂的表情。

俗话说，三个女人一台戏，凌霄不知道，售楼部十几个美丽的女人凑在一起，会上演多少连台的好戏。不过，也有售楼小姐对她表示友好的，比如娟娟和桑眉，没事时总找凌霄聊天。

公司邀请专家对新招聘的售楼小姐进行了一次培训，专家们唾沫横飞地讲解了建筑、法律、金融、资金预算、市场策划、投资回报、心理学等方面的知识，强调做售楼小姐必须练就鹰一般的眼睛，学会识别人，要培养蜜蜂那种锲而不舍的精神。

理论学起来容易，实践起来困难。凌霄在做第一笔单子就走了眼。一位骑着三轮车的老头前来咨询楼盘的情况，凌霄耐心作了介绍，老头一个劲说价格太贵。凌霄打电话跟踪了几次，他总是说缓一缓再说，凌霄猜测老头可能手头缺钱，就没继续与他联系。

朵朵不知道什么时候悄无声息地联系上了老头，几个星期后，她神不知鬼不觉、不动声色地和老头签订了购房合同。煮熟的鸭子飞了，看到老头在朵朵的指导下交了定金，凌霄心里很难过。

朵朵捡了一个便宜，还高调地教训凌霄，售楼这门学问大着哩，如何去盯客户，还够你学。建议你多请教一下阿梅，人家在这方面是行家！朵朵在售楼部做了几年，销售业绩仅次于阿梅，表面上她是教训凌霄，实际上是攻击阿梅。

阿梅长着瓜子脸、丹凤眼、水蛇腰，头发金黄金黄的。她喜欢穿露脐装，嘴唇每天涂得血红乌紫，小腰一扭就像要断了一样。凌霄说，阿梅真像一个混血儿。朵朵带着几分妒忌的口气说，不是像，本来就是个混血儿，她的母亲是新疆嫁过来的。

凌霄观察了阿梅一阵子，没看出她有什么过人之处，就悄悄地问娟娟。娟娟冷笑着说，阿梅是个妖精，大白天你看不出的，她只在晚上现身。娟娟说到这里意味深长地笑了一下。

春桃幽幽地说，你现在刚进入，还不知道这里面的水有多深，时间长了你自然就清楚了。凌霄还想深问下去，看见春桃神情有些黯然，就停住了。

六

朱小山最近和凌霄联系得很少。凌霄问他，他总说太忙太累。凌霄说，再忙再累不至于发微信的时间都没有吧。朱小山说，人一累就不想动了。不发就不发吧，反正凌霄工作也忙。

这天晚上，凌霄没事，给朱小山发了个微信。朱小山回复说在开会。晚上九点了还在开会？凌霄不相信，要他发个开会的视频，朱小山说不方便。凌霄又发了个表情，朱小山却没半点动静。

一个小时后，朱小山打来电话，说会议刚结束。凌霄说，朱小山，你是不是有什么事瞒着我？朱小山说，你对我又不是不了解，我能瞒你什么呢？可女人的直觉，让凌霄总感觉朱小山不大对劲。

凌霄问春桃，你最近有没有感觉到朱小山发生了什么变化？春桃说，我又没谈过恋爱，怎么知道？你是他的女朋友，知根知底，应该清楚呀！凌霄说，我最近老做梦，梦到一只蛇在追赶朱小山。

春桃惊喜地说，我看过周公解梦，梦到蛇说明你要发财了，这是好兆头哩。凌霄说，可我最近老是心神不宁的。春桃戏谑她说，古人云，日有所思，夜有所梦，你这是想心上人了！

周末，朱小山兴冲冲地来了，买了好多水果，还有凌霄最爱吃的周黑鸭。春桃羡慕地说，还是谈恋爱好，有人心疼，我今天沾光了！朱小山说，吃水不忘挖井人，没有你，哪有我俩的现在。今天发工资了，晚上我请客，接你们到外面打牙祭。

凌霄记得朱小山月初发了工资，现在是月底怎么又发了，问道，你发的是上个月的工资还是这个月的工资？朱小山一拍脑袋恍然大悟地说，刚才说错了，这次发的是奖金。

凌霄注意到，朱小山穿了一件白色金利来牌衬衣，听朵朵讲，这种牌子的衬衣一件少说得千把块。又问，你几时买了这件衬衣？朱小山脸上闪过一丝慌乱，但马上镇静下来说，前几天路过街上时在地摊上淘的，便宜得很，才几十元。

春桃凑上前，摸了摸衣服感叹地说，这布料这质地这工艺怎么看都不像地摊货，人家穿的上千元的衣服也就你这质量，告诉我，在哪买的，我改天也给陈超买一件。春桃一提起陈超，朱小山马上掉转话题，说，差点把他忘了，把他也一起叫过来吧，经常麻烦他的。

凌霄提议还是去宁河边上吃。春桃摇摇头说，老在一个地方吃有什么意思，今天换个地方。朱小山说，那还是春桃你定吧。春桃想了想说，满园春酒店的土菜做得不错，我们去那里尝尝。

闲聊间，陈超的车子就到了。凌霄冲他笑了笑，他也冲凌霄笑了笑。陈超言语不多，春桃招之即来挥之即去，凌霄感觉春桃和他的关系绝对不一般，但她又没见过他们有什么过分亲热的举动。每个人都有自己的隐私，这是一个谜，凌霄不想去猜。

到了满园春，酒店已坐满了人，春桃想订个包房，服务员说包房早就订完了，他们就在大厅里挑了个角落坐下。陈超自告奋勇去点菜，朱小山去了洗手间，春桃和凌霄坐下聊天。

从洗手间返回来，朱小山嘴里叼了一支烟。凌霄沉下脸不高兴地问，朱小山你什么时候学会抽烟了？朱小山嘿嘿干笑了两声，把烟从嘴上拿下来，耸了耸肩小声说，最近才抽上的，偶尔抽一下。

凌霄说，抽烟既花钱，又对身体不好，还是不要抽为好。朱小山掐灭了烟，把烟蒂扔到烟灰缸里。春桃赶紧解围说，男人工作压力大，偶尔抽点烟不算什么，只要不上瘾就行。

吃饭时，凌霄抬头瞥见一个熟悉的身影一晃进了大厅，定睛一看，原来是阿梅。阿梅挽着一个男人的手，在一张桌子旁坐了下来。男人约五十来岁，微胖，戴着一副墨镜，面目看不清楚。

见凌霄向桌子那边张望，春桃问，凌霄你看什么呢？凌霄指着阿梅的背影说，春桃，那个女孩是我们公司的阿梅。春桃问，就是你常提起的那位混血儿吗？凌霄点了点头。春桃瞟了一眼笑着说，人的确长得挺漂亮的，就是那衣着太露！

吃完饭，凌霄轻手轻脚走过阿梅的身边，阿梅和男人聊得很投入，没有发现她。春桃说，看他们那亲昵样，看来生意谈得差不多了，如果不出意外的话，我想，她应该又有新业绩了。

不出春桃所料，几天后，丁娅在通报会上就表扬了阿梅，说她签了一笔大单，售出了两套房屋。阿梅脸露微笑，旁若无人，凌霄发现朵朵等几个人的眼里射出了嫉妒的光。

一天下午，售楼部里来了一位中年男人，说想看看房，那天正轮到凌霄值班，她笑脸相迎，热情地带男子去看了楼层，第二天中年男人又带着老婆来看，三天后，还叫上了孩子一起来，隔了一个星期，又带着几个同事、朋友来帮他参考。

如是反反复复，一个月下来，男人前后来了好多次。凌霄小心翼翼地陪着他一间一间看，耐心地讲解着房子的优缺点，每次都讲得唇干舌燥。看了多次房后，男人仍犹豫不决，始终不下订单。

娟娟出主意说，凌霄，要不，请他吃餐饭吧，酒桌上沟通一下或许这事就成了。凌霄觉得娟娟说得在理，就给男人打了一个电话，男人爽快地答应了。吃饭那天，男人还带了几位朋友一起来。

凌霄定了一家比较有档次的餐馆，点了一些特色菜，买了两瓶好酒，又约娟娟作陪。凌霄和娟娟陪男人和他的朋友喝完白酒，又喝啤酒，凌霄每次谈到购房时，男人总打着饱嗝说，好说，好说。可酒足饭饱后就没了下文。

凌霄总结了上次教训，没事时经常给男人打个电话，拉拉家常。男人开始还比较客气，说要再考虑一下，过一段时间后就不接电话了，最后把她的电话设置成了黑名单。电话打不进，房子没卖出去，凌霄白白花了几百元，赔了夫人又折兵。

两个月过去了，凌霄没有签下一笔单。丁娅板着脸说，凌霄，售楼部没有吃干饭的，如果下个月再像这样，你就怨不得我，只有走人了。凌霄哑巴吃黄连，有苦说不出，一肚子委屈。

凌霄闷闷不乐地回到家，看到春桃正津津有味地在看电视，时不时爆发出笑声。她放下挎包说，春桃，我今天又挨了批评，你进入这个行业两年多了，做得那么好，给我讲讲你的经验吧。

春桃把电视机音量调到最小，感慨地说，其实我当初并不希望你进入这个行业，售楼这行业的确是赚钱，可你的性格不适合。凌霄问，我这性格怎么就不适合呢？春桃长叹了一口气，幽幽地说，我本来想把这个秘密永远埋在心里的，看来今天只好对你讲了。

秘密？果然有秘密！凌霄轻轻捶了春桃一下笑着说，对我还保守，你早告诉我秘密，我现在何至于如此，快讲吧，莫卖关子了。春桃苦笑了一声，说，真是个傻得可爱的丫头，我当初就不应该动员你来宁都。

要我来的是你，说我不应该来的也是你，你到底什么意思？凌霄懵了。春桃摇了摇头，缓缓地说，还记得那天晚上我没回来睡我告诉你我在一个同事家里睡吗？我对你撒了谎，我那晚是陪一个男人去了，那男人在我手上买了一套别墅。

凌霄感觉心沉到了海底，心底生出丝丝隐痛。她看到春桃的眼里有晶莹的东西在滚动。春桃忍住要流下来的眼泪平静地说，其实，我也不想这样，可是我不这样就赚不到钱了。

春桃抹了一把眼泪，说，这两年我虽然挣了一些钱，可我心里也苦，我不敢谈恋爱，春节不敢回老家，你知道吗？看到你和朱小山那样恩爱，我的心就滴血。

凌霄疑惑地问，那你与陈超是怎么回事？春桃自嘲地笑了笑，说，陈超是个心地善良的男人，乐于助人，他虽然喜欢我，我也喜欢他，可他只是一个滴滴司机，你觉得，我们这种爱能开花结果吗？再说，如果他知道我是这样一个女人，他还会要我吗？

春桃的眼泪吧嗒吧嗒地落下来，凌霄也情不自禁地流泪了。她说，春桃，我都知道了，你什么也不用讲了！两个人抱着流了一阵泪。春桃揩干眼泪说，凌霄，我不希望你走我的路子，实在干不下去就跳槽吧！

七

佳诚地产公司举办了一场声势浩大的销售活动，隆重推介宁都花园，售楼部人员倾巢出动。公司邀请了一些在国内小有名气的演艺界人士献艺助兴，现场人山人海，热闹异常。

凌霄身着礼仪服装，负责来宾的签名，正忙得不亦乐乎时，突然有人轻轻拍了一下她的肩膀喊了声，凌霄。凌霄一转身，看见梁子湖站在一旁吃惊地看着自己。

梁子湖问，你不是在恒丰模具公司上班吗，怎么在这里？凌霄苦笑着说，我早被恒丰模具公司解聘了，在这里可能也干不长了。梁子湖问，你这不是干得好好的吗，怎么干不长呢？凌霄说，来两个月了还没有签一个单，三个月实习期满再没业绩，就要卷铺盖走人了。

凌霄问梁子湖，你今天在这里干什么？梁子湖说，你们公司搞活动，报社安排我来做一个采访。两人有一搭没一搭地说着话，梁子湖突然一拍脑袋，说，前几天，一个朋友对我说想购房，回头我问问他，如果真想买，到时让他与你联系，说不定可以帮你一把。

凌霄只当梁子湖是随便说说，没作多大指望，没想到他的朋友李先生真的来了。李先生进售楼部时正碰上朵朵，朵朵看见来人开着奔驰，手上戴着一个硕大的钻戒，就知道是个有钱人，正想上前搭讪，李先生却指名道姓问哪一位是凌霄。朵朵撇了撇嘴不情不愿地喊，凌霄，有人找。凌霄闻声赶了过来。

你就是凌霄？李先生打量了她一下，说，我是梁子湖的朋友，是他介绍让我找你的。凌霄说，先生请坐！凌霄给他倒了茶，将楼盘的情况介绍了一遍。李先生说，你带我看看房子吧。

看了几栋房，李先生爽快地说，十四栋挨电梯旁的八套房我都要了，过几天来交定金。凌霄怀疑自己耳朵出了问题，瞪着眼睛追问了一句：先生您要那么多？李先生说，不多，不多。

李先生果然讲信用，没过几天就到售楼部交了定金。凌霄打电话问梁子湖，李先生是做什么生意的，怎么买那么多房？梁子湖告诉凌霄说，李先生是浙江温州人，在宁都专门做炒房生意。

凌霄的业绩直线攀升，一下子超过了阿梅，在售楼部排名第一。丁娅立马换了嘴脸，在碰头会上大肆表扬凌霄是个难得的人才，并号召其他售楼小姐向凌霄学习。

凌霄请梁子湖吃饭。梁子湖说，不要那么庸俗好不好？我可不是个施恩图报的人，有那份心意喝杯茶就行了。凌霄要春桃一起参加。抽了个都不忙的日子，三个人去了春天茶楼。凌霄点了菊花茶，春桃点了大红袍，梁子湖要了碧螺春。

春桃大声称赞，梁子湖，你这人还真是路子广，要不是你，凌霄可能又一次失业了。梁子湖谦虚地说，不是我路子广，这件事纯粹靠机缘，其实，我与李先生交道不多，也就去他的公司采访了几回，因为两人谈得投缘，一来二去就熟络了。

凌霄感激地说，关键还是你这人热心，乐于帮助人，如果你不古道热肠，也不会帮我，现在的人都为生活奔忙，自己的事都顾不了，哪还顾得上去关心别人呢？

梁子湖说，你这观点我可不同意，社会上冷漠的人不少，但热心的人还是居多，就说我来宁都，干过推销员，当过服务员，做过公司管理人员，要不是朋友帮我，我也进不了晚报。现在，我帮你，只是想把这种温暖传递下去。

凌霄的业绩上去了，烦恼也接踵而来。那几天她去售楼部，发现气氛与平时有些不一样，大家表现得异常沉默。阿梅走近凌霄似笑非笑地说，恭喜你拔得了本月头筹，一个月就售出这么多，照这样下去一年下来你拿的佣金就可以买个"大奔"了。

阿梅这句话酸溜溜的，明褒暗贬。朵朵接过话，开着玩笑说，人长得漂亮就是有优势呀，不过，长得漂亮还要有献身精神，凌霄，你老实交代，李先生从你手上买了那么多房，你陪人家睡了几个晚上？她指桑骂槐、含沙射影，把阿梅讽刺了一番。

阿梅明知道朵朵是骂自己，也不计较，这一阵，她和朵朵好像订立了攻守同盟，抱团取暖，一起进进出出，非常默契。凌霄想，这一笔单让我成了"曹操"，看来"刘备"和"孙权"要联合对付我了。

按照售楼部的要求，售楼小姐每人每天必须联系一定量的客户，电话号码由公司提供。这天下午，凌霄挨个打电话，她礼貌地问一位姓陈的先生，是否有买房的计划。

陈先生接电话时非常不耐烦，瓮声瓮气地说，我不想买房，只想买人，你要是愿意，我把你买了！凌霄立刻听到电话那边传来一伙人邪恶的笑声，她啪地挂了电话，坐到桌前生起了闷气。

丁娅走过来，问，凌霄，你的脸色好像不好！凌霄气鼓鼓地说，今天倒霉，碰到了一个无聊的人，被骂了个狗血淋头，能有好脸色么？丁娅呵呵一笑说，还以为你失恋了呢，多大的事，我们这种工作经常被人骂。也不能全怪别人，经常打电话骚扰人家，你想，人家能有好心情吗？

丁娅这样一说，凌霄一颗波涛汹涌的心才风平浪静下来。丁娅说，不想这些不愉快的事了，今晚我们宴请一位姓郑的老总吃饭，一起去轻松轻松，消消气，怎么样？凌霄说，让阿梅和朵朵去吧，我怕喝酒，不想参加这种活动。丁娅说，不只喊了你，她们两个也去。

凌霄跟着丁娅走进酒店时，阿梅和朵朵已在大厅等候。阿梅穿着棕色的低领圆衫，超短裙下露出两条洁白的大腿，裙子上缀满了小星星，在灯光的映衬下，显得珠光宝气。朵朵上身着大红衬衣，下身牛仔裤裹着丰满的屁股，像一团燃烧的火球。

阿梅围着凌霄浑身上下看了一遍，说起了风凉话，哟哟哟，什么风把凌霄大美人给吹来啦，上身这粉红色的衬衣和下身这墨绿色的休闲裤，别说，这搭配还真像一朵凌霄花。

朵朵打击阿梅说，别以为只有你这混血儿才漂亮，我承认，我们那一批姐妹们是不如你，但凌霄来了，就不是你一个人的天下了。要说不如你，凌霄现在只有一样不如你，没有你风骚！丁娅拉下脸说，碰一起就斗嘴，没个女孩子样。

阿梅说凌霄像一朵凌霄花，一点也没说错，绿色的叶配上红色的花，凌霄花正是这种花色。凌霄刚进售楼部时，丁娅说几乎所有的售楼小姐都有一副行头，建议她置办几套好的衣着，可凌霄坚持朴素才是最美的自然色，她平时总是把自己打扮得像一朵凌霄花。

郑老板本来就是海量，在几位美女作陪下，更是兴致勃发。他把一瓶酒倒了满满五杯，一人面前放了一杯，说，如果你们有诚意合作，大家就把这杯酒喝了。郑老板说完自己先端起一杯一饮而尽。

丁娅豪爽地说，既然郑总把话说到这个份上，那我就只有舍命陪君子了。她端起杯子咕咚咕咚一口喝干，亮了亮杯底。阿梅和朵朵嗲声嗲气地边说边干了酒。凌霄哪见过这种阵势，站在一旁发呆。

郑老板说，凌霄美女，就剩下你了，要是不喝就太不赏面了！丁娅望着凌霄说，喝了吧，可不能让郑老板难堪。阿梅和朵朵也阴阳怪气幸灾乐祸地说，不就是一杯酒么，又不是毒药。

凌霄端起杯子，眼一眯，一咬牙，将酒灌进嘴里，顿时，一股辣椒的味道顺着她的肠胃到处乱窜，这辣味又迅速变成了一团火，燃烧着她的五脏六腑。郑老板大叫了一声说，痛快！

觥筹交错中，凌霄麻木了，恍惚中，她只看见几个人影在眼前晃动，阿梅和朵朵不停地给郑老板灌酒，郑老板一时抱着阿梅，一时又抱着朵朵，喝得东倒西歪，丁娅在一旁笑得前俯后仰。

喝完酒，凌霄立即打了出租车回家。一进门，她就冲进卫生间，用手不停地抠着喉咙，把喝进去的酒吃进去的东西都吐出来，这一切做完，她就天旋地转，倒在床上不省人事了。

三个月实习期结束时，凌霄没有再看到娟娟。丁娅在会上解释说，娟娟实习期间一个单都没有签，已经走人了。朵朵却偷偷告诉凌霄一个消息，娟娟虽然没有签一个单，却让别人给她买了一套房，埋单的就是前一阵子和她们一起喝酒的郑老板。凌霄目瞪口呆。

八

七月的天，太阳照在身上火辣辣的，凌霄感觉，除了火辣辣的太阳炙烤着自己，还有一双火辣辣的眼睛在盯着自己。盯她的人叫赵大成，阔脸、大耳朵、小眼睛，四十七八岁年纪。他头两次来是朵朵负责接待的，后来见了凌霄，就只找凌霄一个人了。

赵大成是一家物流公司的老总，是宁都有头有脸的人物，电视上经常有他光辉的形象。他来售楼部买房是借口，想找个美女做朋友才是真实目的。赵大成每次来，总是天南地北、不着边际地和凌霄神侃。

朵朵提醒凌霄说，赵大成醉翁之意不在酒，你可要当心！凌霄明白，朵朵是吃不到葡萄说葡萄酸，不过，她始终牢牢记住朵朵的忠告，与赵大成保持着若即若离的距离，既不太靠近也不太疏远。

有一次赵大成和凌霄在讨论房屋结构、朝向时绕着弯子问起凌霄的家庭情况，凌霄立马警惕起来，转移话题巧妙地绕了过去。她不想和赵大成这种人谈一些深入的话题。

时间一长，赵大成就沉不住气了，有一次他试探着问凌霄，有没有谈朋友？凌霄说，两年前就谈了。凌霄以为自己说谈了男朋友，赵大成就会识趣地撤退，没想到他听后满脸不在乎地说，谈了也无所谓。

凌霄问，赵总，现在宁都的楼市行情这么好，您既然想好了，又不缺钱，为什么不下决心买呢？赵大成故作慎重地说，买房子是大事情，我必须多踩几个楼盘综合权衡后才能做决定。

凌霄说，宁都花园位于中心市区，靠近高铁站，中小学俱全，离宁河不远，应该是最好的选择！赵大成的眼睛像老鼠一样骨碌碌转动着问凌霄，如果在你的手上买房，可以得到什么好处呢？

凌霄隐约猜到了赵大成说的好处是什么，故意装聋卖傻地说，我可以报告经理，给您最大的优惠呀。赵大成摇了摇头说，你误解我的意思了，我指的不是这个，钱对我来说是小事，不值一提。他停顿了一下说，这里谈不方便，改天我请你喝茶，再谈。

凌霄说，那就您不忙的时候再说吧，我等您电话。赵大成说，这样甚好，得空时，我打你电话，一言为定，不见不散。第二天，赵大成就按捺不住给凌霄打电话，约她在丰都茶楼见面。

丰都茶楼比春天茶楼档次高多了，整个茶楼格调古色古香的，茶具桌椅都是清一色的缅甸花梨红木。赵大成笑着问，以前来过这里吗？凌霄摇摇头说，我们那点工资，可不敢来这种高档地方。

你要是喜欢，以后可以经常来。赵大成一边说，一边从包里摸出一张卡，塞到凌霄的手里。这是贵宾卡，里面有三万元，送给你。凌霄把卡还给他，说，赵总，这个礼太重了，我可不敢收！

赵大成有些不高兴地说，是看不起我吗？凌霄赔着小心道，您是宁都大名鼎鼎的人物，我一个打工妹高攀都来不及，只有您看不起我，哪有我看不起您的道理，您可千万不要这样想！

赵大成阴沉的脸上立马浮起了自豪的笑意，说，看来你对我这个人还是很了解的。既然这样，我就打开天窗说亮话了，我想你做我的女朋友，只要你愿意，我可以立即在你们那里买几套房子，另外送你一套。

生意人说话喜欢拐弯抹角，谈起风花雪月却赤裸裸的没有一点遮掩。凌霄站起来正色道，赵总，您看错人了，我不是那种人，只卖房屋，不卖身体。如果您有这种想法，恕我不奉陪了！

凌霄起身要走，赵大成一把拉住她的手说，我没有看错人，我喜欢的就是你这种类型的女子，有气质，又有骨气。知道吗，你们售楼部的朵朵经常给我发微信，可我不喜欢那个势利的女人。

凌霄说，您这么有钱，身边的女人多的是，不缺我一个，我只能让您失望了，谢谢您请喝茶！说完，凌霄头也不回地走了，赵大成坐在那里望着凌霄的背影发呆，这世上难道真有钱办不通的事么？

凌霄的生日来了。春桃问，朱小山与你联系了没有？凌霄说，这一阵他总说忙，联系得少，既然大家都忙就不聚了吧。春桃说，真是太不像话了，我给他打电话，问下到底是怎么回事。

春桃生气地问朱小山，有像你这样谈朋友的吗？女朋友生日到了也不闻不问的！朱小山接了电话一连串赔着小心说，我心里有数，你帮着操下心，定个好地方，单子我来买。春桃说，这个态度还差不多！

春桃觉得还是宁河旁边环境好，吃饭嘛，吃心情，要想心情好，就要好环境。春桃约了陈超，问要不要约梁子湖。凌霄说，梁子湖这人虽然仗义，又帮了大忙，毕竟没有深交，就算了吧。

春桃买了蛋糕，朱小山买了玫瑰，陈超见他们都有表示，从车上拎下来两瓶红酒。吹蜡烛，许愿，大家一起唱《祝你生日快乐》时，朱小山突然汗流如雨，全身痉挛。

春桃慌张地问，朱小山，你怎么啦？朱小山满脸痛苦地说，没事，可能喝多了一点，我去吐一下，吐出来应该就没事了。朱小山从洗手间出来，就恢复了正常，开始谈笑风生起来。

凌霄仔细地看朱小山，发现他面色蜡黄，人也消瘦了许多。凌霄拿起纸巾擦着他脸上的汗心疼地说，你脸色好难看，平时可要注意休息，莫把身体累坏了！

吃完饭，春桃提议说，我有好长时间没有去唱卡拉 OK 了，现在时间还早，不如今晚去体验一下吧？陈超附和说，好呀，一起去吼一嗓子。这时，朱小山的电话响了起来。他看了一眼屏幕，说，不好意思，我出去接个电话。

春桃一撇嘴，嘟哝着，什么电话不能当面接呢？一会儿，朱小山就走了进来，他叹了口气说，实在对不起，经理打电话来，酒店现在有要紧事，我要先回去了。下次吧，下次一定把这课补上！

朱小山走了，大家都没了兴致，各自回家。春桃喝多了一点，翻来覆去睡不着，就跑过来与凌霄一起睡。春桃说，看到你们那么幸福，我羡慕又妒忌。凌霄说，你觉得我幸福吗？以前的确是这样，可是来到宁都，我好像没有了这种感觉。

春桃乜着醉眼问，怎么这样说呢？凌霄说，你不觉得朱小山今晚的行为有些异常吗？春桃摇了摇头说，异常？我没看出来。凌霄还想说几句，春桃头一歪打起了呼噜。

凌霄走到窗前，默默地看着窗台上静静开放的凌霄花，她的心飞回了千里之外的家乡，回到了父母身边……

九

你妹妹凌云检查出患了恶性胰腺肿瘤，必须尽早进行手术，彻底治愈估计要十几万元的治疗费，你想办法寄点钱回来吧！凌霄接到母亲的电话时，像被人当头击了一棒。

这几个月虽然攒了一点钱，但毕竟有限，十几万可不是个小数目。凌霄思来想去，要不要找春桃借一点，但一想到春桃刚买了房，她的钱来得不容易，在宁都又给她添了许多麻烦，总开不了口。

怎么办呢？凌霄心急如焚。对，找朱小山，他应该多少可以帮衬一点。凌霄给朱小山打电话，他的电话关了机，又发微信，他半天也没有回。看来，只有直接去找朱小山了。

下午，凌霄一下班就直奔东方国际大酒店。酒店里灯火通明，人来人往，十分热闹。凌霄在前台转了一圈，没有看到朱小山，又找到二楼三楼餐饮部，还是没有看到他的影子。

这会儿正是酒店最忙的时刻，朱小山去哪了呢？凌霄问前台的服务员，前台服务员说下午还在哩，又问侍立在包间旁的一位服务员，服务员摇摇头说自己才来两天，不认识朱小山。

一位高挑个的女孩说，朱经理天黑时才走，离开的时候好像说他要去怡景花园小区二街一号，你去那里找找吧，或许他在那里？凌霄还想问详细一点，女孩子已和客人打招呼去了。

凌霄步行六七分钟就到了怡景花园，二街一号是一栋三屋小洋楼，门前有一个花园。凌霄按了按门铃，好大一会儿门才打开，一个穿着睡袍约莫三十多岁的妖艳女人探出头来。

你找谁？女人看到凌霄警觉地问。我找朱小山，我是他女朋友。凌霄一边说一边往里瞧。女人神色慌张地说，你找错地方了吧，你男朋友怎么会在我这里？女人想关门，但凌霄已经一脚踏了进去。

一个熟悉的声音在楼上响了起来，莎莎，在和谁说话呢？话音刚落，凌霄就看见朱小山穿着一件白色背心，趿着拖鞋从楼上走下来。看到凌霄，朱小山吓得一个趔趄摔倒在楼梯上。

凌霄心里一阵绞痛，眼前一黑，差点晕倒。她扶着门框，吼道，朱小山，你个混蛋，这就是你说的我到天涯你就要跟到天涯，我到海角你就要追随我到海角吗？你这样做怎么对得起我？凌霄痛彻心扉，泪流如注，掩面逃了出去。朱小山反应过来后拼命地喊，凌霄，凌霄！

凌霄浑身软绵绵的，漫无目的地走在路上，头重脚轻，踉踉跄跄，目光滞凝。她一时笑一时哭，浑身痉挛颤抖，抱着缩成了一团。夏天的宁都温度很高，凌霄却感到掉进了冰窟窿，浑身冰冷。

几位好心的路人经过，问，姑娘，病了吗，要不要送你去医院？凌霄好像没有听见。凌霄回到家径直走进房间倒在床上，把被子蒙在身上大哭起来。春桃正在看电视，看到凌霄一脸泪痕，失魂落魄，忙跟了进去问，凌霄，你怎么了？

凌霄直起身抱住春桃，说，朱小山，他……他真不是人，他在外面找女人了！这句话不亚于晴天里一个霹雳，春桃眼睛瞪得大大地说，不可能吧？凌霄说，我都亲眼看见了，还会错吗？

春桃腾地跳了起来，双目圆睁，手捏成了一个拳头，她愤怒地说，是哪个狐狸精把他迷住了，走，我们现在去找那混蛋算账。凌霄泪汪汪地说，他已经上了别人的床，现在去找还有意义吗？我再也不想见他了。

春桃喷火的眼睛渐渐黯淡下来，握紧的拳头也慢慢松开。她说，难不成就这样算了？凌霄说，既然不爱了，就放手吧，强扭的瓜不甜。春桃，你给我倒杯冰水吧，我想一个人安静一下。

凌霄病了，发起了高烧。她头脑发胀，喉咙干涩，大汗淋漓，浑身发热，说话也胡言乱语。春桃探了一下她的额头，不由得叫了一声我的娘呀，这不就是一个燃烧的火炉么！她迅速拨打陈超的电话，两人手忙脚乱地把凌霄送到了医院。

医生量了凌霄的体温，说，她的体温已高达39.8度，需要马上打吊针，连打几天吊针才可能好彻底。春桃代凌霄向公司请了假，自己也向公司请了假，陪凌霄打吊针、聊天。

凌霄不吃不喝，整天泪流满面，望着天花板发呆。春桃给她做好吃的，可凌霄吃不下，她觉得什么东西到了嘴里都没有一点味道。春桃叹了口气说，事情已到了这个地步，你这样也不是办法，还是吃点吧。

凌霄有气无力地说，我也想吃，可我真的是吃不下去，一睁开眼，我满脑子都是朱小山的影子，那些往事深深刻进了我的心里，折磨着我，撞击着我，撕裂着我，我的心痛得要命。

春桃说，我没有恋爱经历，没有你这种感受，只知道人是铁饭是钢，一餐不吃饿得慌。只有吃饱了，才有力气去工作，你要是这样，怎么能够挣钱建房，怎么能让父母过上好日子？

春桃还想再劝，可她不知道该说些什么。此刻，所有的语言都显得苍白无力，她只能一次次地对凌霄说，一切都是命，命中注定你们不能走到一起，既然这样，就把过去都忘掉，重新开始吧！

朱小山不停地打电话，凌霄拒接了。朱小山发微信，说要当面给她解释，凌霄也不回复。朱小山来春桃的出租屋，凌霄也不见。事情已经到了这个地步，见面、解释还有必要吗？

在春桃的细心照料和耐心开导下，经过一段时间的调理，凌霄一颗受伤的心开始慢慢地修复。父母的疼爱和春桃的关心，让凌霄明白，生命中不只有爱情，还有亲情、友情及其他许多珍贵的东西，她应该像窗台上的凌霄花一样，顽强地生长。

凌霄把卡上的几万元钱全部寄了回去，近几个月的业绩还算正常，每个月都能售出两三套房屋，得到一笔不菲的佣金，加上底薪，像这样下去，用不了多久就可以凑齐凌云的医疗费用了。

售楼部发生了一件大家没想到的事，朵朵在背后偷偷告了阿梅一状，说阿梅明着在销售宁都花园的楼房，暗中却在为另外一个公司效力，拉走了很多客户，阿梅被公司辞退了。

阿梅离开公司时黯然地对凌霄说，在售楼部，我是朵朵最大的竞争对手，挤走了我，她就可以肆无忌惮了。不错，我是拉走了一些客户，但我是公司的有功之臣，公司这样对我，不公！

凌霄说，现在谈公与不公有什么意义呢？你能量大，到哪里都能吃上饭，换个环境未必是坏事。阿梅说，辞了我也无所谓，我就是看不惯朵朵那副小人得志相，这女人有手段，你不是她碗里的菜，估计你也干不长。凌霄说，我本来也没打算干长，干一天算一天吧。

桑眉感叹地说，想起当初阿梅在公司不可一世，现在看她这个凄惨的样子，真是怪可怜的。凌霄说，此一时彼一时，人到了这个地步，心境就不一样了。

桑眉说，阿梅赚了钱，也付出了沉重的代价，她曾经对我讲，她陪一个客户睡觉后，客户趁她睡熟之机，偷拍了她的裸照，此后经常要挟她，最后还把相片发给了她男朋友，男朋友因此和她大闹了一场，分手了。

桑眉纯洁、善良，凌霄喜欢这个姑娘。凌霄说，每个人的观念不一样，生活方式不一样，我们无法勉强别人，但可以要求自己！桑眉说，凌霄，我欣赏你的性格，绝不会为了钱出卖自己的身体。

十

秋天不知不觉就来临了，一阵风吹来，树上的叶打着旋纷纷落下，站在树下，凌霄感觉自己就像那飘飞的落叶，孤苦伶仃，没有依靠。秋天的天气冷，凌霄的心更冷。

母亲又打电话来了，她说，凌云病情加剧，已经不能再拖，必须手术了，她要凌霄务必再筹集五万元。凌霄心如刀绞，仿佛听到了凌云痛苦的声音，姐姐，救救我吧！

凌霄的眼泪簌簌地落了下来，哽咽着说，娘，我会尽最快速度筹钱，一周内一定给您打过去。放下电话，凌霄一筹莫展，束手无策，她感觉到了做人的艰难，到哪里去筹这笔钱呢？

电话响了，是赵大成打来的，凌霄，近来可好？凌霄心烦，冷冰冰地说，不好！赵大成问，遇到困难了？凌霄说，是的。凌霄心里瞧不起赵大成，她见过许多装蒜的人，但没见过像赵大成这样会装蒜的人，一副若无其事、正人君子的样子。

凌霄强颜作笑说，赵总，我遇到了难题，现在急需要钱，如果您确定了就把房订了吧？凌霄把妹妹的病情告诉了赵大成，希望他能生出恻隐之心。没想到赵大成说，这个问题很简单，只要你同意做我女朋友，我立马给你十万元，再送你一套房子。

狗日的，真不是人！典型的为富不仁，趁人之危，落井下石，中国人那么多的好品质，他身上怎么就没有一点点呢？凌霄在心里把赵大成骂了个狗血淋头。

夜幕降临，喧嚣了一天的宁都开始恢复了宁静，凌霄在街上茫然地走着，风冷飕飕的。凌霄紧了紧衣领，朱小山的背叛和赵大成的无耻让她感到了彻骨的寒冷。

凌霄进了路边一家酒吧，要了几听啤酒喝了起来，她越喝越苦，越喝越伤心，当她喝得昏昏沉沉从酒吧里摇摇摆摆地出来时，脑子里突然闪过一个字——"死"。与其这样艰难地活着，还不如一死了之。

凌霄真想迎着开来的汽车撞去，但开车的师傅好像有意与她作对，远远地就按起了喇叭。凌霄又想纵身一跃，从宁河上跳下去，要是死在宁河，宁河的美丽就被自己破坏了。

左也不能右也不成，凌霄迷迷糊糊地回了家，刚进门就又接到了母亲的电话。母亲说，凌云今天已经进行了手术，过几天就要续费了，让她抓紧把钱打过去。

凌霄盯着手机屏幕发起了呆，突然一个电话号码映入眼帘，她不自觉地拨通了赵大成的电话。赵大成有些意外，问，你打电话给我，是表示同意了吗？凌霄说，虽然同意了，可我不是自愿。赵大成喜出望外地说，只要你同意就行了，自愿和不自愿又有什么两样呢。

凌霄在镜子前坐了好久，她一梳一梳地把头发理顺，打算化个淡淡的妆，可一想到几个小时后，一个自己不喜欢的男人将要把自己从一个女孩变成一个女人，就坚决放弃了这个想法。

凌霄不想把最美丽的一面留给一个心灵肮脏的男人。她的身子本来是要交给朱小山的，可他不懂得珍惜，找了别的女人。凌霄万念俱灰，想不到自己洁身自好，最后还是走上了与春桃、阿梅一样的路，也许这就是人们常说的宿命吧。

凌霄坐了个出租车去了赵大成订的酒店，在酒店门口，她走来走去，徘徊了好长时间，心里虽然有一万个不愿意，最后还是进去了。上了电梯，看着不断跳跃的红色数字，凌霄的心情更加复杂。

走到赵大成订的房间，她又在门前站了好久，如果掉头，还有最后一次机会！有那么一瞬间，她想转身离去，但一想到凌云痛苦无助的眼神，她还是抬手敲响了门。

赵大成听到响声，马上打开门。凌霄一进去，他就迅速关上了门，一把抱住凌霄就要亲吻。凌霄沉着脸说，你慌什么，我都已经来了，还怕我飞了不成？

赵大成一想，也是，既然来了，凌霄此时是不会拒绝了。他喜滋滋地说，不慌不慌，有的是时间。凌霄放下挎包坐到了床上，她开心时无比美丽，忧郁的样子也楚楚动人，赵大成紧挨着她坐下来，他血流加快，呼吸急促，已经急不可耐，伸过手来就要解凌霄的衣服。凌霄突然厉声地说，赵大成，你不觉得你这样做很卑鄙吗？

赵大成吓得一下子把手缩了回去。他反问道，卑鄙！我卑鄙吗？我可没有强迫你，是你自己同意的，如果你现在反悔，还来得及。赵大成振振有词，以为稳操胜券，脸上浮起得意的微笑。一切已成定局，再也没有退路，凌霄的泪水再一次奔涌而出，绝望地闭上眼睛。

赵大成的手伸过来，开始一颗一颗地解凌霄的纽扣，当他解掉凌霄外衣最后一颗纽扣时，凌霄的手机突然响了起来，神思恍惚的凌霄像在梦中一下子被人叫醒，凌霄仿佛听到母亲的声音从遥远的地方传了过来，凌霄啊，你女孩家家的，在外面可一定要走正道……

凌霄清醒过来，一把抓起电话。春桃焦急的声音传了过来，凌霄，你在哪里呢？梁子湖来家里找你了。凌霄慌乱地说，我……我在外面有点事，你让他等着，我马上就回来。

凌霄迅速扣上纽扣，拿起挎包，她轻蔑地对赵大成说，对不起，我改变主意了，不想和你做这笔交易了。她风一样旋出了房间，赵大成气急败坏地在身后喊着，疯子、神经病，你这是在玩弄我！

春桃和梁子湖正聊得热火朝天，凌霄进了门放下包，问，梁子湖，来前怎么也不先打一个电话？梁子湖调侃道，你是有男朋友的人，我可不敢造次，随便拨你电话，我怕挨揍！

春桃接过话说，油腔滑调的，就没一句正经话，谈正事吧。梁子湖嘻嘻一笑转入正题说，下午我碰到一个叫李实在的朋友，他在宁都办了一个凌霄花种植基地，赚了不少钱，现在，他的公司想高薪招聘一名这方面的专业人才，你在大学学的是园艺专业，不知有没有兴趣？梁子湖三言两语说明了来意。

凌霄花种植！凌霄的心咯噔了一下，说，你这一提让我想起了一件事。前两年，有一位开发商看中了我们仙女村想发展凌霄花种植产业，后来因为资金链没有跟上，又缺乏种植方面的人才，这事就泡汤了。与其到他的公司工作，不如自己回家乡发展。我们村气候条件不错，土质也好，适合种植凌霄。

春桃迫切地说，既然这样，那你不妨尝试一下！凌霄说，哪有你想的这样简单，大规模发展凌霄花种植要投入大量资金，不瞒你说，我现在已经身无分文了，我妹妹病了，急需几万元医疗费我都拿不出。

梁子湖说，你妹妹的医疗费大家可以想办法帮忙凑一点，但这大笔的资金哪里去筹？这个产业前途大，但投入也不小，我能做的就是动员朋友提供免费培训、优惠供应种苗等服务。

凌霄动了一下的心又平静下来，这么大的投资对她来说无异于天方夜谭。春桃的眉头也紧皱起来，突然，她一拍大腿说，凌霄，有了，我们去找冯董事长，动员她投资，她不是对你说过遇到困难可以随时找她吗？对她来说，钱应该不是问题，现在关键的问题是我们仙女村到底适不适合发展这个产业。

梁子湖疑惑地问，哪个冯董事长？春桃说，就是恒丰模具公司的冯玲董事长！梁子湖说，这个人情况我知道一二，喜欢做公益事业，我们报社报道过她的事迹，她曾经捐了 500 万元在家乡建起一所希望小学。

春桃说，如果冯董事长肯出手相助，那么一切就好办了。凌霄说，我先与村里的领导沟通一下，问清楚情况了再找她吧。说动就动，凌霄立马电话联系上了村支书，谈了自己的想法。

村支书高兴地说，好啊，这几年村里虽然实施了精准扶贫，但因为太偏僻，能人少，底子太薄，产业发展还是不够，现在农村正在实施乡村振兴战略，你想回来发展，我们热烈欢迎！

朱小山最后一次来春桃的出租屋是初冬。那天晚上，天下着毛毛细雨，初冬的雨虽然不大，却透出股股寒气。春桃打开门倒垃圾，发现门边靠着一个人，吓了一大跳，仔细一看，竟是朱小山。

朱小山，你什么时候来的？来了怎么不进屋？春桃不解地问。我在这里等凌霄，我知道她还没有回，我想见她一面。朱小山嚅嗫着，眼里透出一股逼人的寒气，春桃看到他的样子有些不寒而栗。

春桃把朱小山劝进屋。灯光下，朱小山英俊的脸上露出一道长长的疤口，左手上缠着绷带。春桃给他倒了一杯茶，惊讶地问，朱小山，你怎么成这样了？朱小山说，是莎莎请人打的。春桃问，莎莎是谁？朱小山说，莎莎是东方国际大酒店的总经理。

我到东方国际大酒店上班不久，莎莎就喜欢上了我。她虽然年纪比我大几岁，可她有大把大把的钱，她每次用钱来诱惑我，那几次我和你们一起吃饭的钱都是她给的，我对你们说了谎。朱小山用低沉的声音讲述了自己和莎莎之间的故事。

有一次，我喝多了酒，她把我带到了她的家，我们就睡到了一起。莎莎离婚了，我就长期住在她家里。我有身体，她有钱，彼此都需要。她知道我和凌霄的事后，逼着我和凌霄一刀两断，我不同意，她就辞退了我。我不肯走，她就请人把我打成了这样。

现在，我的手脚被打骨折了，脸也成了这样，见不得人了，我只想见凌霄一面，不乞求她原谅我，只想当面对她说声对不起，我现在肠子都悔青了，我要杀了那个坏女人，她把我的一生都毁了！朱小山的脸上露出了凶光。

春桃紧张地说，人一生长得很，你可千万不要做傻事！朱小山摇了摇头，说，一切都太晚了，挽不回了，你把这个交给凌霄吧！说完，他把一个文件袋放在沙发上，摇摇晃晃走进了雨中。

凌霄回家打开文件袋，看到袋里装着一个10万元的存折，还有一张字条，上面写着：凌霄，我对不起你，我现在什么也没有了，这点钱你和我的父母各拿一半吧。凌霄感觉情况不妙，忙给朱小山打电话，可他的电话关机了。

凌霄赶到东方国际酒店，收银台的服务员说朱小山已经好久没来了。凌霄又给朱小山的父母打电话，说朱小山出事了，叮嘱他们一定要想办法联系上他。

两天后，宁都晚报刊发了一则新闻：怡景花园发生一起命案，现场发现死了一男一女，女的是东方国际大酒店的总经理，男的是餐饮部经理，具体死因警方正在调查之中。

凌霄把存折快递给朱小山的父母，同时打电话说，我没有管好朱小山，给您的家庭带来了巨大的伤害，不能做你们的儿媳妇，就做你们的女儿吧，以后有时间，我会经常来看你们二老。

起风了，降温了，凌霄围上围巾，一个人来到了宁河边，望着静静流淌的河水，想着来宁都后几个月中发生的点点滴滴，她的泪再一次奔涌而出，她不知道这泪是为朱小山流的，还是为自己流的。

在这座繁华的城市，朱小山用这种极端的方式结束了短暂的一生，给他的父母和凌霄留下了永远的伤痛，这个代价实在是太沉重了，造成这一切的罪魁祸首是什么呢？

凌霄和春桃来到恒丰模具公司，冯董事长看到她们很高兴，热情地问这问那，凌霄讲了近几个月在售楼部工作的情况和凌云的病情。冯董事长摇着头感叹地说，不容易，你真是不容易啊！

凌霄趁热打铁讲了想回家乡种植凌霄花发展乡村游的想法。冯董事长兴奋地说，这个想法好，当初你来宁都打工，只是想挣钱给父母建栋房子，这种小富即安的思想本来就是错误的。

春桃说，冯董事长，凌霄当年也是有理想有追求的人，只是因为家庭出了变故，才变得目光短浅了。要不，她怎么会放弃一些好大学好专业不读，而选择一个冷门的农业大学园艺专业呢？

冯董事长感触地说，我以前的经历与凌霄有些相似。我也出生于贫困的农村，90年代大学毕业正赶上打工潮，我发誓要用知识改变家乡贫困落后的面貌。开始我在东莞一家模具公司跟随师傅潜心学技术，师傅退休后，老板在宁都成立了一家分公司，安排我任分公司负责人，后来，我赚了钱就跳槽创办了属于自己的恒丰模具公司。

春桃说，冯董事长，您真了不起！您的精神值得我们学习。冯董事长继续讲道，你不知道我们家乡以前有多穷，男人好多娶不到媳妇。前几年，我捐资500万元为家乡建了一所希望小学，后来我又投资在家乡发展旅游产业。我觉得一个人活着，应该做点有意义的事。

家乡的旅游业现在已经逐步发展起来，每到周末，都会吸引很多周边的游客来参观或度假，村民们再也不用外出打工了，他们可以在自己熟悉的这片土地上勤劳致富，生活也开始富裕起来。冯董事长讲到这里，脸上溢满了自豪。

凌霄的脸红了。同样都是女人，同样受过高等教育，冯董事长的心中装着一份对乡亲的大爱，自己却一心只想着给父母建栋住房，她为自己目光短浅深感羞愧，更为冯董事长的情怀感动。

冯董事长语重心长地说，国家和父母花了那么多钱把你培养成一名大学生，不容易啊！现在，你想回家乡发展产业回报乡亲，这是一举两得的好事，你想想，乡亲们都富裕了，你父母还愁房子住吗？

春桃感动地问，冯董事长，你这样说是同意支持这个事了？冯董事长点了点头说，这件事很有意义，也是我想做的，我一定竭尽全力帮助，凌霄你尽快拿出一个方案吧。

冯董事长打电话给财务室负责人，要他们取出五万元交给凌霄。她对凌霄说，治病救人要紧，迅速把钱汇回家吧。

根据梁子湖朋友李实在的建议，冯董事长决定去凌霄的家乡考察发展凌霄花种植业和乡村旅游业的可行性。在一个晴朗的日子，凌霄带着冯董事长、李实在和几名农业专家一起回到了仙女村。

家乡领导很热情，分管农村工作的副县长、旅游局局长、招商局局长、乡镇党委书记、镇长高度重视，都赶到了仙女村。村支书汇报了村里的自然环境和经济社会发展情况，招商局局长介绍了招商引资政策。

冯董事长围着村里村外看了一遍，不停地感叹仙女村是一个世外桃源。分管副县长开玩笑说，仙女村不仅山清水秀，还盛产美女，看了凌霄就知道了。一句话说得大家开怀大笑。

考察报告出来了，仙女村地理条件、自然气候、土壤的酸碱性都非常适宜凌霄花的生长。位于仙女村的仙女山历史悠久，传说明妃王昭君出塞前曾经路过这里。这里有山有水，有美丽的传说，有明清时期保存完好的古民居，如能修建一条旅游公路，以凌霄花种植带动当地旅游观光业，前景非常乐观。

经过专家们的认真论证和县、乡、村相关负责人的几轮磋商，冯董事长和仙女村签订了合作协议，投资两千万元注册成立仙女山旅游发展有限公司，她自己任董事长，凌霄任总经理，由凌霄全面负责公司日常事务，项目分三期实施。

在国家宏观政策的调控下，宁都的楼市开始走向低迷，房价全线下调，宁都花园的价格每平方米一夜间大幅跌降。售楼小姐们开始各寻出路。朵朵见势不妙，第一个跳了槽。桑眉说目前没有其他路子，还要再守一阵，看看走势再说。

凌霄也郑重地向公司打了辞职报告。丁娅带着遗憾的口吻说，凌霄，房价上涨和下调是正常现象，为什么非要辞职呢？凌霄说，我所以辞职，不是因为楼市发生了震荡，而是我在这里水土不服。

水土不服？丁娅不解地问，难道经济发达的宁都还不如你那个偏僻落后的贫困县。凌霄感叹地说，丁经理，你一定听过"橘生淮南则为橘，橘生淮北则为枳"的故事吧。我就像淮南的橘子，只适应在淮南生长，不适应在淮北生长。宁都的确是个好地方，但不是每个人都适合在这里发展，我来自农村，根在农村，心也在农村，我的性格可能更适合在农村发展。

就要离开宁都了，凌霄不禁为春桃的未来担心起来。凌霄关切地问，春桃，现在楼市行情不好，我走后你有什么打算？春桃黯然地回答，我也不知道怎么办。

凌霄问，难道你还想继续做一名售楼小姐吗？春桃反问，我不做售楼小姐还能做什么呢？凌霄说，售楼小姐吃的是青春饭，你这样下去也不是长久之计，不如和我一起回家乡发展吧？公司成立了，现在正在招兵买马，急需人打理，我们姐妹俩共事，一定很开心。

回家乡？春桃吃惊地说，我还从来没考虑过这件事，给我点时间让我想想吧。春桃前思后想，终于做出了决定，和凌霄一起回家乡。冯董事长听了很高兴，她决定摆一桌饭为凌霄和春桃饯行。梁子湖说，冯董事长，给个机会让我来尽点心意吧，这桌饭我来请。

吃饭的地点定在宁河岸边那家酒店。宁河还是悠悠地流，但却已物是人非，有谁知道这条宁静的河流曾经是那样的波涛汹涌？如今，一切都过去了，复归了宁静。

夜色迷离，气氛凝重。凌霄打破沉默说，冯董事长，您是一个带有传奇色彩的人，能讲讲您的家庭吗？冯董事长拢了一下被风吹散的头发，缓缓地说，我是一个平凡的女人，事业是成功的，但婚姻却是失败的。赵万里是个花心的男人，我和他三年前就私下协议离婚了，之所以一直维持着表面上的夫妻身份，一切都是为了孩子。

凌霄抱歉地说，冯董事长，我不知道是这样的，触到您的痛处了！冯董事长说，以前我个性柔弱，经历了这么多年的风风雨雨，现在我坚强了，既然婚姻不幸，我就把精力多花在事业上吧。

冯董事长捋了一下头发又说，想成为一个成功的女人特别不容易，但我认为女人无论在什么样的环境一定要走正道，要自强自立，凌霄，知道我为什么要帮你吗？就是因为你的品质好！我要是当初不辞退你，从上海回来，你可能就不是现在的凌霄了。

菜上桌了，梁子湖说，大家趁热吃吧，别搞得像生离死别一样，以后又不是不见面了。春桃说，谁像你这人，没心没肺的，不讲感情。梁子湖故作一脸严肃地说，大家评评理，我像个没心没肺的人吗？你们回去把阵脚站稳了，我立马辞职过来。我不但要投资，还要投入感情，凌霄花少了我这片水的灌溉能鲜艳吗？

看着从风雨中一路闯过来的冯董事长，凌霄感觉她就是一朵正在绽放的凌霄花，在这个世界的一角，她不屈不挠地摇曳着、伸展着，给人以启示，给人以美丽，给人以温暖，而自己和春桃则是两朵顽强地生长着、默默地蓄积着力量、含苞待放的凌霄花……

凌霄为自己真正成为一朵凌霄花而备感欢欣，虽然仙女村凌霄花种植基地还没有建起来，但凌霄仿佛已经看到仙女山的山坡上凌霄花漫山遍野开放的情景，那美丽的凌霄花像一个个鼓足劲吹着的小喇叭，一个接着一个、一簇接着一簇竞相绽放，它们迎风摇曳，装扮着大地，散发出迷人的幽香，幸福着乡亲们的生活……

凌霄和春桃踏上了返乡的路，陈超开车把她们送到火车站台。他左手提着春桃的行李箱，右手提着凌霄的行李箱，累得气喘吁吁，大汗淋漓。春桃上车后突然飞快地又跑下去，猛地抱住陈超吻了一下。

　　火车开动了，一粒豆大的汗珠从陈超额头上滚落下来，随之滚落下来的还有一滴晶莹的泪珠……

发表于《星星文学》2019 年夏季号（总第 92 期）

追　凶

王先佑 湖北随州人，居深圳，富士康集团内刊主编。在《中国作家》《长江文艺》《百花洲》《文学界》《福建文学》《四川文学》《山东文学》《作品》等刊物发表小说、散文70余万字。获第三届全国青年产业工人文学奖短篇小说奖、第二届全国打工文学征文大赛散文组银奖等奖项。

一

我被打那天，没有任何征兆。深圳春色正好，一派风和日丽、风平浪静的祥和气象。那天是个星期一，下班前我还特意给老婆打了个电话，指示她晚上要买虾。老婆说，好啊好啊，我们都有二十多天没吃虾了。

在我们家，吃虾是一个暗号。吃虾的日子，也是我和老婆洞房花烛的日子。能和洞房花烛相提并论，可见吃虾这件事情意义之重大。我的前列腺提前迈入中老年行列，老婆脸皮薄，以前有需要，总不好意思挑明。自从发明了吃虾这个仪式，她就方便多了。哪天想要了，她就说，老公，我们今天吃虾吧，说完了还笑，笑得很风骚。我暗中考察过，老婆能够忍受不吃虾的最长时间是一个月。我真搞不懂，老婆那么节俭的一个人，虾又那么贵，她买起来怎么就跟不用花钱一样大方。

那天是我接的儿子。幼儿园大门正前方，隔着一条臭水沟，有一条修好不久还没有通车的马路，马路往右一百米就到尽头，于是便成为一个小小的广场，这也是这个农民房片区唯一的广场。小广场上的夜生活从每天晚上七点多开始，老年人跳舞，小孩子溜冰，年轻人打羽毛球，还有人什么也不干，抱着膀子在广场上看热闹。后来，卖袜子和香蕉的小贩也加入进来，他们弄支高音喇叭，反复播放着"十块钱五双，十块钱五双"或是"三块钱一把，三块钱一把"，生意居然相当不错。

我把儿子牵到手上的时候刚过六点，老婆应该正在菜市场挑虾。按照经验，广场夜生活还不到开幕的时间，但这时那里却响起一阵高亢的音乐。从幼儿园回家有两条路，一条走广场，一条走大榕树。儿子本来已经说好走大榕树的，广场那边的音乐又让他反悔了。儿子挣脱我的手，说，爸爸，我们去看看那是什么？

广场上围成了一个好几层的人圈。正对人圈停着一辆塞得满满当当的大货车，车顶打着"快乐杂技团"的横幅，车厢里却飘出《伤不起》的旋律，场面显得喜气洋洋。人群中间，一个白衣汉子正在玩转盘，转得让人眼花缭乱，观众一片叫好。我操心着吃虾的事情，打算早点回家，儿子却挣脱我的牵绊，哧溜一下从人缝钻进人圈。

掌声响起，转盘节目结束了。汉子走到货车旁，打开一边车厢，伸手鼓捣一下，一只母鸡咯咯叫着，扑棱起翅膀从车里飞出，很快就在车下一块脏兮兮的红地毯上拉下一泡稀屎。人群中响起一阵哄笑。汉子扑到地上，捉住母鸡，三两下掰断了它的腿骨。我不忍再看，挤进人丛，扯起儿子的手把他往外拉，儿子甩着胳膊，身子往下一拧，尖声说，我——不——！

我只得在儿子身旁站下来。那只鸡歪在地上，扇了两下翅膀，弹了几下腿，大概是想站起来，但很快又倒在一边。它转动脑袋，咯咯叫了两声，声音里流露出一种难以名状的凄惨。鸡的眼睛看向我，目光里隐含着惊惧与无助。我突然觉得自己身上某个部位隐隐作痛，赶紧把头扭开，人群中又响起一阵笑声。

汉子给鸡的断腿敷上药酒，观众翘首等待。鸡终于站起来了，它迈开步子，开始还有些蹒跚，但很快就健步如飞。汉子捋起袖子，把胳膊伸进场地中间的一只大塑料桶里，捞出一条湿淋淋的蟒蛇尸体。又一捞，是一只乌龟。再捞，又捞出蜥蜴、当归等物。从车上又下来一个小伙，端出一碗药酒请观众试用，我后退一步，退出了人圈。

汉子开始推销药酒，称该酒为十余种中药炮制而成，主治跌打损伤风湿骨痛，效果奇佳。我知道节目至此已到高潮，便无趣地伸了个懒腰，却突然感觉左胳膊一麻，一股痛感重重袭来。谁打了我一巴掌？我扭头四顾。前面是一个民工模样的汉子，左边是位大婶，右边是位老头儿；后边，是马路。除了我，所有人都在盯着汉子从酒桶里捞出来的那堆怪物，没人有作案的迹象。

我突然感觉到了一种危险，赶紧退后几步，扫视全场。除了儿子，我没有找到一个认识的人。不可能是熟人的恶作剧。我的左胳膊已经破皮，还渗出一层细密的血珠，血珠在胳膊上呈现出一个不规则的三角形——这不像是手掌袭击的痕迹，倒更像是带有棱角的物体攻击之后的印记。马路的尽头全是些垃圾和修路留下的砖头，混凝土块，以及砂石。广场上很吵，我没有听到巴掌打在胳膊上的声音，也没有听到石头砖块落地的响动，我穿着短袖。

我一边喊着儿子的名字一边又挤进人群，一把箍住他就往外抱。儿子伸胳膊蹬腿，带着哭音说，爸爸爸爸，你干啥？不干啥，回家。我说。

二

如果没有这一巴掌，这该是多么美好的一天。

那天上午，我接到网站编辑的电话，说我的长篇玄幻作品《都市驱邪师》入围全球华语幻想小说大赛百强。这个消息让我兴奋了整整一个上午。

我是一家中文网站的写手，擅长玄幻、灵异类小说，在这家网站推出了好几部作品。我的前几部小说反响平平，这一直让我耿耿于怀。《都市驱邪师》一炮打响，总算让我觉得有些成就感。根据规则，入围百强，就可能杀进总决赛；总决赛再拿下名次，就可能签约出版，也就是说，我有机会拿到一笔不菲的版税。这样的美妙前景，不能不让我向往。

写网络小说只是我的副业。我的正式工作，是一家工厂内部报纸的编辑。报纸是周报，周五出报，每期八版，我是其中两个版面的责任编辑。编辑部的记者编辑全部加起来，一共有十五个。也就是说，作为十五分之一，我干了四分之一的工作。当然，也许还不能这么算。编辑部实行采编一体，除了负责版面，我还有采访、写稿的任务。我们报纸的前四个版面是新闻版，每期的报纸，我写的新闻稿差不多能占一个整版。新闻要求真实，而小说又讲究天马行空。我白天写新闻，晚上写玄幻小说，每天上下班大脑都要重装系统，辛苦得很。

总编是编辑部的老板，也是我的贵人。两年前报纸创刊时招聘编辑，总编力排众议，把学历、资质、经验都不够条件的我招到编辑部。要不是他，我可能还在机器轰鸣的冲压车间里打铁。他对我有知遇之恩，对于这一点，我非常清楚。

我是编辑部里的苦力。编辑部里所有的急活、重活、没人干的活儿，最后都差不多落到了我的头上。我明白自己的角色和身份，所以，不敢有什么抱怨。但有时候，也难免会流露出一些小小的不快。但每次有这样的苗头，总编便会适时地做出提醒。他把我叫到办公室，问，小北，你知道自己是怎么来到这个部门的？总编这句话有着四两拨千斤的功效。我低下头去，心里掠过一丝惭愧。总编语重心长地说，小北，你学历低，资历浅，多干点活儿总没有坏处，对不对？我点点头。总编满意地笑了，他说，好好干，你是我的人，我不会亏待你。

总编每次找我，差不多就是这样三句话。这三句话就像春风化雨，不仅吹散了我心里的阴云，而且让我对未来充满憧憬。我卖力地工作，像一头不知疲倦的老黄牛，累得不行时，只要想起总编的这三句话，我就又信心百倍，充满力量。

总编的话，当然不会是空头支票。那天下午，我还沉浸在兴奋的尾声中，总编找我。总编说，我正在给你们打一季度的绩效。我一愣，总编又说，我给你打的是甲。我们工厂每个季度都会给员工评绩效，绩效与季度奖金挂钩。我明白了他的用意，正准备表示感谢，总编大手一挥说，客气的话就不用说了。我跟你讲过，我不会亏待你，对不对？

双喜临门。我好久都不曾有过这样的感觉了。从总编室出来，我激动得走路都有些发飘，一脚又一脚，都像是踩在梦里。

三

客厅里油烟缭绕，一阵香辣虾的气息迎面扑来，我一进门就打了个喷嚏。老婆听到响动，抄着锅铲从厨房里奔出来，问，这么晚才回来？我说，早就说装油烟机的！老婆看着我，手在围裙上擦了擦说，怎么啦，吃火药了？

我老是想着这一巴掌的事。饭熟了，我一点儿吃虾的心情都没有。老婆一个劲儿地往我碗里夹虾，我又把它们夹到儿子碗里。吃完饭洗过碗，老婆早早把儿子在客厅的小床上安顿好，关上房门，一上床就嬉皮笑脸地往我身上贴。我打起精神迎合老婆，但小弟却懒洋洋的，老婆百般挑逗抚慰，它就是像个扶不起的阿斗。老婆伸手打了它一下，说，拿我寻开心是不？虾又涨价了你知不知道？我说，可能是你把它吓到了。过会儿再试试吧。

再试，还是不成。老婆有些不高兴了，从我身上滚下来，撂给我一个后背。今天的虾白吃了？不带这样弄的。老婆气鼓鼓地嘟囔着。我下床拧亮台灯，把胳膊伸到老婆面前，说，我不是故意的。我被人打了。老婆把我的胳膊拉过去，问，被谁打啦？我说，不知道。我带儿子在广场上看杂技，莫名其妙地就被人打了。

我把刚才的事情讲了一遍。我说，你帮忙分析分析，这到底是怎么回事？老婆说，会不会是碰上熟人，人家打完你后躲起来了？我说，不可能，谁动作这么快？老婆又说，是不是谁认错人了，打算和你开个玩笑呢。我说，也不可能，我仔细看过了，都不像。老婆停下来，煞有介事地想了想，说，也有可能是哪个调皮小子，正巧把石子扔你身上了。我说，也不可能，旁边没有小孩子，他们都在里面看热闹。你能不能说点有用的？

以老婆的见识，让她去猜这么一道难解之谜，我本来就没抱多大希望。我说，没事了，睡吧。刚躺下，老婆又突然一骨碌坐起来，一脸严肃地问我，你穿红裤衩了没有？我一愣，说，没有。怎么能不穿呢？不是早跟你说了嘛，今年是本命年，沾点红，能消灾辟邪。每当遇到无法解释的事情，老婆便会搬出她的红裤头理论。在这方面，她有很多非常具有说服力、我听过很多次的反面事例。虽然我从来没有当回事，但今天的遭遇如此离奇，她的表情又是这么郑重，倒让我心里有些没底。我说，一条破了，一条洗了，你让我穿什么？老婆说，我明天就给你买去。老婆的声音忽然变得温柔起来，好像是她把我的红裤衩穿破了一样。

老婆的郑重其事，让我心里越来越发毛。半夜里，我从床上爬起来。我想起了老黄。老黄是我刚来广东那几年在东莞认识的工友，这几年改行卖外围六合彩，认识不少三教九流的朋友。我给老黄打电话，听我说完事情经过，老黄说，你赶紧看看，伤口上有没有针孔？我说，有血印子，没看到针孔。我听到老黄好像松了一口气，他说，噢，噢，那就好。好好用肥皂水洗洗，再用红药水消消毒，应该不会有大问题。我问，老黄，我没招谁没惹谁，好端端地怎么就挨了这一巴掌？老黄说，这年头，稀奇古怪的事儿多了去了。听说过飞针没有？我说，没有。艾滋病针管呢？也没有。迷药呢？这个倒是听说过。这就对了，老黄说，你是个老实人，以后再不要去凑那些不明不白的热闹，见了草台班子，能躲多远躲多远。好了，反正没啥损失，也别想多了，该吃吃，该喝喝，日子接着往下过。

老黄的电话并没能让我安心。我起床来到洗手间，把胳膊举到灯下仔细检查。先前那些细小的血珠已经凝固，我越看，越觉得每一粒暗红色的血珠下面都埋伏着一个针孔。我用肥皂水清洗了两次伤口，用洗手液洗了两次，又从房间的小药箱里找出红药水擦了几遍，才又上床躺下了。躺了一会儿，想起《都市驱邪师》续集今天还没有更新，又从床上爬起来坐到电脑前，枯坐半天，却敲不出一个字。无奈，只得又上床躺下。

还是睡不着。可能是玄幻小说写得太多了，连现实生活也变得玄幻起来。要不然，这一巴掌是怎么回事？我在床上翻来覆去地想。

四

第二天刚上班，我又接到了网站编辑的电话。编辑问我，你的小说昨天没有更新。我说，是的。他问，为什么？我说，出了点儿事。出事？能出什么事？有网友等了一夜没看到更新，都找我投诉了！我说，实在对不住，确实有点事。编辑说，不管有没有事，别忘了我们签的协议。你自己看着办！

和昨天的热情似火相比，编辑好像刚从北极归来，说话都带着寒气。《都市驱邪师》续集是我第一部被网站推荐上 VIP 书架的作品，也是我第一部拿到稿费收益的作品。稿费不多，但对我很重要——我之所以每天忍受着上班下班换系统的痛苦趴在电脑前爬格子，就是为了每个月这笔小小的外快。我做着白领的工作拿着蓝领的薪水，老婆在一家小工厂做品管，每月工资条上的头一个数字永远小于三。我们在老家县城买了套房子，每个月还完银行的贷款，两口子的工资差不多只够房租和生活费，如果没有这笔收入，儿子的零食几乎都没有着落。

按照和网站签下的协议，VIP 上架的作品每个月如果停止更新超过三天，哪怕另外二十七天一天也不落，也拿不到当月的稿费。我当然不会干这种不划算的买卖。还好，这只是第一天，还来得及补救。今天是星期二，我负责的两个固定版面内容昨天已经弄好，只等排版，手上暂时没有别的活计。我坐在电脑前，努力回忆前天更新的情节，想为晚上的小说打些腹稿，但脑子却像头犟牛，我越拉它，它越是不听使唤，老往别的地方岔，一岔，又岔到了昨晚的那一巴掌上。

一般情况下，我不会在办公室构思小说。总编随时都有可能给我分派活计，而一旦在构思时接到活儿，大脑很难在短时间内完成系统的重装，这就不能让我很快进入工作状态，从而影响总编对我的印象。今天就是这样，我正在一会儿想着小说，一会儿想着那一巴掌，桌上的分机响了。我一抬头，总编正隔着窗玻璃向我招手。

和许多工厂的内刊一样，我们报纸的新闻稿也无非是些领导讲话、高层动态、公司政策、工厂活动之类的官样文章，当然，偶尔也会有一些朝天放炮、小批大捧式的所谓负面报道。但总编这次给我布置了一个曝光厂区内无良商家的选题，计划发头版二版。总编说，你要抓紧时间采访调查，今天周二，周五出报。这是我们报纸创刊以来最有分量的一个选题，采访和调查都要沉下去，能挖多深挖多深，不能有纰漏，不要有顾忌。有事我罩着。怎么样，有没有问题？

我一愣。总编追问，有问题吗？我回过神来，说，没问题。总编眉毛一挑，说，没关系，有问题就讲出来。我想说点什么，嘴巴嗫嚅着，还是没能说出来。总编挥挥手，说，去吧。

我们的工厂很大，二十来万人的厂区里，便利店、药店、餐饮店等应有尽有。之前经常有员工打电话到编辑部报料，说有些商家售卖假货、以次充好、价格虚高，希望我们能曝光。这些事情我们都知道，但是，里面水太深。厂区商铺寸土寸金，每一间商铺都与某位公司高管有着千丝万缕的利益纠葛，谁愿意自找麻烦？我们不想惹事，总编肯定也是。

3•15快到了，总编这次一反常态，看样子他是打定主意，要摸摸老虎的屁股。可是，怎么又是我？我强打精神回到座位，一时不知道该做什么，脑子里的那头牛越发不听话了，它一会儿岔向无良商家，一会儿岔向晚上的小说，一会儿又岔向那一巴掌。这里那里岔一下，下班的时间就到了。我给老婆发了信息，让她去接儿子。

路上，一家男科诊所又在派发广告。以前我对这些小广告正眼也不会看一下，但是今天，我却鬼使神差地接过了一本。杂志封底是一则性病广告，广告中间是几个触目惊心的红字：珍惜生命，远离艾滋。

我又想起了老黄的话。到底是谁打了我这一巴掌？为什么要打我这一巴掌？

五

一到家，老婆就扔给我一条红裤头。老婆说，你赶紧给我穿上。穿上红内裤，逢凶化吉，遇难呈祥。看你脸黑的！

我打开电脑，进入百度，在搜索栏敲出"艾滋病针管"。北京出租车乘客遭遇艾滋针。吸毒者用艾滋针管扎伤路人。艾滋男拿针管乱扎人。一共四十二万多条结果，我一页一页往下翻，看样子这辈子都很难翻完。越翻，我心里越怕。饭熟了，老婆喊我吃饭，我说，吃吃吃，你是饿死鬼投胎！说着，开门下楼。你去哪里？去买药！我说。

楼下药店的老板娘正在看《甄嬛传》。我说，来一瓶消炎药。老板娘问，消炎药？消炎药多着呢，我这儿就有好几种，你得告诉我你怎么了，我才能给你抓药。老板娘的语气有些不耐烦。我说，被人打了。老板娘把视线从电视屏幕上移开，仔细端详了我几眼，问，打架了？我把胳膊伸过去，她从柜台后面探出身子鉴定了片刻，说，还好，下手不重。不过，这不像是新伤？我说，昨天打的。可是我连谁打的都不知道。

老板娘双眉立起，说，嗯哼？她这两个声调拐弯的语气词勾起了我的倾诉欲望，我重复了一遍昨天晚上的离奇遭遇。老板娘关了电视，两手托腮，胳膊支在柜台上听得津津有味，似乎这比《甄嬛传》还要有趣。她一边听着，一边不失时机地插入几声感叹，但这并没有减轻我的担忧。我讲完了，老板娘接着讲。她说，她有个表姐，在石岩，有一次在广场上看演唱会，后脑勺被人拍了一下，后来就一直疼，去医院查，也查不出毛病，就这么拖了两年，睡觉睡不好，重活儿干不了，差不多成了废人。

你说，我为什么会挨这一巴掌？我问。你肯定也不知道。我接着说，不等老板娘接过话头。朋友说我也许是挨打时被人用针扎了，针里面可能有迷药。迷药？照我看不会。老板娘看上去有些兴奋，接着说，要是迷药的话，药性早该发作了，你看你，不是好好的吗？老板娘的话让我的心情变得更加沉重，我不无忧伤地说，当然，也许不是迷药，也有可能是艾滋病人的血液。我看见老板娘瞪大了眼睛，眉毛也迅速弯起来。她站起来，说，艾滋病？不可能吧……不过也真不好说。当然，最好要当心点儿。要不，先拿点药，再去医院看看？药在那边，第二排右边最下面一格，阿昔洛韦，你自己拿一下。

回到家里，老婆和儿子已经吃完饭。老婆见我又在擦药，问，你昨天不是已经擦过了吗？我说，再擦擦，老黄说，有可能是被人用艾滋病针头给扎了。艾滋病？那我们昨天还……老婆捂上嘴巴，说，老黄肯定搞错了，你别听他瞎掰！我没说什么，掏出手机，给总编打电话。

我说，老大，我明天要请假。总编问，请假？请什么假？你的稿子出来了？我说，没有。我被人用针扎了，可能是艾滋病针，明天要去医院检查。艾滋病？总编说，针扎了？怎么回事？我又把事情经过说了一遍，总编说，就这么点儿小破事，能和艾滋病搞到一起？扯，真能扯，你当你是在写小说？我告诉你，稿子周四上版，要么今天晚上搞定，要么明天一早给我过来上班，没得商量！

六

那天晚上我坐在电脑前，一个字也没能敲出来。我心里老想着那一巴掌，"艾滋病"这三个字也不时从电脑屏幕上跳出来，搅得我心里一直在翻江倒海。一点过后我才上床，但这个晚上老婆的呼噜声特别大，儿子的磨牙声听上去也特别可恶，我不知道自己几点钟才睡着。早上是老婆把我叫醒的，她上班比我晚半个小时，我醒来的时候，她正准备送儿子上幼儿园。我擦一把眼屎，说，怎么不早点叫我？老婆说，不是想让你多睡一会儿嘛。我说，你害死人了！

平时我一般提前老婆二十分钟起床，今天却比她晚了十分钟。我匆匆擦了一把脸，牙都没刷便火急火燎地出了门。下楼时碰上房东，他正往大门上贴什么东西，我一推门，差点儿没把他掼到地上。房东瞪我一眼，说，着急忙慌，溜溜光光！

这个早上我特别不顺。三个路口都是红灯，过第一个路口时我迷迷糊糊地向前冲，冲到路中间，一辆鸣着喇叭的小车在我身边戛然而止，司机摇开车窗，冲我说，活够了？活够了也别这样，死相惨！司机骂完，车窗又摇上去，小车鸣的一声蹿远了。一愣神的工夫，我已经身陷车流，身前身后都是车，抬头一看，才知道是红灯。第二个路口我等了足有两分钟，过第三个路口时，我踩了前面人的鞋后跟，还弄洒了他手上端的豆浆，我赶紧撒腿飞奔。

还是迟到了。我们工厂很变态，迟到一次罚款一百。总编正在等我，走进总编室时，我气还没喘匀。总编说，迟到了？我点点头。总编又说，小北，你近来有些反常啊。又是迟到又是艾滋的，搞什么鬼？实话告诉我，是不是对这个选题有意见？没有，真没有。我说。总编仔细观察了好一阵，说，确定？我又点点头，总编说，没有就好，好好干，绩效明天就要交上去，你别让我为难。记住，明天上版，今天下班前，我要见到稿子！

从总编办公室出来，同事们都在朝我挤眉弄眼。我回到座位，打开电脑，小桂端着一杯茶，慢悠悠地踱到我面前，说，北哥，咋了？我说，没事。小桂盯着我的脸，又问，确定没事？我把胳膊伸出来，捋起袖子。小桂嘴里的一口茶差点喷出来，嫂子打的？我说，不是，不知道谁打的。小桂眼睛亮起来，说，有意思。要不北哥你说说，我来帮你看看是谁打的？

我的座位前立即围过来好几个人头。我像背书一样，又把挨打的故事叙述了一遍。讲完故事，我举起胳膊，问，你们看看，有没有针头扎过的痕迹？小桂说，什么针头？我说，艾滋病针管的针头。小桂笑起来，说，北哥你真逗，艾滋病针管，亏你想得出。我说，你没听说过用艾滋针管扎人的？小桂说，听是听说过……不过，这也忒玄了吧？那你当时有没有被针头扎到的感觉？我想了想，说，好像没有……又好像有。小桂说，别纠结了，去医院检查一下不就知道了？又有一个声音说，艾滋病有潜伏期，现在检查，哪儿查得出来啊。总编这时大声咳嗽了一下，大家立马散了。

我在位子上发呆，满脑子全是艾滋。手机响了，我看也没看，一把就把电话挂了。手机接着响，又挂。第三次响时，我接了，是网站编辑。编辑问，你的小说呢？我说，没写。他说，这个月的稿费你不想要了？我说，想要。他说，想要？我得提醒你，你就剩下最后一次机会了！我说，爱给不给，不给拉倒！我话还没完，编辑就把电话挂了，一办公室人的脑袋全都朝我这边转过来。

总编今天上了好几次洗手间，每次都从我身旁经过，朝我瞅上几眼。快下班时，他又把我喊到总编室，劈头盖脸地问，稿子写完了？我摇摇头。采访呢？我再次摇头。明天上版怎么办？我还是摇头。你他妈的绩效不要了？你他妈的想让我开天窗？总编吼起来，空气嗡嗡发颤。我继续摇头，说，我不知道。老大，我有病，我要请两天假！总编说，你他妈的是真有病，你他妈的快给我去看病！

昏昏沉沉地回到家，还没进门，就看见儿子坐在客厅地上哇哇大哭。我走进房间，老婆像疯子一样，眼睛血红，在屋子里翻箱倒柜。电脑不见了，钱不见了，结婚戒指也不见了……你早上有没有反锁房门？我想了一下，摇摇头。房东都在门上贴告示了，你还不把门锁好？你是不是有病？你说你是不是有病？老婆一把揪住我的衣领，越揪越紧。我说，我是有病，艾滋病！老婆揪着我的手慢慢松开了，她张了张嘴，似乎想说什么，却啊的一声哭出声来。我夺门而出，门甩得整栋楼都能听见。

七

我在马路上漫无目的地游走。

马路上是熙熙攘攘的人流，每个人看上去都很快乐。在我的悲伤映衬之下，他们的快乐显得那么膨胀。我忽然想起了快乐杂技团。一切都是因为他们。要是没有快乐杂技团，我就不会无缘无故地挨这一巴掌。那个给了我一巴掌的人，也许还躲在人群里，观看他们的表演。我想找到他。我一定要找到他。我要问问他，为什么要打我这一巴掌？

幼儿园旁的小广场上，并没有快乐杂技团的踪影。他们去了哪儿呢？离这里五站路，有一个小公园，经常有一些江湖艺人在那里摆摊卖艺。也许他们在那里也不一定。我觉得自己一刻也不能再等了。我跳上一辆的士，直奔小公园而去。

公园大门前围了一大群人。人群中间有一个小伙儿和一个年轻姑娘，还有位中年汉子手持麦克风站在一边。小伙儿黄背心灯笼裤，神采奕奕，持刀在胸前；姑娘一身红绸衣裤，英姿飒爽，仗剑在背后。架势拉开，两人目视对方，绕着圈子走起了马步。汉子点头，说声"起"，姑娘遽然出手，剑尖直指小伙胸前；小伙挥刀挡开，斜刺里又向姑娘左肩劈来。场上一片刀光剑影，人群中有人打起呼哨，紧跟着有人连声喊好。

我找遍了小公园的角角落落。有人在射气球，有人在套圈，有人在唱卡拉OK，有人在跳街舞。旋转木马和魔幻城堡里，小孩子玩得十分热闹。快乐杂技团像是从来没有在我的世界里出现过一样。他们突然来了，又突然消失了，他们的出现，仿佛只是为了和我擦肩而过。我泄气地在大门边的石凳上坐下，不知道该去哪里。

公园门口，观众越聚越多，人流渐渐漫到了石凳边缘。我站起身来，走进人群。我忽然有一种感觉，那个人就在这里。我在人群中悄悄观察着每一张脸孔。夜色中，那些面孔看上去幽暗阴森，每一张面孔下面，似乎都掩藏着一个秘密。

我仔细看了看我的身边，前边是一个瘦小的中年男人。我弯下腰去，从地上摸起一块石子。并没有人注意我在干什么。我攥着石子，照着中年男人的胳膊，迅速给了他一巴掌，又很快缩回手来。姑娘和小伙已经退场，一位壮汉正在表演钢筋顶喉的气功，正好到达高潮。我大声叫好，眼角的余光看见中年男人回过头来。他在左右张望，然后，转过身来，慌里慌张挤出了人圈。

　　他一定是在观察他的胳膊。他一定感到了某种危险。想到这里，我在人丛中无声地笑了。

发表于《宝安群文》2019 年第 1 期

旨亭街

陈柳金 男，广东梅州人，文学创作二级，居东莞。近年业余从
事中短篇小说和散文创作，散见于《清明》《散文》《作
品》《雨花》《飞天》《红豆》《鸭绿江》《湖南文学》《安徽
文学》《山东文学》《四川文学》《福建文学》《广州文艺》
《黄河文学》等文学期刊，有作品被《小说选刊》《散文海
外版》等选载。出版小说集《行走的房子》《素身人》《呼
啸城邦》《草木香》，曾获2015《安徽文学》年度文学奖、
台湾2016年桐花文学奖短篇小说首奖、第三届全国青年产
业工人文学奖、东莞市文学艺术精品奖等奖项。

一

　　从凌晨一直睡到下午三点，起床后接续昨天未完的画，提着劲终于画成一
幅。下楼绕过横街，走到近邻的画像店。每次步入店里，那些高悬墙上的众多
黑白画像，都给郭丽芊一种不祥之感，似乎是来祭奠这些熟悉或陌生的灵魂。
还没递上画，鼻梁上吊着一幅老花镜的罗秋远咋咋呼呼地说："早上起了一场
大雾，连街对面的人影都看不清，好几年没看过这么大的雾了！"
　　郭丽芊没有去想象这场大雾的惊人场景，在她老家，雾像地里的白萝卜一

样稀松平常。她没作回应，把画像递上去，罗秋远用满是褶皱的手接过，眼睛越过镜片。少顷，说："五官搭配好了很多，就是眼神画阴了，人显得沉！"这话反而让郭丽芊听着高兴，她不正是画出戴维峰的特点了吗，改天带他到店里，罗秋远一定会夸她把人画活了。但她嘴上没有辩驳。

罗秋远在旨亭街上画了三十多年画像，三教九流、贫富贵贱什么没画过？他的画论让刚开始学画的郭丽芊很受用——画虎画皮难画骨，人像最难画的是眼神。五官画得再好，眼神不对，整个人就走了样。把握了这点还不行，还要学会做减法。那种眼神凶的，要适当去点戾气；神情猥琐的，宜减掉一些浊气；长着一副匪相的，得隐去一点痞气；官宦之人生来跋扈的，要砍削几分官气；财大气粗的，应削点铜臭气；对生活抱怨太深的，得收敛一些怨气；骨子里低眉顺眼的，需删减媚气和俗气。这点照相店做不到，P图软件只可美容，不能修改精气神。画像是留给子孙后代的，怎么也得看着舒服一些，但又不能失了本来的神貌，这就考验手下的画笔了！

郭丽芊凭着扎实的铅笔画功底，跟年逾六旬的罗秋远学了两个月画像，罗秋远夸她功底和天资都跟得上，容貌技巧掌握了，就是眼神没处理好。经过反复揣摩和临习，郭丽芊意外把眼神阴鸷的戴维峰画成了，她按捺住心头的兴奋。在戴维峰的眼神上，郭丽芊不想做减法，她就是要把这个活死人的精气神不加修饰地画出来。

一抬头，满墙多是已故之人，也夹杂着一些脸部特征奇异的明星，也许是师傅做教材用的，但看着总有一点憋闷。于是拔腿要走，罗秋远眼神从镜片上方越过，压低声音说："昨晚那个开老莞城特色小吃店的尹婆婆走了，听说冲凉时中风，倒下后再没起来！"说着把头抬向左边那面墙，尹婆婆的黑白画像端端正正地挂着，一定是师傅上午紧赶慢赶画出来的。

郭丽芊躲开尹婆婆平和的眼神，说了一声："尹婆婆做的糖不甩、东莞大包味道最正宗！"这话怎么听都有点像悼词，再说不出第二句，便抽身走出店门，阴气从脚底往周身漫开，兀地一个趔趄，西斜的阳光正好照在店门口，好歹稳住了脚跟，她看到影子委顿地吊在身后，随时要挣脱而去。

阳光从旨亭街一角斜照过来，刺着郭丽芊的眼睛，白花花一片，眼前像起了弥天大雾，看不清那些骑楼、老街和行人，甚至找不到老莞城特色小吃店的准确位置，她这才惊疑起早上那场来路不明的大雾。

本想着买几个东莞大包打发一下肚子，毕竟把早餐、午餐都不着痕迹地省略了，晚餐再不能简掉，不然怎么去对付漫漫长夜。晚上八点后，她得走进几百米远的木兰坊，开始她一天中正式的点卯上班，直至凌晨三四点打烊。

她真的不敢相信昨晚一个灵魂从这条老街上走远了，说不定就是自己下班回家的时间，有可能跟尹婆婆擦肩而过，只是方向不同而已，一个走向回家的路，一个离家越来越远。

不知怎么，突然有点想念戴维峰，他出去一周了，说去西樵山影视城取景。这次不知又得"死"多少回，再蹊跷的死法，灵魂也会跟着他回来，这点郭丽芊很放心。倒是觉得这样没完没了地"死"下去，何时是个头。又不是自己什么人，居然在心里替他忧虑起来。她朝地上呸了一口。

有时郭丽芊觉得世事就像演电影，连自己都不敢相信，怎么会跟一个活着的僵尸住到了同一屋子里。

二

大门右侧玻璃墙里的水车彻夜不停转动，水花流溅的光影被灯光投射到一米远玛丽莲·梦露拂起的白裙子上，泛着莹彩的波光，成了这个幽暗酒吧最让人心动之处。郭丽芊不得不佩服老板娘，总是能准确地捕捉到年轻人的小心思。比如镶嵌玛丽莲·梦露照片的镜框之下，挂着一个 LED 发光黑板，"留言栏"几个字熠熠生光，下端是一行行让人脸红的留言。

——黑啤忘了加冰块，喝着没有你身上冷冰冰的味道！

——这几晚你安静得像林黛玉，我们注意你很久了！

——我们愿意为你傻，我们愿意为你疯，我们愿意为你跑断金华火腿！

——主啊，救救我们吧，一个女人让我们失眠一个多月了！

……

店里有几个员工，但这些闪光的留言几乎都是冲着郭丽芊去的，她总感到危机四伏，好像这一个个会发光的字是那群夜猫子躁动的眼睛，随时会从里面伸出变异的手来，把她这个孱弱的女子紧紧缚住。而老爱穿连衣裙的老板娘呢，心里却无比高兴，她的小心思起了大作用，能表露小年轻们的心迹，一箱一箱的酒卖得忒好。蓝色碎花连衣裙裹不住她欢喜到颤动的肚腩肉，郭丽芊想起房间里栽种的多肉植物，一咕嘟一咕嘟肉看着精致，老板娘却让她找不到合适的词来形容，反正心里憋得慌。

她去倒酒时，那些夜猫子在木兰坊幽暗氛围的掩护下，手伸到她的腰臀上摩挲，还有搞恶作剧的，在她徒步走过时故意伸出一脚，一个趔趄倒在了酒气刺鼻的陌生人怀里。郭丽芊厌恶极了，又不敢当面呵斥，只能干瞪眼。老板娘总是说，牺牲一点尊严算什么，能换来钞票比什么都值，你的回扣还不是从消费额上来的？郭丽芊不当面顶撞，心里却嗤之以鼻。

每每都是凌晨三点才关门，木兰坊离出租屋几百米的距离，在郭丽芊眼里成了一段遥远而惊险的畏途。

那晚郭丽芊的确心情不好，大概酒吧当晚盈利下滑，老板娘没给她好脸色，收拾完桌子，还叫她拖地。将近两百平米的地面，拖完后骨头都快散了架，大门玻璃墙里的水车却依然嘎吱嘎吱转得欢。她一度怀疑这是老板娘拿来为店里员工们作表率的教具，恨不得用拖把击碎玻璃，让水车见鬼去。

走出酒吧时已是凌晨三点半，突然不知从哪窜出几个人，把郭丽芊团团围在圈子里。他们淫邪的笑如几勺油浇在火上，郭丽芊屏着浑身怒气，却在那些人眼里增添了几分冷艳之美。

"美女，我们今晚在木兰坊消费五百多，完全是冲着你烧的钱！"

"俺大哥看上你了，是你的福分，只要顺着大哥，以后在旨亭街上天入地也没人敢管你！"

一个络腮胡子走前来，喷着酒气，两眼不容置疑地噙住郭丽芊的脸，手抚在她的左颊上，慢慢摩挲到右颊，忽地一下托住她的下颌，嘴巴如一块硬铁凑近磁石。啪！一巴掌甩在络腮胡的嘴角。那几个喽啰扭住郭丽芊，又是撕扯头发又是反转手臂。

砰！一声枪响吓愣了他们。圈外那人高举着冒烟的手枪，呵斥道："识相的话放你们一条生路，这枪可是不长眼的！"朝上的枪口瞄向他们，几个人的肩膀颤了一下，颓然地松开郭丽芊。那人举着枪一步一步往前走，那群人一步步退后，他作势要开枪，络腮胡手一挥，他们终于作鸟兽散。

戴维峰就是这样与郭丽芊认识的。那时戴维峰挤在一个朋友的单身公寓里，正忙着四处找出租房。郭丽芊租的房子正好还空着一间——她没有找到单个房间的出租屋，房东急着要租出去，便以单间的价格租给了她。事情就是这样凑巧，就像戴维峰参演的这场电影，一个又一个巧合推进了故事情节。这晚他演了几次死人后，无意间碰上眼前这一幕。他早就想有机会饰演一次英雄豪侠，不要老是重复"人为刀俎，我为鱼肉"的命运，毕竟成为别人枪口或刀口下的"鱼肉"不好受。于是戴维峰果敢地当了一回"刀俎"，以一把道具枪吓跑了那群混蛋。他不仅俘获了一位美人的芳心，还戏剧般地与她合租到了同一屋檐下。

　　旨亭街上背街小巷里的一栋三层旧楼，站在门口左右望去，几条老巷子横竖交织，让人想起北京城里的老胡同，连风都会迷了路，何况人呢。有一种好，就是万一贼盯上你，你完全可以凭着四通八达的巷子甩下他！郭丽芊跟戴维峰逗个哏。

　　周围全是此种结构的楼房，背靠背地挨着，墙与墙之间形成了天然奇观"一线天"。要是晾晒在窗台的衣服不小心掉下去，几乎不可能捡回来，除非你练就了缩骨术。住进来的那天，郭丽芊第一件事就是提醒戴维峰不要把手机钱包等贵重物品放在窗台上。其实戴维峰在走进巷子时就看到了"一线天"的险峻，那些仿佛开在崖壁上的窗户，为租客提供了一项练习胆魄的免费服务。

　　推开玻璃窗，戴维峰还意外看到了对面房子的那扇窗——虽然不是正对着，稍微错开了一些，但仍然能看到对面房间的一张单人床、一个易拉式衣柜和一张木桌，这大概是出租屋里的三件套。如果窗户足够大，趁着对方不在，悄悄把自己屋里的三件套与对面房里的对调过来，也是能瞒天过海的。这样想的时候，戴维峰发觉自己的生活暴露在了光天化日之下。他把那面透光的窗帘扯了下来，想着去家居店做一块厚窗帘，好歹为自己遮蔽多余的目光。

　　戴维峰不知道郭丽芊为什么会喜欢画那种过时的手工像，现在人人都是摄影师，手机自拍、相机拍照，想怎么拍就怎么拍，何苦费劲巴力地一笔一画勾画，再高的画技也不如拍照逼真。郭丽芊不喜欢用化妆品，总是以一副素颜示人，不加伪饰的脸看着却养眼，清亮、干净。而那些黑白画像，怎么看都少了点颜色，像人的一团阴影。戴维峰实在有点犯迷糊，就像他搞不清她为什么要在窗台上种多肉植物，桃美人、乙女心、黑法师、蓝石莲、露娜莲、芦荟，全都是肉嘟嘟的，看着与郭丽芊的苗条身型完全不相配。他当然不知道它们的名字，郭丽芊毫无保留地告诉了他，就差把自己的心事也敞开了跟他说。郭丽芊才不傻呢，虽然戴维峰算是她的救命恩人，但至少得保持一个女子的矜持。

他也说了自己的爱好——扮演死亡，已演过二十多种不同的死法。戴维峰还给她示范了几种，郭丽芊笑得前俯后仰，收拾好表情后，说："我看过村里有人得狂犬病死亡的，能演不？"戴维峰还真没演过这种死法，略微迟疑了一下，匍匐在地，又是瞪眼又是挣扎吠叫，忽然朝郭丽芊扑过去，作出一副撕咬的动作，吓得她大喊大嚷。戴维峰说："此处省略一个小时的挣扎。"最后口吐白沫，两眼圆瞪，手脚蜷缩气绝身亡。

戴维峰回到正常状态时，郭丽芊还没回过魂来。他揽住她，往她的耳垂上呵着气，说："我就算真得了狂犬病，也舍不得伤害我的美人姐姐！"

她靠在他怀里，说："人总会死的，我们村有个说法，死的时候有家人在身边，灵魂就能上天堂！"

在死这个话题面前，两人紧紧地相拥着。戴维峰想吻郭丽芊，她没有挣脱，浑身绵软地迎合他，但他还是克制住了。

他附在她耳畔，说："你长得像我母亲！"

郭丽芊猛地推开他，这才发觉戴维峰凹陷的眼眶愈发衬托出他难以掩饰的阴冷，有点像电影演员徐锦江，浓眉下一双鹰隼似的眼睛，看着让人脚底直冒寒气。

三

郭丽芊也搞不清为什么会厌恶手机自拍和美图秀秀，感觉自己跟不上这个世界的节奏，宁愿花一天半日在卡纸上勾画自己的仪态万千，也不想用手机摆拍。在这一点上，她和罗秋远高度一致。罗秋远在心里瞧不起那些用P图软件的人，认为那是未经美学训练的权宜之计。郭丽芊怀疑自己守旧的审美是不是跟租住在这条有几百年历史的旨亭街上有关，年龄虚长了几岁，体腔里游荡着几丝苍老的气息，就连说出的话、脑子里蹦出的想法都与青春渐行渐远。她才二十八啊，怎么感觉已到五十岁的年纪了。幸好遇上比她真实年龄小三岁的戴维峰，好歹终止了一场关于年龄的谋杀案。

没想到表面阴鸷的戴维峰，却是一个"恋母症"患者。

那天凌晨三点半，郭丽芊从木兰坊回来时，推开门，听到戴维峰时重时轻的鼾声。她没觉得烦躁，反而有一种安全感，在这带着活死人气息的鼾声里步入属于自己的夜晚。

郭丽芊冲凉后穿了一袭淡黄色睡衣进了房间，本来惺忪的睡意被温水冲到爪哇国去了，便掏出手机刷微信。十几分钟后，听到隔壁房门拉开，半晌，洗手间传来马桶抽水声。郭丽芊只顾刷屏，没注意一个人影出现在眼前，猛一抬头，戴维峰只穿着一条裤衩愣愣地站着。他看见郭丽芊脸贴面膜，在手机荧光下露出淡蓝的"鬼脸"，先自惊了一下，怔怔地说："姐，我走错门了！"扭头便走，才到门口又踅回来，"姐，我想在你怀里躺一会儿，就两分钟！"郭丽芊能说什么呢，他在床沿坐下，头仰靠在她腹部。

一股欢畅的水流从郭丽芊周身漫过，在腹部打了个旋涡，往一个未知的方向流去。两分钟很快过去，戴维峰吁着气坐起来，说："姐，你长得像我母亲，真的！"郭丽芊听到水声逆流而去，枯枝残叶漂浮在上，刚到嘴边的话又咽了回去。她气急败坏地关了微信，却怎么也睡不着，身上蠕动着无数只蚂蚁，噬咬得她体无完肤。她很后悔自己忘了把门锁上。

下半夜的灯光打在对面墙的窗帘上，有一种电影幕布的效果，人影放大了一倍。郭丽芊盯着幕布上的影子，往上伸出一只手掌，另一只掌向下，腰肢扭动，朝左三步，向右平移，立定蹦跳几尺高。意外出现一个男人的身影，舞步移动间一手前伸，忽然转了个圈，不拘地抖着身体。两人跳了几个回合，终于交缠到一起。躺在床上的郭丽芊被黑暗一点点吞噬，对面的光影却把一个电影观众的孤独放得无限大，她真想跳进两墙之间的"一线天"，用近乎自残的方式排遣心里的郁结。

戴维峰也许又打起了呼噜，这个没心没肺的，在我这里安了魂儿，却把失眠留给我。她暗暗恨起他来，虽然仅隔着一堵墙，失眠却像涨潮的海水，能从门缝里钻进去，她用意念淹没他，然后淹没自己，两人一同沉到海底，成为下半夜的两具僵尸。她就这样想象着被海水呛着，挣扎——抽搐——呼吸窒息——失去意识——直至死亡。没有办法，她只能用假死的方式进入睡眠。但是，对面墙的两个影子却一把拽醒了她，郭丽芊又成为孤独世界里顽固的电影观众。

被黑暗绑架的郭丽芊干躺着，海水从隔壁溢出，漫向深不见底的"一线天"，水位越升越高，一些纸屑、布片、餐盒、饮料瓶、枯木枝纷纷死而复生地浮上来。她甚至很羡慕它们，一夜之间改变了命运，从生活的低处升到了高处。当然，她不愿它们漂到墙这边，而是顺着意念漂向那扇窗。电影幕布给她提供了免费观影的机会，却把她推往无底深渊，在一个接一个的旋涡里浮浮沉沉。她当然很怀恨对面窗，决心要弄清楚那是一个怎样的女人。生活垃圾便一股脑漂到那边去了，两个人在海水的漫漶中正在上演一场欲死欲生的夜宴。那些垃圾可以作证。

自那晚开始，郭丽芊一连几天被失眠折腾得够呛。她怀疑戴维峰是故意走错门的。认识戴维峰，也许是一个错误。属于她的夜晚被无限度地拉长，紧绷得如同一条行将断裂的橡皮筋。她想把手松开，但戴维峰那头却死拽住不放。郭丽芊便只能奉陪到底，否则手一松，伤到的不仅是戴维峰，自己的安全也将受到威胁。

此后下班，总会有一个男人等在木兰坊门口。两人肩并肩地走着，凌晨三点多的路灯光把两个身影拉得异常狭长，四只脚变成了两把圆规，在这夜色迷蒙、空空荡荡的旨亭街上画着一个个不规则的圆。

这就有点像《西游记》里的孙悟空，为了保护唐僧，化斋前用金箍棒在他周围画了一个圈，那些妖魔鬼怪便近前不得。郭丽芊的安全就是这样受到保护的，酒吧里一双双焦红的眼睛只能望梅止渴。

LED 发光黑板上又多了几条锋芒毕露的留言。

——虽然你口味重，但阴郁的男人不适合你，阳光男孩才是生活的希望！

——茫茫人海里你为什么不多看我一眼，我的眼睛早已看穿黑夜！

——加的冰块太多，倒酒时能否用微笑暖和一下？

——你近来憔悴了，节省体力，别伤了大伙感情！

……

四

危机出现，是戴维峰跟着剧组去了西樵山影视城之后。

木兰坊的夜晚总是被抻面师的手拉得很长，味道却一点都不筋道，混沌凝滞，涩而微苦。下半夜，一群人暧昧地呷着酒。若换个年代，准会被怀疑是便衣或地下党。有人睒眼望过来，几个人扭头看向吧台后的郭丽芊，好像她是一个女特工。郭丽芊佯装没看到，一个人举起手打了个响指，她只得走过去——他们又要了几瓶黑啤。郭丽芊离开时能感觉到后面滚烫的目光，如芒在背。也不知过了多久，一个愣头青打了个长长的哈欠，好像会传染似的，隔几分钟又一个哈欠在人群中响起。几只空瓶子盛满灯光，把桌前的这些蔫头耷脑照得五官变形。一群扭曲变异的魔兽！站在吧台后的郭丽芊愤懑地想，却不敢形之于色，一旁穿花格连衣裙的老板娘正一脸甜腻地按计算器。她不想因为某些细节失去这份工作，至少现在还得靠它过下去。

哈欠不断在人群中传染，但还没有谁要拍屁股走人的意思。谁又用起子撬开一瓶黑啤，往几个空杯子里倒满，他们一咕噜喝下那黑不溜秋的液体。一群有病的人，迟早毒死他们！郭丽芊心里阴郁地想。

终于谁说："太晚了，走吧！"这群东倒西歪的家伙立马还了魂，一个个挺直腰杆站起来，拖着脚步从玛丽莲·梦露飘拂的白色裙子下走过，她猩红的唇欢送他们走出木兰坊。

郭丽芊用最后几分残存的热情收拾好酒瓶和盘碟，擦了桌子后，老板娘也算好了账，并没有叫她干其他杂活。看来今晚进项不错，要不然肯定得叫她干这干那来弥补缺损。

走出木兰坊时，玻璃墙的水车还在不知疲倦地旋转，水流声带着几分自然界的幽秘。郭丽芊的哈欠只打了半截子，她张着空洞的嘴，出现在空荡荡的街上。

拐弯处，几个人鬼魂似的闪现，郭丽芊脑子嗡地一响。那群人形成了一个包围圈，把一个凌晨回家的弱女子围在了中间。郭丽芊眼前浮现电影《狼图腾》里流着涎水眼露凶光的狼群，浑身汗毛直竖。这三更半夜的，街上一派清冷，只有那些悬在骑楼边的老广告招牌还在坚守岗位。即使戴维峰立马启程，就算他有水浒里天速星神行太保戴宗日行千里的独门本领，也远水救不了近火。郭丽芊绝望地闭上双眼。

一个鼠眉贼眼的说："小娘们够犟的，就算长了翅膀也飞不出我们的掌心！"

一个噘唇塌鼻的说："你那死人男朋友能飞也来不及救你，今晚就乖顺一点，俺大哥不会亏待你！"

一个大耳歪脸的说："旨亭街是俺大哥的地盘，在这搵食就得听话！"

络腮胡挥手喝住他们，把嘴凑近郭丽芊耳畔，轻缓却果决地说："给你两条路，要么顺从我们，要么今晚从旨亭街消失！"

郭丽芊在木兰坊上了两个多月班，老板娘只给了一个月工资，另一个月工资还压着，除去生活费和房租，兜里仅剩几十元，今晚离开连车费都不够。但是，不走的话不是往狼嘴里送吗？她顿时感到自己处境的可悲，就像出租屋两墙之间"一线天"里的爬虫，想挣脱夹缝，竭力往上爬，但只要竹竿轻轻一拨弄，便又重新掉回地面。

一阵被夹缝挤压的疼痛感尖锐地传遍全身，她用力挣开，闪出狼群，朝路灯光晃亮的地方跑去。络腮胡却食了言，那群狼龇牙咧齿地奔上来，扭胳膊的扭胳膊，抱腰的抱腰，郭丽芊竭斯底里的叫嚷声，在这条空空的老街上瞬间被浓稠的黑暗淹没。

横街急匆匆地走着一个女人，超短裙，挎包，双腿修长。她侧头看了过来，惊愕地张着嘴，迟疑了一下，掉转方向往前走来，从挎包里掏出手机拨了个电话。走近时打开视频，用软糯却很镇定的声音说："放开她，我录了视频，你们谁也逃不掉！"她举了举头，又说："那个摄像头也会保留证据，你们要是敢胡来，就等着蹲牢子！"骑楼顶上果然有一个摄像头，俯瞰着整条旨亭街。

不知谁说："少在这掺和，小心砸了你的脑袋！"

那女人说："呸，天底下没有王法了！"

"在旨亭街我们就是王法，感兴趣的话跟我们一起寻乐子！"

"半夜里欺负女子算什么男人！"

……

女人跟他们斡旋了好一会儿，街头驰来两辆治安巡警摩托，警示灯闪闪烁烁。络腮胡见事不妙，直眉瞪眼地说："看你以后还要不要在旨亭街混！"随即手一挥，这群狼迅速撤退。

郭丽芊感激地看着眼前这个女人，她手里的视频无异于一支火把，狼群最怕的就是火，这个叫筱筱的女人神奇而果敢地用视频帮她解了围。

两个女人站在凌晨的旨亭街头。郭丽芊一时不知怎么表达心里的感激，她加了筱筱的微信，说："有空发一张照片过来，我给你画一幅像！"

筱筱笑了，说："好呀，我最喜欢手工画像，比手机拍照有感情多了！"

五

戴维峰是在第二天上午回来的。郭丽芊四点多回到屋里一直睡不着，这几天的失眠把她折腾得够呛，脸上起了痘痘和褐斑，折了窗台的芦荟涂抹也不管用。凌晨的一场惊吓加快了脉搏和心率，全身的血液像涨潮的海水，蓄着劲拍打体腔。耳畔总是响起络腮胡的那句话——给你两条路，要么顺从我们，要么今晚从旨亭街消失！一阵海浪呼啸袭来，郭丽芊的耳朵装满了桀骜不驯的浪涛声。她痛苦地躺在凌晨的海边，困意糊在眼皮上，而梦境深处又砌筑起一堵又厚又长的堤坝，生生地阻挡了她进入梦乡的脚步。

一把钥匙在锁孔里转动的声音，让郭丽芊听到了海鸥的鸣唱，她从床上翻身而起，拉开门，看到戴维峰和一只拉杆箱立在门口。她一把抱住了他，两只手勾在他的脖子上，红唇贴了上去。

两人激烈地吻着，戴维峰的手从她腰间一路抚摸而上。经过一条芳草径，两旁开着香气扑鼻的栀子花，还夹杂着青色的常春藤，缠缠绕绕地依附在长长的竹篱笆上。几只蝴蝶和蜻蜓翩翩飞舞，附近瓦屋里猝然窜出一只狸花猫，跳上篱笆喵了一声……

戴维峰的手一下子泄了劲，推开郭丽芊，说："我给你带了好吃的。"把被冷落的拉杆箱拉回屋里，取出一包西樵山大饼，足有葵花扇大，表面被白色淀粉覆盖着。郭丽芊心里不知是什么滋味，好像这几天失眠，就是为了等待这几张大饼。她掉转头，擦了擦熊猫眼圈，那咆哮的海浪声又不可遏制地传来。

一只有力的手扳了扳郭丽芊，她看着他，发现眼角有一条未结痂的伤疤，她伸手轻轻触碰，戴维峰颤了一下。这条疤为本来长得阴冷的戴维峰又增加了几分阴气。郭丽芊从房间找来一瓶云南白药，把他按坐在凳子上，往伤疤上均匀地撒着。

"怎么受伤了？"

"这次演到高潮了，黑鹰帮和震龙帮互相残杀！"

"为什么？"

"为了争地盘，争一个码头，剧组说过几天还要在旨亭街取景，我们之前在这拍了几组镜头，喏，就是认识你的那个凌晨！"

"旨亭街？这条老街有什么好拍的？"

"你不知道，旨亭街后面有一个码头，那条河涌一直连接到附近的东江，民国之前货物都是水运到这条街的。你看那些骑楼、街道和商铺，就能想象当年旨亭街的繁华。"

"最后黑鹰帮还是震龙帮霸占了码头？"

"听说后来和解了，一个女人平息了没完没了的残杀，两个帮派轮流管理码头。演到那儿，基本就没我的戏份了！"

"这辈子没想着演其他角色吗？"

"把一个角色演绝，能红遍演艺圈。听说过李明吗？他是演坏蛋出的名，那叫一个绝活！"

六

戴维峰参演的这部电影叫《榕湾旧事》，是一个香港老板投资拍摄的，据说已耗资五百万，保守估算没上千万杀不了青。像戴维峰这种跑龙套的，哪里需要演员便跑去哪里，竖起招兵旗，便当吃粮人。就像建筑工地上的泥水工，做一些不起眼的活，付出的苦累与报酬不成比例，而高楼大厦建起来几乎没人会在功劳簿上记他们一笔。

但戴维峰最大的优点是不认命，心野，即使扮演死亡也发誓要混出个名堂来，做李明第二。大概在所有的演员中，李明是他不可缺席的偶像。出演过《黄河绝恋》的李明，当初也是名不见经传的无名小辈，靠演坏蛋被冯小宁导演看好，后来出演《举起手来》《反恐特战队》等多部高票房电影，在全国观众中"坏名"远扬。

当郭丽芊说为他画了一幅像，与几个明星像挂在一起时，他心里有几分难以抑制的激奋。跟着她来到罗秋远画像店，罗秋远越过镜片的眼神看到一张阴沉的脸，脸色为之一变，往鼻梁上推了推镜框，再不想正眼看他。戴维峰在墙上看到黑白的自己挂在几个当红明星一旁，唐国强、徐锦江、计春华、倪大红、黄宗洛、杜旭东、李丁……内心起了滔天巨浪，仿佛看见前方大海扬帆的恢弘图景，一位创写下搏浪传奇的水手凯旋，码头上站满了列队欢迎的人群，礼炮齐鸣，彩带飘飞。

戴维峰在心里暗暗感激郭丽芊，这显然是她对自己的期许和祝福，怎么能辜负一个跟母亲长得有几分像的女人的心呢。郭丽芊下班时戴维峰便又准时等在木兰坊门口，充当这位夜美人的护花使者。

这天，郭丽芊扎扎实实地睡了个好觉，从凌晨四点一直睡到下午五点。起床后阳光正好照在对面窗上，给墙壁和窗帘涂了一层酒红色。她对着窗前的镜子梳着头发，看到自己的脸颊也起了苹果红。郭丽芊伸了个懒腰，一副餍足的模样，想着晚餐做什么菜。戴维峰最喜欢吃麻辣水煮鱼、酱猪手和红烧茄子，出去一周，怎么也得犒劳犒劳他。她起身去看冰箱，返回时手里多了几只提子。对面的窗帘唰地拉开，出现一个酒红色的女人，郭丽芊登时傻了眼，那不是昨天凌晨用手机录视频救了自己的筱筱吗！

郭丽芊满脸笑靥地喊道："筱筱，没想到我们是邻居！"

筱筱看过来，惊讶道："真是巧合，原来你住对面！"

两人聊得亲热，若不是两墙之间的"一线天"隔着，简直就像在同一个屋子里。郭丽芊伸出手递去两只提子，筱筱只轻轻踮了踮脚便接住了，俩女人边去皮边倚窗唠嗑。

郭丽芊说："喜欢吃什么，报个菜名，等会儿过来一起吃晚饭！"

筱筱说："谢了，我晚餐很简单，快去做饭吧！"

说话间，夕阳的余晖已黯淡下去，对面墙恢复了原来的灰白色，有几处还浮现大块的霉斑。筱筱在窗前消失了，握着手机的郭丽芊把头伸出窗台，几拃宽的"一线天"谷底堆积着红红绿绿的垃圾。手心一滑，手机差点离掌脱落，她心里一惊，庆幸没有掉下去，否则就是缩紧身子骨也会把人压成西樵山大饼。

七

　　这天，戴维峰前后"死"了三次。第一次是被震龙帮爪牙用手枪射中后脑勺，脑袋往后剧晃一下，身子配合着抖动，干脆利索倒地而亡。第二次是被黑鹰帮抓牙挥刀刺中心脏，戴维峰的脸痛苦地抽搐，五官易位，两手抟掌想抓住什么，却两腿一软，终究仰脸摔在地面。第三次是被人用手掐死的，那种死法很不厚道，但他得入戏，满脸涨红，嘴角夸张地往两边扯，使劲翻白眼，两手扳住对方胳膊，终于嘴角溢出血迹，脖子一歪，眼珠圆睁，两手虚晃着在夜风里飘成两个感叹号。

　　就这样，戴维峰几乎每次一出场还没说上话就走到了人生尽头。

　　戴维峰没白"死"，导演终于看上了他，指定让他演晚上的一个特写镜头。剧情是这样的：震龙帮帮主余笑岳和千金余莲珠坐船在码头附近与黑鹰帮爪牙不期而遇，余笑岳叫莲珠藏在船舱里，自己握着手枪跳上船头射击。一时子弹穿梭，余笑岳手臂被击伤，一气之下射中一个爪牙心脏，这时莲珠从船舱里走了出来。

　　这个爪牙角色便由戴维峰饰演。

　　戴维峰演得极投入，自认为很入戏——身体猛地颤了一下，两眼圆瞪，向后慢慢倾倒，手却死死握住枪，拼死一搏，射出的子弹终于打偏了，死不瞑目地盯着震龙帮帮主余笑岳。

　　但导演没有做出"OK"的手势，他脸无表情，剧组的人都提着心。戴维峰回想自己的每一个动作，感觉天衣无缝。导演站了起来，说："你们每一个演员都要吃透剧本，把感情融入到情节中。比如刚才的死亡戏，是整个故事发生逆转的前奏。这部电影的核心情节是因为震龙帮帮主的千金余莲珠和黑鹰帮帮主的儿子钱世杰产生爱情，钱世杰发誓要娶美若天仙的余莲珠为妻，使两个帮派之间没完没了的恶斗得到平息。那么，刚才的这个死亡戏就显得异常重要，因为黑鹰帮爪牙中弹的时候，刚好余莲珠从船舱里走了出来，她的美貌惊若天人，即使是将死之人看见了也会眼前一亮，一笑泯恩仇，所以这笑要有力量感！"

导演这番话深深说服了戴维峰，死亡戏不一定都要演得深仇大恨，有时笑更能表达艺术效果。戴维峰领会了导演的意图，在余莲珠走出船舱时，瞬间实现了从仇恨到释然的表情转换，死死握枪的手松开了，枪掉在船板上，眼睛放出一股亮光，脸上恰到好处地隐露笑容。

"好！就是要这个效果，今晚演到这！"导演高喊一声。临走时，还拍了拍戴维峰的肩膀，说："年轻人，好好干！"

这话相当于给戴维峰打了鸡血，他亢奋地走在旨亭街上，感觉正昂首阔步迈向铺着红地毯的金鸡奖颁奖台，台上站着笑容可掬的李明。成为李明第二的梦想变得越来越清晰，他真想打个电话给郭丽芊，想着是上班时间，还是别为难她，便在微信上发了一朵玫瑰。

皎洁的月光洒满街道，成了一条波光荡漾的河，戴维峰能听见水流声欢快漫过。抬起头，天上高悬一轮圆月，戴维峰觉得这月亮是如此近，宛若一伸手便能揽在怀里。他转而走到步行道上，骑楼的廊柱一字儿往前铺排，如一支迎宾队列。在方形街砖上大踏步走过，那种踌躇满志让戴维峰脚下生风。

突然，他脚步慢了下来，一旁的盲道往前笔直延伸。他把脚踩上去，闭着眼，黢黑一片，两手微微张开，使身体保持平衡，不让脚步逸出盲道。一棱棱突起的条块和下陷的凹槽为两脚找到了方向，他就是凭着这种脚底的摩擦感往前走的。没有光亮的路走得实在累，手不由得垂了下来，碰到裤兜里硬邦邦的手机，嘣地睁开眼，掏出来拨了个号码。

响铃，挂断，过五分钟重拨过去。几年来，戴维峰都是这样拨打这个电话的。但是，这一次还没重拨，微信响起提示音，打开，是郭丽芊回复的啤酒和勾手表情，接着发来一句话：心情好，来木兰坊；心情不好，也来木兰坊！戴维峰回了一句：郭小姐要扮花木兰，岂能不以酒壮行？对方一阵坏笑，戴维峰装了个大兵，叼起一根烟。

他呼出一口气，很清爽，却感觉唾液有点寡淡，真的想喝点啤酒，不去喝两杯怎么能对得起导演的表扬呢，再说他也不想让郭丽芊失望。拐个弯往右去，顺着长街走几百米，再穿过一个 Y 形路口，便看到霓虹灯闪烁的"木兰坊"几个字，玻璃墙里的水车哗啦啦转，不知是水花照亮了灯光，还是灯光照亮了水花。推门进去，里头却像电影院，黑乎乎的。

他坐在靠角落的一个位置，郭丽芊为他开了一支黑啤。在喝什么酒的问题上，她纠结了一会，后来还是决定开黑啤。虽然她很讨厌那些男人没完没了地喝这中药似的酒，但不喝这种，感觉又少了什么，具体是什么呢，她也说不清楚。

戴维峰只呷了一口，一拍脑袋，这才想起那个没打完的电话，便掏出手机走出木兰坊，郭丽芊以为他有什么事要说，便跟着走了出来。

拨号，才响铃一声，便接通了电话那头的母亲。

"阿峰，阿嬷在这等了快半个钟，以为伲发生脉艾（脉艾：客家方言，意指"什么"）事了！"

"阿嬷，一个大男人，能有脉艾事！"

"外面坏人多，要多提防点，阿嬷就伲一个儿子！"

喵！戴维峰听到了家里狸花猫的叫声，心里一热，怎么听都有点二黄的唱腔。

"阿峰，这么晚了，在做脉艾？"

"喝酒！"戴维峰看了看郭丽芊，又补充说，"跟女朋友喝酒！"

"哪天一定要带女朋友回家认个门！"

母亲显然很高兴，郭丽芊白了他一眼。

他很想告诉母亲今晚演死人被导演肯定了，以后极有可能受到重用，但话到嘴边还是生生地咽了回去。之前他骗母亲说在剧组演主角，是那种跺跺脚连城墙根都会震颤的角色。

八

木兰坊的幽暗把各色人等的面孔很好地遮蔽起来，所有的喜怒哀乐都交付给这浓稠的黑夜。相当于把醋盐糖酱姜葱蒜椒撒进大骨汤里熬煮，酸甜苦辣俱全，这夜晚便有了不一样的味道。那些年轻人大概就是喜欢用这五味杂陈的汤下酒，让舌头接受味蕾的轮番攻击，看人的眼光便与白天明显不同，特别有灼伤力。郭丽芊就是在这样的目光中来回穿梭的，感觉一只只萤火虫向自己飞来，她总是侧头巧妙躲开。当看到络腮胡几个人出现在酒吧时，她并没有惊慌，戴维峰就坐在近旁的位置。

他们点了酒水、芥末鱿鱼丝、手撕牛肉、辣萝卜、炒蚕豆，在郭丽芊送小吃过来时，伸手在她的手腕、细腰上挑逗，说一些让人耳根发红的话。

"美女，你身上的味道很好闻，可惜你是一条辣萝卜！"

"哈哈，俺大哥迟早要把你变成手撕牛肉，一块一块撕下来！"

"在旨亭街这地盘上，学乖点，大哥会把你当炒蚕豆品尝！"

不知谁推了郭丽芊一把，她不偏不倚倒在了络腮胡怀里。郭丽芊挣扎着站起来，压着声骂了一句，却不敢让老板娘听见。

戴维峰提着啤酒瓶走了过来，说："各位兄弟，不打不相识，今晚我陪你们喝，不醉不归！"

满脸阴气的戴维峰往人堆里一坐，几个人的锐气先泄了一半。他举起杯，说："各位大哥，我戴维峰是个电影演员，专演死人，前后演过二十多种死法，今天死了四五次，导演说我一次比一次死得好。演坏蛋成名的李明是我的偶像，也许有一天我会一死成名。认识你们高兴，来，走一圈！"

几个喽啰看着络腮胡，嚼着鱿鱼丝的络腮胡两腮滚动，迟疑了一会儿，还是端起了酒杯，众人也纷纷举杯，全都见了底。

半小时后，一箱黑啤干完了。

一小时后，两箱黑啤喝干了。

两小时后，地面摆着五只空箱子。几个人已经喝得晕晕乎乎，有两个趴在了桌面上。

大概一直喝了五个多小时，十几只啤酒箱两堵墙似地砌在旁边，只剩下戴维峰和络腮胡还在不紧不慢地喝着，那几个喽啰喝趴的喝趴，去洗手间呕吐的呕吐，像没脊椎的蚂蟥，浑身软趴趴地失了人样。

穿着紫花连衣裙的老板娘巴不得他们把店里的酒全喝干，不停地叫郭丽芊往桌面送小吃，就差叫她过去陪酒了。

将近凌晨四点，络腮胡终于也没扛住，酒杯从手里滑下，掉在地上哐当摔了个粉碎，心服口服地败在了戴维峰手里。戴维峰搀扶着他走出木兰坊，络腮胡大着舌头说："兄弟，我把……你……当兄……弟了，以后……在旨……旨亭街……没人敢……敢欺负……你们，结婚时……得请……请我们……喝喜酒！"他把重音落在"喜酒"两字上，说完还用手臂朝头顶抡了一圈。

　　双脚虚飘的戴维峰说："你当我兄弟，我当你大哥，一家人不说两家话！"

　　络腮胡几个人被出租车接走后，一阵浓重的酒意袭来，夜风一吹，戴维峰有了眩晕感，郭丽芊扶着他往家走。在戴维峰眼里，这几个人全是吃硬不吃软的货色，只要你比他们强硬，他们便跟你穿同一条裤子。

　　路灯下的旨亭街也像喝醉了酒，跟着戴维峰趔趔趄趄，街面歪到一边，骑楼的店铺则倒向另一边，而天上的那轮明月和街上的路灯全变成重重叠叠的影子，晃得戴维峰两眼生疼。

　　就在戴维峰上半夜走过的那条街上，出现了几个人。

　　郭丽芊心里一惊，定神看去，是几个男男女女在扭动腰肢跳舞。全都穿着很潮的衣裤，男的戴一顶瓜子帽和一副墨镜，黑色上衣的白色骷髅图案很刺目，下穿一条紧身牛仔裤；女的戴白色帽子，灰上衣齐胸高，露出性感的肚脐，粉红色裤子系着一条白腰带，刚好悬到胯部。这些夜精灵在音乐声中节律一致地摆手划腿，向前扭着腰走几步，忽然掉转头往左用手转圈，又往右转圈，再高高伸出头顶，之后把两手抚在曲弓的双膝上左右摇动，直立后朝右甩出一只手。

　　自由的舞姿吸引了两人的目光。戴维峰从郭丽芊手里挣脱，晃动着身子闪进舞队里，和着他们的动作歪歪倒倒地跳起来，有几次眼看要倒在地上，身子一扭又直起了腰。郭丽芊笑得前仰后合。

　　一个女人从舞队里走了出来，拆下帽子，说："嗨，我是筱筱，一起跳舞吧！"郭丽芊终于认出了筱筱，被她一拉，便走进了舞队。

　　筱筱说："这是嘻哈舞，自由灵动，随心而跳，我们刚拍了个MV，回去睡不着，舞友们就留下跳通宵！"

　　郭丽芊学着他们的舞姿跳动，说："你们职业跳舞吗？"

　　筱筱说："差不多吧，我在旨亭街开了一间舞蹈教室，教嘻哈舞、街舞、机械舞、曳步舞、鬼步舞，总之是比较现代的舞类！"

郭丽芊感觉跟不上他们的舞步，说："经常这么晚上街跳吗？"

筱筱说："跟一个影音公司签约拍 MV，这大半夜街上没人，白天达不到这样的效果，舞友们可放开了跳！"

也不知跳了多久，郭丽芊已经气喘吁吁。她虽喜欢这舞的青春活力，手脚却有点僵，跟不上节律。尤其是戴维峰，简直是自编自导了，完全不按节拍跳，看着像李连杰打醉拳。尽管有点大瓢虫飞进蜂蝶中的意味，但他们全都很开心，筱筱还给郭丽芊示范。突然戴维峰一个侧倾失去重心，摔在了街道波光浮泛的河流里。他挣扎了一下，便不动了，就那样卧着，感觉自己的身体漂在水波上，一股巨大的浮力托举着他。戴维峰很惬意，看着他们自由的舞姿，几个人变成了一群人，一群人变成了一大群人，一大群人又变成了无数跃动的身影。头顶的那轮圆月也虚化成无数光片，在天上跳跃着一场天亮之前的黎明之舞。

谁拉开了黑色天幕的一角，放进一缕光来，旨亭街上的天空便有了朦胧的亮色。晨运的脚步陆陆续续从步行道上走过，他们让开那些略显苍老的身影，年轻活力的舞步慢了下来。

扑啦啦……一群鸟扑扇着翅膀从旨亭街上空飞过，在街尾转了个圈，又气势夺人地往回飞，扑啦啦，扑啦啦，乍听有点像手指拨弄书页的声响。啊，是一群白鸽！

有些店铺先后拉起了卷闸门，在清晨的街头异常有穿透力，哗的一声，把一天的精气神都迸发了出来。照相店、棉花铺、单车行、五金店、榨油坊、中药铺……让郭丽芊感到不可思议的是，就连老莞城特色小吃店都开了门，尹婆婆不是几天前走了吗，难道这么快就盘给了别人？

筱筱几个人收拾好音响，各自消失在清晨的老街。郭丽芊走去老莞城特色小吃店，待弄清开店的是尹婆婆儿子时，心里如释重负。这感觉奇怪地盘踞着，对这个老字号的小吃店有了感情，是阿甲还是阿乙接手自然很在乎。尹婆婆的儿子，手艺想必有老人的家传，玻璃橱柜里的糖环、油角、眉豆糕、碌堆、麻橛便全都有了神采。于是，郭丽芊买了三碗糖不甩和几个东莞大包。

经过罗秋远画像店时，一旁的花鸟鱼虫店热闹得不行，一笼笼的鹦鹉、白鸽、仓鼠、灰兔、花猫、玉米蛇发出叽叽喳喳、嘈嘈切切的声音，就连那些面包虫也拼命蠕动，把聚敛了一晚上的声息爆发出来。这与隔壁的画像店形成了强烈对比，怎么像是对那些静穆画像的不敬。但有什么办法呢，大家都要生活，就连恪守着几十年老本行有点不食人间烟火的罗秋远也需要靠微薄的收入安顿日子。

九

郭丽芊给师傅递去一碗糖不甩和两个大包，罗秋远越过镜框的眼睛眯成一条线。大清早的，那些高悬墙上的黑白画像透着一股子不祥之气，郭丽芊不想逗留，而戴维峰却望着墙上的自己，须臾间变成了很多个，宛若一只多头兽。他使劲擦了擦眼，郭丽芊正要拉着他往出走，罗秋远叫住了她，说："昨天一个翟婶娘来店里，盯着你男朋友的画像看了很久，指定要你帮她画。她就住在旨亭街上！"

郭丽芊大感意外，学画以来可是第一次有人要自己画像，便说："好啊，现在就带我去她家！"

三人草草吃了早餐，来到背街的城中村，一栋三层旧楼很压抑地挤在巷子里，大门前一个小院落却是绿意婆婆，一丛板桥竹沐着晨光轻轻摇曳，有星星点点的光斑在枝叶间跳跃闪动。角落里簇拥着龟背竹，可着劲儿长到齐腰高，残旧院子难以掩饰蓬勃绿意。靠另一面墙种着白纹阴阳竹，叶片上的白色条纹与众不同，仿佛一个头发花白的老人守住了一院子的绿光阴。

师傅把郭丽芊介绍给翟婶娘后便回店里去了。客厅摆着本地人一贯供奉的神龛，到底是什么神，不好说。墙上挂着六个脸谱，是京剧、豫剧还是粤剧、潮剧，也估摸不准。翟婶娘大约七十岁的年纪，方形脸，五官平和，几个老年斑铜钱似的镶嵌在脸上，虽满脸皱纹，却透着几分肃穆之气。郭丽芊正在忖度如何表现脸部特点，端坐在竹制靠背椅上的翟婶娘说话了："真是奇缘，把你男朋友也带来了，果真跟画像上的一样。他这人阴，长得阴的人多是奇相，要么有大出息，要么是大恶棍！"

郭丽芊笑了，说："婶娘会看相？"

戴维峰也觉得有意思，说："那你看我是大恶棍还是有大出息？"

翟婶娘卖了个关子，说："天机不可泄露！"

郭丽芊摆好纸，手握铅笔以黄金分割法勾勒出轮廓，头发、耳朵、眉眼、颧、鼻、唇，重要部位框定好后，用工笔画法精描慢绘，每一条线都赋予生命力。罗秋远曾说，画像有时会与人的运数巧合，奸佞之人画起来总是磕手，良善之人则运笔随心，真是奇怪！郭丽芊用观察者的眼光看着翟婶娘，满头银发，却精神不减，那股子温润而简穆的神韵，被郭丽芊灵光一现地读懂了，也许老街的晨光、院子里的竹子、墙上的脸谱给了她灵感，画起来笔随心动。一个多小时后，画像便脱稿了。

翟婶娘看着眼前的自己，没说好，也没说不好，眼里透出一束亮光，说："过着过着，一辈子就快到头了，再不画，寅时不知卯时的事，就像尹婆婆，好好的一个人，说走就走了！"

郭丽芊说："翟婶娘是个福寿之人，日子还长着呢！"

翟婶娘绕开话题，说："还是手工画像好，看着像个人，我给你们唱一首粤剧！"

翟婶娘回房间穿上青色戏服，两只水袖左右一甩，用老迈而清丽的嗓音提声屏气地唱道——

> 梦回莺啭，乱煞年光遍。人立小庭深院。炷尽沉烟，抛残绣线，怎今春关情似去年？晓来望断梅关，宿妆残。你侧着宜春髻子恰凭栏。剪不断，理还乱，闷无端……

不知道为什么，这段粤剧触到了戴维峰的痛处，恍惚间两眼噙泪，竭力忍着，泪水还是不可遏制地顺着脸颊流淌而下，戴维峰用手抹了把脸。郭丽芊对此百思不得其解，多逞强的一个男人，怎么会被一支曲子唱哭了？

临走时，翟婶娘告诉他们，墙上的那六个脸谱是文武生、小生、正印花旦、二帮花旦、丑生、武生，现在没多少人演戏，也没多少人看戏，说不定再过十年八年，粤剧演唱和手工画像、编竹器、纸扎花灯这些老行当会在旨亭街齐齐消失。说完，沧桑的脸上留下一抹苍凉。

回到屋里，戴维峰说："哪天为我母亲画张像！"

郭丽芊说："那得多收两倍的钱！"

戴维峰说："钱不是问题，我母亲也会给你唱戏！"

郭丽芊说："粤剧？"

戴维峰说："汉剧！"

两个人各自回房间补觉，不知到了几点，睡得天塌地陷的戴维峰做了个惊悸的梦——凌晨三四点，骑楼的大瓦数灯泡把整条旨亭街照得无比空荡，隐约能看到飞蛾和大水蚊飞舞的影子。风穿街而过，拂开积蓄了一天的热气，一丝凉意扑面而来，却带着老街特有的衰朽之气。戴维峰加快脚步逃离，那阵枪声是在闪过廊柱时响起的，他还没来得及反应，却发现前面出现一个人影。啊的一声，那人挡住了子弹，鲜血洇红了灰白的亚麻布上衣。隔着几米远的距离，戴维峰看见是一个女人，乱发遮住了半边脸，她盯着戴维峰，双脚失去重心，全身向地面斜倾，身子和脚部形成一个弧度。戴维峰跑过去，稳稳地接住了面前的女人。捋开头发，面部一览无遗——汤爱珠！她的嘴角露出微笑，说，峰，我走了，这辈子你要好好的！戴维峰看着她慢慢合上的眼睛，泪水大滴大滴地掉在母亲脸上。

十

戴维峰准时在下午四点起了床，郭丽芊为他的酒量感到惊讶，以为他会睡个一天一夜，没想到他心里记挂着晚上的演出任务，再困也不耽误正事。他掏出剧本，上面这样写道——

手臂吊着白绷带的震龙帮帮主余笑岳啪地把枪摔到桌上，对身边的几个手下大声呵斥："危急关头你们一个个逮鸟去了吗，幸好爷命大，从阎王爷手里夺回一条命。今晚你们去端了钱万仓的老巢，给爷报这心头大恨，看他黑鹰帮还能逞多久强！"众人把手一拱，响亮地说了一声："是，为帮主效命！"月黑风高之夜，一伙人潜到黑鹰帮蹲守的院落，枪声打破了深夜的阒静……

这晚上，戴维峰又"死"了几次。因这段戏主要体现震龙帮的仇恨，并没有特殊意味，不需要像上次那样深入分析思考，戴维峰演得很顺利，十点多便回到了屋里。

冲凉后光膀子穿裤衩躺在床上，实在睡不着，上午那个梦浮现眼前，心里惴惴的，想着至少一年没回家了吧，母亲实在让他揪心。

屋子里憋闷，戴维峰翻身起床，想出去透透气。敞开的窗帘让他看到了惊喜，一张熟悉的面孔出现在对面窗的灯光里，那个跳嘻哈舞的女人正拿着口红站在窗前抹唇。他迅速转身套了一件T恤，穿上一条休闲裤，拧亮灯，把自己扎扎实实照亮，喊道："嗨，不是演戏吧，你住对面？"筱筱看了过来，一惊，口红失手掉进了"一线天"。她的嘴张得奇大，两个人尴尬地对视了一下，戴维峰马上说："等着，我帮你捡！"说完风一样跑下楼，也不知道他打算怎样挤进那两墙之间几拃宽的墙缝。

路灯打在"一线天"里，形成了一块会发光的压缩饼干。筱筱在上面提心吊胆地看着，眼皮底下的这个男人好像真的有缩骨术，双肩高高耸起，猛地一提臀部，头向上仰着，本来有点单薄的身体又瘦削了一圈，踮起脚尖艰难地往前侧移，但墙壁跟他过不去，只冲了一米便停下了。戴维峰全身往上提劲，身子再次压缩，终于冲过一道瓶颈。剩下几米的距离变得漫长起来，筱筱不忍看下去，眼眶里有晶亮的液体在打转。当她再次低下头时，戴维峰下了个侧腰，全身往一边倒去，手吃力地伸向地面，一寸一寸，一寸一寸，还有半米的距离又停下了。戴维峰调匀了呼吸，手继续侧伸，一只脚高高地向上提起，另一只脚杵着保持身体平衡。看去有点像人头马的标志。

筱筱忍不住喊了一声："算了吧，别挤坏了身体！"下边没有回应。狠狠地用了一道力，戴维峰终于捡起口红，紧紧地攥在手心。脚慢慢往回收，腰杆跟着回正，手终于并拢到了腿部。头还是仰着，提溜起身子骨，反方向侧行。

筱筱飞快地跑下楼去，看到戴维峰的双臂、两腿和脸部都擦伤了，鲜红血迹撕开一道道裂口。筱筱马上叫了一辆滴滴车，把他送到隔两条街的医院。医生用双氧水处理伤口，创面上起了一层泡沫，看起来有点像煎鱼，筱筱扑哧笑了。

戴维峰说："早知道用你这口红擦伤口，省得费事！"

筱筱又笑了，说："知道这口红什么牌子吗，圣罗兰，一个朋友送我的！"

戴维峰说："其实你素颜更好看，抹口红反而盖了你的韵味！"

筱筱以为他在开玩笑："按你这说法，美容护肤店不都得喝西北风去？"

戴维峰说："一种人，需要化妆品掩饰；另一种人，用化妆品反而显得假，像你和郭丽芊！"

筱筱见他说的是认真话，问："郭丽芊是你女朋友吗，她挺漂亮的！"

戴维峰说："不，我们合租！"

医生征询戴维峰的意见，用云南白药还是碘伏，戴维峰二话不说选择了后者，擦拭时连眉都没皱，站在一旁的筱筱眼角却皱起鱼尾纹，好像疼的是她。身上所有的伤口都涂上一层黄色液体，戴维峰已不知道是哪个部位在疼了，浑身被食人蚁啃噬似的，肌肤火烧火燎。戴维峰站起身猛地往上蹦了几下，想要甩下什么来，却疼得他龇牙咧嘴。

筱筱正要联系滴滴车，戴维峰止住了，说："就两条街，我们走回去吧！"

筱筱笑着说："能行吗，别弄个终身残疾！"

戴维峰说："这样最好，你得服侍我一辈子！"

筱筱说："你们城里人套路可真深！"

两个人半说半笑走出了医院大门，绕行到运河边上。绿化灯的光影给一棵棵行道树涂抹了浓妆，把树的青翠烘托得颇有层次感，特招人眼球。说实话，戴维峰不喜欢化妆的女人，也不喜欢眼前上了妆的树木。大晚上的，这不是有点像桑拿店和卡拉OK厅里的女人吗，翘着又白又细的腿等着唐伯虎点秋香。戴维峰嗅了嗅鼻子，使劲往外喷气，实在受不了钻心入肺的脂粉味。

筱筱似乎看穿了他的心思，说："给你讲个事，也许可以减缓你的疼痛。"

戴维峰没有吱声，筱筱便说开了——

我们舞蹈店几个人参加了市里的义工服务队，认识了一个叫韩巧的女义工，她这人喜欢化妆，整天把自己拾掇得无比鲜亮。化妆品倒不是要用多好的，过得去的牌子都用，像画画那样对待自己的脸，眉是眉，眼是眼。有一次我们义工服务队去了一间孤儿院，十几个孤儿穿着破旧，神情萎靡。韩巧最看不惯的就是他们的脸，不是长着疙瘩，就是留有污迹。便从手提包里掏出随身携带的化妆盒，一个一个给他们化妆。我们当时忙着打扫房间、拆洗被子，对韩巧的这个举动很不以为然。收拾停当后，那些孩子个个换了样子，精神劲冒出来了，脸上露出阳光般的微笑。你还别说，我们慢慢认同了韩巧的这一做法，此后每次去孤儿院，我们负责做杂务，她负责给孩子们化妆。韩巧是最受孩子们欢迎的，我们心里也舒坦，虽是孤儿，谁又能剥夺他们爱美的天性呢？他们也应该和生活在幸福家庭里的孩子一样，有张干净好看的脸蛋！

谁知好好的，韩巧体检时查出了异样，深度检查后发现心脏的动脉血管旁长了一个瘤。分析报告出来了，是良性肉瘤，可通过手术摘除，但有风险。手术前两个钟，我们去医院看她，她正在病房里化妆，阳光穿过窗外的树叶照在她身上，光影游移闪烁。她说很可能进去就出不来了，我可不愿你们看到我死后难看的样子！我们全都说不出话，心被什么压着，眼里蓄着一汪泪。也许是命中注定吧，手术不成功，韩巧的心脏永远停止了跳动。

殡仪馆里，韩巧静静地躺在鲜花丛中，我们和那十几个孤儿都去为她送行。当看到化妆师粗劣地给她化妆时，那些孤儿走前去，说："阿姨，我们来为姐姐化妆吧！"像当初韩巧给他们化妆那样，他们很仔细地给她描眉涂唇。在场的人全都看哭了。

你帮我捡回的那支口红，就是韩巧手术前送给我的！

戴维峰心里像被刀锋划过，一阵痛感盖过了手脚和脸上的疼痛。还有什么比爱的传递更能让人心潮澎湃呢！哪怕这痛深入骨髓，而且一直痛下去，他也觉得值；即使再为此挤一次"一线天"，他也会在所不辞。泪水在眼窝里打转，他强忍着，还是溢了出来，顺着脸颊，流到嘴角，一股淡淡的咸涩味漫进了口腔。他没有擦拭，觉得这味道很真实，一直沿着喉管传到了心脏。

十一

第二天晚上，导演看到他斑鱼似的脸，脸色阴了下去，不温不火地说："这几天先不要来！"

戴维峰心里一惊，两眼瞬间黯淡，他嗫嚅着嘴试图挽回："导……导演，我……我还能……"

导演打断了他的话，恼怒地说："到时剧组会联系你！"

这句话貌似有回旋的余地，但要是剧组不联系呢，岂不是叫停了他的出演？导演不再理他，走到拍摄现场去了。

　　戴维峰感觉整条旨亭街塌陷了，那些方形砖全都翘出地面，凹凸不平地往前走，一脚踩到了什么，身体一歪，差点摔在地上，他狠狠地踢飞了一个易拉罐。伤疤莫名地发作起来，每一寸肌肤都生疼，穿过所有的血管组织和骨骼关节，一直疼到心里去。

　　月光依然洒在街上，这条河一夜之间被严寒封冻了，银白冰块覆盖住长长的河流。头顶的月亮也发出凛冽的寒光，像碎裂的冰碴子，从天幕上咣当咣当往下掉。戴维峰冻得浑身哆嗦。导演好不容易看上了他，却因为脸上的伤痕引起了导演的反感。听剧组的人说，导演可是取得国家一级资格证的，知道一级吗，相当于正教授。他人脉关系广，他看中的苗子，要走红还不是迟早的事！

　　戴维峰这么卖命地演死人，不正是为了有一天能像李明一样实现从奴隶到将军的华丽转身，风风光光地进入全国观众的视线吗？终于祖坟冒了半缕青烟，导演的眼里有了他的影子，偏偏出了这档子事，导演能不火吗？简直失望透顶。能不能重回剧组，是一个悬在头上的问题。听说这导演脾气不是一般的怪！

　　他很想找个人说说话，摸出手机，拨了个号码。响铃，挂断。足足等了五分钟，重拨过去。

　　那头响起了母亲疲弱的声音。

　　戴维峰心里哽着，许久说不出话。

　　"阿峰，出脉艾事了？"

　　"……"

　　"阿峰，外头不愉快，伲就回家来！"

　　"……"

　　"阿峰，把女朋友带回来认认门，说不定阿嬷哪天就不在了！"

　　"……"

　　"……阿嬷，涯明天回家看伲！"

　　戴维峰终于迸出一句话。空空的旨亭街刮过一阵风，把这话卷得满街兜转。戴维峰突然小跑了起来，寻找什么似的，拼命追赶。那句话的后面还有一个附加句，他没说出口，但母亲自己接续上了，挂线之前说了一句："女朋友一定要带回来啊，阿嫲心里才顺气！"

他不知不觉跑到了木兰坊，愣愣地站在门口，看着玻璃墙里的水车转着五颜六色的水花，很魔幻，也很虚假。透过玻璃门，还能看到那个 LED 发光黑板上写着的几句留言。

——你是盛开在黑夜里的昙花，微笑转眼不见！

——即使从不化妆，你也素淡如仙子！

——听说你还会画像，给我们画，我们每晚给你撑场子！

……

又有几个人进了酒吧，戴维峰独自站在门外，影子在霓虹灯下变得很缭乱。他不知怎样跟郭丽芊开口，万一她不答应呢，凭什么，就凭他们合租吗，或者凭她长得跟母亲有几分像？这些理由很牵强，完全经不起推敲。他在门外拖泥带水地磨蹭着。

还是郭丽芊看到了戴维峰。里面像电影院的观众席，黑乎乎的，而霓虹灯闪烁的大门口却有点像正在上演的银幕，戴维峰成了一个形象模糊的主角，在幕上足足出现了十几分钟。郭丽芊看到他时，也有点捉摸不透，一个轰轰烈烈扮演死人的演员，怎么会换了一副扭捏面孔？也许只有郭丽芊才能把他从危局中解救出来，推开玻璃门，戴维峰却躲开了她的眼神。

"咋了，不开心？"

"……"

"遇到啥事了，跟我演哑剧吗？"

"……明天能不能跟我——回老家？"

"回去干啥？到底发生啥事了？"

"看看我妈，她想见见你！"

两个人都愣怔了，接着是好长时间的沉默，旨亭街一下子进入了冰河世纪，天苍苍野茫茫的。如此漫长的冬寒料峭之后，终于看到一轮边界模糊的太阳从地平线上升起，冰消雪融，燕语呢喃，草芽破土而出，鱼儿跃出水面。暖暖的风从某个角落吹来，把郭丽芊吹醒了，她说："我……我看……能不能……请到假……"

她转身闪进门，戴维峰重新回到银幕上，他羞愧于自己的演技，也许这是当演员以来最蹩脚的一次演出。他盯着自己的影子，被霓虹灯光照得红红紫紫，有点像翟婶娘家墙壁上的粤剧脸谱。

不知过了多久，郭丽芊终于推开了玻璃门，用微笑的眼神说："老板娘……同意了！"

似乎全在戴维峰的预料之中，平静地说："下班后收拾一下，明早我们坐车回！"

十二

戴维峰的老家在粤东客家地区，离东莞三百五十公里，不远不近，坐车得五个小时。戴维峰在车上补觉，呼噜打得山响，邻座的人不时用眼睛瞟他，但看到他脸上的伤疤时，却全都大气不敢出。郭丽芊怎么也睡不着，想着见到戴维峰母亲后得说什么话，是称呼伯母还是阿姨。这第一次见面可不能大意，更不能说错话。

郭丽芊很怕母亲从山东老家打来电话，每次都往那个话题上绕，缠缠绊绊的电话线似的，紧紧勒住郭丽芊的脖子，她真想把手机摔了。铃声响起，只要看到是母亲的来电，心里先自怵了。她又何尝不想找到自己的另一半？但这个城市的男人像新城区的广告招牌，鲜亮夺目却暗藏心机，而自己租住在旨亭街上，慢慢被老街的气质浸染同化，对华而不实的男人一概敬而远之——她怕一不小心便赔了自己的青春。虽说已接近青春的尾巴，但谁说得清呢，上帝不会亏待每一个人。

深夜里，看着酒吧那些把酒言欢、轻佻浮荡的男人时，她站在吧台后感到无比孤独和落寞。热闹是他们的，自己只不过为他们的热闹打开一个出口。此时，她便会想起戴维峰，那个男人到底与他们不同，骨子里有自己的追求，尽管他在演艺圈无疑属于底层，但谁又能断定他一辈子就不能出人头地呢。听他说过，那个蹿红演艺圈的李明，不就是靠演坏蛋出的名。就连成龙大哥，一开始也是演死人。

戴维峰用一把道具枪把她从魔爪中救了出来，她当然没齿难忘，但在感情上，他们之间更像姐弟。是年龄还是"母亲"那个词，一刀划清了彼此的界限？昨晚戴维峰的一句话，却一下子扭转了局面，横在他们之间的那堵墙轰然倾圮了，两个人跨过墙垣，演戏般站到了一起。

戴维峰家住五楼，是那种老式楼房，没有电梯，郭丽芊忐忑地跟着他爬楼梯，见到他母亲时，才发现她根本看不清自己，两眼使劲翻着眼皮，伸出枯瘦的手往戴维峰脸上摩挲，大概摸着了伤疤，母亲痛心地说着什么，戴维峰拿演电影当理由轻松地糊弄了过去，久别重逢的喜悦让母子俩忘记了郭丽芊。倒是那只狸花猫朝她喵咪了一声，把她领到客厅。墙上挂着七个脸谱，跟翟婶娘家的脸谱有点像，郭丽芊定定地看着，走过去把一个脸谱套在脸上——能把自己掩藏起来该多好。

戴维峰搀扶着母亲走过来，老人家手脚发颤，走得很吃力，短短的几米用了两分钟，郭丽芊迎上去，迟疑着叫了一声"伯母"。戴维峰母亲竭力把笑堆在脸上，面部肌肉却绷得紧，扭成了一团麻花。她的客家话郭丽芊听着费劲，只好一个劲儿地说："伯母您坐，伯母您坐！"待三个人坐定，郭丽芊听老人絮絮叨叨地说着什么，一句也听不清楚。她仔细端详起老人家来，惊讶地发现自己跟老人真的有几分像，瓜子脸，瘦癯，两颧略高，却透着清秀之气，只不过她的脸苍白得像一张纸。

厨房里煲着什么，咕嘟咕嘟响，一阵香味飘了出来。正在这时，大门开了，走进一个五十来岁的男人，戴维峰没叫他，他尴尬地站在玄关处，换了拖鞋，说："回来就好，回来就好，我去买菜了！"拎着塑料袋进了厨房，响起锅碗瓢盆的哐当声。

戴维峰母亲老是叫儿子给郭丽芊搛菜，自己干坐着，脸上堆满笑，却显得干瘪，眼睛一眨一眨，频率比常人快很多，恍若从来就没有睁开的时候。戴维峰的父亲闷葫芦似的吃饭，只象征性说了几句不冷不热的话。喝的汤是核桃煲鸡，一只只核桃如大脑般浮在汤碗里，使这顿本来就味同嚼蜡的饭很倒胃口。那只狸花猫蹲在地上啃着一块鱼片，老是朝郭丽芊看，眼里露出一道阴阴的光，嘴角的白须一晃一晃。

饭后，戴维峰扶着母亲回房间，两个人叽里哇啦说着什么。郭丽芊靠在简易沙发上睡着了，戴维峰把她抱到房间休息。他在车上睡了几个小时，现在睡意全无，一个人在客厅里喝着浓酽的单丛茶。客厅墙上的七个脸谱盯着他看，他也失神地望着它们。

母亲大概是在他读初中时患上怪病的。开始时腿脚不听使唤，双手微微颤抖，在县人民医院没查出病因，吃大量药后仍不见好转，之后视力和听力均出现问题，两腿用不上劲，走路只能扶着墙慢慢试探前行。后来去广州大医院就诊，医生说这种病的比例在全国为一百万分之一，之前吃错了药，已无可挽回。一纸诊断书等于给母亲判了缓刑，她只能从工作单位请了长假，整天把自己囚禁在巴掌大的家里。过去那些车水马龙的街道一下子变得无比遥远，不要说外出散步，就是从五楼摸索着走到一楼，都要用一个小时的时间。

如果没有汉剧、核桃和狸花猫，母亲的日子无疑罩在巨大的黑洞里。她以前喜欢唱汉剧，常跟着汉剧院的几个发烧友同台演出。母亲最拿手的是《八珍汤》，讲的是孙淑林千里寻夫寻子的故事，受尽艰辛，幸得春兰救助，捡回一命，最后夫妻母子团圆。母亲哀怨的唱腔很能打动人，催泪效果极好。得病后母亲基本靠唱汉剧和剥核桃打发时间。唱累了，便把核桃放在夹钳上，两手轻轻一按，壳咔嚓碎了。她说听着这声音，生活就不会那么绝望。家里还养着一只狸花猫，母亲给它起名"戴安"，大概是寓意"平安"吧。这猫通人性，简直成了母亲的眼睛，能引着她走路、上洗手间、下楼，在母亲唱汉剧时，还会喵咪喵咪地伴唱。

父亲戴树良在外处了个相好，每天回家都满嘴抱怨地管母亲的几顿饭，恨不得她一夜之间从人间蒸发，好跟相好安安稳稳地过小日子。戴树良曾有几次和母亲发生口角，有次还差点把她给掐死。母亲在这命悬一线的时候亮出儿子这个护身符——淹死了，戴维峰不会放过伲！戴安伸出锋利的爪子，使劲抓挠他的裤腿，戴树良只得松了手。

戴维峰打心眼里喜欢郭丽芊，她长得跟母亲有几分像。这却成了两人正常交往的心理障碍，况且她比自己大三岁，"恋母情结"把他卡在了欲上不得欲下不能的"一线天"里。

他很想念母亲怀里的核桃味，干香，恬暖。郭丽芊不仅长得跟母亲有几分像，而且腹部也有一股熟悉的味儿。他怎么能侵犯她呢？一看到她秀气而沉稳的脸，他便会想起母亲。虽然病痛这把无情剑砍削了母亲的年轻貌美，脸上刻下苍老和枯瘦，但她来自骨子里的清秀，哪怕只剩最后一口气也不会湮灭。

一个小时后，郭丽芊从房间走了出来。两人相对无言地坐在沙发上。

戴维峰说："帮我母亲画张像吧！"

郭丽芊说："大老远叫我回来就是为了给你母亲画像？"

戴维峰忙说："不，母亲说身体比以前更差了，说不定什么时候就见不到我了！"

戴维峰低垂着头，十指插在头发上，沮丧地接着说："即使她不在了，我也要让母亲活在眼前！"

郭丽芊语气缓了下来，终于同意给老人家画像。

戴维峰把备好的画纸和铅笔递给郭丽芊，又把母亲从房间搀扶出来，端坐在客厅的亮处。

最难画的是戴维峰母亲的眼神。她几乎睁不开眼，总是一眨一眨的，郭丽芊要在这眨眼之间捕捉到她犯病之前的正常眼神，为她恢复神采和活力。

约两个小时后，郭丽芊停了笔，犹豫着叫戴维峰过来。戴维峰看到一个十年前的母亲出现在画纸上，五官匀称，那眼神分明就是点睛之笔。他拿着画凑近母亲面前，她使劲眨着眼，眼角的微光也许看清了画上的自己，满脸绽开了清隽饱满的笑。

她说了一句什么，戴维峰翻译道："我母亲说这画让她看到自己年轻时的样子，她要给你唱一曲汉剧！"

伯母吃力地站了起来，收腹吸气，调匀呼吸，狸花猫跳到茶几上猫咪了一声。她用哀婉的腔调唱了一曲《八珍汤》——

问苍天我欠下何人孽怨，为什么孙淑林苦海无边。风呼啸雪飘飘泪痕满面，发蓬乱衣单薄骨冷身寒。举目望白茫茫大地一片，饥寒交迫伤痛钻心苦受熬煎。叫一声儿父文达今何在，一双娇儿在哪边？夫妻母子难相见，我冻死异乡恨绵绵……

郭丽芊心里一阵酸楚，泪水模糊了双眼。那只狸花猫和着调子喵咪喵咪地低叫，也是一副肝肠寸断的神情。

看向墙上的脸谱，郭丽芊到底弄不清粤剧的六个脸谱和汉剧的七个脸谱有什么不同。戴维峰母亲白纸似的脸有了一丝红晕，皱纹舒展开来，说这七个脸谱分别代表小生、旦、丑、老生、婆、红净、乌净七大行当，声腔主要是西皮和二黄。广东汉剧的戏班有四大班：老三多、荣天彩、新天彩、老福顺。清末民初时很兴盛，几乎都是随外籍官员携带到粤东的，一直流传至今。现在流行歌曲满街飞，年轻人都不喜欢唱汉剧，也不知还能留存多少年……

十三

戴维峰就是在这时接到剧组电话的，电话里说导演叫你尽快赶回来，那些演员都没你演得好，明晚的特写镜头必须得你出演！戴维峰兴奋得抱了母亲又抱郭丽芊，说："剧组有任务，导演叫我马上往回赶！"

本想带郭丽芊去看看客家围龙屋的，没有办法，计划只能取消，他得今晚回到旨亭街，决不能再让导演失望。他想起了电视剧《潜伏》中的一句台词："有一种胜利叫做撤退。"这次离开，反而让导演看到了他的能量，他得好好抓住机会，让导演真正对他刮目相看。

戴维峰迫不及待地在大巴上看起了剧组用微信发来的剧本——

钱万仓儿子钱世杰也握枪疾奔在人群里，黑鹰帮已事先刺探到余笑岳带着手下偷运一批军火。因行踪绝密，他们只能埋伏在余宅附近，只要击中余笑岳，震龙帮便树倒猢狲散了……一时枪声大作，双方死伤多人。这时，余宅大门走出一个亭亭玉立的女子。钱世杰认出了她，原来上次在戏楼上看到的女子正是余笑岳千金。他马上不顾危险奔了过去，用身体护住了心中的女神。正在这千钧一发之际，黑鹰帮一个弟兄挺身而出，挡住了飞来的子弹……

不用说，戴维峰负责演那个挡住子弹的黑鹰帮弟兄。他一路上反复咀嚼台词，扮演着多种表情，让郭丽芊当临时导演。郭丽芊说应表现得既仇恨又凛然，戴维峰却说要有讶异中带着欣慰的神情。两个人公说公有理，婆说婆有理。

第二天晚上，剧组对戴维峰的伤疤作了特殊处理。导演提醒大家：这段戏至关重要，钱世杰与余莲珠在戏楼有一面之缘，对她倾慕已久。他这次冒着生命危险去保护余莲珠，为后面剧情发生逆转作了有力的铺垫。挺身而出的黑鹰帮弟兄中弹后被钱世杰接在怀里，这个中弹者的眼神大有文章，要表现出对这场残杀的怨恨，又从钱世杰和余莲珠两个人的爱情里看到了和解的亮光！

场记一打板，"余莲珠"从余宅大门翩然而出，"钱世杰"一脸错愕，穿过巷子向前奔去。戴维峰这时出场了，一颗子弹从后面飞来，他毅然用背部替"钱世杰"挡住子弹。戴维峰全身颤了一下，慢慢倒地，被"钱世杰"接住，戴维峰的眼神里有恨意、无悔、坚毅，眼睛在合上之前看了看"余莲珠"和"钱世杰"，瞬间出现一丝欣喜的笑意。

导演对戴维峰的表情很满意，又拍了拍他的肩膀，说："不错，吃透了剧本，明天接着演，你会有前途的！"

戴维峰浑身是劲地走在旨亭街上，月亮向他投来明媚的清辉，流泻在长长的街面，他又听到了河水的潺潺流响，很生动，很抒情，宛若一支悠扬的小提琴曲。

手机铃声响起，是筱筱打来的——哥，救救我，有人砸我房门！

戴维峰提起脚飞跑，穿过横街，跑进巷子，直接奔上对面楼。两个喷着酒气的男人高举拳头擂门，戴维峰猛然一喝，他们横眉瞪眼，一个挥拳迎面袭来，一个扬起脚朝他裆部踢。戴维峰迅疾闪到一边，伸脚横扫，两个人失了重心訇然倒地……

他们抱着头走下楼梯，一个回头说："叫她删了视频，否则俺大哥不会放过她！"

筱筱打开门，惊弓之鸟般钻进戴维峰怀里。他问是什么视频，筱筱说那天凌晨郭丽芊下班回家时被一群恶棍围住，她用手机拍了视频，还吓唬说只要把视频送到派出所，他们全都跑不了，他们这些天一直在找自己，生怕真的被举报……

戴维峰说："删掉吧，别引火烧身！"

筱筱说:"已经删了,但我怕他们报复,他们是旨亭街的地头蛇!"

戴维峰叫筱筱收拾东西,先搬到对面跟郭丽芊睡一个房间,等找到安全的去处再说。

有些事真的像演电影,没想到自己跟素不相识的郭丽芊住到了同一个屋子里,本来住对面的筱筱又如此奇巧地搬了过来。两个单身女人跟一个单身男人同居一室,得发生多少故事。

有戴维峰在,筱筱感到安全多了,她忽然好兴致地说:"哥,我们一起跳嘻哈舞吧!"

筱筱打开手机音乐,没有喝酒的戴维峰跳得反而拘束,怎么也跟不上筱筱的舞步。他几乎成了一个可有可无的陪练。筱筱跳得实在好,一颦一笑一投足一扭腰都吻合旋律,把自由轻灵的嘻哈风格表现得淋漓酣畅。

戴维峰索性坐在客厅沙发上当忠实粉丝。筱筱正跳得起劲,猛然一失足歪倒了,戴维峰眼明手快地把她接在怀里,筱筱深情地看着他,说:"哥,别放手,抱紧筱筱!"

戴维峰用手揽住她的细腰,情不自禁地俯下了头。两个人激烈地吻起来,恨不得把对方嵌到自己身体里去。可最终,戴维峰还是推开了热得像团火的筱筱。

十四

戴维峰又演了两个晚上。钱世杰深深地爱上了余莲珠,余笑岳坚决反对女儿跟仇敌的儿子好,余莲珠以死相抗,甚至用割脉威胁,余笑岳一时无计可施。震龙帮和黑鹰帮的残杀在降级,戴维峰的戏份越来越少。导演已非常认可他,有时外出应酬也叫他陪同。到后来,两个帮派因为钱世杰和余莲珠的爱情进行和谈,对码头实行轮流管理。一场秦晋之好终止了冤冤相报的恶斗。

这天傍晚,戴维峰意外接到戴树良打来的电话。听他吞吞吐吐的语气,戴维峰就知道出了事。戴树良结结巴巴地说了事情经过,戴维峰眼前一黑,差点倒在地上。母亲下楼时不慎踩空,从五楼滚了下去,等送到医院已断了气。

戴维峰连夜往老家赶，五个钟后到了车站火速奔往医院，母亲已被送到了殡仪馆，静静地躺在玻璃棺枢里。戴维峰呆呆地看着眼前的母亲，化妆师为她化了一脸的浓妆。戴维峰跑出门，拿了一条湿手巾要为母亲擦拭。

　　戴树良拦住他，说："就让伲阿嫲漂漂亮亮地走吧！"

　　戴维峰怒目圆睁，大声说："阿嫲最讨厌化妆了，给她化浓妆是想掩饰什么吗？"

　　戴树良嗫嚅着："别好心当作驴肝肺！"

　　戴维峰呵斥道："伲整天巴望阿嫲早点走，以后跟伲的相好过好日子吧！"

　　戴维峰轻轻地给母亲擦了妆，伤口露了出来，显然不是摔的。脖子上有被掐的手痕，脸上散布着深深的抓痕。再看戴树良的脸，也有几条被抓的血痕。戴维峰什么都明白了，镇定地说："涯要报警！"

　　戴树良扑通跪地求饶："阿峰，涯承认错了，伲阿嫲活着也是受罪，这样是一种解脱！伲如果报警，涯当场死给伲看。跟伲阿嫲睡同一个棺材里！"说着失声痛哭起来，露出一副猥琐的可怜样。

　　戴维峰终于号啕大哭，心也软了下来，毕竟自己身上流着父亲的血。他不明白父母亲走过的这几十年，爱情究竟在生活中扮演着什么角色。《榕湾旧事》讲的是民国期间的事，钱世杰和余莲珠因为一场爱情，挽救了震龙帮和黑鹰帮众多弟兄的命运，而父母的爱情，却让母亲悲惨地走向了死亡。他不知道这是时代的退步，还是人性的无良。

　　安葬了母亲，回到家里，戴安哀怜地蹲在地上。它恼怒地盯着戴树良，用鼻子朝他喷气，又猛然跳起，伸出爪子抓他。戴树良赶紧躲到房间里。

　　戴维峰拿走母亲的画像，还带走了戴安。要是把它留下，说不定又成了戴树良魔爪下的冤魂。

　　回到旨亭街，已经是下午三点。戴维峰把镜框里的母亲挂在罗秋远店里，罗秋远看在郭丽芊份上，给他母亲在墙上留了脸谱大的一块地方。

　　打开出租屋门，戴安喵一声跳到地上。郭丽芊的房门紧闭，她正在属于她的黑夜里做着梦。筱筱呢，也许去舞蹈教室了吧。他失魂落魄地跌坐在沙发上，看到客厅的画架上有一幅画像，是筱筱！她微笑地看着他，戴维峰伸手摸了摸她的脸。

房门打开了，郭丽芊揉着惺忪的睡眼走出来，说："回来了？"

戴安喵咪一声蹑到她身边，她一把抱起，用脸腮蹭它的白胡须。

戴维峰说："就你一个人在？"

郭丽芊说："那帮人砸了筱筱的店，她昨晚离开东莞回山东老家去了！"

戴维峰低垂下头，闭上眼。

郭丽芊揭下画像，拿到房间，说还没画好，得修一修。窗台那边亮一点，她要再揣摩揣摩。早就答应筱筱给她画张像……

房间里传来郭丽芊的一声尖叫，戴维峰跑进去，见画像失手飘进了窗台下的"一线天"。戴维峰连忙打开门跑了下去，郭丽芊在他缩起身子骨挤进墙缝时，似乎意识到了什么。抓起桌面上的那支口红，是筱筱临走时送给她的圣罗兰。她顺便告诉郭丽芊，这支口红曾掉进墙缝，是戴维峰帮他捡回来的。郭丽芊拧开口红，对着镜子一丝不苟地抹唇，抹完了，戴维峰已捡回画像挤了出来。郭丽芊用力把口红扔进了"一线天"。

戴维峰的旧伤刚好，又擦出了新伤。他把筱筱的画像送到罗秋远店里，掏钱让他制作了一个镜框，并叮嘱挂在自己画像旁边。

那天凌晨，戴维峰陪导演拍了一个通宵。他没有戏份，导演叫他现场观摩，这当然是导演的良苦用心。戴维峰是在五点多回到屋里的，发现郭丽芊的房门开着，桌面的东西不见了，易拉式衣柜空空如也，床上只剩下肋骨般的木板，就连戴安也没了踪影。他不知道它是自愿跟着郭丽芊走的，还是郭丽芊带走了这只通人性的猫。

仰靠在沙发上的戴维峰欲哭无泪，他受不了这屋里的空，感觉自己坐在被抽空了氧气的玻璃罩里。他大口大口地喘着气，脸上、身上的伤疤像蝎子咬着一样，五脏六腑也隐隐作痛。他龇着牙站了起来，走下楼去，旨亭街却一片朦胧，两米远的街面都看不清，那些照相店、棉花铺、单车行、五金店、榨油坊、中药铺全隐匿不见，就连罗秋远画像店也不知藏到了哪个角落。

好大的雾！

头顶响起一阵扑啦啦的声音，无数只白鸽的翅膀扑棱而过，似乎要掀开这幕布一样灰蒙蒙的雾，把古老的旨亭街从幽深的梦里唤醒。

戴维峰跌跌撞撞地往前走，眼前浮现一群男女跳嘻哈舞的身影。他喝醉了酒似的，甩着步子闪到人群中，笨拙地扭起了腰。隐约看见母亲、郭丽芊、筱筱、戴安的面孔，他笑了笑，挥手打了声招呼。又转身卖力地跳了起来，真的好些天没好好放松自己了……

发表于《清明》2019 年第 1 期

星期天下午在静庐

游利华　女，1978年人，生于重庆，长于深圳。爱好阅读和写作，于各文学杂志发表小说散文近百万字。

一

门是丁蔚岵打开的。钟九代手中的钥匙刚刚插进锁孔，眼前这扇厚重高宽的门就从里面扯开了，由于动作过快，带起的细风扑得钟九代额前的碎发飘飞。

她抿嘴笑笑，换上丁蔚岵为她准备的拖鞋，包包还没放下，丁蔚岵就抱住了她。墙上的钟敲得两响，丁蔚岵说："两点整，你真准时。"

丁蔚岵的皮肤温热，比一般人体温略高，穿好衣服的丁蔚岵看上去很瘦，用通俗的话说就是根竹竿，想不到，他衣服下的身体竟然比微胖的钟九代还温。他们就这样紧紧贴着抱着，半小时后，丁蔚岵疲惫地松开她，钟九代摸摸自己的身体，竟有点烫手——是被丁蔚岵染烫的吧。

下周做完清洁，我带你去吃好吃的，本来想今天去，有个朋友从外地来。临睡前，丁蔚岵在她耳边轻语。钟九代摸摸他的脸，很快丁蔚岵就打起了小小的呼噜，她褪下他缠住自己的双手，悄声下了床，去生活阳台拿了拖把毛巾水桶，开始做清洁。

二

那天钟九代约的客户临时消单，她有些失落，骑着共享单车正打算回家，手机平台突然蹦出一条消息，她扫眼屏幕，赶紧本能地按下抢单键。

距离并不远，她常来做清洁的小区，这户人家却是陌生的。钟九代有点好奇地按响门铃，听见屋里门铃吼着嗓唱完了半首"十五的月亮"，门才掰开了一道巴掌宽的缝。是个男人，细长脸，眼皮有些肿，两颗圆溜的眼珠闪着幽光。

找谁？

做清洁，你不是约了两个钟吗？钟九代下意识地撩撩头发。

结果那天做了四个钟。太脏了。除了有次帮刚装修完的业主搞开户清洁，钟九代从来没见过这么脏的家。一百多平方米的房子，光垃圾，她就装了五大袋。从艳阳高照做到半月悬空，重新骑上单车回家，钟九代的手抖得车龙头都抓不稳。

临走，男人给了钟九代二百，她愕然要找零，男人说，就当小费吧。钟九代这才正面看清了男人，做清洁时，他一直坐在客厅看电视，既不像别人那样围着她转，也不嘴巴关不上地左指右使。他大约比她大一点，皮肤白净，身形瘦削，如果不是进到家里，谁都会觉得这是个有洁癖的男人。

三

家里能亮的灯都亮着，一房一厅的出租屋，即便这样，仍昏昏黄黄，宛若营养不良病人的脸。灿灿趴在饭桌一端写作业，见钟九代进屋，低低唤了声妈妈，赶紧起身拿碗筷。

给丁蔚岵做完清洁，钟九代还要去另一家做晚饭，那家主妇每次吃饭都让她用同副碗筷，钟九代吃了两次，提出回自己家吃饭。仿木饭桌上，营养不良的灯光无力映照一碟炒得焉头搭脑的青菜，一碟黄黑相间的东西。灿灿低头咬唇，目光闪烁，钟九代知道她又把鸡蛋炒糊了。炒鸡蛋这么简单的事，也要教几十遍！钟九代顿时怒火冲心，像挑剔的客户那样对灿灿斥问：糊成这样怎么吃？重炒！

灿灿并没有辩驳，低头猫进小厨房，打开冰箱，两只小手小心翼翼捏出两个鸡蛋，重新拧开煤气。

下个星期，灿灿满十岁。

十一年前，钟九代跟前前夫离了婚。前前夫是她老乡，结婚后，他们很快生了个男孩，男孩长得很健康，见谁都笑眯眯，他们搬出厂里宿舍，在农民村内租了套小房子。后来，前前夫跳了家效益好点的公司，那家公司因为发展需要，搬去佛山，前前夫舍不得涨了一大截的工资，钟九代就一个人继续留在了深圳。独自带着路都走不稳的孩子，上班又忙，她渐渐有些吃不消，将刚会叫妈妈的孩子送回老家托付爷爷奶奶。这一来，见孩子少了，见孩子爸爸也少了。开始，和前前夫还能一周见一次，慢慢，一个月一次，渐渐，半年一次，最后，一年一次。钟九代知道他在佛山有女人，还不止一个吧，她曾经在他屋里见过不同型码各式女人的衣服鞋子。她痛苦得山崩地裂，扬言要自杀，也拿刀砍伤过前前夫，久了，心里像长了层厚茧，不那么痛了，但也没离婚。前夫说你既然那么痛苦就离婚吧，但她不离，要死不活地拖着，连钟九代自己也不明白为什么要拖着这具婚姻的尸体艰难前行。十一年前，好姐妹说有个退休离异的男人，想找个伴，钟九代跟着介绍人去了男人家，男人独自住在市中心后面一套挂满雨痕的单位房内，看上去不止六十岁。一见钟九代，男人的眼睛就移不开了，钟九代长得漂亮，秀丽的五官，玉白的皮肤，骨肉也匀停。起先坐在沙发上没发现，临行男人站起来送客，才看出男人两条腿长度不一，走路有点困难，由于这长度不一的两条腿，他站着比钟九代稍矮，让钟九代可以将他原本看不见的秃成盆地的头顶风景尽收眼底。

也许都怪钟九代，老男人不想再要孩子，两个已经在国外定居的孩子也不愿他再有孩子，有一次老男人兴致好，钟九代悄悄把安全套藏了，灿灿就这样来到了世上。老男人不喜欢灿灿，总挑她毛病，好像她是捡来的野孩子。挑完了灿灿的，他又没完没了地挑钟九代的毛病，家里从无宁日，天天十万天兵天将打闹般，终于有一天，他把一纸离婚协议扔到钟九代跟前。

钟九代咬着刚炒好的鸡蛋盯着灿灿。灿灿长得比她还要漂亮，营养不良的灯光照见她脸颊上一块黄豆大小的红斑，钟九代伸出手想摸摸，灿灿头一扭避开她，怔了两秒。钟九代还要摸。

痛，刚才被油烫的。灿灿皱眉说，听口气像个借口。

钟九代的眉头也微微皱起。灿灿扒下口饭，妈妈，今天王叔叔给我送了生日礼物。

嗯，你要谢谢人家。钟九代眉头皱得更紧了。

灿灿点点头，王叔叔送了我漂亮的芭比娃娃。

老王就是这样。大小节日，母女俩的生日，都要送礼物，平时也想着法子请她们出去吃饭游玩。老王人好，钟九代有什么事，刚一开口，他就已经计划着怎么帮忙，灿灿上学的事，就是老王托关系搞到的学位。但是钟九代对这个男人总不上心。说不出是为什么，也许是他耳朵不好吧。老王是个装修工，带了支装修队，常年听各种尖锐的噪音，久了，听力越来越弱。一次耳病后，他的耳朵更不好使了，许多时候，对面说话，都要借助手势。钟九代无法想象真的跟老王在一起的生活，觉得那会像隔着一堵厚厚的墙。

四

什么时候开始做钟点工的？钟九代记不太清了。来深圳后，她陆续进了几个厂，后来还做过餐馆服务员，再后来，年纪大了，去朋友介绍的人家做保姆，那户人家极大的房子里，却只住了两个人，男主人不时在角落对她动手动脚，被女主人发现，当即解雇了她。钟九代就去家政公司登记，做起了钟点工。

干久了，她发现自己喜欢上了这份工作。比起进厂做保姆都自由多了，收入也高一大截。更重要的原因，是其后慢慢发现的——她可以进入不同的人家。

每一次，敲开陌生的门，都让她有暗暗的惊喜。她来这座城市二十年，还没怎么进过人的家，每天忙着上班，交往的人也不多。现在，她可以直截了当，进入别人最私隐的地方。屋里的装修、摆设，这些当然代表主人的身份收入品味习惯，更隐秘的，是那些没有公开摆放出来的东西。

她曾经在有人的家里，看到一堆治疗神经症的药，不由每每看礼貌安静的女主人心里都有点起毛；还有一次，帮着男主人整理书房，从一本书里漏出张相片，相片上一男一女亲密相偎，男的，是现在的男主人，女的，并不是他老婆。许多小秘密，它们像夜空中一闪一闪的小星星，吸引着钟九代。她不知道别的钟点工怎么看这些事，她觉得有趣，倒也不是想偷窥。她印象最深的，是一个女人。那个有点肥胖的中年女人住在一套很漂亮的房子里，女儿在国外上大学，丈夫经常出差应酬不在家。钟九代还以为她独居，这才知道她还有丈夫。女人说，我们一起从老家过来打拼，后来我生了场病，老公就不要我帮忙了。女人失眠严重，由于长期缺觉，总是精神恍惚，神经兮兮，怀疑家里有鬼，丈夫为她请了法师，女人还说屋里有鬼，吓得夜里不敢睡。于是，俩人合计搬了一个又一个家，女人疑心的毛病仍在，有板有眼地描述屋里的鬼，那鬼长发黑袍，夜里她一睡着，就站在床前看着她，吓得她抱着枕头气都不敢出。

五

　　一个月后，丁蔚岵才第二次找钟九代做清洁。

　　丁蔚岵住的小区叫静庐，位置挺好，周边是商业区，人气旺盛，小区却闹中取静，修竹环出片静谧之所，楼盘外观也轩昂。但他的家很普通，一看就知道没装修，直接用了开发商当初统一的装修，只简单在屋里摆了些必要的家具。

　　仍脏得下不了脚。白瓷砖地板叠叠层层的凌乱脚印，桌上也铺满灰尘。钟九代抹着桌窗，断定屋主人这一个月内，并没有请别人做清洁。

　　无疑，这是个单身男人的家，屋内的摆设及物件，清汤寡水，比捞干净的面汤还稀。但每一件物品都是他的，有他的特性与气质，是他想要或者需要的。钟九代初次进屋，就闻到一股味，混合淡淡汗味烟味，还有，那么一点点男人特有的气息。不知是职业习惯还是个人特长，钟九代发现每个家庭的气味是不同的，多一个人，气味又不同。

　　做到第三次清洁，钟九代知道了这个男人叫丁蔚岵，还知道了他的职业年龄，其实都是她发现的，书桌上的证件，塞满整个杂物间的电子小商品，当然，她还在屋里找到了他的名片。她猜得没错，丁蔚岵自营一家贸易公司，销售电子小商品。

　　自那后，丁蔚岵要求她每周日的下午来做两个小时清洁。钟九代连忙答应。丁蔚岵家人少物少，清洁好做，丁蔚岵也不多话。做清洁时，他俩各司其职，屋里只有电视手机电脑等声响。在丁蔚岵家做清洁，钟九代可以清空脑袋，想任何事情，也可以提着扫帚拖把，从任何角落开始扫拖。慢慢，她竟有点喜欢上来丁蔚岵这儿做清洁，两个小时，她不再偷偷看时间，而是认认真真地抹啊扫啊拖啊，看着原本脏污的地板一点点变得亮白，原本凌乱的房间变得整洁，小小的成就感，自她心底升起。丁蔚岵恰好也在这时发现了什么，眼皮轻抬朝钟九代的方向瞭一眼，仿佛看着一片展阔的草原。

　　做完清洁后洗衣服。钟九代把屋里的灰尘垃圾收拾完毕，准备洗衣服，水龙头哗哗注了半洗衣机水，洗衣液却没有了。她穿到客厅，对看电视的丁蔚岵说要下楼买洗衣液，丁蔚岵看了她一眼，没动，让她去电脑桌上拿零钱。

　　电脑桌是张长书桌，桌上除了电脑，还放着一堆资料，一沓工具书，靠墙这边，有排小书架，书架旁搁着一个透明塑料盒，里面放满了零散的纸钞和硬币。钟九代从盒子里取了两张，阖盖时，发现书架上空了，除了一本英语字典，原来竖里面的两个大笔记本没了。钟九代记得，其中一个大笔记里画有漫画，她第一次抹桌子，它就伸臂展脚地摊开身子躺在桌上，她顺便看了两眼，画得还挺有模样，多半是个线条流畅简洁的小男孩，说些奇怪的话，做些奇怪的事，表情丰富，手脚灵活，不像她熟悉的那些漫画人物，可能是画的人自创的吧。

　　她没多想，下楼过街，去对面生活超市买了瓶洗衣液。洗衣液她挑了无香的，丁蔚岵有鼻炎，对化学合成的香味过敏。当然，这也是她观察出来的，他茶几上放着几种过敏性鼻炎药，每次扫地灰尘一扬，他就连连打喷嚏。

六

　　老王发消息问周日是否有空，给灿灿过生日。

　　没空。钟九代飞快地回。

　　放一天假嘛，我都推掉业务了，大不了我给你工钱。老王不依不饶。

客户不答应的。

老王没声息。

钟九代看着面前的视频，视频里放着庆祝这座城市创建四十周年的灯光秀。主持人激动地说，四十年，这座城市由海边小渔镇发展成了现今金光璀璨的国际大都市，一长排紧挨的摩天楼，连作块巨型屏幕，LED彩灯在屏幕上幻化出各种美景，上演盛大的海市蜃楼。然而，没什么人看视频，精彩的视频在接近深夜的地铁内没引起什么关注，有人睡觉，有人发呆，有人玩手机，脸上都有疲态。地铁像某种长形动物的腹腔，安静空荡，撕破黑夜，迅速穿行于地下。

周日她当然没空。丁蔚岵说要带她去吃好东西，一定是特别的东西吧，要不他干吗不直接带她去小区外的美食街吃？无论吃什么，这是她和丁蔚岵第一次一起出门。这几天，她都在考虑那天穿哪件衣服，甚至犹豫要不要赶紧去买件新的。

她不知道丁蔚岵到底怎么想他俩的事，许多时候，她会揣测他的想法，但又不太敢细细揣测。谁都没料到，几个月后，他俩的关系会到这一步。每个星期天下午这两小时，就是他们的约会时间。她喜欢这样，尤其喜欢丁蔚岵在亲密后睡觉的样子，肢体松弛，脸庞坦荡荡地朝天裸露，睡着的他打着轻微的呼噜，像在哼唱催眠曲，把空气都哼吹得绵软醐甜。钟九代擦桌拖地，控制着声响，呵护他的睡眠。有时还替他扯扯被子，盯着他立体的五官发一会儿呆，听着他鼻腔里呼吸的细响，偷偷在他脸上啄一下。

要是能一直这样，即便要一直擦桌拖地，整个人因此勾腰驼背，钟九代觉得，她也会愿意。

七

饭桌上饭菜早已做好，肉片上的油珠凉成了白色的半固体。门推开，电视机里的童声咿咿哇哇扑上来，像在欢迎钟九代回家。灿灿入迷地盯着屏幕，连拖鞋都忘了拿。

谁让你看电视的？学习了吗？钟九代来不及换鞋，便一通暴吼。

今天，今天作业少。灿灿颤声道。

作业少就看书！钟九代指指门对面的柜子，柜子上两沓杂乱的书，都是做清洁时人家送给她的，家中孩子看过的。

好久没看电视了，就一会儿。灿灿吓得声若蚊嗡。

钟九代也不和她争，两步跨进屋，从厨房刀架上抽出把切水果的尖刀，用力掷向电视。寒光一闪，正中靶心！屏幕被尖刀扎刺出道口，咣当，掉落于地。

尖刀仿佛把灿灿扎钉于靶心，她定定地，还没叫出声，"嘣"一声，屋内瞬间黑了。原本昏黄的屋子像个黄气球，被尖刀扎爆，世界顿时陷入黑暗。

钟九代和灿灿同时尖叫起来，尖叫像两条火龙，在黑暗的屋里胡乱暴穿。灿灿的尖叫里混着哭腔："妈妈，妈妈你在哪儿？"钟九代伸出手臂，探出脚，摸摸索索："灿灿，灿灿快来，来。"椅子桌子杂物都被踢推了一番方安静下来，灿灿扎进钟九代怀里，依然在哭，哭得肩膀一耸一耸。钟九代抚着她的头，灿灿的头又小又软，小猫咪的头般。

跟五金店的老板说清情况，又让他上来看了线路，发现原来保险丝烧了，尖刀扎坏电视，引起短路，烧断了保险丝。

屋里的灯重新亮起，灿灿抹着泪主动认错收东西，钟九代给她盛好饭，看她吃了两口，自己也吃了两口。

灿灿，星期天妈妈带你去吃好东西，就当给你过生日。她吞下一口冷饭，说。

八

丁蔚峭歪在沙发边角打游戏，钟九代在抹茶几，抹完茶几，她换了块干毛巾擦皮沙发。客厅被家具墙壁封住，像个私密大包间，唯听得手机里发出轻微的游戏音乐。钟九代一点点往沙发边角靠近，抹布每挪动一寸，她就感觉到身上那层空气重一分，稠一度。这层空气，不是一般的空气，它有温度，有气味，还有弹性。不知哪个星期天下午开始，她觉出这大包间的屋里有"两个人"。每回想到这，她就没办法心平气和将丁蔚峭仅仅当客户。靠近他，让她有紧张感。其实钟九代也不是第一次对客户有这种感觉，但以前没人回应她，他们不在意，钟九代也自然不在意了。但丁蔚峃不同，凭第六感，她觉得他感觉到了。钟九代加快了手上的动作，抹完沙发就没事了，抹完沙发，她该拖地了。然而，手上的动作并没有加快，空气似乎也有黏性，黏住她的手。

有时，他们会聊两句天，多数是钟九代先问。问话中，钟九代了解到丁蔚峃以前从未叫过家政工，她是第一个。丁蔚峃也了解了钟九代的基本情况，知道她离婚和女儿相依为命。

看来我还真幸运，你也幸运，你没请过别的家政工，不知道有的人真的伤脑筋。钟九代笑着说。

那就算了，垃圾房也能住人，以前不都这样过吗。丁蔚峃抬抬眼皮。

钟九代又笑笑，提起拖把蹾进水桶，转几圈，踩几踩，拧干，支推着往卧室去。卧室、书房、厨房、厕所，钟九代在屋里转来转去，拖把搅动空气，像提着金箍棒的孙悟空，恣意跳蹦于妖怪的肚腹。是的，这套房子像肚子，或者像身体，客厅是头脸，卧室是肚子、厕所是屁股。想到这，钟九代为自己想到的这个比喻得意起来。她瞟眼丁蔚峃，觉得这套房子就是他的身体。钟九代还发现，这房子内的气味有点变了，跟她第一次进来时嗅到的不太一样了，混入了她的甜熟体味。不过，只有微微的几丝儿，不是极好使极敏感的鼻子根本嗅不出来。

丁蔚峃似乎并没察觉这点变化。他仍坐在那专心玩游戏，偶尔钟九代抬头，会觉得有目光擦过。有的人家就是这样，喜欢暗中窥监她的工作，但这目光不一样，钟九代能感觉出来，这目光有温度、有弹性、有稠度重量，和她靠近丁蔚峃时感觉到的空气一样。

九

再一个星期天下午，钟九代穿了件红色收腰上衣配七分低腰牛仔裤。这身打扮勾勒出她美妙的曲线，显得年轻又有活力。平时她没机会穿漂亮衣服，衣服也被埋没了。

准时进门，熟练地找出清洁工具。先抹家具，从客厅做起。她在电视前蹲下身，擦电视柜。擦了一会儿，觉得腰那圈凉飕飕的，像涂了风油精。电视屏幕不断变换，声光弹打到钟九代身上，丁蔚岵捏住遥控器，慌慌张张地转台换频。

她赶紧起身，重新拧了把毛巾，折进书房。

提提裤子又扯扯上衣，钟九代舒了口气。清理小书架时，她发现那个黑皮大笔记本又回来了，端端夹在书间。她怔忡了片刻，接着抹拭电脑台。

这时丁蔚岵进了书房。钟九代低头擦桌上一块污迹，他探过身，伸手向桌上杂物筐内摸索。两人隔得只有十几厘米，钟九代没抬头，鼻子却闻到了丁蔚岵身上洗衣液的气息。空气被他俩挤压，更稠更黏，还有了重量，像钟九代曾经感觉过到的那样。但现在，她心内很平静，奇怪的平静。她微微抬头看着丁蔚岵，努力压制自己想要伸出的手臂，心脏却不受控制，像块奶油冰淇淋，一点点融化。

摸索了半天，一副眼镜终于被丁蔚岵摸了出来，他将它架上鼻梁，继续去看电视。钟九代想，丁蔚岵原来近视啊。

十

后来，两人在床上成为一个人，丁蔚岵才告诉钟九代，第一眼看见她，就觉得会跟她有交集。钟九代问他为什么，丁蔚岵说，你看过你的眼神吗？你看东西时的眼神，跟别人的不一样。

高中时钟九代也喜欢看书，但这句话，还是有点斯文了。钟九代抱住丁蔚岵。卧室外是阳台，阳台外是座长满灌木的小山。落地窗帘半开半合，和风拂过阳台，被纯白的纱帘掀起送进卧室，轻柔地拂过他俩的身体，和风里夹着树木的清凉与清香，闭上眼，人像浮在空中，驾云驭风而行。

习惯成自然，星期天下午，钟九代处理完家里和零散客户的事，闹钟敲过两下，他们迫不及待地搂在一起。之后，钟九代会陪着丁蔚岵睡一会儿，说几句话，然后，丁蔚岵继续睡觉，钟九代起来做清洁，像个贤惠的妻。

叮咚！手机响了。坐在社区花园喝水休息的钟九代回过神，点开手机，又是老王。

星期天你真的没空？

没空。

我帮你请假，你别骗我，我知道你就星期天没固定活儿。

老王不知道丁蔚岵。

钟九代拿着手机发了会儿呆，黑下来的屏幕上印出她的脸，她看见脸上的眼睛眨了眨，眯缝成一条线。

没空，有朋友请我吃饭，灿灿也去。她说。

男的吧。老王秒回。

钟九代没复，把手机放回挎包。

星期天到底来了，一大早，阳光就喜滋滋地点亮了整个天地，像个慷慨的富人，洒下漫天漫地的出炉银。

下午搞完清洁，钟九代对着镜子重新洗了脸梳了头，方跟着丁蔚岵一起出门。丁蔚岵拉着她的手，你今天真漂亮。钟九代嗲声反驳，好像我平时就不漂亮？电梯两扇门合拢，钢化镜面上一男一女，女的果然漂亮，男的干净利落，看上去挺相配。

丁蔚岵的车停在小区边的公共停车场，要穿过整个小区，以及一条林荫道。小区住着上千户人家，薄暮时分褪了燠热，住户们纷纷下楼到花园里纳凉散步。迎面撞上两个曾经上门做过清洁的住户，钟九代笑着朝他们打招呼。他们起先有点蒙，挠挠头，很快露出笑脸，看看丁蔚岵又看看钟九代，今天休息啊，好漂亮。钟九代哎哎应。夕光煌烈，照得一地树影子斑斑驳驳，还没上林荫道，她已经松开了丁蔚岵的手。

启动车子开了一会儿，拐上一片有些破旧的区域。丁蔚岵的车技很好，那么大一部车，在他手中像个听话的玩具，即便是急迫的大拐弯，车内的人也感觉不到半点晃动。当然，车也好，奔驰最新款的SUV。重新设置了导航后，他问，是泥岗村吗？具体哪儿等？

啊？钟九代蓦地扭过头，她一直看着窗外，皱着眉。

不是接灿灿吗？丁蔚岵提醒她。

啊，那个，不用了，灿灿今天跟同学约了一起过生日，不想和我们去吃饭了。钟九代依然皱着眉，好像挺为难。

真的啊？丁蔚峁说。

咱们走吧，她现在犟得很，不爱听我的话。钟九代给他拧开一瓶矿泉水。

丁蔚峁摇摇头，接过水灌了一口，将车驶进路边的加油站，说要加点油。钟九代于是去了加油站的卫生间。

她在厕所待了挺久。天很蓝，几丝云絮缠做一团，阳光拼尽最后的力气倾下千万把金光闪闪的枪戟。钟九代掏出手机，给灿灿打电话，电话中，她告诉灿灿今天不能带她去吃饭了，灿灿不用等了，回家先写作业，写完作业看课外书，要是饿了先煮点面，然后，等她带蛋糕回去给她过生日。

挂掉电话，她突然觉得没必要这样做，灿灿应该和丁蔚峁见个面！转而又想，时机没到，灿灿和丁蔚峁以后见面更好。

车子再次上路，沿着高速开了挺长一段，又顺着省道开得一程，最后岔上一条不宽的村路，绕到一座农家乐门前，丁蔚峁停住了车。

原来丁蔚峁说的好吃的，是农家乐。挺普通的农家乐，两幢楼，楼下一二层全用做餐馆。此时暮野灰泯，灯火荧荧，环院一圈竹竿挑起的串串红灯笼下，坐满了客人。

菜很快就上来了。两荤两素一汤。丁蔚峁不停给钟九代夹菜，让她多吃。钟九代就问，你不是第一次来吧。

没有马上回答，过了几秒，丁蔚峁才说，以前来过。

也不是一个人吧。钟九代起了兴致，想八卦点什么。

我二十年前在这附近工厂干活。丁蔚峁指指右边，果然，那里有几幢低矮的厂房。那时候，能来这儿吃次饭是件奢侈的事，那时候这餐馆也没有现在这么好，完全路边的大排档。丁蔚峁说。

嗯嗯。钟九代回应着。看着丁蔚峁，想象他二十年前的模样，努力将那张脸与现在眼前的脸重合，合了几次才勉强对上了线缝。这让她意外又吃惊。

一旦陷入回忆，丁蔚峁的话也多了。

你一定奇怪我后来怎么没在这儿了吧。他夹起一块儿鱼肉，塞进嘴里，嚼嚼吞下，我有个远房亲戚在做贸易，那几年赶上深圳山寨手机火，他忙不过来让我去帮忙，我就跟着学了门道，占点运气吧，还赚了笔钱做投资。

钟九代以为他说完了，直起腰呼出口长气，也夹了块儿鱼肉。

我女朋友原来是这儿推销啤酒的，我和工厂的人来吃饭认识的。丁蔚岵打望一圈，崩出这样一句。

鱼肉停在半空，怔了怔，钟九代心里咯噔一下，今天丁蔚岵竟然说了这么多。她有点明白丁蔚岵为什么带她来这个地方了——让她受宠若惊。

你女朋友肯定挺爱美吧。她装作无知，问。

照丁蔚岵的年龄阅历，肯定不止有过一个女朋友，但很奇怪，他屋里没女人的痕迹，更准确地说，任何除他之外的人的痕迹都没有，还真是"洁癖"到了有点古怪。只有一回，她整理房间时发现柜角暗处有支落满灰的美容仪。

丁蔚岵眼皮耷拉下来，眼珠左右滚动，不说她了，人家早跟她领导跑了。

喝汤吧，汤都凉了。怕丁蔚岵多想，钟九代赶紧岔开话题，替他舀了碗汤。

天黑实透，他们吃完了桌上大部分汤菜。夜风温柔清凉，丁蔚岵说再坐坐，钟九代却迫不及待要走。从甫坐定，她就发现自己今晚穿的衣服跟服务员的挺像——旗袍式上衣。吃饭时，有两个服务员也总朝她和丁蔚岵看，像挖出了什么秘密，似乎还咬着耳朵低语。钟九代不知她们说什么，她越看越觉得她们在议论她和丁蔚岵。她恼火极了，恨不得一大巴掌扇过去。

丁蔚岵去结账时，钟九代手机响了，是灿灿。灿灿问她在哪儿。又说，妈妈，蛋糕我喜欢草莓的，粉红色是我的幸运色。

城市宛若巨型宝石盆，磐石般伏在相隔他们挺远的前方。车开得不快，路两边也没什么灯火，他们像是陷入了迷途，任由车子慢悠悠地前行，往未知的方向去。也许真的迷路了。钟九代想。她看看丁蔚岵，他伸出空置的右手，捏住她的手。

回程丁蔚岵说不想走高速，想换条有意思的路。这条路确实跟高速不同，四周是稀疏的草木，有时能擦过房屋，房屋里的灯弱不禁风照着未知的人。钟九代将指头插进丁蔚岵的指缝，跟他十指相扣。路况不好，车轮被石块硌了一下，磕上路边的树枝，叉进窗的枝丫差点蹭到钟九代眼睛。她突然有点害怕真的迷路了，这路看起来不像一条可以走得通的路，而夜色那么墨黑，让她的心也墨黑一片。

正踟蹰着，后方突然有灯光闪过。钟九代眨眨眼，来不及确认，只觉得这灯光像灵光一闪。

他们又往前开了一段，水泥路高高低低，不敢开快，再看时，方才那灯光不知何时窜到了前面，原来是辆小车。

小车扭扭身，别在了他们前面。路窄，丁蔚岵不得不停车。

数分钟后，小车仍没动静，丁蔚岵按了几声喇叭，小车像死了样，毫无反应。他开窗朝前吼，也没反应，只得下车查看。一个呵欠没打完，钟九代就看见两个男人押着他回来，吓得她打开的嘴忘了合上。

下车，手机拿来，要不连你一起绑了。有人喊道。原来不止两个男人，车内又出来一个，都裹得严实，鸭舌帽低低地扣至眉眼。

声音有点熟，钟九代下车时故意矮身辨辨脸，觉得不认识。

狗男女，出来幽会啊。那声音继续说，既然省了房钱，那就贡献出来给哥几个吧。

话刚落音，那两个押着丁蔚岵的动手搜起他来，另一个缴了钟九代的手机，把她赶出车，用麻绳将她绑在棵歪树上，开始搜查车内的物件。很快，他找到了丁蔚岵的钱包和手机，就放在驾驶座边的贮物盒内。

钱包内现金并不多，却有一大排卡。男人抽出卡，一张张查看，筛出两张，一张金面，一张黑面。

密码是多少？男人杵到丁蔚岵面前。

丁蔚岵低头不吭声。

说啊，密码是多少？！男人推他一把，吼。

丁蔚岵依然没吭声。

你不说是不是？！男人火了，提腿踹他一脚，又踹了一脚，快点，大爷我可没什么耐心，不说就要上刑了！

没有密码，取完款签个名就行。丁蔚岵终于说话了，声调虽高，却尖细。

骗老子是吧，好，好，不见棺材不落泪。男人边说边从裤袋里掏出把刀，撑开，是把尺长的匕首，刀面寒光闪闪。

密码是多少？不说一条腿就要废了。男人举起刀，逼近丁蔚岵。

丁蔚岵下意识地往后躲。两个男人押得更紧了。

快点，老子没耐心了，说！男人反捏住刀，做势要扎丁蔚岵的大腿。透过衣服，丁蔚岵也能清楚看见他手臂上鼓起的肌肉。

他紧张地倒吸两口气，张张嘴，正要说什么，被钟九代制止。

不要说！说了你就后悔了。一直被绑在一边没出声的钟九代，此时不知哪来的勇气，凌空爆出一句，像颗子弹射中了丁蔚岵。

臭婆娘，轮到你说话！拿刀的男人箭步上前，"啪啪"扇她俩耳光。钟九代被打得头昏脑涨。但她仍在喊，丁蔚岵，他们吓唬你的！

夜色被震住。

看我不敢是吧！男人怒吼，猛推一把沉滞的夜色。丁蔚岵来不及说话，男人的刀已经"嗤"地插进他的大腿。妈的，你看我敢不敢。他骂。

巨大的疼痛在丁蔚岵体内炸开，他几乎晕过去。

说！不说那条腿也废了。男人警告他。

所有人都被这一幕吓呆了，钟九代也僵身瞪目，不敢再说话。

男人又骂了两句，重新提起刀，做势要插另一条腿。丁蔚岵努力抬起头，呼呼喘气不息，翕动嘴唇，报出几个数字。

一个多小时后，几个男人终于满意地开着不断喷臭屁的小车走了。

一只黑鸟嘎嘎叫着从一棵树弹到另一棵树，搅动突然静下来的夜。"嗯——"夜被呻吟拉得长若游丝。趴在地下的丁蔚岵，也成了夜的一部分。钟九代挣扎一番，麻绳勒得她手腕辣痛，她只得连连唤道"蔚岵，蔚岵。"过了好一会儿，丁蔚岵方稍稍抬起头，挣动身体，拖着血淋淋的伤腿，匍匐挪到钟九代身后，扯拽半天，将她的绑绳松开。

别怕。钟九代扯干净绳索，又抻了抻衣服，还捋了捋头发。

别怕，你不会瘸的，我们马上去医院。她安慰丁蔚岵。

使出浑身力气，钟九代将丁蔚岵抱拖上车，坐好，再帮他系好安全带。手机都被抢走了，没了导航，但钟九代相信她会找到路。这回是她开车，以前做保姆学了开车，这次真正派上作用。已到午夜了吧，她望着前方的灯光，狠踩了脚油门。

发表于《文学港》2019 年第 1 期

幸福里

毕　亮　男，1981年生，湖南安乡县人，现居深圳。已发表中短篇小说60余万字，作品多次入选年度小说选本，出版短篇小说集《在深圳》《地图上的城市》。为中国作家协会会员、鲁迅文学院第七届高级研讨班青年作家班学员，曾获2008年年度长江文艺文学奖、第十届（2010年度）作品文学奖、第十届丁玲文学奖、首届全国青年产业工人文学奖、深圳青年文学奖，另有小说改编成电影。

一

九月，我出了趟差，在古城西安待足五天。

那五天，当地同事带我到回民街，尝遍陕西美食，葫芦鸡、羊肉泡馍、臊子面……工作闲暇，我跑去参观兵马俑、秦始皇陵墓，又专门去大雁塔兜了一圈。

夕阳西下，站立塔底，目光戳向远方。远处，天高地阔。那一刻，我突然想起方珍，想起她日渐消瘦的脸。夕阳继续往下沉，天又暗了些，脑壳闪出一个念头，想立马回深圳，回到我和方珍蜗居的租屋。

大雁塔是方珍推荐给我的景点。

方珍说，马东，忙完了，一定要替我去大雁塔看看。至于原因，她没讲。我心底清楚，她的推荐跟一首诗歌有关。方珍是个诗歌爱好者，一直喜欢读诗，偶尔也写诗。

返程路上，天空似刷了黑漆，一截一截暗下来。父亲从老家打来电话，讲他去医院取了体检结果，身体没大碍，小毛病却不少，血压、血糖、血脂偏高，胃里幽门螺杆菌超标。他还告诉我，官当镇跟他同辈的老人，又走了一个，是晚期肝癌。这几年，镇上患癌的人越来越多，都怀疑与那家关停的漆厂有关。他又说，我还是感觉肺那块位置不舒服，不会也是癌吧，B超照不出来。我顺嘴安慰父亲几句，又听他扯了些跟小镇、跟亲戚有关的闲话，便把电话挂了。

那一夜，我躺在酒店床上，眼望墙顶的黑暗，想东想西，没怎么睡。半夜，好不容易睡着，又梦到父亲，病快快疲倦的父亲，他那两叶肺出了毛病。我蹲地上，握一把白毛刷子，在一个不知为何物的肉球上，上刷下刷、左刷右刷。肉球黑得发亮。蹲得腿发麻，刷得手也发麻，肉球总算变得比祥云还白净。我捧着它，小心地经过一条寂静的廊道，将肉球交给穿白大褂慈眉善目的医生。医生说，这么用力，肺都给你刷穿孔了，顶多两个月，让病人吃好喝好，准备后事吧你们……

仓促地从梦中骇醒来，后背黏糊糊的，我的心脏似长久搁在冷库里，冰凉。

爬起床，我开始收拾行李，刷牙、洗脸，然后坐床榻边发愣，想之前那个不祥的梦。订的机票是下午两点半飞回深圳，我走街串巷游荡大半天，看一些古物、铜器，好不容易才消磨掉时间。登机前，接到方珍发来的微信，晚上她在家做饭，等我一起吃夜饭。

飞机晚点，回到深圳时，天黑透了。

我手拖行李箱，走到租住的龙塘新村。一条窄街直通租屋。昂头，六楼客厅亮着灯，那灯光让我觉得心里踏实。我记得两年前，跟方珍一起送女儿回湖南老家，返回深圳的当天夜里，我和方珍躺床上闲聊，谈起在深圳买房的话题。方珍说，租屋虽小，却是我们的家，是个温暖的地方。我搞不懂她怎么突然冒出这么一句话，估计是深圳房价涨得太快，她担心我压力大，想安慰我。

黑暗中我看不清方珍的脸，握紧她的手，在她手心轻捏了两下。我暗下决心，一定要早点买房，把女儿从老家接来深圳，一家三口住一起。

方珍又把荤菜回过一次锅，饭桌上摆的菜正冒热气。她说，马东，饿了吧，赶紧吃饭。我细瞅方珍，才出门五天，她似乎又瘦了。我说，等我老半天，你肯定饿坏了吧，来，赶紧吃！

围坐桌边，方珍不停给我夹菜，小炒肉、大白菜。我也给她夹菜，把我碗里堆得小山一般高的肉菜、素菜，挪她碗里。我确实饿了，啪啦啪啦把米饭往嘴巴里送。方珍望着我笑，却不动筷子。她目光轻飘飘的。

我说，方珍，我是一碗饭，你眼睛就这么看我，肚子看饱了，是不是！

以往方珍听我讲这话，都会忍不住扬起眉角笑。这一回她没笑，也无其他表情。我猜她可能有心思。又说，你是不是有事，有话要跟我讲？

低头，方珍拿筷子拨了两下碗里的菜和米饭，再抬头，认真地看了我两眼。她说，我想趁国庆节假期回一趟湖南。不等我回答，她又说，高铁票，我已经订好了。

我知道，方珍是想回家看女儿。

她想女儿了。

二

客厅摆了张小茶几，台面搁一只果盘。盘内装的水果经常变换，有时是苹果，有时是梨，偶尔也放杧果、香蕉。不变的是果盘旁的书——两本诗集：一本《普希金诗选》，一本《叶芝诗选》。

诗集是方珍的读物。

在深圳许多个无聊的夜晚，我和方珍吃完快餐店送来的盒饭，她洗完澡，削完一枚苹果或者一只梨，便翻开诗集，阅读那些她看过无数遍的诗歌，读到兴起，她会大声朗诵。

过去我听方珍朗诵过《假如生活欺骗了你》《当你老了》……客厅仿佛是一个雪后阒寂的世界，我能听到方珍的心跳，也能听到自己的心跳。客厅外，租屋楼下是另一个喧嚣的世界，窄街过道处，烧烤摊前响着新疆人的吆喝声，流浪狗的撕咬声，男人女人打嘴仗的声音，及孩童挨揍后忧伤的哭声。

方珍也读其他人的诗歌，比如里尔克、聂鲁达、北岛、顾城、海子……读完后，她去坐地铁或者公交车时，就会顺手从包里掏出那些诗集，搁座椅上，假装遗忘，不再取走。她希望跟更多人分享，更多人读到那些书。她说，这座城市需要诗歌。

从湖南老家回来后，方珍告诉我，女儿又长高了，会喊妈妈了。大约有十来天，她总跟我谈女儿，女儿来、女儿去。过后她变了个人，跟我待一起时，一会儿唉声叹气，一会儿沉默，一副心事重重的模样。

好些天，方珍没翻她搁在茶几上的诗集，而是坐电脑桌前，黑色键盘旁摆一个记事本和一支圆珠笔。我以为她在查跟工作相关的资料，不是。某个周末，方珍掏出她的记事本，翻开，上面密密麻麻写满字。她说，马东，我们去看房子吧！

我说，看房？

方珍说，关内房子贵，我们去关外看。

我说，现在关外房子也不便宜。

方珍说，远一点，龙岗、坪山，那些楼盘我都查好了，相对来讲，价格低些。

我说，不再等等么，等房价掉下来？

方珍说，我一直在等，等得都绝望了。马东你看，房价降了么？没有。倒是蹭蹭蹭涨个不停。

我无言以对，只好陪她去龙岗、去坪山看房。差不多两个月，我和方珍周末都奔波在看房的路上，坐地铁、坐公交，在众多"低价"楼盘间挑来挑去，最后选定"幸福里"一套两室一厅70平方米的房子。方珍说，我喜欢楼盘的名字——幸福里。房子小是小了点，但够我们三人住，等以后有钱了，再换套大的吧！

我说，方珍，咱们才存多少钱，哪够交首付？

方珍说，凑钱，找亲戚朋友借，我们一起想办法，办法总比困难多。

那阵子，我和方珍拟好一份借款名单，拉下脸，分头打电话，找亲戚和朋友借钱。被婉拒后，便在名字上画一个叉，又继续打下一个电话，钱并不那么好借，但总算把首付款凑齐。签完购房合同那天，我说，方珍，房子搞定了，这是人生大事，值得庆祝一下，我请你去面点王吃酱骨架。方珍说，还酱骨架，马东，接下来我们每个月要还房贷，又要存钱还账，得勒紧裤腰带过日子。

带着购房合同从售楼中心回到租屋，我和方珍没去吃酱骨架，她忙前忙后，下了两碗面条，从冰箱取出老干妈辣酱，舀出两勺拌进面里。她说，马东，就吃面条庆祝吧，将就着吃！

面对热气腾腾的面条，我想起一句话——有你在的地方，便是天堂。但我没讲出口，比起我和方珍眼下忙于奔命的生活，眼前租屋摆满的二手家具、拥挤的厨房、逼仄的洗手间和阳台、光线昏暗的客厅，这话实在太虚。我呼哧呼哧地吸着面条，想起方珍曾经朗诵诗歌，一副与世无争的模样，眼窝变得潮湿。担心方珍看见，我说，面条真辣，老干妈不要钱么，放这么多，辣死人！又说，其实，咱们本来可以晚一点，再考虑买房。

方珍说，我想把女儿接过来，一家三口住一起，那样家才更像家的样子。

三

签完购房合同后，每个月，方珍和我开始还房贷。茶几上，除了果盘和两本诗集，多出一个账本。

说是账本，其实就是一个记事本，方珍用它来记账，买房借钱的账目，七大姑八大姨，欠谁谁谁多少钱，白纸黑字，全记在纸上，包括还款日期。账本还有另一个功能，记录日常花销，方珍记得详细，零碎到购买牙膏、牙刷、香烟，甚全临时跑去便利店头包卫生巾，她也记录在案。

那个账本，方珍每晚都翻一翻，看完后，会把账本递给我。她说，马东，你也看一看。待我看完，笑着把账本扔给她。方珍重重地叹一口气，说，这么大一笔钱，什么时候才能还完。又说，马东，有什么想法你？

我说，能有什么想法，攒钱还呗。

方珍说，我们得开源节流，一方面想办法挣钱，一方面还得想办法省钱。指着账本上那些花销，她又说，马东你看，这个钱我们不该花，还有，这个钱我们也不该花。

盯着账本看，再把目光移到方珍脸上，她又瘦了一圈。我没搭腔，心脏像是被谁踢了两脚，疼。

方珍说，告诉我马东，今年我多大？

我说，你多大你自己不知道？

方珍说，少废话，你直接告诉我。

我说，你妈生的你，你问你妈去。

方珍说，认真点马东，能不能不开玩笑。

我说，二十八。

仿佛触碰到方珍的泪腺，瞬间泪水在她脸上流成了河。

我说，方珍，莫哭，我不跟你开玩笑。

她说，马东，知道我为什么哭么？我是在哭我自己，都是人，为什么别人二十八岁能挣几十万年薪，我却每天跟自己斤斤计较，连买个卫生巾也要记账。我怎么活成这样的人，现在我自己都看不起、瞧不上自己。

我知道这些话，方珍不单是讲给她自己听，也是讲给我听，甚至主要是讲给我听，她要给我施加点压力。我说，人跟人是不一样的，你得承认。

她说，都是吃五谷杂粮，有什么不同。

我说，人家上大学学的是什么专业，毕业后干的是什么行业。你读的是什么专业，干的是哪一行，能没区别吗！？

她不理睬我的安慰，继续哭，哭得肩膀一抖一抖。我用手握住她的肩膀，轻声说，方珍，以后下班回来，我再也不玩王者荣耀，我把游戏戒了，多接点私活晚上加班挣钱。

蒙着泪水的眼睛望向我，望了两秒，她抽泣说，还有呢？

愣了片刻，牙齿咬紧嘴唇，我说，往后我也不抽烟了，戒烟。

方珍破涕为笑，她说，马东，我不是非要你戒烟，知道吧，吸烟对肺不好，有害健康。你提出戒烟这个决定是对的、也是明智的，我举双手赞成。

我盯着方珍苍白的额头看，不知说什么好。扬起手，用手背抹她脸颊凉滑的眼泪，我说，想我戒烟就直说，还哭，你这眼泪，属于鳄鱼的眼泪。

方珍又把账本拿手里，掂了掂，她说，真沉。知道吗马东，我是从农村出来的，知道挣钱不易，都是父母从土地里刨出来的。我爸以前也有一个账本，上大学每年九月份开学，要缴学费了，他就去找亲戚借钱，一户一户走，才能凑足学费。

屋外，深圳的夜晚灯火闪亮。方珍讲起往事，又开始哽咽。

我说，方珍，我都答应你戒烟，还哭你！

方珍说，我想起我爸了。我爸去世后，我妈把账本交给我，告诉我那些事，我才知道我爸借钱给我凑学费的事。若是现在我爸还活着，该多好！抬起右手，揩了一把眼泪，她又说，马东你不知道，我爸是个多要面子的人。

四

半夜，透过薄薄的墙体，隔壁传来古怪的声音。邻居是一对黑瘦的广西夫妻，大概他们正做跟爱有关的运动。

我醒了，再也睡不着。

身旁，方珍睡得很沉。不知过了多久，我听到细微的笑声，是方珍在梦里笑。我猜她做了个美梦。清早，方珍睁开眼，我就问她，夜里是不是做梦了？

她说，马东，你又不是我肚子里的蛔虫，你怎么知道？

我说，看你都快笑醒了。

她说，我梦到公司给我加薪，高兴。

上班后，方珍真找公司领导提加薪的事。上司说，等一等，看年底绩效再说。她知道，上司打太极拳，搪塞她。方珍的美梦并没有成真。

周末，我和方珍一起到中心书城逛书店，她买了一堆工具书，如何提高口才的，如何提高人际交往能力的，如何迈入成功殿堂的。她说，马东，以前尽读诗集去了，诗歌无用，以后得务实一点，多读实用的书。

下班夜里回到家，方珍偶尔会翻一翻诗集，更多的时间，她花在读工具书上。她想短时间提高综合素质，跳槽，涨薪水。隔一两天，她就登陆前程无忧网站，投简历，收到面试邀约的电话，她便去面试。

隔不多久，方珍真跳槽了。她去另一家公司，当上培训经理。她说，我本来不想跳槽，没办法，现在干什么都得花钱，不换一家公司，薪水涨不上去。

我说，方珍，你现在是部门领导，得注意个人形象，找个时间，我们去商场，给你弄一两套像样的衣服。想一想，方珍觉得是那么回事，我讲的话有道理，她答应得干脆，好的马东，你说了算。

逛商场时，我们逛了女装一个品牌又一个品牌，方珍看完吊牌的价格，把嘴凑我耳旁，她说，现在衣服怎么都这么贵。

我说，一分钱一分货。

看得上眼的衣服太贵，方珍舍不得，试都懒得试，便宜的衣服她又看不上眼，也懒得试。她说，等换季再说，到时打折，我们再来买。

我说，那咱们不买两件，要不先买一件。

她说，不行，一件也不行。

方珍和我空着手从商场出来，又空着手搭公交车回租屋。路上，她没讲一句丧气话，而是说，马东，那些衣服款式一般，不买，主要倒不是价格。我明白，她是想安慰我。我没接她的话，只是牵紧她的手，默默走回家。

又一天，我坐公交车，看到站台广告，孟京辉导演的话剧《恋爱的犀牛》要来深圳少年宫演出，话剧编剧是廖一梅。方珍是廖一梅"粉丝"，过去爱读她的书。我想方珍没舍得买衣服，那我就请她看话剧。

我把《恋爱的犀牛》将在深圳上演的事告诉方珍。她说，一张票多少钱？

我说，好一点的位置，380元。

方珍的目光在租屋客厅巡视了一圈，考虑一会儿，她说，马东，我知道你喜欢孟京辉，要不你去吧，我就不去了。

我说，这座城市需要诗歌，你也需要。

方珍说，大学时我喜欢廖一梅，现在没那么喜欢了。若要说最喜欢的，是我们家宝贝女儿。

我说，方珍，你不去，那我也不去了。

方珍没表示反对，也没表示赞成，可能她想要的就是这个结果。最后，我自作主张买了一张票，打算让方珍去看。话剧上演当天，我把票交给方珍，方珍又推给我。反复推了三四次，她见我脾气上来，快发火，才把票收起来，宝贝似的搁进钱包。

夜里，我在广告公司加班，等到话剧快结束时，我坐地铁到少年宫，打算去接方珍。走出地铁站，拢近少年宫，我目睹一个熟悉的身影，是方珍。她无所事事地在少年宫门口，来来回回走。

我猜到方珍做了什么，她肯定是把票转卖给了别人，站少年宫门口打发时间，等到话剧结束，再回家。我眼窝一下湿了，返回地铁口，给她发微信，提醒她，看完话剧，回家注意安全。我先一步搭地铁返回租屋。方珍发来微信，她说，话剧真不错，马东，谢谢你，你是这个世俗世界对我最好的人，没有之一！

方珍回租屋，刚进门，我紧紧抱住她，额头死命贴她的额头。她说，话剧……我的嘴巴堵住了方珍的嘴巴，环抱她的双手轻轻使力，把她搂得更紧了，像是担心她会从我怀抱里消失。

五

我和方珍买的房子入伙了。

日盼夜盼，我们终于等到这一天。方珍一夜没睡，不是高兴得睡不着，而是发愁。她在愁，房子要装修，去哪里弄装修款。思来想去，也没想出别的办法，自己家不是开银行的，天上也不会掉馅饼，只能再去设法找人借钱。

刚还了一些亲戚和朋友的账，方珍和我又开口去找他们借钱，好把房子装了。方珍心里已经画出美好蓝图——装修完房子，再空两三个月，等油漆味散了，我们就搬新家，把女儿接到深圳来住。

每天下班，或者周末，我和方珍便往建材市场跑，比较墙漆、瓷砖、地漏、电源开关等装修物件的价格，一分钱一毛钱地节省费用。方珍一只手捏圆珠笔，一只手握记录本，详细记录物品价格。差不多一个月下来，方珍把自己变成职业精算师，夜里睡觉躺床上，她一项一项告诉我，这里省了多少钱，那里节约了多少钱，语调里尽是骄傲和自豪。

深秋，天凉了，我们的房子也开始装修了。

父亲打来电话，他怀疑身体里的肺真有毛病，可能是癌。许多次，在电话里，父亲总是没完没了地谈他的肺。父亲是个老烟枪，肺部不舒服，检查不出问题，他也就没戒烟。

室内硬装快结束时，父亲又打来电话，他说，小东，最近有空么你？

我说，爸，啥事？

父亲说，有空的话，只怕你要回来一趟。

我说，家里出了什么事，爸？

父亲说，我把烟给戒了。

父亲欲言又止，却没再说更多。我感受到某种落寞和恐惧的情绪。父亲能把烟戒掉，我估计父亲的肺真出了问题，也可能是他疑神疑鬼，官当镇长辈们的离开，让他觉得，死神的目光一直注视着他，视线不曾离开他左右。

黄昏，秋天的晚风刮在脸上、身上，有点凉。我和方珍并排站立新房阳台，我没告诉她，我爸在电话里跟我讲的事。楼下两位年迈的装修工人，一人在车头拉车，一人在车尾推车，车斗里装的是敲墙废弃的砖块和水泥渣。他们吃力地推车，向前蜗行。另一处地方，三四个灰头土脸的装修工人，手捧盒饭，蹲着或者一屁股坐地上吃夜饭，可能是聊起某个有趣的话题，他们一齐哄笑。

方珍说，他们活得真辛苦。

我说，没有谁活得容易，我们活得不比他们轻松。

方珍说，等住进新房，我相信一切都会好起来。

我说，你上班在南山区，从我们家坐地铁到你上班的位置，起码得一个半小时。方珍，以后有你好受的。

方珍说，正好早晚回家这段时间，路途中，我可以看书，读普希金、读聂鲁达，我可以在地铁车厢为那些疲惫的人、失意的人、需要安慰的人，朗诵诗歌。

我说，想得可真美你，高峰时段，有你站的位置就不错了，还想看书，还想朗诵诗歌。

沉默片刻，方珍说，马东，凡事总要往好的那方面想。扭头，方珍的目光转到我身上，她说，马东，你白头发又变多了。伸出手，她帮我拔白头发，拔了两根、三根，最终她放弃了。

指腹轻捏方珍的鼻尖、耳垂，我说，你又瘦了，脸上肉快掉光了。

方珍像是跟自己说，又像是跟我说，别人还花钱去减肥，我这自然瘦，多好，能省不少钱。又说，肚子饿了，去坐地铁，我们回家吧！

　　站阳台边，我和方珍都没动，视线不约而同转至楼下，一群装修工人似莽撞的蚁群，在小区甬道上奔跑。耳旁响起方珍的嘀咕声，声音细得像秋虫的啼鸣——以前我爸做过两年装修工人，马东你说，他们到底笑什么。

发表于《长江文艺》2018 年第 5 期

花半里

段作文 男，1973年生于四川广安，1992起年外出务工，业余写作。有中短篇小说散见于《长江文艺》《作品》《四川文学》《草原》《城市文艺》《特区文学》《雪莲》等。曾获首届工业文学奖、全国青年产业工人文学奖、深圳睦邻文学年度大奖、深圳原创网络文学拉力赛佳作奖、海峡两岸短小说大赛提名等文学奖项。广东省作协会员，现居深圳宝安。

一

快两天没联系了，海英决定去深圳见见他，当天去当天回，返程就搭乘飞重庆的末班机。也算长途出行吧，但往返就一天时间，除了给顺丰带点衣服，没别的行李。

上午从县城坐大巴出发，中午到达重庆候机，下午经过两个多小时飞行，转两次地铁，从清湖站出来，海英站在面东的廊桥上，仍不太相信自己到了深圳。公路左侧那一溜儿大厂房显然不是当年所在的工业区了。她记得，那时工业区里的厂房全是水磨外墙，灰扑扑的，三四层高，面积不大，东一栋西一栋的，站在远远的山岗上看去，一排排工衣晾在宿舍阳台上，倒也能辨别哪栋是五金电子厂，哪栋是皮革皮具厂，哪栋又是服装厂或塑胶厂。而眼下的厂房有规模有气势，瓷砖外墙白白的，楼顶种着高高低低的植物，像一个个微型园林。工业区围墙外是一条大公路，路中央的有轨电车站紧邻地铁站，看似落成不久，崭新靓丽，既富有现代化气息，又似童话世界，蒙蒙春雨中似是而非。电车站南侧是一大工地，施工现场一片嘈杂，被掏空的地基特别显眼。那里曾是荒地还是鱼塘？海英实在想不起来了。

从深圳机场出来，经地铁一号线转五号线再转四号线，从机场东到宝安中心再到深圳北，穿过长长短短的楼梯或搭乘起起落落的电梯，每一次换乘都令人头晕目眩。地铁进入龙华后，多在地面穿行，旧历三月初三傍晚，下班高峰期，每节车厢都塞满了人。海英夹在人群里，透过男人或女人身体的空隙，湖光天色一闪而过，心境才慢慢敞亮起来。在深圳北转四号线时她就想，那些老同事老工友还有多少留在这里？从事何种职业？成家了吗？都有些谁？能记起的面容一一闪过，却又毫无结果。

这是一次说走就走的远行。站在廊桥上，海英再次觉得这深圳真是越来越大了，去一个清湖都得转乘几次地铁。清湖地铁站是四号线起点，来之前她从百度上就知道了。百度真是神奇啊，不但能告诉你下地铁后怎么到达花半里，还能告诉你花半里一套房五年前值多少钱，三年前值多少钱，现在又值多少钱。无论哪个价格，都不过一串数字，似乎与己无关。她现在最想知道的是，那李顺丰究竟离花半里多远？到了花半里怎么办？找上门还是约出来？最好不期而遇。想到这里，她终于轻轻笑了笑。

原以为下午三点可在深圳落机，但晚点的事仍被她碰上了。好在去花半里不算太堵，坐进出租车时夜幕才刚刚降临。清湖的夜色应该很迷人吧，她想，却没把头伸向窗口。她知道留给自己的时间不多了，返程票是晚上十一点半的。是的，这是一次从未试过的远行，谁都不知道她究竟去了哪里。她原本想叫顺丰来机场接的，想想又没叫，觉得应该给他多一点惊喜，不能让此行失去应有的意义。她曾幻想过在机场与他相见的情景，他会穿什么衣服？谁先伸出双手拥抱？他会抱着我转二十个圈圈吗？她也曾幻想过他从深圳回到老家小镇汽车站，她踩着单车去接他。是的，只能用她用单车驮着他了，因为他的腿脚不便于骑车了。他会在身后搂着我的腰么？她甚至还幻想过，来年春节后与他一道出门，背着牛仔包挤火车，挤那种三四十个小时走走停停连上厕所都要等半天的绿皮火车，你一口我一口吃着方便面，啃着苹果或泡椒鸡脚，那味道可长了。当然，在这些年里，她也幻想过以别的方式见面，然后去想去的地方，比如海边、草原、戈壁滩、雪山，吃想吃的东西，比如桂林米粉、羊肉串、炒田螺、糖醋排骨，做想做却从未做过的事，比如滑雪、游泳、荡秋千，当然，还有做爱。老实讲，在联系上他之前的十多年里，生活实在忙乱，她是很少想起他的。偶尔同学聚会谈起他时，她会轻轻一笑，然后想，是哦，都这么些年没见面了，过得真快呀，快得令人措手不及，快得人世间所有愿望通过手机瞬间就达成了。是的，在听到他声音的一刹那，她有一种被幸福击倒的感觉。

那是情人节的头天下午吧，春雨里夹杂着雪花，下好些天了。街道上少有人走动，服装店门前，桃树光着枝丫静静地立着。搬来春风路这桃树就有了，也不知是谁种下的。一年中无论什么季节，一到雨天店铺里便冷清起来，她就特别想找个人说点什么。偶尔她会想起他，想起深圳，想起龙华那个叫清湖的村子。有些事越想越明白，但有些事会越想越糊涂。糊涂了她就捧着咖啡，或者嚼一颗糖，当然，还有巧克力和音乐任意选择。在那样一个雨天的下午，海英往咖啡里多放了半勺糖。是的，男人太精瘦了。那种瘦是天生的，是怎么吃怎么补怎么懒散都无法改变的。都这么些年了，无论先前出门打工还是后来回老家做生意，他一直那么单薄着。认识他以来，丈夫就喜欢晚睡，早上醒来才做爱，早餐时一脸疲惫，一只鸡蛋一杯豆奶都嫌厌烦。对于这样的男人，自己再过分强调身材跟着他瘦下去真不是一件特别好的事情。这么些年里，她就喜欢枕着他的手腕睡觉。他那干瘦的胳膊老梗疼她细小的脖子。可她偏偏又是一个爱美的人，还经营时装，要真胖起来的确实令人难以忍受。所以，情绪低落时，她才偶尔往咖啡里放一点糖。

电话就是在最后一勺咖啡入口时响起的。或许天太冷水不够烫，她还把糖放多了，或许她突然就想听听白糖被牙齿磨碎的脆响，故意不搅动勺子。那勺浓得化不开的甜得腻人的咖啡入口后，在糖粒与牙齿的摩擦声里，她看到了一个陌生来电，听到了他久违的声音。

是你吗？她不敢相信自己的耳朵。

嗯。她能听清他急促的喘息。

真是你？

是的。

我的天啊，你怎么知道我电话的？

同学说的。

你怎么才给我打电话呢？

我才知道你的号码。

你还好吧？

……

短暂沉默后，他笑了笑，问，你还好吧？

还行。

听同学说，你在老家做服装生意，好些年了，那加我微信吧，微信号就是电话号码，我先忙一下哈。

挂掉电话，她翻出他的电话号码，加了微信。没错，真是他，李顺丰。他的微信是实名，头像是他本人的照片。照片上的他明显比想象的要苍老甚至油腻，这种本真令他看上去依旧那么踏实，纯朴得一成不变。她没有立即打回电话。通过微信朋友圈，她梳理着他这些年在深圳的生活。那些生活的碎片难以复原他每一个日子，难以完整呈现他的内心世界。她只能呆呆地望着大街上那没头没尾的雨，想象着这些年他究竟过着怎样的生活。他的妻子比她想象的要年轻漂亮，他的一对女儿比她想象的要乖巧，他目前的生活似乎比她想象的要美好，他的经历比她想象的要丰富，他的眼神比她想象的更深邃……于是她决定，找个日子去趟深圳，去趟龙华清湖，去那个叫花半里的地方看看那个叫顺丰的初中同学。

车到花半里小区门口时，小女儿小七来电话了。小七说外公来电话问你这么晚了怎么还没到？海英说我已经到水库边了呀，正在船上呢，宝贝做完作业早点睡啊，妈妈明天早上就回来了，我现在就给外公打个电话吧，顺便把他的金鱼给你带回来哈！挂掉女儿电话，她才想起一路上匆匆忙忙的，竟忘了给父亲去个电话，说说自己为什么要找一个回娘家的借口而事实上却来了深圳。她相信，父亲听到顺丰这个名字时，应该不会责怪她的。

她在电话里提起李顺丰时，父亲还是沉默了好一会儿。最后他说，我不支持你这么做，但也不反对。我七老八十了哪样没见过没经历过？你们呀，真是人越大毛病越多了，娃娃都快上大学了，反倒越来越让人操心了。

二

本来六点下班的，街道办有人来查消防，李顺丰要跟着拍照片，晚上还要推送消息，一时半会儿走不了，忙前忙后就把抓草药的事儿忘了。妻子以为他堵路上了，说路过市场时记得带点面条回来呀，我晚上不加班，昨天剩下的鸡汤倒了可惜，丢一把面条将就一餐。她还特别交代要他回家吃饭，单位伙食再好再便宜也不如自家放多一碗水下多二两面划算。妻子说了一大堆话，却没提抓药的事。从单位到住处就五个站，如果不是特别赶，李顺丰都坚持步行。前些年他的腿受过伤，留下一些后遗症。相对于正常人，他步行起来显得有些吃力，倒也坚持了这么些年。自从来这单位上班后，伙食好了，工作也轻松了，他的身子就发福了，每年体检血压血脂都偏高，上下班走这三五里倒也不算坏事。妻子来电话叫他买面条，他才想起抓药的事。

他搬来清湖之前这草药铺就存在了，就在市场斜对面。跟海英联系上之后的这一两个月里，只要时间允许，上下班时他都会绕几步从药铺门口过。来这里之前，他在龙岗一带搞建筑，海英在龙华清湖这边的工厂里坐流水线。那时他们经常通信，也见过几次面。最后一次见面已是二十年前的事了，海英说一个人莫法在深圳坐月子，得回老家了，再不回去就快生了，你赶紧过来见个面吧。那段时间工地上特别忙，最后听说人家车票都买好了第二天就回老家了，李顺丰才答应过来一趟。那天他穿了一件新买的白衬衫，也不知道是什么料子做的，捞上去老往下滑。袖口的扣眼忘了剪开，没法扣。裤子也是刚买不久的，好像只穿过一次，偏偏就那么一次，在工棚里把屁股挂了一个洞，脚边都没来得及剪，也不知道是啥料子做的，卷上去也老往下滑。修高速公路，工期特别紧。他跟工头说了一上午好话。他说海英是他表妹，一个人在医院生孩子，生三天了都没下地……说得工头眼都红了，最后才答应他下个早班去龙华。他记得当时从龙岗到龙华的路特别烂，公交车摇摇晃晃走走停停的，到清湖路口时都快晚上九点了。在清湖路口下车后，那袖子、裤脚仍往下滑，自己都看不过去了，便问了几个缝补摊，人家都说没地方遮挡，莫法让他把裤子脱下来剪缝。其中一个好心阿婆给了他几粒别针，又说衣服你就别扎皮带里了，让它盖住屁股上的洞不就行了？

最近这个情人节晚上，跟海英视频时，她还提起过他那次来到清湖的那身新衣服。她说当年你怎么就那么黑那么瘦呢？你的衬衣、裤子看上去都是新的，却大垮垮的一点都不合身，见初恋情人都不懂得收拾一下吗？你现在怎么看起来有点样子了呢？他嘿嘿一笑说，现在所有衣服都显紧啦，肚皮上全是肉。海英也嘿嘿一笑说，我就喜欢大肚皮，肉肉的，枕着睡觉脖子舒服，你回来让我枕一次吧。李顺丰当时把"枕"听成了"整"，脸烧烧地说，你就莫开玩笑了，我哪还有那机会？一本正经的样子。海英也一本正经地说，怎么没有？只要你肯想。

或许就冲着她这句话吧，李顺丰就有些想法了，一忙完工作就想开了。想过去的时光，想将来的可能，想得多了还经常做梦，好梦噩梦都有。有天中午吧，他趴在办公桌上刚一闭眼，就梦到初中二年级时他去学校的水库边划船。刚开始他一个人划，划着划着水面就起了风浪，小木船东摇西晃的，一个猛浪打来就翻了。他扑腾几下，一阵呛咳后，突然听到有个女孩喊救命。他游啊游啊，终于抱着她时，风停了，浪静了。女孩光着身子，背对着他不肯转过头来，嘴里却不停喊抱紧我抱紧我。那声音甜丝丝的，软酥酥的，时高时低的，一听就是海英的。于是他紧紧抱着她，头刚刚埋进湿漉漉的长发，一条水蛇就从背后咬了他耳朵一口。他睁眼一看，发现妻子光溜溜坐床上，吼他，三更半夜你叫什么春啊。抱紧我抱紧我？你还想我怎么抱你？老娘都抱出一身病了！我说李顺丰啊李顺丰，白天见你蔫耷耷的，晚上说起梦话来把人都吓得死，你看你这么一折腾我明天怎么上班呀？

妻了这么一吼，李顺丰就没了脾气，无话可说，毕竟做的是在妻子面前难以启齿的梦，就像当年第一次梦遗后把裤衩儿丢给母亲一样，脸红红的。梦醒后，妻子折腾了好一阵才入睡。李顺丰是怎么也睡不着了。他去洗手间闩上门，给海英发了一条长长的信息，把梦境和妻子的吼叫原原本本说了，还说了很多从未对任何女人说过的话，说到最后又加了一句梦遗什么的。大概三点来钟，海英回了信息，说正在车上呢，要赶去成都拿货，怕雾大塞车得早点去。她又说，七八月份做服装是淡季，可能会去一趟广州，看看下半年都有哪些新款，到时好好见上一面。李顺丰说我老婆还睡在床上呢，我不能跟你视频，也不能再聊下去了，我得回床上继续做梦，说不定你还在水库里挣扎呢，得赶紧捞上来。

后来无论什么时候聊天，不管是文字、语音还是视频，他们都会聊起中学时代，聊起老家的那个水库。学校在水库南岸，海英的老家在水库北面。初中三年，水库见证了他们最初的爱情。在后来若干个日子里，虽然各自有了家庭，李顺丰却常常有这么个念头：要说这辈子还什么心愿未了，那就是牵着海英的手去水库边走一走，看一看，坐一坐。他离开故乡在深圳生活了二十多年，年尾偶尔回到四川老家住几天，竟一次也不曾重返库区，重回母校，再次乘上那条木船去海英家看看，看看她的父母，看看那些游鱼和水鸟。加上微信后，通过相册他总算知道，她的哥哥姐姐全住进了城里，母亲已去世，只有父亲仍住在乡下。她老家的三间瓦房已被哥哥拆掉建成了一座非常漂亮的别墅，大得像个庄园。水库周围的田地大多荒芜了，看上去既陌生又熟悉。而有关海英留在深圳的记忆并不多，虽见过几次面，印象特别深刻的便是他那次来清湖。两人在草药铺旁边的米粉店喝了一碗糖水，还吃了一碗桂林米粉。后来下起了大雨，顺丰进不了海英的宿舍。她也没回宿舍，说担心他被查暂住证的抓了，要陪着。他们蜷缩在草药铺门前，他挪过身子替她挡住风雨。看得出来，她即将做母亲了。他们背靠着背。她热烘烘的身子令他心潮起伏，烦躁不安。后来雨停了，而时间已超过零点，按照厂规门卫不放她进入宿舍。她的身份证被扣押在厂子里，她说十元店不安全，又说雨后深圳的街道真干净，空气特别新鲜，好希望陪着他在清湖的每条街道和巷子走走。他们就那么一前一后走着。有好几次，顺丰都想挽住她的手，手伸出去他又缩了回来，就想，那么些年都不曾牵过她的手，就不牵了吧……

他已经两天没跟海英聊天了。他说歇几天吧，近来事特别多，一是妻子病了，二是单位迎接安检，实在是忙。海英说好吧，这段时间我也乱七八糟的，是该歇一歇好好理一理了，不过，我肯定不习惯，我发现我们不但找回了初恋，还进入了热恋，我时时刻刻都想飞过来，跟你去海边住一晚。知道吗？在深圳待了那么多年还没去过海边呢，清湖离海边实在是远，那时又天天加班。顺丰说，现在地铁通了，去哪里都方便，离清湖最近的海在宝安红树林公园，听说修得可漂亮了，不过他也没去过，因为他也忙，厂里老加班。又说，你不是七八月份来广州吗？到时我陪你去南沙吧。

他原以为这两天可以好好静一静想一想，像以前那样尽一个丈夫的责任。可无论工作多么繁忙，无论妻子处于何种状况，他内心的争斗从未停止，总会想些不着边际的事情。连续几天，妻子都叫他去市场草药铺抓两副药回来。他都忘了。后来他实在找不到借口，就说问过一位行医的同学了，那土方子不对，要去医院好好检查一下，得对症下药。妻子早上临走时，特别恼火，说我天天忙死了累得狗吃屎，哪有时间哪有精力去医院？晚上你再不把药抓回来试试。或许妻子真生气了，晚上在电话里故意没提抓药的事，只叫她带一把面条回去。

面条铺就在草药铺隔壁。到达市场时天已黑尽，李顺丰见草药铺的门开着，就从手机里翻出药方。草药先生跟他很熟了。腿摔坏出院后，包工头的钱没到位，他就常常来这里抓草药。后来腿好些了，一些工厂也搬走了，他没法再去工地上干活，工厂又不要他，就学了摄影和新闻写作。花半里开盘时，他在附近一个公司谋了份工作，搞新闻宣传。花半里离地铁站不远，附近尚有几栋刚建起来的厂房，搬来几家大型工厂，妻子进厂也特别顺利。他们就把房子租在了花半里与工业区之间。在与海英取得联系之前，妻子在工厂加班时，他常常独自带着相机来到花半里门口拍拍夜景。他记得来清湖时海英已离开两三年了。那时花半里尚未动工，低矮的民居和厂房让他常常想起那个雨夜。他已记不清那天晚上他们究竟走过多少条街，说过什么话，许过什么愿。他以为那年底他回到故乡会去看看她，顺便封一个红包给她的孩子。但那年秋天他母亲就去世了，他回到家里处理完母亲的后事，亲戚替他介绍了现在的妻子。在刚结婚的那些年里，他已渐渐忘记自己从龙岗搬来清湖的理由了。他知道，生活已让人忘记了一些东西，尽管他偶尔从草药铺经过，时不时去抓几副草药。但在女儿出生的那年秋天，他从花半里工地上摔伤腿独自躺在病床上，那个叫海英的女同学便时不时在脑海里浮现。

从草药铺出来，面条铺已关门，他不知道该给妻子怎么解释。他打了个电话，说药抓好了，天这么晚了，我打两个快餐回来。妻子没问他买面条没有，她说吃过了，厂里突然要加班，正准备回工厂呢。他说那好吧，我回办公室加一下班，单位急着做一条微信推送，弄好了就回去帮你煎药。

三

挂掉女儿电话，老头子去了水库边收渔网。被人承包后，水库就不允许随便钓鱼打鱼了。老头子仍偷偷买回一张小网，偶尔在田边地角捕些鱼虾拿去城里给孩子们吃。海英的小女儿小七今年十岁，比较调皮，小时候老流口水，父亲来生就说她鱼吃多了。老头子每次拿鱼去，他就不太高兴。后来小七也不怎么吃鱼了，却很喜欢鱼，还吵着要养金鱼。新房装修时，海英并没预留鱼缸的位置，老头子私下买回几尾金鱼，说养些时日带去城里给她。为这事儿，海英跟来生吵过几次。有一次海英给父亲讲，来生在外头可能有人了，不想过了，看我们家什么人什么事都不顺眼。父亲说你大姑娘明年就高考了，我看这事儿也不能全怪他，你的毛病也不少嘛，就算有什么事也别挂在脸上，等姑娘们大些了过几年再做打算。

他不知道海英听进去没有，自从老伴去世后，老头子去城里的次数就越来越少了。那些年孙子正念高中，老伴常年待城里照顾，农闲时节，他还爱往城里跑，看看老伴看看孩子们。后来海英开了两个时装店，特别忙，孩子也没人照顾，来生的意思是让老头子也搬去城里。老头子不是不想去，是儿媳妇不让他去。儿媳妇说那么大一湾房子，还有鸡鸭、果树，城里有啥子好耍的？乡下空气多好！你种多点蔬菜拿来，我们都少买一点，屋也看到了不好吗？开第二家店铺时，海英刚买了第二套房，跟嫂子借了一笔钱，不便再说什么，也不让来生说。这些家务事，老头子都看在眼里。

老头子收好渔网刚一到家，鸡鸭们就拢屋了。他把两尾鲫鱼放水缸里，端出半桶陈年谷子喂过鸡鸭，见推船的刘海尔披着蓑衣从屋前经过，便想起数十年来只要天一下雨，这刘海尔背上就离不了这棕毛蓑衣。蓑衣换了一件又一件，木船也换两三条了。公路修通后一些进城的村民返回村里盖了不少房子，但大多跟自家的一样常年空着。有几户的娃娃仍在镇上读书，早晚回家吃住，这渡船就保存了下来，推船的仍是刘海尔。海英上学那些年，外地人来岛上走亲戚，坐船得给钱。那还是三十年前的事了，海英初中刚毕业就去了深圳，雨雪似乎来得特别早，寒假前就飘起了鹅毛大雪。傍晚时分，他扛着钓竿往回走时，被身后的刘海尔叫住了，问他钓到几条鱼？够不够招待客人？那时生活很紧张，平常没什么人情来往，更不会有客人天黑到屋留宿。他回头看去，这刘海尔身后还真跟了一个十五六岁的小伙子。

那是李顺丰第一次上海英家，看起来一点也不生分。海英的母亲看上去不太高兴，老头子拿出一件旧军衣让顺丰披上，然后去了灶屋煮鱼。

第二天母亲说，这孩子看起来挺实在的，就是矮了点，又黑，长得还一般。老头子并没把这事儿放心上，直到顺丰第二次来到他们家。第二次来是个夏天，暑假后，村里刚有人给海英介绍对象。怕节外生枝，老头子主动跟老伴讲了，说你亲口告诉这孩子，我们家英子处好了，以后别来了。

三十年过去了，那个李顺丰再也没从水库对面坐船来过家里了，连海英也从未提起过他。后来海英相了好几个对象都没成，老头子还问她，说你那个初中同学考上大学没有？有过联系没有？海英说长得难看还那么矮，考上大学你们也看不上的，以后就别问了。再后来，海英嫁给了县城里的来生，近几年总是吵吵闹闹，老头子又问过两次。海英说你别问了好不好？我要知道那李顺丰在哪里早就找他去了！

没想到四十好几了，这海英还真自个儿跑去深圳找那李顺丰了。老头子见天已黑尽，鸡鸭都进笼了，雨越下越大，就想给海英打个电话。摸出手机后，他觉得这时候又不适合给她打电话，倒不如给小七打个电话，告诉她金鱼又长大些了，过几天鸡蛋凑够了一起送进城里。电话接通后，倒是小七先问起金鱼的事，说想跟妈妈说说话，让她拍两张金鱼的照片来。老头子正犹豫时，女婿来生接过电话说，你们家英子，大白天关着门，生意不要吗？乡下哪家办席？结婚还是死人了？你叫她听电话，越来越不像话了！老头子一听坏了，那英子在深圳怎么听电话呀？他脑子一转说，刚去了厕所，等会儿我叫她打给你。他却把电话打给了海英。海英说正忙着呢，等会我打给来生。老头子还想说点什么，但女儿已经把电话挂了。

他回到屋里，发现那两条鲫鱼可能是收网时弄伤了，其中一条已浮在水面，翻着白白的肚皮。

刚入三月，倒春寒令人难受。老头子满上一杯药酒，抓了几只泡椒，觉得不过瘾，又夹出一坨酸萝卜，也不切，边啃萝卜边打酒嗝，没几口就上头了。他没洗脚，和衣躺床上。床是老床，海英外婆留下的，海英小时候还睡过呢。后来她去深圳了，那床便一直空着，李顺丰来家里过夜时还睡过它。再后来，孩子们都去了城里，逢年过节或回乡下走亲戚偶尔过过夜，那床仍能派上用场。

也不知躺了多久，一阵狗叫把他惊醒了。他刚从床上坐起来，就有人进屋亮了灯，一看，身后还跟着一个孩子，再看，是来生和小七。

海英呢？电话关机，招呼都不打一个，叫她回去，马上跟我回去。说跑就跑了，生意不做了？这个家还要不要？来生一进屋就吼，也不叫他爸。

妈妈，我要妈妈，小七也不叫他外公。

老头子从床头摸出烟，散一支给来生，见他不接，自个儿点上。然后他说，水库对面，她同学家办酒，说好明早上回去的，你这人怎么这样？大冷天还带着个孩子跑乡下来！

我怎样了？同学家办酒？少扯！小七明天要上学，哪个煮早餐给她吃？回去，你现在就叫英子回去！小七，我们去楼上找找。

回来！老头子说，我说来生啊，这年一过你都四十六了，时代不同了，丈夫丈夫不是一丈之夫了，哪能前脚跟后脚？你们两个的事私底下商量就行了，你看你，天这么冷骑个摩托车，孩子感冒了怎么办？

我不骑摩托还坐飞机咩？孩子？她几时想过孩子？我问过街对面铺子里的人了，说她上午十点就关门了。现在生意怎么样你不是不晓得！她这么搞下去尽早散伙算了！

别跟我提散伙！一句话，明天一早她不到家，你想咋的咋的。老头子说着，扔掉烟头下了床，坐椅子上，一手撑着头一手把着椅沿。

这话可是你说的哈！那我回去了，你担心小七，那她就在乡下住一夜，明早我叫一个车来接。来生说着出了门，头也不回骑上车子就走了。

老头子跟出去本想叫住他再说几句，但天黑尽了，怕邻居听到，没叫。他倒回屋内，见小七正翻出书包写作业，就带上门决定去外面走走。他边走边想，英子啊，你干吗关机呢？你是越大越气人了！

是得给她打个电话，要是天亮不赶回来，真没法收场了，老头子想。他来到水库边，一打，没关机呀！

海英说，他一直疑神疑鬼，这回我就是要气死他！干吗关机？他让我跟他在水库边视频，能不关机吗？我在深圳呀，这里全是高楼大厦，三更半夜我去哪里找水库跟他视频？他不也关机了吗？我也想通了，我就要跟他视频，就要让他看看我在深圳。不说了不说了，我马上就去机场。回来，不回来在深圳安家咩？一无男人二无房子，我拿什么在深圳安家？他把小七丢放乡下了？他一个人回城里搞什么鬼？这家伙真他妈不是东西！海英说到这里就把电话挂了。

是啊，天都黑了，还下着雨，这个来生匆匆忙忙跑来乡下，说是找海英，分明是借口嘛，分明是想丢掉小七这个包袱嘛。不对，我得问问他。

打来生手机，他还真关机了。雨越下越大，老头子光着头站在水库边，不由得想起自己十三四岁时，他跟海英她娘都没上学了，这里还没有水库，是条大沟，海英外婆家就在沟对面。海英娘在沟里放牛，他去山上挑煤到城里卖。天不亮他就出发了，经过海英屋前时，她就偷偷煮了红苕或玉米让他带上。后来几经周折，他们仍结婚了，还生下梅子、凯子和英子。再后来这里就修了水库，海英每天坐了船上学放学，连李顺丰都来过家里两次了，最小的孙女小七都快上初中了，日子真快呀。想到这里，老头子俯身洗了一把冷水脸，然后望望老伴所躺的方向，再望望儿子刚建好的别墅。别墅在雨雾中闪着昏黄的灯火。是啊，怎能就这么走了呢？想当年，英子不也是坐在草屋里，对着油灯一天天写作业写大的么。现在都可以对着手机看到对方有说有笑了，都住上别墅了，要是自己就这么往水库里一跳，那别墅不就白盖了？

来生真关机了，老头子又打了一次，然后想，你们把戏真多啊！我得领着小七去城里，就算走路也要在天亮前赶到。

四

海英刚从出租车上下来电话就响了，一看，是来生，想想还是接了。她说，不就一个晚上吗？你不是天天看着我烦吗？我乡下就没别的亲戚吗？我就不能在外面过一夜吗？视频？视个鬼！乡下停电了。流量？手机也没电了！反正天亮前我会回家的，想怎么办你就怎么办！

　　说完，海英把手机关了。双脚再次踏上龙华清湖的土地上，她觉得格外亲切，又很陌生。这灯火，这车流，这高楼大厦，这毛茸茸的细雨，这春天的夜色，看上去跟故乡县城没什么两样。但空气中的味道，行人的步伐，各自的神态以及内心世界，却又分明不同。与十多年前的清湖相比，道路的格局，楼宇的布局，人们的衣着等等又确有变化。她记得，这花半里小区的所在地，原本是一些低矮的农民房和陈旧的厂房。而那个叫顺丰的男人离这里究竟有多远？是的，在上飞机之前她就想过，一定要在离他最近的地方把他约出来。

　　她看了看手中替顺丰夫妻俩挑选的衣服，便打开手机，给那个常年跟顺丰有联系的初中同学打电话，说顺丰的生日快到了，想悄悄寄点礼物，发个详细地址过来，别总说他在花半里花半里，具体点，什么街多少号，能不能收到快递？

　　那同学知道他们曾经的关系，立马发来了顺丰的详细住址。确实就在附近，步行不过十来分钟。为了争取时间，她再次坐进了出租车，她知道留给自己的时间确实不多了。从清湖到机场得一个多小时呢，要想赶上飞重庆的末班机，必须在九点半前出发。

　　顺丰就住在这片低矮的城中村里，那些纵横交错长长短短宽窄不一的巷子，那些或明或暗开着或关闭的房间，究竟哪一栋哪一层才是顺丰在深圳的家呢？还是约他出来吧。

　　这时，巷子深处过来一个女人，还有些面熟。她细细看了看，不是顺丰的女人么？但她比顺丰微信上的样子憔悴多了，瘦多了。要是再胖一点点，会更耐看一点，更有女人味一点。他怎么就找了这么年轻漂亮的女人呢？这究竟是一个怎样的女人呢？海英不觉好奇起来，禁不住叫住了她。

　　老乡，你是李顺丰的老婆吧？我在他微信上见过你。那女人一怔，斜她两眼，欲转身而去。海英又说，前两天李顺丰在我店里看中两套衣服，但尺寸不合适，今天货到了，顺路帮你们带过来，我服装店就在地铁站旁边。海英边说边想，这么远跑过来，既然碰到了，怎么说她也是顺丰的妻子，打个招呼还是要的，再说了，通过一个女人看男人或许更丰富更全面，就算有一天自己跟顺丰怎么样了，迟早也会面对她的。

女人盯了海英几眼，呵呵一笑说，是吗？我怎么不知道呢？他经常去你店里买衣服吗？他以前的衣服都是我帮他买的呀。

海英笑笑说，他以前经常来我店里看衣服，看看就走了，是没见他买过。前两天他又来了，说他生日快到了，也想给你一点惊喜，你老公对你真好啊。这海英不愧是卖时装的，主要做女人的生意人，跟女人讲起话来，说什么都像真的一样。

付现金吗？可我身上没钱啊，再说我也不喜欢随随便便加人家的微信，你还是跟他交涉吧。

你可以先拿走衣服，钱他付，我做十几年服装了，反正是老乡嘛，我们还同一个县呢，这附近四川人可多了。

这女人没问她是哪个县，想了想，把衣服接下了。海英有点后悔了，倒不是因为怕打草惊蛇，是觉得不应该把衣服交给她。自己精挑细选的，就是想亲眼看看顺丰穿上新衣服的样子，这么远跑过来，就想好好搂着他在机场拍几张合影。在她结婚前，他们合过影。但据顺丰讲，他结婚那天晚上，女人让他把以前的书信和照片全烧了。

谁知女人没走几步又倒回来把衣服给了她，说我赶着加班呢，带进车间不方便，你自己给他嘛。

海英接过衣服想，这女人不光漂亮，还不简单，看来这次深圳之行会惹下不少麻烦的，那顺丰可能也会被盯上，转念又想，要真到了那一步，又何尝不是自己想要的？

她看看手机，快七点半了，不能再浪费一分半秒了，得赶紧给他去个电话。

电话响了好一会儿顺丰才接。海英说我什么时候骗过你？要我站在马路上拍张照片给你吗？什么推文那么重要啊？不就一份工作嘛？那你回四川呀，我养你！好吧，半个钟，超过一秒我就去机场了。

这半个钟对于海英来说特别漫长，似乎长过这三十年。她坐在一个米粉店里，把这三十年来有关顺丰的角角落落全理了一遍。她甚至想到了未来的三十年。因为这次与来生的不辞而别，那往后的三十年会发生什么事呢？或许不用三天生活就会发生变化，但那变化跟这李顺丰会再产生瓜葛吗？她不知道。估计谁也不知道。

她要了一碗桂林螺蛳粉。那些年，她觉得桂林螺蛳粉特别好吃，爽滑，不多的几粒花生米格外香。她甚至会把一大碗粉汤喝得干干净净，那汤里飘着绿油油的葱花。她记得离开深圳清湖的那天早上及头天晚上，他们吃的也是桂林螺蛳粉。顺丰说你多吃点，别饿着孩子。好像那肚子怀着的是他的骨肉。就在大前天吧，她还跟他提起过桂林螺蛳粉，说要是哪天你回老家了，帮我煮一碗桂林螺蛳粉，能煮出当年的味道我就跟了你。顺丰说他好些年都没吃过桂林螺蛳粉了，妻子总是叫他买面条回来自己开伙，好吃又便宜。海英说花半里那个搞装修的老板不是赔了你一笔钱吗？干吗还那么省呢？干吗不回来做点什么呢？开个粉面馆也行啊！你看我们，开时装店不到十年，房子两套，分店都有了。回来嘛，回来我教你做生意。要不你存点私房钱，我们每人出几万可开多一家，利润五五开怎么样？顺丰说他女人就这德行，穷怕了，一分钱总想捏成两分钱，别说开店，生病了都不肯上医院，成天吵着抓草药。

一整天没吃东西了，海英仍觉得这桂林螺蛳粉实在难吃，不但缺油少盐，醋还放多了，哪有当年的味儿？但花生米还是挺香的，她又多加两块钱要了一碟。

一碟花生米吃完，又喝了几杯白水，她去了趟洗手间，对着手机上的镜子理了理头发，顺丰仍未到。是的，对于一个腿脚不灵便的中年男人来说，妻子病着仍在加班，还有什么比自己的工作更要紧呢？海英走出米粉店，来到一个橱窗前，拿出衣服对着一面镜子比了比。不知道那顺丰究竟胖成什么样子了，这衣服合适吗？不过，他女人那套肯定能穿的，看她那身架儿，调理一段时间再长点肉，再合适不过了。

或许雨天的缘故吧，街上行人越来越少了，但四周依旧亮堂。在这短短的一个多小时里，如果去旅社开个房间，是可以干很多事情的。她试探性给顺丰发了条信息，说我们哪儿见面呢？万一塞车误机了我睡哪儿呀？顺丰说你别急别急嘛，我已经下楼了，要不你过马路往北走三百米，然后左转，市场大门右边那个草药铺还在，我们在那里见面吧。

顺丰的回复令海英有些失望。她觉得，作为一个男人即便不好意思开口，至少应该说你看着办呗，哪儿都行啊！

五

从海英娘家去县城要翻过一座不大不小的山。春后的这场雨沥沥淅淅下好些天了，原本崎岖不平的山路即使白天摩托车行驶起来也特别困难。在去乡下的路上，好几次小七都差点从摩托车上摔下来。在回县城上坡的那一段，摩托车到半山腰就掉链子了。那是一段土路，年久失修，雨天更难行，好不容易骑到山顶时，摩托车彻底熄了火，连刹车皮都坏掉了，来生只好推着车下山。上国道后，他甚至想丢掉摩托车打电话叫哥们开车来接他。那哥们说天冷上床了，还喝了酒，你不是想要我的命吧？

在县城生活好几年了，那是来生唯一称得上"哥们"的人，因为他自己也喜欢喝酒。有一次酒后他得知，那哥们的妹妹一年前离婚了，长得不错，单位也不错，在县城建局搞文秘。来生去找过她好几次，互相加了微信，经常扯闲篇说段子互发小视频。有一次他还关了店门陪她去邻县的森林公园玩了一天，要不是突然下大雨发山洪，说不定那天晚上在山上就把她办了。他这次这么急着扔下小七回县城，正因为那女人已约好在凤凰宾馆等着呢。

好在上国道后离县城就不远了。一路上他一再叮嘱那哥们明早一定去水库边接回女儿上学，自己的摩托车怕是修不好了。那哥们说好好好，酒醒了我就去，刚好要去乡下办点事呢！我说大爷，你三更半夜跑乡下干卵？你不怕后院起火吗？不怕你们家红杏出墙吗？你不会是去乡下偷鸡摸狗吧？来生说哥啊，我偷偷偷偷你妹！你是真不知道还是半装糊涂啊？我他妈这顶绿帽子戴定了，骗你是龟孙子。所以今晚老子也要让另一个男人戴戴绿帽子，不然亏死了。这话一出，那哥们呵呵一笑就把电话挂了。这家伙真是喝高了，老子今晚就让你妹夫戴绿帽子。不过他又想，人家都离婚了，还算绿帽子吗？想到这里，来生不由得哈哈大笑。

来生把摩托车推小区门口，保安似乎认得他，笑了笑。他本来想散支烟给他的，见他笑得莫名其妙，没理他，径直去了凤凰宾馆。

凤凰宾馆就在小区对面，经确认，前台就让他上楼去了505房。

敲了一会儿门，女人才摇着半杯红酒探出头说，去洗个热水澡，暖暖身子再说。来生笑了笑，一把抱住女人，手就伸进了她宽松的睡衣里。

知道吗？我想死你了，宝贝，陪我洗好不？

你先进去吧，衣服都准备好了，再调皮不理你啦！

穿什么衣服嘛？来生嘿嘿一笑说，那你先上床暖和一下被窝，我很快就出来的。

被窝很暖和了，再不来就凉了，知道吗亲爱的，你是让我等得最久的男人。七点我就进房间了，电话也打不通，再过五分钟不来老娘就换挡了！女人说着说着口气就变了。

气死我了！在乡下跟老头儿吵了一架，你先别打岔，待会儿出来再说，来生一边洗澡一边说。

从洗手间出来，来生还真是一丝不挂。他揭开被子，发现女人光着屁股，侧身而卧。他贴着她暖烘烘的身子，左臂枕着她脖子，弯过去恰好抓住右胸。酥软的胸脯像极了另一个女人，但那女人已去北美，说是去谈一笔服装生意，至今未归。他非常清楚，海英已经知道了自己跟那北美女人的关系。事实上，他们一直保持着联系，偶尔还会在半夜偷偷裸聊一下。那北美女人脸上坑坑洼洼的，没法跟海英和被窝里的这个女人比。但在海英从浙江回来生小七坐月子开始，那个坑坑洼洼的大胸脯跟单文员就和他有来往了。五六年前那女人去了广州做服装贸易，每年夏天他去广州谈业务时，就会在白马市场附近的酒店里陪他过几夜。而怀里的这个女人，年纪跟她和海英都差不多，却有着海英的脸、北美女人的胸脯。他实在想不明白，这么性感的女人，男人怎么舍得放手？

事后女人说，你还是不太理想，不过呢，还行吧，男人到了你们这个年纪，说行的还真没几个。这样吧，你要是愿意，就离了她，你不是说她现在也在深圳滚床单吗？老实说吧，除了瘦，你真没什么可取的，我就喜欢不油腻的男人。

半夜，来生睡不着了，因为这女人的鼾声令人很不适应。他去到窗口，拉开帘子，面朝小区。自己的家就在对面A栋5楼，与凤凰宾馆隔街相望，几乎在同一水平线上。前些年，据说这宾馆里养着好几个小姐，有一次他还在阳台上看到一个女人光着身子拉开窗帘抽烟呢。后来小姐全被赶跑了，他仍时不时站在阳台上，想象着哪一天也去那个宾馆住一夜。只是风声一年比一年紧，小姐们一般不住宾馆了，听说都租了高档小区的套房自主经营，当然，接单后也可服务到家。

想起那个站在窗口抽烟的女人，来生的烟瘾就上来了。

雨似乎停了，烟雾中，除了窗外偶有三两声车鸣及室内女人的鼾声，几乎没别的响动。海英是不打鼾的，她一睡下去几乎纹丝不动，特别是怀孕前，无论模样、身材、皮肤还是性功能，都是他想要的状态。更令他意想不到也极为满意的是，25岁结婚那天晚上，她还是第一次跟人做爱。生下小七后，海英就留在家里一边带孩子一边看服装店。有年秋天他回到老家，隔壁店铺的一个中年男人告诉他，说海英半夜三更跟一个面包车司机去成都拿货，有时很晚才回来。于是他又旁敲侧击问过其他人，男男女女的说法出入不大。而海英后来的行为似乎也有着本质的区别，特别是晚上，一上床就要，令他很不适应。他总感觉睡前心力不济，习惯于天亮后随便做做。她表现出前所未有的激烈，那并非与生带来的喘息、呻吟、舌缠、越位，起初令他无所适从，后来倒也神奇般异军突起，到最后又索然无味了。他总喜欢拿海英的短处与那北美女人的长处相比，尽管那女人的脸上坑坑洼洼的。脸上坑坑洼洼的女人从广州去北美后，来生辞去工作回到县城开起了第二家服装店。无论外出拿货谈业务还是装修房子维修马桶换保险丝买菜做饭接送孩子，那些年里都由海英一手操办。面对久别的故乡，越来越陌生的县城，刚做生意那会儿，来生几乎谁也不认识，也不想认识，连城里的亲戚办酒也以生意忙而不轻易出门。他总觉得，大街小巷认识不认识的人都在谈论着海英跟面包车司机的事。后来他认识了街对面做五金生意的哥们，也就是这个打鼾女人的哥哥。那哥们常常带不同的女人来他店里看衣服，生意清淡时还约他出去喝两杯。前不久，哥们说不想做五金了，要去水库边搞一个叫花千里的项目，因为据他那在城建局上班的妹妹说，那水库将扩容，去库区立几条柱子盖几栋房子随便圈一块地就有八辈子花不完的钱。这哥们老爱酒后放大炮，当时来生听完就笑了笑，事后也没问这女人到底有没有这回事。于是来生就想，作为城建局的文秘，多少应该知道点一般人不知道的内幕消息，都睡过了，何不趁她开心时问问呢？要真能去别的地方干点项目，好过一辈子顶着绿帽子在这县城遭人笑话吧。

来生回到床上，刚一缩回被窝女人就咳嗽着醒了。她猛一翻身，骑在他胯间就把嘴和胸脯贴了上去。突然，她扭过头去，狠狠拧了一把来生的脸，叫道，你是不是抽烟了？老娘最恨男人抽烟了，你不晓得我有鼻炎吗？滚！

怎么不知道？来生坐起来说，我一醒来就知道了，你打鼾我才抽烟的。

懒得鸟你！老娘去洗一下。你睡床上我睡沙发，天亮以后各回各的家，晓得不？

女人从洗手间出来，窝沙发上不停打喷嚏。来生在床上躺了一会儿，无法入睡，坐起来说，上次听你哥讲，他要去哪个水库边搞个项目，可靠吗？

人家都上马了你才问这个，想干吗？女人斜他一眼说。

我们县也没几个水库，你倒说说是哪个水库？我岳父家就在水库边，我是不是也该去那里弄点什么呢？

女人都跑深圳去了，你都跟老娘上床了，还提那个××岳父？想搞你就去搞呗，我党龄超过二十年了，从不出卖国家利益，要问问我哥去！女人扯过一条毛巾盖头上，又装模作样响起了鼾声。

来生说，我叫你哥天亮前去乡下接我女儿回来，到时问问，要真是那个水库，咱们的事先缓一缓。来生摸出烟叼嘴上，见女人爱理不理的样子，又把烟放了回去。

过了一会儿女人才说，我们之间还有什么事？这也算事？好吧，你说缓缓就缓缓，反正就这么回事，抽吧抽吧，抽你的烟吧，我回家了。

我送送你，来生跟出房门说。

你拿什么送？破摩托车？你把我送回家我还得开车把你送回来呢，有毛病！

来生笑了笑，不再吭声，见女人到了电梯口，跑过去搂着亲了两口。见女人骂骂咧咧关了电梯门，来生才摸出手机给海英打电话。他想，要是电话通了就好好说话，万一那哥们的项目就在水库边呢，女人打鼾就像男人抽烟，日子长了慢慢就习惯了。

海英的手机仍无法接通。来生看了看时间，凌晨一点过，觉得该回家躺一躺了。

六

或许因为下雨，顺丰再次来到市场时，草药铺的门已经关了。远远的，他发现一个熟悉的身影站在细雨中，想跑过去，腿脚却使不上劲儿。他挥了挥手，那身影就朝他飞奔过来了。眼看着就要抱住她了，她却站在雨中伸开了双臂。

我想你，宝贝，她咬着他的嘴唇说。

我也想你，宝贝，他咬着她的嘴唇说。

时间不多了，咱们去哪儿呢？她推开他，问。

能去哪儿呢？他环顾四周，目光定格在不远处的一个小旅店。就去那儿吧，一个小时够我们疯的。

我还是想在街上走一走，像那天晚上那样，牵着你的手，海英说。

那好吧，我也这么想呢。接着顺丰又说，就怕街上有人认出我，还是打车去别的地方吧，出了清湖就没人认识我了。

可我就想在清湖走走。知道吗？亲爱的，当你告诉我仍在清湖时，我就想飞过来了。你说你住在花半里附近，你说那里可漂亮了。起初，我以为花半里是一条老街，那里有桂林米粉，有炒田螺，有甜筒，有五香瓜子，有十元店，还有鲜花店。真没想到，它原来是一个高档小区。

那我们就去花半里走走吧，估计那里面已没人认识我了，顺丰理理海英的领子说，你衣服湿了，要不买一身换换？

我就是卖衣服的，何必花那些钱？我这里有两套，不介意的话，我就披着你那一套，我身子暖和着呢，过一会儿衣服就干了。

顺丰点点头，跟着海英上了车。这是海英到深圳清湖后两三个小时内第三次坐进出租车，她已经不去想前两次的感受了，甚至忘记了车窗外的一切。她靠在他怀里，鬓发落在他胸前，能听到他的心跳。车内很暖和，司机大概看出了什么了，开了柔软的音乐。顺丰紧紧握着海英的手，手心渗着汗，试着吻了吻她的额头。她闭上眼睛，往事潮水般涌来。多少个夜里，她渴望着有这么一个男人好好地搂着自己，坐在车里，融进音乐里。当这一切发生时，她的眼前竟闪现出那个面包车司机的面容。那时候，他们常常在半夜前往成都，车里也放类似的音乐，只是，她坐在后排，他开着车。有一次吧，在拿货回来的路上，她坐在了副驾位置，或许两人都累了，她把手搭在他腿上，不知不觉就睡着了。当她醒来时，他们都躺进了医院了，不同的是，她躺在了病床上，他躺在了谁也不想躺的地方。事实上，当时她还叫不出那司机的名字，她只记得大家都叫他刘师傅。从县城去往成都服装批发市场，最快得三个小时。有天凌晨，车在服务区休息时，她在后排睡着了。确切地说，她是被他吻醒的。他的吻非常出色，从额头轻轻滑到鼻尖、下巴，最后才把滚烫的舌尖伸进嘴里。她来不及拒绝，似乎都未考虑过拒绝，任由舌们蛇一样纠缠着。刘师傅胖胖的，说不上有多帅，但他知道如何让一个孤独的中年女人飞起来，令她忘乎所以。后来她常常想，如果来生没那么快回到县城，如果那刘师傅不出意外，可能她早就离了，至于跟谁过，倒没认真想过。是的，那个叫刘师傅的胖男人，那个在某些方面出色的面包车司机，让她体会到了生命中的另一种美，让她终于懂得什么样的男人才是男人，有过怎样经历的女人才算女人。后来，当她跟顺丰一次又一次视频时，一句又一句说着爱你，呼喊着我的宝贝时，一次又一次回味着三十年来的过往时，一次又一次想象着未来的岁月时，才终于明白，男女之间，还有着第三种爱，第三种生活。

过两个红绿灯，车便到了花半里门前。如果顺丰不催促她，她真希望司机别开门，就这么躺在他的怀里，就这么拉着他俩游走在深圳的街头，直到地球撞上火星，一切在瞬间融化。

雨似乎停了，时间不早了，大街上的行人多了起来，顺丰像是忘了已在此生活多年。他牵着她的手，像当年一样走在清湖的大街上。花半里的每个房间似乎都亮着灯，空气潮湿而温暖，时不时飘过淡淡花香。海英望望天空，雨是真的停了，有薄薄的云朵朝西北方飘去，那是故乡的方向，是深圳机场的方向。

真要进去吗？

顺丰点点头。

我们能进去吗？

试试吧。

在小区岗亭门口，保安问找谁？顺丰想想却想不起谁的名字。保安又问，进去干吗呢？

进去干吗呢？海英偏着头，学保安的口气问顺丰。

是啊，我们进去干吗呢？可我就想进去走走呀。知道吗？宝贝，那年建这岗亭时，有天晚上加班，我一边干活一边想你，突然就看到马路对面有个穿着工衣的女孩朝我走来，越看越像你，越看越像你，看着看着就从架子上摔了下来。

你们在拍电影背台词吗？有毛病！保安甩出一句话，"啪"地关掉窗门。

两人转过身去，望着远方，背对花半里，禁不住笑了笑。

顺丰捏着海英的手，指着天空说，那时，我躺在病床上，眼前总飘着你的影子。有天夜里，我还做了一个梦，梦见这花半里建好了，每一个房间都开着窗亮着灯。我们把家安在 15 楼。我们在小区的广场上举行婚礼。你穿着白白的婚纱，伸出双手去追赶一只大大的气球。气球越飞越高，你也越飞越高。我拉着你的手，身子悬在空中……说到这里顺丰停了下来。

后来呢？海英问。

后来，后来气球爆炸了，你就不见了，我从半空中落下来，摔醒了……

后来你就不想离开清湖了？就一直没离开过清湖？海英用力捏了捏顺丰的手继续问，似乎什么都知道，什么都想知道，恨不得他把逝去的每一个日子都说一遍。

是的，顺丰点点头说，就在那年秋天吧，我母亲去世了。我回到老家，有人给我介绍了现在的妻子。我妻子的身体一直不太好，她父亲病了二十来年了，在前年去世了，我腿伤得到的赔偿有一半花在了她父亲身上。事实上我的两条腿都受伤了，其中一条情况好一点但里面仍有三条钢钉……

咱们去别的地方走走，海英突然打断他的话看看手机说，要不咱们哪儿都不去，你现在就送我去机场，时间不多了。

顺丰想了想，低着头说，不是我不想送你，实话说吧，我不知道妻子加班到几点，我得帮她煎药，我怕她回来找不着人。你知道的，她的病很复杂，而且，越来越严重了。

究竟是什么病？重到什么程度？

具体我也不太清楚。她说是女人病，生下第二孩子就落下了，顺丰说，都怪我，月子刚坐满她就回深圳了，在车间一边上班一边奶孩子。厂方劝她辞工她又不肯，说是等着他们炒掉，又说三十出头了哪能随便换工作？

刚才我在你楼下碰到她了，是个好女人，好吧，那你送我去地铁站总可以吧，要不先吃点东西？

是啊，我都忘了问你呢，吃点吃点，想吃啥？

我吃过桂林螺蛳粉了，没吃几口，味道变了，海英说。

没变呀，前几天我还和她去吃过呢，挺好吃的。

那可能是我口味变了，越来越挑食了，我在家里很少去外面吃东西，都是自己煮饭。

哦，对了，她还叫我带面条回去呢，面条铺关门了，我只抓了草药。草药？那包草药呢？我记得出办公室带上的呀！不会是落在车上了吧？顺丰着急了起来。

明天再抓一副嘛，草药铺又不是不开门，海英拍拍他肩膀说。

你不懂的，今晚没买到面条，连药也丢了，她会生气的，她一生气好凶的，她不能再生气了。

咱们说点别的吧，时间还够，不坐车，边走边说，走到地铁站刚刚好，海英说。

两人便一前一后走着。有好几次，海英想抓住顺丰的手，刚一碰到又缩了回来。走着走着，他也不怎么说话了，她更不知从何说起。海英知道，他在这附近生活得太久了，他心里装着很多事。后来海英常常想，从花半里到清湖地铁站那段路，是她一生中走得最慢最难忘的路。

刚一到地铁站，顺丰的手机响了。海英知道那一定是他女人打来的。他的眼神有些慌乱，他几乎没怎么跟她告别就出了站台，不仅忘了拥抱，甚至忘了海英从四川带来的那身新衣服仍穿在她身上。

驶入宝安界内，地铁便进入地下了，深圳的夜色似乎就消失了。时间不早了，车厢内空荡荡的，海英批着顺丰那宽大的外套仍觉得凉凉的。她伸手捏了捏里面的衣服，已不再潮湿，似乎仍冒着热气。她敞开外套低头闻了闻，企图找回一丝丝清湖的气息。

进入候机大厅后，她又觉得身子热了起来。她摸了摸额头，烫手，或许真的感冒了。她打完两个哈欠父亲就来电话了。她知道一定能在天亮前赶回县城，但那又有什么意义呢？她不知该如何安慰父亲。她跟来生的情况父亲应该知道一些的，何况来生都找上门去了，她也告诉他们自己来深圳了，她再怎么解释于父亲于谁都无济于事了。她现在最为担心的是，顺丰该怎么向他女人交代衣服和药的事情。她试着给他电话，但已经关机了。

后来她才知道，那天晚上顺丰的女人真生气了，还摔坏了他的手机。

七

从老家去县城的山路老头子走过无数次，年轻时挑两百斤煤也不用两小时就能到达县城。可那天晚上，他打着手电牵着小七花了四个多小时，似乎走了一生中最远的路。

小七不停地问外公为什么？天这么冷、路这么滑为什么非得半夜赶回城里？我明天还要不要去学校？老头子不想骗孩子，但又实在找不到合适的理由，最后他说，你爸骑摩托车摔伤了，正在医院躺着呢！

快上国道时，他又想给海英去个电话说说家里的情况。电话没通。他听说过飞机上是不能开手机的，但还是打了。后来又想，没通好，要是通了，她知道自己正领着孩子黑灯瞎火冒雨往城里赶，路上万一出差错了怎么交代？

快到小区家门口时，他在一个公交站台坐了下来。一是走累了，二是觉得这么冒冒失失去到来生家里，万一人家正好端端躺在床上怎么解释呢？要真好端端躺在床上，再怎么难解释也不是最坏的情况，就怕来生万一没躺在床或者不只是他一个人躺在床上，那当面就莫法给小七解释了。想到这里，他觉得还是事先给他说一声，给他点时间准备。响鼓不用重锤，再说这事儿是海英挑起的，要打也是各打五十大板。可来生的手机也无法接通。他看了看时间，凌晨两点过了，若在乡下鸡开始叫头遍了。小七可能走累了，靠在外公腿上眼睛就闭上了。无论如何得先把孩子带回家安置好，那么大一套房子，就算里面有十个女人，他一敲门也会有地方躲起来的。老头子这么想着，就推了推小七。

小七醒后望了望小区，问，不是说爸爸在医院吗？你怎么让我回家呀？

老头子说家里没人，外公先带你上去看看。

到了岗亭，保安认得小七，说你爸刚回来呀，这么冷的天你们在哪家吃酒吗？

谁说我爸回来了？外公说他骑车摔伤了在医院呢，我看你睁起眼睛说瞎话！看起来，这小七的心情坏到了极点。

我可能真瞎了看错人了。医院？你爸在医院？呵呵，你说在医院就在医院咯，我又不是不让你们进去。

老头子知道小七的脾气，要在平时她可能就跟这保安吵起来了。正想招呼她时，小七说在哪里关你屁事，说完就朝自家楼跑去。老头子本想劝保安几句的，见他没再做声，就跟在小七后面去了电梯口。

有段时间没来城里坐电梯了，加上赶路受了风寒，老头子一进电梯就头晕。出电梯门时，他脚下一滑差点摔倒，便叫小七走慢点扶扶他。小七扶着外公敲了好一阵门，来生才穿着拖鞋开门。

这么早就回来了？天亮了吗？我还以为你妈回来了呢！来生一脸诧异地说。

你不是躺医院了吗？小七盯着父亲问。

你倒想我躺医院了！我躺医院你吃狗屎。

少说两句少说两句，快扶我进去，我快不行了。

来生把岳父安置在沙发上，摸出手机问，这才几点呀？问完才发现手机没打开。老头子喝了点开水，脑子似乎清醒了些。他说来生啊，你怎么把手机关了呢？我打爆了都不通，以为你在路上出了事才领着小七一路边走边喊你。

外公你喊了吗？我怎么没听到呀？小七问。

你不知道了吧？路上有鬼，迷路鬼，你耳朵和心都被迷住了，哪会听到我喊呀？

可我明明听到你说爸爸摔伤了呀！不是好好的么？

好好的不好吗？小孩子别乱说话，不然下次还要撞到迷路鬼。进去再睡会儿，等一下爸爸帮你煮好吃的。

你什么时候煮过饭了？成天就晓得吹牛，牛屁哄哄的。小七说着翘了翘嘴巴，才去自己房间。

几点了？爸，你说那海英到底怎么回事呀？来生摸出烟替老头子点上。

回来了就回来了，我也说不准，脚长在她身上。老头子见女婿一副少有的笑脸，觉得事情越来越复杂了，但孩子刚进房间又不便多问。

那您要不要再睡会儿？我早上还要送小七去学校呢。

你去睡，我送她。人老了没什么好睡的，在沙发上眯一会儿就行。

那我去了咯，来生说着又散了一支烟给岳父才去了卧室。可刚进去不久他又出来了，然后蹑手蹑脚到小七门口侧耳听了听，确信她真睡了才又进了自己卧室。

发现女婿突然变了个人似的，老头子的疑虑就更重了。过了那么十来分钟，他学着女婿的样子去来生卧室门口听了听，确信他也睡着之后，去厨房提了把菜刀，把其余房间看了个遍，才放下心回到沙发上抽烟。他一边抽烟一边想，门口不是有摄像头吗？给他十个胆子也不敢带女人回家呀！这么想着，他盯着那菜刀拍了拍脑袋。

这年头，只要没捉奸在床，谁也拿谁没办法。老头想到这里，觉得海英只要不把顺丰带回家，这来生拿她也是没办法的。

半盒烟差不多抽光时，老头子看了看手机，四点过了。想到天亮后得把鸡鸭放出来，那金鱼缸还得换水，猪们还得喂食，再说女儿到家后两口子免不了争吵，处在现场确实没什么面子，倒不如趁黑回家算了。于是他试了试电筒，觉得上山后天差不多也亮了，就轻轻带上门朝小区大门走去。

来到岗亭时，见保安正在玩手机，老头子递上一支烟说，要是海英回家了，你叫她立马给我打个电话。

保安点上烟问，你是来生老丈人吧，你们家一整夜都不消停，是不是出什么事了哦？

老头子笑笑说，这年头有吃有喝的，住高楼开宝马，能出多大事？

老人家懂得还挺多嘛！保安笑笑说。

我有啥不懂的？天天看电视。十九大后谁进常委谁当主席我都晓得！你信不信？反正我信了。

两人正聊着，一辆的士停在了门口。老头子探头一看，车上下来一个女人，再看，正是海英。他朝栏杆走了两步，正想叫英子，突然又停下步子伸手跟保安要了一支烟。

你女儿回来了，那你还是上去等天亮吃过早餐再走吧，这么大岁数了，骨头比蛋壳还脆，万一碰到磕到了怎么办？保安说。

老头子正要说什么，海英就到了跟前。海英说，爸你起来得真早啊，是不是城里住不习惯哦？

我才从乡下过来呢，你不是不晓得，啥子起得早？你还跑得快嘛，才四点多就落屋了。

走走走，上去说，海英朝父亲使了个眼神。老头子这才想起，小区里有些做菜生意的起得早，女儿是担心说漏了嘴。

到了电梯口，父亲仍禁不住问了一句。

当天去当天回，能有什么事呢？海英说，顺丰什么人你又不是不晓得，心实得跟秤砣似的，我这不好好回来了吗？我说没事就没事，你想有点什么事呢？要真有事我才回来呢。

少说两句少说两句。父亲靠着电梯说，我真的不中用了，享不来的福，一坐电梯就头晕。

到了家门口，海英掏出钥匙正要开门，那门却开了。来生披着外套笑嘻嘻地说，回来了？我们家英子终于回来了。我整夜都在阳台上望着呢。一个人择铺睡不着。

老头子说什么一整夜在阳台上望？要不是在门口碰到英子了，老子快上山了呢，贼娃子把你抬走你都不晓得！

来生说，你一关门我就醒了，我以为你在乡下习惯了想早点去小区走走呢。你在岗亭散了一支烟给保安，后来又跟他要回一支，我都看见了。我真的一直在阳台上等英子回来呀，爸你想想，要是当年妈突然出去了你睡得着吗？

我说你这人会不会说话呀？我妈才不会突然出去呢！英子脱下外套，接过来生递来的羽绒服，一边喝水一边说。

就是就是，谁家女人会随随便便突然出去呢？还一整夜都不落屋！来生一边说一边嘻嘻地笑。

张来生，你到底什么意思？我可不想当着娘家老汉跟你吵架哈！海英把水杯一搁脸就黑了下来。

人吵败，猪吵卖，两口子过日子有什么好吵的？人回来了就是大事。老头子又转身对来生说，她跟我说来乡下坐席，同学家办酒，哪晓得跑去深圳看服装展销了！

我就开个玩笑嘛，爸，你要是真想早点回家，我立马叫我那哥们开车送你。来生摸出一叠钱继续说，这个你带回去，乡下人情客往多，该走动的多走动，以后别动不动就叫我们去乡下喝酒了。你想想，两个铺子两个娃娃，哪有那么多时间去乡下喝酒？别说还要送礼，给工钱我都懒得动呢！

什么喝酒不喝酒的？你怎么这么不知趣呢？再说给老娘滚出去！海英说着说着就站了起来。

你摸着良心说，你是去深圳看服装展销了吗？你去哄小七吧！

我偷人去了，你戴着绿帽子拿着高音喇叭在小区里吼呀，吼你婆娘偷人偷到半夜才回来呀！

都给我闭嘴！哪个再说半句我就一刀砍死算了！老头子从沙发上站起来，拿起菜刀挥舞着，眼泪"刷"地流了出来。见两人都不吭声了，他才缓了缓口气接着说，都四五十岁的人了，过几年也做外公外婆了，你们这样闹下去有意思么？有什么好结果？我老了，本来想各打五十大板的，但是我真的没力气了。你们都各自好好想想，问题究竟出在哪里？想通了，能互相容忍，就继续过下去。想不通，谁也受不了谁，就坐下来慢慢谈。实在谈不拢了，法院怎么判就怎么办。我七十七了，老婆子也死好几年了，屋门前的水库没长盖子，实话说吧，就在昨天晚上，来生一个人回城后，我真想跳下去的！我也活不了几年了，怎么死都是死，但怎么死也不能羞死，不能被人笑死……

爸，别说了，你摸摸我的头，我真的感冒了，飞了一个来回我是累死了，想睡会儿。

抽屉里还有感冒药，我找给你。来生说，其实我也有错，这些年家里家外几乎都是你在跑。我可以怀疑任何人任何事，但绝对不应该怀疑你，更不应该带着小七去乡下找你。爸你也别生气了，听我一个哥们说，过两年水库就扩容了，到时乡下的房子一拆，你想不进城就不行了。

哪个稀罕他拆？老子那是别墅，按别墅赔老子才答应。

别墅值几个钱？我哥们在搞一个大项目，叫什么花千里？这可是内部消息啊。

难怪前几天有人在水库边转来转去的，原来是有人想圈地。你倒是说说有什么想法？老头子放下菜刀，坐回沙发上。

想法跟他差不多吧，也搞一个项目，你们晓得的，我是没什么钱的，就看英子的意思了。

你想怎么搞就怎么搞呗，只要能搞成。我就一个意见，人家钱多搞花千里，我们钱少搞什么呢？搞个花半里！

花半里？这名字有意思，对，搞个花半里会所。来生笑着说，我哥们能搞定的事，我想我也能搞定，大不了给他们股份。

八

那之后，来生像是变了个人，白天一有空就在微信里跟海英商量花半里项目的事，晚上到家讨论的仍是花半里。讨论累了，他就趴在海英肚皮上，拼着老命折腾一番。在一起生活二十来年了，男人有多少斤两海英还是能掂出轻重的。自己去了一趟深圳，怎么说也是一件打他脸的事，尽管自己已从父亲口中或多或少知道点那天晚上来生可能做过些什么，但也只能走一步看一步了。她清楚，事情的走向很大程度取决于顺丰的态度和她女人的状况。每次与来生做完爱，海英就想，不管那水库扩不扩容，虽然自己把家安在了城里，但乡下仍有几分地，如果能好好利用起来，由来生出面搞一个花半里项目，对顺丰和自己的将来都是好事。来生头天晚上做了爱，第二天起床就更晚了。海英也不催他，由他睡，自己正好趁这空档跟顺丰聊聊天。顺丰的女人每天早上六点半起床，吃过男人做的早餐，喝过草药汤就往工厂赶。她自己可能也感觉到那病是治不好了，无论顺丰怎么劝说她都不肯辞工回老家，更别说怎么治疗了。

终于有一天，大概是秋收以后吧，顺丰领着他女人回到了老家乡下。海英跟上次一样，没和来生打招呼，只在电话里给父亲说了一声，说如果来生问起，就说我回乡下喝喜酒了。父亲也没多问，说你要是真有空，哪天就带几瓶好酒回家陪我喝两天。

海英说会有那么一天的，应该在年前，到时我把顺丰也带上，他可想和你喝几杯了。你别看他老实巴巴的，要真喝起来，你未必是他对手呢。这是他亲口说的。

九

水库扩容终究成了事实，那哥们的花千里拆掉了，海英娘家的别墅也拆掉了。至于怎么赔偿，除了当事人谁也不清楚。来生卖掉属于自己的那套房子，钱全赔在了花半里项目上，因为花半里属违建。而且，海英还听说，来生的女人还因此丢掉了城建局的工作。老头子离开库区住进了县城儿子家里，据他讲，过不了半年，那水涨上去，顺丰女人的坟就得迁走了。顺丰说反正都一包灰了，迁哪里都一样，要实在没地方埋，到时寄来深圳放家里吧。

海英再婚后，大女儿考进了广东的一所大学。时装店生意一天不如一天，在顺丰的劝说下，她把店铺盘了出去，带着小七和顺丰的两个女儿来到了龙华清湖。顺丰的大女儿高中刚毕业，进了母亲原来的工厂，因为那里有好几个熟人做管理，顺丰比较放心，觉得过两年晋升的机会比在其他工厂要大一些。海英原打算在地铁站附近开个服装店的，后来却在工业区附近开了一家桂林米粉店，卖糖水和螺蛳粉。做了两三个月生意没什么起色，她又搬到了花半里附近改做重庆小面了。

有天傍晚，服务员到厨房说店里来了两个客人，自称认识老板娘，要海英出去招呼一下。

海英出来一看，客人一男一女，男的正是来生，女的长得挺富态没见过，但基本能猜到是谁了。

我妻子，以前在城建局上班。来生说完，三个人都大声笑了起来。

我前妻，顺丰的老婆，以前做服装，现在做小面，这面馆的老板娘。来生说完又笑了笑。

什么老板娘？老板！你不知道了吧，以前我尽说顺丰多好多好，结婚后才发现，他呀，整天就晓得拿着相机这里跑那里跑，真把自己当记者了。这店里的事一手一脚全靠我。海英说完也笑了笑。

来生的妻子跟着笑了笑，边笑边说，你生意挺不错嘛，天不黑就坐满了。

我们家来生啊，现在可勤快了。

海英盯了一眼来生，发现他脸红红的，也不晓得他女人的话是真还是假。她说，这里四川人多，生意还行吧。哦，你们怎么也到深圳来了？还找到了我这里？

我哥就住在花半里呀！花半里的地名还是来生从网上找到的呢。你不知道吧？我哥做五金生意时就挣了不少钱，后来花千里拆迁又挣了一笔，就想着来深圳买一套房，说是过几年会升值。他呀，对深圳又不熟悉，有一次跟来生喝酒说起这事，来生说他对深圳也不熟悉，只是从网上知道龙华有个小区，名字跟我们在库区的项目一模一样，结果没两天就过来交了首付，还在这边做起了五金生意。

难怪你当时要坚持搞个花半里，原来你跟顺丰就住在这附近呀？来生说着又朝海英笑了笑。

你忘记了吗？结婚第五天，你去了浙江，我回清湖上班，我可是老深圳老龙华了，你家大姑娘还差点在清湖出生呢！不过那时还没有花半里。海英说着瞟了一眼来生又瞟了一眼他女人，又笑了笑。

来生说，我还真记不得了，原来你在深圳清湖打过工哟！我们这次来深圳度蜜月，顺便到哥家里看看，出来溜达一圈就饿了。我老婆说想吃小面，一搜就搜到了你这里，一看店名叫海英重庆小面馆，就猜到是你。明天我们就回四川了，晚上把顺丰约出来喝两杯。

海英又笑了笑说，别以为你是酒鬼就天不怕地不怕！结婚后我才晓得，那顺丰一喝起来呀，你根本不是他对手。不过，一般他是不喝酒的。说了也不怕你们笑话，结婚那天晚上他是放开喝了，喝完上了床，他说那天从架子上摔下来不只是因为想我，还喝了酒，说得我心里扒凉扒凉的，三天都没让他上床。

那你今晚还让他喝吗？来生的女人问。

由着他呗。海英说完就给顺丰打了个电话，说家里来贵客了，早点回来。

发表于《雪莲》2018 年 11 期

忧伤的杧果

管启富　男，80后，广东梅州人，深圳作协会员。著有散文集《爱的风景在路上》和小说集《忧伤的杧果》，现居深圳。

一

星星点点的，在深圳不起眼的繁华角落里，有一处处城中村，它们就像一个个砂痣，填充着无尽的空隙，也疼痛着鹏城的神经。

这座城中村在大道旁边。公路左侧有一条小路，直通往菜市场。对面是河涌，上面卧着几座石桥。过桥是小卖部，麻将馆，出租房，黑工厂。麻将馆老板夫妇是四川人，一大早起来泡茶摆龙门阵；出租房老板开着宝马，有三四套房子，起了两栋出租屋，闷声发大财；小卖部老板是一对年轻夫妻，本地人，女的模样不错，男的年纪有些大，显然是一朵鲜花插在了牛粪上——叮能正是牛粪的营养，鲜花才能长得如此水灵。家有漂亮女人，好处是显而易见的——最明显的是上小店买东西的男人多了起来。有时是一包烟，一瓶酒，一点小吃，有时干脆是买点花生米，以及油盐酱醋茶。收钱的若是那女人，男人通常会凑上前，往人家胸前蹭，欣赏那似有若无的风光；若是男人在柜台，女人不在店里，男人通常就会闲转悠，通常半圈之后就打道回府。后来，男人似乎发现了这个秘密，于是乐得其所，尽量让女人坐柜台，自己在一旁理货，辅导孩子功课。

黑工厂白天半拉着卷闸门，隐约可见三四条流水线，车间工人以女子居多，大部分是三四十岁的家庭妇女，也有才十多岁的小姑娘。老板是一个黑瘦个子，牙黄黄的，烟抽得多的缘故。他见人满是笑脸，迎上来甭管认不认识，先给点好处总不会错。黑工厂晚上偷偷出货，一出就是一大卡车。

黑工厂背后就是一大块空地，起了几栋房子，出租用。起初是一栋，后来两栋，三栋，像麻雀，闹个不停。

小亮家就住在第一栋，房间在三楼。金三银四，不高不低，正好合适。他住在靠近里边的位置，两房一厅，够一家子住。屋子里摆满了家电桌椅，活动空间相当有限。做完了作业，小亮就只能在狭窄的过道里转悠。那里停放着玩了不知多少次的红色木马，早掉了漆色，露出了马头，尾巴也光秃秃的。他拿着蜡笔，猫着腰给它上色，眼睛上黑色，毛发上浅黑色，油光发亮，涂得一丝不苟，像极了天才小画家。

大人们做饭的工夫，没人陪他玩。他就出门，趴在楼道的窗户边上，冲着对面的天空发呆。那里正在起一座别墅。四层，带花园，有带飘窗的大阳台。装修材料搁在了院子里头，覆盖了沙草，显得有些杂乱无章。工人们忙忙碌碌，早出晚归，也不知几时完工。

别墅主人是个胖男人，长得肠肥脑满，他常常竖着手指头，对着工人喝道："慢点，慢点，别弄坏了，家具是红木的，你打八辈子工也赔不起！"工人脸红如猪肝，拳头紧握，浑身发抖，一口气硬生生咽了下去。

这时，一个小男孩从屋外闯了进来，像没头苍蝇随处乱窜，好几次差点打翻了木器上的花瓶。胖男人回头对小男孩训道："我的小祖宗哪，东西能不能悠着点，我说话你听见没有？"胖男人儿子小胖却似乎置之不理，拿起手中的玩具飞机遥控器飞快逃到院子里，没来由地胡乱操纵，飞机就像飞行员醉驾，一会儿上翻，一会儿下俯，一会儿擦着屋顶飞过，一会儿径直落在头上。胖男人担心新买的青花瓷给儿子飞机撞碎了，好几万哪，肉疼。

小胖完全没在意，"玩坏了，你再给我买一个！"小胖任性答道。

胖男人气不打一处来，可却拿他没办法，从小给他惯的。他老妈更离谱，要什么给什么，快无法无天了。爷爷奶奶更是宠溺得不行，要是小祖宗开了口，天上的月亮也会摘下来给他玩。

转眼间就到了立秋，天气微凉。等别墅竣工那晚，小亮放学回家路上，发现那家人摆了长街宴，邀请了附近亲友，浩浩荡荡三十围，六点开吃，八点才散。锅碗物什散乱一地，肉香菜香直往窗口飘。

小亮虽然懂事，可他毕竟是个孩子，前一秒还在用心写作业，下一秒肉菜香气把他的心儿勾走了，脚步也有点儿飘，以至于他刚硬着头皮翻了几页课本，又放下笔。他巴望着有天也能住上这样的大房子，吃吃这样的大餐。可他知道，也就是想想而已。他不敢对爸妈说，那样的话，会让父母陡增压力，自己也会更加失望。

乔居那天，小胖家放了几串大鞭炮，满地红纸，喜庆得很。没有参加人家喜宴的份儿，可不能挡住眼睛参观一遍。虽然内部结构看不太分明，可外观还是猜个八九不离十。

小亮发现院子里移栽了几株碗口粗的杧果树。青绿的叶子像人的眉眼，轻轻地发出微光，不十分轻盈，倒透着一股难言的沉重气息。小亮想起课堂上美术老师画的那棵大杧果树，长长的绿化道上，密密匝匝的叶子从硕大的树身垂下来，枝条上悬着金黄色的杧果。低处有两三只，半黄绿的，还有些青涩；高处结着密密匝匝的果子，越往上杧果越多，被叶子包裹得极隐秘。

老师寥寥数笔将杧果勾勒出来，入木三分，同学们都在夸奖；小亮也一笔一笔描摹着，形状大致相似，可却少了点灵韵。虽然比一般的同学画得好，也得到了老师表扬，得了九十分的高分，小亮心里却对自己不太满意。

问题出在哪里了呢？小亮也在想。从放学一直想到回家，还一直没弄明白。就在刚才，发现了那棵杧果树，他顿时明白了：原来他压根就没见过杧果树，更加没吃过杧果，难怪画起来少了那么一种胸有成竹的底气。如果让他能够对着杧果观察，一定会画得更加传神。小亮有这个自信。

他正望得杧果树出神，发现对面有一双黑眼珠朝他张望。差不多同岁的男孩。他很想过去跟他说话，交个朋友。这样的朋友应该会比木马更有趣些。可他想想还是算了吧，爸爸妈妈不会答应的。他们要自己跟木马做朋友，现在外面什么人都有，那个小孩万一是坏人呢？那还不是自讨没趣？

小学就在河对面，多是同村外地来打工者的子女。学生们穿着很简单，花花绿绿的校服，缝缝补补的书包。他并不觉得有何不妥。倒是书包太新了，会舍不得用，本子写了正面写背面，铅笔用到不能握住，还在拼命地削。可他的成绩倒是优异，每年都有收不完的奖状和奖品。奖状糊满了墙壁，奖品有本子、铅笔、圆珠笔等。有了这些，爸爸妈妈就可以少出些钱，不必担心他的学习。

小亮知道爸爸在工地上做小工，披星戴月的，一年也没多少天假。妈妈就在附近的服装厂做工，厂子很不景气，朝不保夕，也挣不了几个钱。

打从记事起，他记不清第几次搬家了，约莫有十次了吧，每次都想停下来，说是最后一次了，结果总是搬个不休。跟《足球小子》的大空翼一样，刚跟学校的小朋友混熟没几天，能叫上名字，说几句开心的话，没几天就又要说再见了，而且可能再也不能相见。

搬到这里，爸爸说是让他上个好学校。

"苦谁也不能苦孩子。"妈妈也说。

二

烦闷时，小亮喜欢看看杧果树，他爱上了杧果。

小亮从不愿意把心里的秘密告诉爸爸妈妈，他不想让他们担心。

春去秋来，小亮升上了三年级。令他没想到的是，对面屋子那个黑眼睛男孩——小胖——居然转班，跟他同一班，两人就坐在邻桌。

这天晚上，小亮很早便上床睡觉了，却一直没睡着。

妈妈在台灯下纳鞋底，缝补书包，衣服。

女人头很低，眼睛困得差点碰到桌角，针头闪闪发光，月光照进来，雪花一般。

当老笨钟响了十二下，房门外才响起一阵熟悉的脚步声，妈妈忙放下针线，开门。

爸爸脚步快迈不动了，勉强笑着问，"这么晚了，怎么不歇着？"

妈妈不由分说把他往屋里拉，反身去厨房热饭菜。

小亮听着外面的声响，知道是爸爸回来了。最近他回来得越来越晚。他已经很久没抱自己了。早上小亮没起来爸爸就上了班，晚上爸爸回来他又睡着了。好不容易周末休息两天，爸妈都没假放，那也是他一个人的节日。爸妈永远有上不完的班，做不完的事情。小亮把心事埋在心头，作声不得。

"小亮睡了，他上床前还念叨怎么爸爸还没回来？"

"哎，这孩子……"

孩子有些不相信自己的耳朵，他失眠了。

小亮喜欢爬上墙头，看对面的洋房，但是一些树木把视线隔开了。他特别爱看杧果树，很想亲口尝尝杧果的味道，他做梦都想吃杧果。可他不敢跟家人里说，因为他知道家里的情况。父母那么辛苦，能够维持生活，供他上学已经很了不起了。他不敢做白日梦。

不知为什么，人家发现了小亮那双眼睛。那里有条大狼狗，像主人一样，让人畏惧三分。还装了监控，怕人家偷东西，怕偷摘杧果。

当小亮再次爬上墙头看杧果时，人家发现了他，洋房里大狼狗透着门缝大声吼叫，小亮差点从上面摔下来。狼狗叫声引来了胖男人。他气急败坏地道："谁？敢光天化日偷杧果！"

胖男人之所以这么生气，是因为前两天左边大树的杧果刚熟透，就给别人偷走了，也不知道谁人这么大胆？狼狗也不叫，监控也查不到，一定是惯偷，作案手法才会如此老练，不留一点儿蛛丝马迹。

胖男人向来对出租房的人没什么好感，他摆着臭架子，不屑与他们说一句话。就是迎面碰上了，打招呼，他也觉得有失身份。

这次小亮跑得快，但背影却印在了胖主人的脑际。"下回你可跑不了了，一定有办法抓住你。"

三

期中考试，小亮语文、数学和英语都考了一百分，不但是全年级，即使是全校，也是第一人。放学后，小亮把消息告诉了妈妈，妈妈给他奖励了一只红煮鸡蛋。他照例在客厅里写作业，妈妈在忙家务活。

晚上小亮爸爸回来，手里多了一个红色胶袋，进门朝小亮扬了扬说："小亮，猜猜爸爸今天给你买了什么？"

小亮忙抱住爸爸的腿，手却伸进了胶袋里："哇，是杧果！太好了，有杧果吃了！"袋子里的杧果一共有六只，整整齐齐地码在里面，似乎在咧着嘴巴微笑。

小亮爸爸坐在沙发上，望着厨房里忙碌的妻子，嘿嘿直笑："为了奖励你期中得了好成绩！妈妈在电话里都跟我说了，还是全年级第一名呢。好儿子，继续努力！"

小亮不好意思地抚摸着头，懂事地将杧果用水盆盛好，放在洗手槽里冲洗干净。白花花的水珠在杧果皮上跳跃，就像一个个可爱的舞蹈精灵。

"爸，你先尝一个。"小亮将洗好的杧果传递过去。

"不了，我路上吃过了。给你妈吃。"

小亮又将杧果递给妈妈。

妈妈抚了抚小亮额前的长发："乖儿子，你吃吧。"

"你们不吃我也不吃。"小亮好像生气了。

"好，一人来一只。"小亮爸先拿起一只，剥好皮，正要往嘴里放，突然响起了急促的敲门声。

"谁？"他开了门，见站着一个胖男人，"有事吗？"

"当然有事！"胖男人冲着里屋扫来扫去，最后目光落在了杧果上。

"好哇，原来小偷在这里！"他像发现了新大陆。

"什么小偷？你不会是脑子进水了吧？"小亮爸说道。他差点说胖男人是神经病，话到嘴边硬是咽了回去。

"你看杧果上有饭粒，那是我家院子里独有的，别人不会这样做。"胖男人振振有词，"昨夜丢了十多只杧果，我怀疑就是你家儿子干的！"

"开什么国际玩笑！这是我下班从水果市场买回来的，要不要去问问那里的老板？"小亮爸说道。

"呵呵，谁知道你们是不是串通好了的呢？才不信你的鬼话！"胖男人继续喝道。

"如果没有证据，就请你出去，我们要吃饭了。"小亮爸下了逐客令。

胖男人脸色突变："你儿子天天朝我家杧果树看，以为我不知道吗？好好好，还嘴硬，总有你们服软的时候。"

他恨恨地转身，扶着楼梯扶手下楼去了，嘴里还骂骂咧咧。

次日傍晚，小亮刚吃过晚饭，爸爸带他出去玩。

回来的时候，小亮听见楼上传来一阵叫骂声，似乎是妈妈的声音。

小亮爸赶紧上楼，门外站着一个中年妇女，双手叉腰，母夜叉般，冲小亮喊："你家小孩就是小偷，你全家都是小偷！"

"你骂谁呢？"小亮爸气不打一处来。昨天刚来了一只疯狗，乱咬人；今天又来了一只母老虎，想吃人。

母老虎正骂得起劲，猛然横里杀出个程咬金，她也吃了一惊。等她反应过来时，小亮也上楼了。

她指着小亮又扯起嗓子喊道："就是这个小子，你们养的好儿子，居然偷人家的杜果，还要不要脸？"

小亮嚷道："我没有，你不要乱冤枉好人！"

小亮爸说道："我家的孩子我清楚，他说没有就没有。"

母老虎道："鬼才信你的鬼话！"

"小狗才偷吃你家的杜果，你比你家大狼狗更坏更凶！"小亮终于说出了心里话。

这话像一声炸雷，将母老虎呛在半空，半天缓不过神来。

"好哇，小偷，偷了人家东西还反咬一口。等着，我会有办法让你承认的！"

母老虎骂骂咧咧地出去了。

小亮妈气得发疯："给我滚！"她把扫把丢了出去。

小亮看到这一幕，感到很害怕，也很伤心，为什么吃个杜果这么难呢？难道穷人家的孩子天生让人瞧不起吗？为什么有钱人家就可以这么欺负人？可他还小，他没办法抗争。

全家人静默着，已没有心情再吃杜果。

小亮妈却说道："身正不怕影子斜。自己买的，怕什么？吃！"她咬了一口，"嗯，真甜，你们快吃！"

小亮爸也拿起一个，小亮这才吃起来。

四

这天上学，小亮人还没进校门，就听见几个同学指着他小声议论，连门卫看他的眼神都有点不对劲，至于哪里不对劲，他却又说不上来。

第一节上英语课，平常英语老师最爱叫小亮提问，今天不知怎么了，点了几个同学的名字，就是没他的份儿。小亮心里有些小小的失落，强烈的自尊心，使他觉得以后在同学们面前抬不起头来。

如果说英语老师不是有意为之，接下来的数学老师对他的态度似乎跟平时也判若两人。

小亮觉得有一把把冷箭，正朝自己心窝里飞来。他隐隐有预感，一定是发生了什么，而且不会是什么好事。

课间十分钟，小亮正冲着窗外的白玉兰树发呆。小胖和另一个男同学互相追赶，碰倒了小亮的书包，小亮站起来："你们小心点。"小胖非但不道歉，反而指着小亮的鼻子骂："你这个小偷，有什么资格教训我们？"小亮呼地从椅子上跳起来，喝道："你血口喷人！你有什么证据说我是小偷？"小亮眼里的火要喷出来，眼睛充血似的，十分可怕。

小胖振振有词："你家对面的杠果——也就是我家的——不是你偷的吗？我妈今早都上学校来告状了！"

同学们议论纷纷："真看不出来，小亮也学坏了。"

班主任忙把小亮叫进办公室，了解情况。

小亮低头红脸，却丝毫不承认偷过杠果。

班主任也拿他没办法，他相信小亮的清白，可人家这么闹下去，分明是不想给孩子活路啊。

"小亮，你听老师说，不管别人怎么想，怎么议论，老师相信你是好孩子，不会做这种事情。"

小亮点点头，终于有人肯相信他了。

"他们冤枉好人……我不是小偷，老师！"

小亮还要再说什么，老师用手止住了他："先回去吧，工作我来做。也许事情很快会水落石出的。"

小亮心事重重地走出房间，步子却轻了不少。可他有点害怕回到教室，回到审犯人一样的班级，接受同学们有色目光的审判。

从班主任办公室到教室只隔了一条过道，算来并不长，可他就像被押解的犯人一般，受到了世间最严酷的审视。两排冷冰冰的眼光，透着刀子的锋利和冰山似的寒冷。小亮心里扑通跳了一下，他绝望地闭上了眼睛。

他们代表的是正义吗？可笑的正义！

事情闹到学校去，大家都说他是小偷。每天都有人有事没事就说他偷杧果，分明没安好心，小亮受不了这口恶气。

五

近来，小亮爸妈发现小亮回家变得不爱说话，头闷着吃饭，吃完就躲进房间写作业，写完作业闷头便睡。

爸妈问他，他也不爱多说几句，他们也拿他没法子。

小亮妈妈有些担心，等孩子睡下，她悄悄跟他爸说："这个可怜的孩子，不能让别人就那么毁了他。"

小亮爸半天没吭声，后来他点了点头说："我要做些事情，为儿子讨回公道。"

爸爸决定报案。小亮家离派出所要走半小时路程，他的单车坏了，正要去卖掉，还要换些油盐钱。他受不了这个罪，一定要还儿子一个清白。

下午派出所来了两个警员，调查了情况，对于案件认为比较奇怪，也说不出所以然来，例行公事将两方约到一起做笔录。在警局里，两家人是分开问讯的，所以不会见面。

但在做完笔录之后，他们还是在门口见面了。

互相几乎没打任何招呼就走过了。

小亮爸说："孩子，你放心，爸爸不会让你再受人家欺负。"

小亮重重地点了点头。

一周过去了，派出所依然没有消息，小亮爸妈有些失望。看来依靠他们是不现实的了，这种事情除非让他们恰巧碰上，否则永远也破不了案。

后一个周末下午，派出所终于又来了人，说这件案子太小了，最近局里大案多，要是没什么新线索的话，就不再让人跟了。言下之意，这件小案子贡献率太小，他们经不起时间折腾，就不陪你们"玩"了。当然，人家也没把话说死，还是留了些余地，说以后有啥大案子，尽管找，定会尽力协助。

就这么几句话，把已露出希望大门又无情关上了，小亮一家感受到一种绝望。

从那以后，小亮晚上就没再好好睡过，总是在做梦，梦见有人在追他要杧果，还指着他骂："小偷！可恶的小偷！"

那天夜里，一个噩梦把小亮吓出了一身汗。他悄悄爬出来，看看爸妈没被他吵醒，却突发奇想，想去看看，到底是谁坏了他的清白？明明没偷东西，却赖在他头上，冤枉大了，他一定得为自己讨回公道；既然都说他是小偷，好吧，我就"坏人"做到底，偷给他看，看他还能拿我怎么样？

小亮有点怕黑，他摸索着，终于鼓起勇气，趁着夜色潜到了院子外面。望着树梢结着繁密的杧果，他口水都快流下来了。

他试着踮起脚尖，可还是够不着墙头。他四处打量，发现对面有几块青砖，埋在了草丛里，旁人很难发现。他吃力地搬起砖头，码在墙角，站了上去，离墙头还是差半个头的距离。他寻思着再找些东西垫脚，可周边没有什么可用的砖头了。

他有些动摇了，也许老天爷冥冥中替他做好了选择："我不能这么做。爸妈知道不会原谅自己的，就是连动一下这样的念头也不行。"

夜越来越深了，月亮隐在了云层里，孤独地释放着最后的光亮。小亮来时还打定主意，可事到临头，他还是打起了退堂鼓。

"爸爸妈妈是好人，我不能让他们伤心。"

小亮蹑手蹑脚回到家，谢天谢地，爸妈没发现。

第二天，邻居们也对他们指指点点。小亮爸妈在商量，要不要搬家。

"虽说我们没做坏事，可这么闹下去，孩子也完了。依我看，还是搬走算了。强龙斗不过地头蛇啊，我们会吃大亏的……"小亮妈说。

小亮爸却道："就这么走，人家以为板上钉钉了。就是要走，也要弄个水落石出，不能便宜了那家恶人！"

小亮一听说要走，顿时高兴起来，他也想过要搬家，搬离这个是非之地。他说："爸，我也想搬。"

小亮妈抱着小亮，哭了起来："对不起孩子，都是爸妈不好，让你受委屈了！"

小亮爸摇了摇头，掏出了一包烟，揣在上衣口袋，皱巴巴的，他摊平捋顺，刚点着火，吸了一口又放下。

小亮挨不过瞌睡虫，在妈妈怀里睡着了，小亮爸把他抱到床上，给他掖好被子，发现他床头挂着一幅画——上面画了两棵杜果树，树顶是圆白的月亮，杜果树下有一个男孩的身影，总是在徘徊不前。认真一看，似乎是小亮自画像。

儿子的画是很好的，曾经在学校的比赛中得过奖。不过看他画杜果还是第一次，也许他暗地里不知画过多少次了呢？小亮爸妈相对叹了口气，来到客厅里继续讨论，小亮爸不再吸烟，小亮妈也无言以对。

那一夜似乎格外漫长，小亮爸妈似乎一下子苍老了许多。

六

以前放学，小胖总爱拉着小亮，自从出了杜果事件，小胖总是有意无意躲着小亮。他爸爸告诉他，千万不要跟小偷做朋友。小亮也不愿意跟"仇人"的儿子交往，他宁愿独自快步走回家，连头也不要回。

小亮身边很多好朋友，现在好些已经误会他了。好像之前的好朋友都镜花水月一般，做梦一样不真实。小亮说不上来的难过，可在同学们面前，他又不能流露出来半分，天性要强的孩子，小亮没法让自己低头。

这天小亮放学没有直接回家，而是跑到河边去玩。那里有许多奇形怪状的小石头，他打算捡几块圆润些的石子，磨一磨，给妈妈做一件礼物。开家长会时，同学妈妈都打扮得很漂亮，脖子上挂着金光闪闪的链子。小亮妈妈长得比任何人都好看，却没有一件匹配的首饰。

小亮打算送一件礼物给妈妈，可他还小，又没有钱。能怎么办呢？

想来想去，小亮预备做一件手工，给妈妈一个惊喜。

他包好了石子，从河边回来，正巧遇见小胖从小店里买东西出来，连蹦带跳的，看见小亮就像见了鬼似的，跑得飞快，手里拎着的冰淇淋掉了一个。

小亮想张口叫他，却给什么绊住似的，他苦笑着，径直朝自家屋子走去。

这些天来，胖子家也没闲着。胖子家连续蹲点，他相信是小偷总会有露出马脚的一天。

一天过去，没有动静；又一天过去，还是风平浪静；一周过去了，院子里还是如此宁静。小胖父母也有点怀疑自己的判断了。莫非走漏了风声，让小偷产生了警觉？

一天深夜，小胖起床小解，迷迷糊糊听见院子里窸窸窣窣的轻响。他揉了揉眼，好像看见一个黑影在杜果树上翻跃着。他吓了一跳，连小解都忘记了，连忙回房叫老爸："小偷来了，快来抓啊！"他压低了声音。胖子听见了顾不得穿鞋，手里拿着扫帚，一头奔了出来，边奔边吼：

"给我站住！可恶的小偷，看你往哪跑？"

树上黑影似乎吃了一惊，没想到这么晚居然有人起来。黑影飞快从树上纵身往墙角跳，怀里冷不丁掉出来几只杜果，滚到了院子里。只听得"哎哟"一声，黑影痛苦地叫唤起来，好像给什么东西划伤了。

胖子吩咐开灯，院子里照得白花花的，如同白昼。这才发现小偷是个十来岁的孩子。头发长长的，遮住了半边脸，惨白得有些吓人；左腿给划开了一个大口子，汩汩地往外冒血。

胖子顾不得小偷痛苦地呻吟着，一把抓住这个孩子，像拎小鸡似的，提到院子中央。

"快说，你是住哪的？为什么上我家偷杜果？"胖子举起了拳头。

这个孩子浑身发抖，又怕又痛，说不出话来。

"别打我！我全都说！"他可怜道。

"你来过几次？"

"加上这次，就两次。"

胖子拨开小孩头发："我倒看看，你这小子还有什么好抵赖的！"当他发现不是邻居家的小孩，倒有点意外。他讪讪地收了手，有点失落似的。

小胖说:"爸爸,不是小亮!"

这个小孩说:"我是邻村的,经常过来找同学玩,看见这里杧果长得好,就想摘几只尝尝。没承想……"

"上次偷的杧果弄哪去了?"胖子道。

"我……我卖到桥对面的水果摊了。"这个小孩道。

胖子说:"原来是这么回事,看来是我错怪人家了。"

这个小孩望着胖子,莫名其妙。

"我没钱,也赔不起。"这个孩子可怜巴巴地说。

胖子破天荒地起了怜悯之心,他松开了手,决定放这个小孩回去,嘴巴却不饶人:"下次再来,可别怪我不客气。"

这个小孩一拐一拐地出了院子,千恩万谢的。

七

这天,小亮家来了客人。奇怪的是,客人全被堵在了门外。

客人不是别人,就是对面那个胖男人。

小亮不让人家进门。

小亮爸爸冷着脸说:"现在知道冤枉人了?不好意思,晚了!"

胖子扬了扬手中的杧果,说:"大哥,您别生气,都怪我瞎了眼,不识好歹人。小亮,你别跟叔叔一般见识。这事我会跟学校说清楚的,到时还你一个清白!"

"还清白?说得轻巧!你让我们在这里待不下去了!"小亮妈抢白道。

胖子脸红一阵白一阵,进也不是,不进也不是,异常为难。

过了几天,在学校,小亮又被一个同学说他是小偷,小亮气不过,跟他打了起来,被老师狠狠训了一通,还罚他写五百字的检讨书。长这么大,他从来没写过检讨书,而且要当着全班同学的面念出来。

接下来的课,老师在讲什么,同学们在听什么,小亮觉得已经无关紧要了。他只想做一件事,那就是永远的离开这里,到一个没有人认识的地方,越快越好。

小亮在屋子里写了日记，记下来因为杜果所受的屈辱。他说到了韩信当年受的胯下之辱。爸爸给他讲过韩信受辱的故事，他说自己受的污辱更大。

写完信，他又不解气，哭了一通，越哭越伤心，他一时转不过弯儿来，拿起他妈藏在床下的敌敌畏喝了起来。他口吐白沫，马上不省人事。幸亏小亮妈回来得早，及时送去了医院，洗了胃，才抢救过来。

小亮爸在工地上听说了，把工具一扔，托工友向工头请假，自个儿打个车就奔往医院来。

看见小亮妈哭成了泪人儿，小亮还没醒过来，小亮爸杀人的心都有了。

"真是欺人太甚！我去找他们算账去！"他心里这样想，安抚好小亮妈，借故说出去买点东西。

刚出门口，就遇见了胖子一家人。

只见胖子提着鲜花水果篮子，看样子正冲小亮病房走。

远远看见小亮爸，胖子心虚地往后退了一步，说："大哥，事情我们都听说了，非常对不起，我们来看看小亮，医药费我全包了。"

小亮爸冷冷地看着他，从头看到脚，又从脚看到头，看得胖子冷汗直冒。胖子不由得扯了扯"母老虎"的衣角，示意她出来说几句。"母老虎"没了平日里的威风，硬着头皮道："呃——大哥，您看，我们也是诚心诚意来看小亮的，要不就让我们进去看一眼，只看一眼就行！"

"有什么样好看的？想看我儿子死了没有是吧？人在做，天在看，相信会有报应的！"小亮妈从门里冲出来，补了句，算是对"母老虎"的回应。

小亮爸说："听见了吧？这就是我们的回应。识趣的，赶紧走人，不然出了什么后果，责任自负。"

既然话说开了，不让他进去。胖子讪讪地领着"母老虎"和小胖，灰溜溜地出去了，跑到院门口又悄悄将东西留在了病房门口。人还没到楼下，花和水果就被人扔到了垃圾桶。

小亮醒了过来，他看了看爸妈，难过极了。他已经死过一回，似乎已经不太愿意相信别人了。

"胖子家没一个好东西。"小亮说。

八

小胖放学对胖子说:"爸,今天小亮没来上学。老师说,他转学了。"

"噢……"胖子转过头,望着院角的杧果树。快秋天了,叶子落了一地。果子早已吃进了肚子,明年结果的时候,还是一样的多。可再也看不见小亮一家了,种这么多杧果又有什么用呢?

胖子叫住了小胖:"孩子,你说这事咱们是不是做得太过分了?小亮是个好孩子,他爸妈也是好人,我们对不住人家。可是,人家连认错的机会也没给我们……"

小胖说:"爸,也许不是这样。"他从书包里掏出了一张纸。上面写着一封短信,字迹像是小亮的。

胖子一字一顿地念了起来:

亲爱的胖子叔叔、阿姨、小胖:

来到这个村子,很高兴认识你们,让我每天可以看见美丽的杧果树,树上结着很多金黄的果子,我最大的心愿就是尝一下杧果的味道。

那天,爸爸为了奖励我期中考了全年级第一名,去市场买了杧果。我开心极了!可我没想到,你们却找上门来,冤枉我偷了你家杧果。我恨死你们了。我爸妈更是气得不行。他们从小教育我要做个好人,不要随便拿人家东西。

现在,你家的杧果熟透了,可是我也要搬走了。事实已经调查清楚了,小偷是另有其人。我爸妈说要搬走,得给小胖留几句话。就写这封信吧,希望你以后不要乱怀疑人了。

我家里虽然不富有,但人穷志不穷,我们有手有脚,有骨气,希望我和小胖还是好朋友。

再见了,小胖。

小胖听到一半，早已泣不成声。他知道，小亮再也不会回来了。

"爸爸是罪人啊。"胖子对小胖自言自语道。信纸被风吹起来，在院子里游荡，落在了杜果树上。

杜果树叶摇晃着，风吹着叶子沙沙作响，一扫先前的沉默。不过摇晃之后，落下了最后两枚杜果。

它们曾经相依相偎，亲如手足，如今却只能挥别枝头，落土为安了。它们的谢枝，使杜果树显得更加寂寞了；寂寞的杜果树似乎给什么刀砍了几处伤口，流出了大大小小的忧伤。

它是在想念那个男孩吧，那个爱趴在窗前和墙头看它的男孩，他和他的家人，也许永远不会再来了。

发表于《宝安日报·打工文学》2018 年 11 月 15 日总第 490 期

受　潮

唐　诗　湖南安仁县人。已出版中短篇小说集《两情相持》《什么都没发生》《捕鸟蛛》以及长篇纪实散文《清秋笔记》，作品散见《散文选刊》《海外文摘》《工人日报》《作品》《芳草》《诗歌月刊》《澳门月刊》《香港作家》《城市文艺》《朔方》《四川文学》《山东文学》《广西文学》《安徽文学》《黄河文学》《重庆文学》《广州文艺》等报刊。

一

　　王立新从不撒谎，他小说中的人物也是如此。看他的小说，有时候你会恨不得将主人公揪出来打一顿。有人说他的小说不是小说，而是非虚构。在非虚构这个概念没提出来之前，就说他写的是纪实，或者是在场主义散文。他却不这么认为。作自我介绍时，他总说自己是个小说家，希望有一天能成为像契诃夫那样的作家。

　　晚上九点准时爬上床入睡，凌晨三点起来，王立新的作息时间十年如一日。也有些时候不等闹铃响，他就醒了。他的眼睛能很快就适应房间里的黑暗。摸索着起来，他清楚地看到房间里所有物件的棱角，然后缓慢走向阳台，深深吸一口气，吐出来。阳台对着立新湖，站在阳台上，不管是清晨还是日暮，甚至在这样的凌晨三点，他还是看到了湖面的波纹，某种灵巧的活物掠过，一圈一圈荡漾开去。

简单洗漱过后，他坐到书桌前，气定神闲，开始写作。凌晨三点到清晨六点，他能写两千字，相当于完成了小说的某个小章节。六点之后，他换上运动服下楼，绕着立新湖跑一圈。"将立新湖打造成升级版的松山湖。"他曾听人这样向他介绍立新湖的改造工程，这个消息曾令他兴奋得有些失明。他绕着湖奔跑，看着宽的绿道，平整的地板砖，干净的湖面，时不时跟同样出来晨练的熟面孔点下头，打声招呼。清晨，整座城市都是清新、安静的，空气里有乡村的味道，这令他眼角立即就湿润了，一种说不出来的情感油然而生。他想到自己的户口已经通过积分入户迁到深圳来了，又在立新湖上买了房子，突然有大哭一场的冲动："20 年了，我做梦也没想到会把家安在立新湖畔呢。"

20 年前，王立新还是个卖发电机组的，就在 107 国道边上一家叫作巨棱的贸易公司。他每天翻看一本很厚的黄页，往福永街道周边的工厂打电话，问他们要不要买发电机组，如果对方说不需要，他就会问对方是否要为已有的发电机做保养。老板告诉他，到了夏天，每个辖区都会错峰用电，毫不夸张地说，深圳的每家大型企业，甚至是中小企业都会备一台发电机组。这段经历，他印象最深的是客户摔电话的巨大声响"啪"的一声，紧接着进入一阵令人精神紧张的嘟嘟声。一天下来，他不知道被人摔了几次电话，也不知道几通电话顺利地接通过，更不知道这样的电话一直拨下去，他的命运到底会在哪里拐弯。

偶尔能接到一两个需要修理发电机组的单，他与客户约好某天带工程师去看。如果是个大客户，到了约定的日期，老板亲自开车，载着他和工程师去拜访客户。这种情况微乎其微。通常情况下，他和工程师都会一人拦一辆该死的摩托车去。自然是无牌照的摩托车，一些上晚班的流水线工人，白天只留给自己一点点睡眠时间，其余时间出来拉客。也有一些专门靠拉客为生的。多数是男人，骑着摩托车在人行天桥底、酒店，或是某个工业区的门口、车站守着，见到行人便蜂拥而上，车轮扬起灰尘，他们不管不顾，叉开腿，晒得黑亮的面皮蹭到人的胸前去。"靓妹，去哪里呀！"他们这样喊，声音高亢。也有无数次，王立新见到拉客仔围着几个美女怪叫："小妹，我送你！上来！我送你，不要钱！"吓得年轻的姑娘只管躲，往人多的地方躲，也有拔腿就跑的。拉客仔的哄笑一路尾随着她们。

可以这样说，王立新讨厌拉客仔。他坐上摩托车后座，屁股挪来挪去心里很不是个滋味。碰到个没话找话说的，问他一句，他"嗯"一句，没别的话。讨厌归讨厌，去哪办事，还是顺手就拦一辆摩托去。一来辖区摩托多，招手就来，不像等个的士，半天不见踪影；二来拉客仔知道的地方多；三来车钱便宜。一些工业区往往挂着"禁摩"的宣传横幅，让王立新觉得过瘾，心里想着，总有一天，这拉客的摩托车就要从附近消失了吧。但他转念又想：等没有拉客的摩托车了，自己也该有辆私家车了吧。

与一个拉客仔成为朋友是王立新从没想过的。剧和平是个例外。是个被太阳无情炙烤的日子，额上汗如雨下，整个后背都是湿的，棉布衬衫紧贴着身体，没有一丝风。摩托车开起来会有热风，夹带着沙尘，倒也令人舒畅，不至于口干舌燥。从工业区大门走出来，王立新一眼看见剧和平耷拉着脑袋坐在摩托车上，脚上穿着白色的运动鞋，胳膊半曲，随时准备驰骋出去。他二话没说，一抬腿跨上摩托车。剧和平将车发动，侧脸问他："去哪？"他回答说还去刚才来的地方，语气像是对待一个熟识的朋友。一路上，两个男人都神情疲倦。剧和平将油门踩得勤，急急忙忙去追赶什么似的。王立新盯着他的后脑勺，小板寸，能看见头皮上细密的汗，一层又一层。他将目光移开，低头去看旁边的车轮：大卡车、货柜车、小三轮、巴士……有那么一瞬间，他感觉剧和平是在赛车，跟谁较着劲，霸蛮。他想大声让他开慢点，张了张嘴，又止住了。

到了公司门口，王立新没有像往常一样直接拉开公文包的拉链，掏出钱来。他不慌不忙跨下车，从口袋里摸出一根烟，往剧和平的耳朵上夹一根。这烟是他跟着老板去见客户时，老板派给他的，芙蓉王，他没舍得抽，一根一根攒起来，放到一个空的硬装芙蓉王烟盒里。就连这个硬装芙蓉王烟盒也是老板刚放进废纸篓时被他偷偷拾起来的。他想好了，去见客户时总得装装大尾巴狼，闲聊时派支好一点的烟总是好的。除了见客户，这烟只会派给可以当朋友的人。

"你的烟还是留着见客户吧，一根一根攒着不容易。"剧和平说，面上没什么表情。王立新咧开嘴笑起来，反问："你凭什么说我是攒起来的烟？"剧和平眯着眼睛扫他一眼，将摩托车熄了火。王立新笑得厉害了些，又重复问了一句。剧和平只管拿眼睛扫他，并不吱声。他的态度让王立新觉得有趣。

"你怎么还不走？"

"你还没给钱呢。"

"上午我给了钱，你咋也没走？"

"等着你继续给钱呢。"

这简单的对话让王立新乐坏了。他何尝不知道，想要在那个偏僻的工业区拦到一辆摩托车并非一件容易的事情。何况在等他的那么长时间里，剧和平完全可以跑到热闹的工业区做成好几单生意。

"留个电话呗？"

"那你下次出门可得坐我的摩托车。"

"那必须的呀。"

将剧和平的电话存到手机里，王立新转身就走，到公司后才发现忘记给车钱了，拨通剧和平的电话，电话那头的声音嘈杂不堪，嗓门大得吓人。剧和平含糊不清地喊："找你去要钱的那时间我还不如去多拉两趟客呢！"

二

一如承诺的那样，认识剧和平之后，每次出门要用到摩托车，他都会事先打电话预约。只要不是正在拉客，剧和平都是随传随到。两个人话不多，见了面，一副公事公办的样子。与剧和平接触多了，王立新发现他和别的拉客仔也没什么两样，看见美女便冲过去吆喝，发出些难听的声音，讲些无意义的调侃的话。看在眼里，令他感觉到几分别扭，奇怪的是并不觉得讨厌。

剧和平撞伤腿那天，王立新正准备去客户那儿。连续拨了几个电话没打通，左等右等又不见他回电话，便觉着是出了什么事。剧和平拉客的时候和另外一辆摩托车相撞了，所幸对方没事，对方拉的乘客也没事，惨的是剧和平，他的摩托车几乎摔得不成样子，车上的女乘客摔成了脑震荡。经过抢救，两个人捡回一条命。女乘客昏迷了两天，剧和平从病床上醒来第一件事就是去看她，到她病床边守着。看着那张缠着白绷带的头，王立新有个奇怪的想法：剧和平就栽在这个女的身上了。果然，先是女的家属要剧和平赔医疗费、精神损失费、误工费，等到拆了绷带，女的额上留下个一寸长的猩红色的疤，又要求去做除疤术。剧和平有求必应。不管女方提什么要求，他都肯定对方提的要求很合理，他大声说着好的好的好的，无比诚恳地说自己会对此事负责到底，直到那女的冲他嚷起来："我变丑了，嫁不出去了！你说你要怎么负责？"他似乎早有准备，平静地回答她："那你嫁给我吧！"算是公开求了婚。那女的涨红脸，愤愤地背对着他。她的家人发怔了好一会儿才会意过来，揪着这话不放，将家里的婚嫁礼节都搬出来，何时选黄道吉日，何时见双方的家长，何时订婚，办喜酒应该在哪办，要办几桌，礼金应该多少，都一一交代清楚了。再问剧和平是否办得到。他回答得脸不红心不跳："能！"婚事就这么定了下来。

认识剧和平的没有一个不说他对婚姻大事过于草率的，他自己争辩是经过深思熟虑的，可他并不说自己是怎么考虑的，谁问也不说。王立新能理解他是出于什么心情下才做出这个决定的。参加剧和平的婚礼时，王立新举着酒杯，这样说："我敬你是个男人。"同桌的人瞎起哄，也学着他的样子端起酒杯，敬的却是新娘，话也变成了："我敬你像个男人！"话刚落，新娘利落地将一整杯红酒浇到了对方的头上。整桌的人都傻了，大家你看着我，我看着你，有点不知所措。剧和平看王立新一眼，眼神懒散，带着股自嘲的笑容将手中的红酒泼到自己身上，这才说："我老婆那风俗是这样啊，她往客人头上泼红酒时，我往自己身上泼红酒。"说完，拉着新娘子走到另一桌去了。那个被泼红酒的第一个笑出声来。

剧和平婚后，禁摩的风声更紧了，只有小学文化的剧和平不知道除了拉客自己还能做什么。找不到更好的活计，他削尖了脑袋想方设法去拉客。为了不被所谓的辅警、协警抓住，他专门到一些偏远的工业区等待工人上下班，有意避开执法区域。尽管这样，半年内，他的摩托车还是被扣了两次，每次都是缴了罚款，写了保证书才将车领出来。被抓的次数多了，多数拉客仔和协警熟悉得像朋友一样。剧和平和其中一个协警特别聊得来，那协警见了他，不但不抓，反而称兄道弟。两个人偶尔相约着去潮州人开的铺子吃一顿砂锅粥，喝两瓶冰镇啤酒，炒一盘田螺，外加一份炒米粉。呼啦啦吃完，各忙各的。别的拉客仔撞见他俩在一起，取笑剧和平有后台撑腰，这一辈子能靠拉客发家致富。剧和平并不恼，咧着嘴笑笑，不置可否。有个广西的拉客仔将他拉到一旁，偷偷问他，他每次给多少好处费给协警？他愣半晌，无法解释。越解释人家越不信。可沉默也不是个事，他正在考虑怎么回答广西仔，对方伸手五根手指头问他是不是这个数，他摇摇头。对方又伸出另一个手掌的一根手指。他还是茫然地摇头。广西仔睁大了眼睛，一副惊恐不安的表情，又连续几次一次又一次伸出更多的手指头。每次都难以置信地看着剧和平，一次又一次地摇头，一次又一次的无法理解。广西仔的手指头都快不够用了，剧和平才从嘴里挤出一句话："没给他一分。"说完跨上摩托车就走。广西仔站在那里，举着两个巴掌，远远地冲着他的背影啐了一口痰。

最后一次和协警吃砂锅粥，剧和平喝得有些醉。他听见协警对他絮絮叨叨说起那些交通事故，都是些拉客仔造成的惨案。某个人拉着孕妇撞到公共汽车了，一尸两命。某两台拉客仔的摩托车撞到一块，一伤一残。某个拉客仔不小心撞到了捡垃圾的老太太。协警复述的表情充满悲伤，讲得绘声绘色。剧和平的眼前不断出现那些血淋淋的画面……剧和平买单的时候，觉得自己的眼眶有些湿润。他眯着眼睛看了看外面黑暗的街道，像对协警又像是自言自语："从明天起，不做拉客仔了！"

不再骑着摩托车到处跑，剧和平夫妻俩到菜市场租一个小摊位，做起了小买卖。菜市场里鱼龙混杂，磕磕碰碰的事时有发生。多数摊铺是夫妻档，平时少不了争吵拌嘴，唯独剧和平两口子相处和谐、无风无浪。王立新曾向剧和平提起他老婆，用打趣的语气，大意是说那女人的脾气烈，久了恐怕会憋出病来。剧和平没有正面回答他，沉默半晌，讲了个笑话：有对夫妻从不吵，有人偷偷问丈夫秘诀是什么。丈夫沉吟半晌说，我老婆嫁过来的第一天，我们家的狗冲她叫了几声，她说这是第一次；后来又有一天，她不小心踩到狗的尾巴了，狗又叫，她说这是第二次；等到第三次狗冲她叫的时候，她将狗杀了。从那后，我们从不吵架。

王立新写的第一个短篇小说是在立新湖边上的出租房里完成的，剧和平和他租在同一栋，每天上楼下楼都撞得见。小说写完了，他拿给剧和平看，对方一副难以置信的样子，问他："这真的是你眼里的我吗？"他说，故事的原形就是剧和平——那是个用独特的、幽默的方式处理人生境遇的、你在现实生活中不能轻易遇到的真正的男子汉。

三

菜贩子剧和平所在的菜市场常年有一个流浪汉，每天定时出现。说是流浪汉，穿着倒干净，并不邋遢。天冷的时候，流浪汉披着一床棉被坐在菜市场某个摊商用来装菜的麻袋上，帮人家临时看下摊铺或者照看满地跑的孩子。到了夏天，他摇着一把塑料圆扇，帮摊档赶蚊蝇。过了饭点，卖肉的会奖给他一块带骨头的半肥半瘦的猪肉，卖青菜的挑一把不怎么发黄的青菜丢给他，卖鸡蛋的塞给他一两个鸡蛋，也有人打发他两根芹菜、葱、蒜，或者还有别的什么干货，总之，这些食材足够他一个人吃一天或者两三天的。流浪汉并不会在拥有食物之后就消失不见，他像个朝九晚五的工人那样，每天早出晚归，给每个需要帮忙的摊商提供短暂的服务。

菜市场的摊商来自五湖四海，平日里见面，大家和和气气打招呼，同行之间也互相通个气，物品的价格上下浮动不能超过多少，今天的价格应该定多少，明天过节，价格应该全部上涨多少。没人打乱这种约定俗成的东西。就连对待流浪汉这件事，大家也心照不宣。卖猪肉的达成共识：今天你给了肉，我就不给了，明天我给，你不用给；卖菜的也都如此。大家的这种默契让流浪汉提前进入了小康生活，餐餐有适量的肉和青菜，营养均衡不过剩——无意间达到的是富人们养生的新概念。

和王立新闲聊，剧和平总要说一说流浪汉：他闹了个什么笑话；他怎样用眼角的余光打量穿着清凉的女人；他刮了胡子，看起来年轻了好几岁；他换了一套新衣服。形容流浪汉时，剧和平的眼睛看着立新湖两旁三三两两的行人，声音低沉。湖面有人扔了些方便袋子、一次性杯子进去，垃圾随风舞动，带着一种看不见的体温。旁边的人行道，地板砖莫名其妙就缺了一块，道路变成高低不平。下雨天，原本看起来平整的瓷砖突然变身成具有攻击性的活物，更像一把被人操控的水枪，趁你不备，张开铁石心肠的大嘴，喷你一身一脸的泥水。剧和平最喜欢的是立新湖小区旁边的参天大树，道路两旁的树枝叶蓬勃生长，在空中缠绕在一起，互相搭撑，形成一个碧绿的石拱门。夏天，饭后散步，剧和平喜欢走到树拱门下去，听风从耳畔吹过，类似响起一首又一首动听的歌谣。他也随风轻轻唱，迈着欢快的步子。好几次散步，他在林荫小路上撞见王立新，两个人看着被树叶遮挡的烈阳，相视一笑。王立新说："这立新湖应该改建一下，铺条绿道。"剧和平捶了捶腰，声音不大："你叫立新，与这湖有缘，你铺吧，铺好了喊我每天早上陪你来跑步。"王立新就笑。他确实跟立新湖有不解之缘：他出生时，他妈坚持给他取名叫立新，说这个名字好，他一直不知道"好"在哪，直到南下打工，来到福永，住在立新湖边上。夏天，去湖里摸鱼。"我一个猛子扎进立新湖，一下子就明白了我妈给我取名的所有意义了。"他说。冬天，他在湖边跑步，老婆就是这么认识的。"多好的姻缘哪，不嫌我穷，不嫌我丑。"他说。

受剧和平的影响，王立新也关心起流浪汉来。每次见到剧和平就习惯性张口问："他还好吗？"这个他指的就是流浪汉。流浪汉抱走卖鱼的潮州佬的儿子那一天，王立新特意去了一趟菜市场。这事让菜市场的人全部沸腾了。事实上，菜市场有百分之八十的摊商都是潮州人，他们一呼百应，给出各种不好的猜测。有人猜流浪汉是人贩子伪装的，说不定早将孩子脱手卖掉了；有人说看那流浪汉并不像坏人，估计中间一定是出了什么事情；有人提议到附近找一找，说不定就找到了。经过商议，大伙对漫无目的找一名流浪汉没什么信心，加上小区没有围合式管理，别说事发多时后找一个来历不明的流浪汉，就算是及时发现了一个小偷、抢劫的，大喊一声也没那么容易抓到那个到处逃窜的坏蛋。最后还是选择报警。办案民警询问了流浪汉的相貌特征，告诫大家以后要提高警惕，让卖鱼的潮州佬去派出所做笔录。潮州佬临上警车时站住了，回过头伸手指着剧和平："让他一起去，他对那个流浪汉最好，说不定他会知道点什么。"他说。

第三天晚上，菜市场快收摊的时候，流浪汉抱着潮州佬的儿子，像抱着一只珍贵的小猫小狗那样出现了。他一出现立即被摊商团团围住。剧和平只能在人群外看到他的后脑勺。流浪汉的后脑勺没几根头发了，头皮光亮。流浪汉嗫嚅半天，潮州人的拳头就下去了，一拳一拳打得结实。剧和平看见那个后脑勺像被人猛不丁摘下的瓜果，扔到地上，只闷哼了一声。完全制止不了失去理智的人群，剧和平脸上第一次有了除了冷漠以外的其他表情，他慌乱地往口袋里掏手机，手机拿到手里刚要拨号，一溜烟滑到了地上，他弯腰去捡，捡了好几次才捡起来。等他抬起头，人群已经散开。流浪汉躺在那里，小小的一堆，看不出有任何的生命迹象。他跑过去，慢慢蹲下身去，想了想，没敢动那具身体。他回头看着周围那些越看越陌生的脸，跳了起来："你们干什么啊？他也是个人！"没人回答他。他呆立着，显得不知所措。蓦地，人堆里传出个冷冰冰的声音："你放心！命贱的人没那么容易死！"他重新蹲下身体，对着眼前静止不动的肉身显得语无伦次。他嘴里喃喃地发着一个简单的字音："哎……哎……"

流浪汉被剧和平背到了王立新家，睡在他家的阳台上。他的鼻息微弱，剧和平的老婆怕他死了，坚决不让放家里，王立新不怕。每天早上，剧和平给王立新带来新鲜的蔬菜和肉，他们并没有说好要一起照顾这个生命垂危的可怜人。王立新在家写小说有时间看管，剧和平要早出晚归做小买卖，就负责提供食物。王立新给流浪汉熬了三天的粥，用鸡肉、青菜、大米和盐。第四天，流浪汉睁开了那双混浊的眼睛，看到剧和平，他扯动嘴角的几根肌肉，挤出一个干巴巴的笑容。剧和平记得第一次看见他笑，就是这样的。

他们没有主动问流浪汉为什么要偷走那个男孩，又为什么把孩子送了回来。流浪汉的伤好得差不多的时候，他坐在阳台的床上，摸着落地窗边新挂的窗帘，对王立新说他曾经也有过一个像样的阳台，他也曾想过要将阳台整成四面都是玻璃的，收纳阳光的书房。他说王立新真了不起，他做不到的事，王立新做到了。王立新饶有兴致地看着他的嘴巴一张一合，不置可否。流浪汉的嘴唇上脱皮，像他头上的头屑一样。说话的时候，他习惯性用手摸一摸嘴唇上的死皮，间歇，又用粗壮的大手指用力扯，一扯就是一条小口子，渗出些血。光想这个画面都会恶心，王立新微笑地看着流浪汉的手和手指甲里的黑，奇怪自己为什么不觉得这有多恶心。

这样说了很久，流浪汉话锋一转，双目炯炯："我老了，有一天，我突然意识到自己真正需要的是一个小男孩。"

"一个小男孩？"

"对，一个小男孩！"

四

　　谁能责怪一名流浪汉想要一个小男孩的心呢，王立新将这件事装进了心里。他四处打听哪里有合法的孩子领养。这座城市有各种各样的弃婴：天生缺陷的、得了绝症的，抑或是私生子。半年后，住在立新湖的一位盲人按摩师在下班的路上听见婴儿啼哭，她将孩子抱回住处，托人找到了流浪汉。

　　像是天上掉下来的，那位盲人按摩师捡回去的是个男婴，谢天谢地，那是一个除了声音有点嘶哑外看不出来会有任何问题的小男孩。流浪汉欣喜若狂地接受了这个孩子，把这当作是上天的恩赐。他开始振作，发誓要为了这个孩子能过上好生活而找到一个像样的工作。在这件事情上他表现出惊人的毅力。他像个女人那样用布背带将孩子捆在背后，去饭店应聘洗碗工，去物流公司应聘装卸工，去工厂应聘清洁工。然而，他年老的面容、瘦削的身体以及背上那个嗷嗷待哺的孩子令所有贴出招工启事的用人单位都将他拒之门外，他们用充满同情又无能为力的目光打量他，最终坚定地摇着头。熟悉他的人建议他重新回到菜市场去，只为他和他的孩子不至挨饿。可他表现出了害怕，他害怕再看到摊商憎恨的表情。他觉得自己已经没脸回去了。

　　有好几次，他背着孩子在王立新租住的那栋楼下徘徊，他想向王立新或者剧和平求救，让他们施舍一点东西给他，他知道他俩会帮助他。可当他拉开出租屋的铁门，一步一喘爬到他们居住的那层楼，站在门口，甚至有几回都举起了手要敲门，又将手放下了。他觉得他俩给予他的，他已经还不清了。那还有什么理由，他能向他们提出任何要求呢？那些要求将多么不合理啊。这样的想法让他觉得自己不仅仅是个流浪汉，很快就要沦落成一个冷血的强盗了。在他的内心，他宁愿带着孩子乞讨也不愿意被人当成强盗或者窃贼。

　　王立新第一次在车站附近看见领着孩子的流浪汉在掏垃圾桶里的东西时惊呆了，他身边的男孩约莫四五岁，长得白白胖胖，除了身上的衣服有点脏，光看长相，像个营养过剩的富人家的孩子。流浪汉更老了，又黑又瘦，皮包着骨头，他一停下来，让你觉得下一秒他的全身就要散架了。王立新要带流浪汉去餐厅吃饭，他不肯，口腔里像是含着糖，脸有些肿。经过一番推辞拉扯，他只同意去车站旁边的一家快餐店解决中餐。他的孩子不讲话，一进餐厅就用满是油污的小手到处摸，对万事万物充满了好奇的模样。流浪汉讲话的声音小得像是对人耳语，气若游丝。原本他想利用王立新点餐的时间说说自己是如何得到眼前这个孩子的，又是如何走到这步田地，说了几句，王立新没听清，餐厅里声音嘈杂。

从餐厅出来，流浪汉将王立新拉到一个僻静的小道，坐在树荫下。他打发孩子到旁边捡石头玩，从口袋里摸出一根粗麻绳绑住孩子的大腿，将绳子的另一头攥紧在手心里。得知他并没有为孩子办理合法的领养手续，王立新答应替他再去打听打听，让流浪汉三天后去他住的地方听信。第四天，王立新在出租房里隐约听见楼下有人喊他，声音断断续续的，探出头往窗外看又没看见人。天黑的时候，他才记起来，流浪汉没有出现。他不知道流浪汉遇到了什么事情，会不会像几年前从他家里出去后就杳无音讯。一想到流浪汉以及自己答应替他办的事，失落感塞满了他的心脏。"也许他不知道也好。"他自言自语，安慰自己。

已经锁好门躺在床上看书了，剧和平敲响了王立新的门。和他一同来的还有流浪汉和他的孩子。看见王立新，流浪汉脸上生硬地挤出一个干巴巴的笑容，解释说楼下的大门上了锁，有人进出的时候，他想上来，人家又不让。他朝楼上喊王立新又没喊应。王立新解释说这座楼装了门禁系统，问他为什么不按响他家的门牌号，流浪汉说他不懂，他说他不懂什么是门禁。王立新连比带画地告诉他，可以将门禁理解成防偷盗系统。流浪汉战战兢兢地坐到客厅的沙发上，只用半边屁股占着沙发的一角。他小声地感叹："这片区变化大，我才几年没来，又新盖了不少楼房，你住的这栋楼还装上了防盗网，发展快啊。"王立新若有所思地点了点头，他看着流浪汉，有些不忍心告诉他，民政局的工作人员说孩子这么大了，他又没任何凭证说孩子是捡的，没办法为他办理合法的领养手续。又说他不是本地人，孩子没法在深圳落户。

几个人干坐了一会儿，看着王立新欲言又止的表情，流浪汉一下子就明白了。他缓慢地将孩子搂到怀里，生怕孩子飞了似的。剧和平脸上的表情复杂，他从裤子口袋里摸出两根皱巴巴的香烟，丢一根给王立新，一根自己点上。"孩子眼看着大了，该上学了。"剧和平在烟雾中说。王立新附和了一声，点燃了剧和平丢给他的那根烟。流浪汉看了看他们，用手捂着嘴巴，剧烈咳起来。他的孩子靠着他的肩膀，贴心地拍了拍他的后背。两个抽烟的男人对视了一眼，从沙发上站起来，走到阳台上去。流浪汉不好意思站起来，拼命想止住咳嗽，他越是想这样，反而咳得越厉害。王立新在流浪汉的咳嗽声中捻灭了香烟。他皱着眉头在客厅里来回走动。很多时候，他都会觉得自己的能力太小了。这样的感觉让他内心沮丧无比。他喃喃地说了一句："真是百无一用是书生啊。"他的声音很小，剧和平却听得仔细。剧和平的声音从阳台那边穿过落地窗折射进王立新的耳膜："你是个作家，你肯定有办法。"作家这个称呼曾让王立新充满敬畏，可这会儿，他像受了污辱一样，脸上一副狠样，说出来的话尖酸又刻薄："作家？这座城市的作家值几个钱啊？"理智告诉他，这并不是与钱有关的事情。可他还是忍不住扯上钱这回事。他背对着他们，声音有些大："如果作家这个身份真有用的话，我写篇报道投到《宝安日报》看看吧。"剧和平的眼睛瞬间亮了，他吐了几口烟，声音充满希望："我看行！通过媒体关注也许真能解决问题呢！"流浪汉也觉得这事靠谱，他对王立新说了一堆客气的话，然后将自己苍老的下巴挂在孩子的小肩膀上，眼睛里噙着泪。

五

令人意外的是，王立新采写流浪汉的那篇报道不仅引起了媒体的广泛关注，就连福永街道办也派人找到流浪汉了解了详细的情况，并将盲人按摩师等人都找了出来。一夜之间，流浪汉成了辖区的爱心典范。好几家报纸都派记者来采访他，大家将镜头对准眼前这个秃了顶的老人，问各种他们关心的问题。那个孩子，他在众目睽睽下，怯生生地说出了这句话："我想读书。长大后，我好好孝顺他！"没有人能够解释这个孩子从哪里知道了"孝顺"这个词。流浪汉从不要求孩子喊他爸爸，孩子还不懂如何发出"爸爸"这个音。尽管大家很想从他嘴里听到这个词，有些人甚至直截了当告诉孩子老人是他爸爸，试图引导他充满感情地喊这个老人一声爸，可他没有。

作为辖区的爱心典范，政府奖励给流浪汉一套两室一厅的商品房，就在立新湖小区。福永街道某个民办学校的校长，对流浪汉充满了同情，他说他愿意为孩子减免小学六年的所有费用，他以校长的名义担保，在他的学校读书，不会收取孩子任何费用。流浪汉对此感恩戴德，他泣不成声。王立新提醒他应该趁此机会找相关部门的领导，让解决一下孩子户口的事情。他唉唉叹两声，说："是啊，是啊，虽说现在上小学可以不用户口，可将来升学了没户口可怎么办？"然而，他又觉得政府把这么值钱的房子都奖励给他了，户口的事情自然会帮他解决的。另一方面，他问自己是不是太贪心了？如今得到了免费的房子，孩子也能免费上学，还去找政府"麻烦"，要求解决孩子户口这么大的事情，实在是有点强人所难，有点得寸进尺吧？他下定决心，要将这个事先放一放。他对王立新说："再等等吧，孩子是我捡的政府都已经知道了，都给了奖励了，户口的问题迟早也会给咱解决的。这事不能急，咱得相信政府。"

孩子上学那一年，流浪汉让孩子认剧和平做干爸，姓剧，取名叫福永，他希望孩子能在福永这块热土上深深地扎下根来。他教育孩子时总把类似的话挂在嘴边："你要懂得感恩，没有好心人，没有政府，我们就没有房子住，你也上不了学。"

那个盲人按摩师经人凑合，和流浪汉住到了一起。流浪汉代替了她的导盲犬。白天，他替她引路，夜晚，她替他按摩。立新湖小区的人都认识流浪汉，从他的身上，大家都说看到了福报。小区里传递着积极、阳光、向上的正能量。后来，又有记者采访流浪汉，问他生活有了怎样的改变，他转过头去，背对着摄像头，肩膀抖动得很厉害。他旁边的剧福永对着镜头，咧开嘴笑得灿烂："我们现在每三个月换一次牙刷！他以前听我干爸说每三个月要换一次牙刷，我们现在能做到了。"这之后不久，流浪汉永远地离开了这个世界。剧福永发现他时，他的身体已经冰冷，身上盖着一床薄棉被。流浪汉的后事是王立新和剧和平帮忙料理的。捧回骨灰当天，王立新将自己关到小黑房里，给亡灵轻声朗读自己新写的小说，小说的主人公是个流浪汉，他自尊、善良和孤独，他悄悄地来到这个世界，又悄悄地离开，他追求自由，又听从自己的内心，他是这个世界极微小的一部分，同时，他也是这个世界常常被遗忘的一部分。

没有了流浪汉，盲人按摩师和剧福永相依为命。她心疼孩子，像一个真正的母亲那样，清早听着闹钟起床给孩子做早餐，晚上陪孩子一起做作业。不得已，她又用上了导盲犬。白天，牵着导盲犬送孩子上学，下午，牵着导盲犬接孩子放学。孩子学习成绩好，去开家长会时，她总是坐在第一排，侧耳倾听老师说出的表扬名单里是否有孩子的名字。不管听不听得到孩子的名字，她的脸上始终带着像云朵一样温柔的笑。孩子管她叫妈，她对人说起他总离不开这三个字："我儿子。"一个月里有那么几天，她会特意抽空去找王立新或者剧和平聊天，偶尔说起流浪汉，她总说："我老公。"她说有了孩子和老公之后她才开始有了很多不安分的想法，她很想能够看见身边人的长相，哪怕看一眼都好。

剧福永升学的时候，盲人按摩师记起孩子急需一个户口。她让孩子领着她去信访部门上访，一把鼻涕一把眼泪。她说这孩子是政府承认了给他家的，可政府没有给这个孩子一个身份，作为人类，他有权利取得一个身份证明。没有人能反驳她的话，也没人知道这件事该怎么办。她本人不是深圳的户口，她的儿子是在深圳捡的，却没有合法的领养手续。她带孩子回到她的家乡，相关部门又说这孩子是在深圳捡的，理当在深圳落户。她不知道要怎么办。孩子懂事早，他不想盲母为户口的事情四处奔波，替自己做了一个决定：他不读书了，他要进厂打工，早点赚钱来孝敬妈妈。他想起那个他从未张口喊过爸爸的爸爸，心里充满了愧疚。

户口的事情一直没着落，盲人按摩师三天两头跑去信访部门上访。剧福永不让她去，想方设法劝她，他模仿流浪汉的口气："我们要感恩，没有好心人，没有政府，我们根本不可能住在这里，我可能连小学都上不了。"不管他说什么，盲人按摩师坚持要通过上访途径来解决户口的问题。她说去她店里按摩的都是些有文化的人，他们告诉她，政府都奖励了一套房子，没道理不承认这个孩子是她捡的，更没道理不给这个孩子一个户口。剧福永说服不了她，只好自己做主，托剧和平替他借了一个身份证，想混进电子厂，成为一名流水线工人。然而，身份证才拿出去就被人拒绝了，谁也不能相信稚气未脱的他与身份证上的那个人是同一个人。他不死心，又拿着身份证去别的厂应聘，最终都是一样的结果。大家一看身份证就知道那不是他的证件。这样三番五次的打击令他沮丧极了。他突然觉得没有户口，不仅不能继续升学，连工作都找不到，他什么也做不成。剧和平看着剧福永越来越焦躁的面容，劝他："不要着急，工作得慢慢找。"他满口答应不急，表现得很乐观。他一向就是剧和平和王立新眼中懂事、孝顺、善良的好孩子。

谁也不知道剧福永的变化是从什么时候开始的。连他自己也不知道。有一天，他在路上看到一条横幅，是民政部门宣传好人好事的。那条横幅将他牢牢抓住，他木然地走到挂横幅的墙边，近距离地盯着那些宣传标语。他脑海里闪现出流浪汉的面容，闪现出盲人按摩师的面容。他低着头，用脚无意识地使劲踢地板砖。踢了一会儿，他跑起来，拼命跑了一会儿又折回原地，吐了一大口唾沫，再仰天笑几声，扬长而去。

六

那天走在万福广场，剧福永远远看到有人围着横幅写着"招募"义工。他还不知道义工是干吗的。凑过去问做义工要什么条件。对方说只要有时间，有一颗助人为乐的心就成了。助人为乐这个词在剧福永听来有些刺耳，他皱了皱眉头，喃喃地说："真有助人为乐的人吗？"穿着红马夹的人耳朵尖，听见他的话，满脸堆笑。"我们义工队伍，上到八十，下到八岁的都有，你加入进来就知道到底有没有真的助人为乐的人了。"剧福永听见红马夹说。好吧，他心里想，那就加入再说。这一刻，他忘了自己是没有身份证的人，等他记起来，他已经在义工报名表上留下了自己的名字和联系电话，茫然地离开了那张桌子。

义工联的工作人员通知剧福永去参加活动时，他以为自己听错了。确认了两遍，他才确信是真的让他去街道办集合。他简单收拾一下，提前赶到了集合地点。签到时，他认出领队的是他和妈妈去信访办上访时认识的一个工作人员。他觉得稍稍安心了点。来之前，他还担心是类似传销之类的组织。他不太相信真的有义工这样的组织，他对这个世界的认知除了书本和他的监护人，不再有更多。现在，他对这个世界充满了怀疑。

这次的义工活动，他们去的是宝安新机场，为旅客指引方向。他还是第一次到新机场来，眼前的事物令他着迷。高的屋顶，又宽又大的落地窗，耀眼的灯，密密匝匝的人流。他一时不明白自己为什么不曾来过这里。他想起曾在一小张旧报纸上看到一辆红色奥迪车剧烈地撞飞了赶到机场看飞机的人，不是一两个人，而是很多个。那时候他不明白为什么会有人赶到机场附近看飞机。想看飞机不是可以直接在电视里看吗？他弄不懂那些想法很奇怪又可怜的人。可当他真的站在这里，在这些川流不息的人群中，他突然有些明白了某一类人。他有可能和他们是一类，这个世界可怜又可悲的一类。他们也许一辈子也不可能坐上飞机，不可能离飞机很近，离白云很近，离心中的梦想很近，他们只能按捺住内心的渴望，远远地选择一块地方，远远地看上一两眼。有些人为了这一两眼的工夫赔上了自己的青春和性命。这个想法让他又有些不明白自己为什么会站在这里。

中午，领队的来换剧福永的班，让他去旁边的真功夫吃饭，说已经订好餐，他直接穿着红马夹进去，人家就会给他送上食物，不用再买单。他说了声谢谢，没有看领队的脸。他心里想，如果找不到真正的工作，做义工倒是可以养活自己的嘛。他决定将自己加入义工队的事情告诉妈妈。

活动结束时，领队让剧福永在服务工时统计表上签名。他敏感地问工时是用来干什么的。当他得知记录工时既不能为他带来一份工作，也不能为他换了一份工资，便断然拒绝了。他说他不需要服务工时，如果硬要给他计算工时，他申请将工时赠予他人。大家都说他是个有意思的人，可没人解释"有意思"指的是什么。

盲人按摩师说她不反对剧福永去做义工。她默默地听他神情亢奋地介绍了机场内外的事物，还有那个领队的人。他告诉她："义工联是街道团工委管理的一个部门，也可以说是政府部门吧。"说完，他自己先哈哈大笑了起来。她分辨不出他是真笑还是假笑。她只希望他是真的长大了。而且，她叹了口气，心里想，不管怎么说，有事做，总比闲着好吧。可第二天，剧福永那几声怪异的笑声弄得她心神不宁。她摸索着找到盲人棍，用力敲着地面，沿着盲人道，找到了剧和平。

剧和平在菜市场忙得不开可交。盲人按摩师坐在他的摊位边上，像个算命的。这还是她第一次来这个菜市场。流浪汉之前在这个菜市场被打的事情，她不止听一个人讲过。她曾经由衷地讨厌这个地方，不知道自己为什么一定要突然跑到这里来。

"有什么重要的事吧？"剧和平问。

她没说话。她不确定内心的七上八下算不算重要的事。

"是不是要我出去再说？"剧和平又问，声音提高了八度，音量大得震人耳膜。盲人按摩师将空洞的眼睛望向传来剧和平声音的方向，微微笑了笑。"我是眼瞎，又不是耳聋，你喊那么大声做什么？"她说话的音量适中，并不像市场里的其他人那样扯着嗓门喊。

"有事直说，别绕弯子。"剧和平的老婆走过来，将自己两岁的女儿往盲人按摩师怀里放，贴着她的耳朵轻声说。孩子柔嫩的手一把抓住盲人按摩师的头发，另一只手直往她脸上捣鼓。她的头随着孩子无意识的拉扯东摇西晃，张着嘴，嘴里发出嘶嘶的声响。剧和平的老婆将脑袋埋进青菜堆里，提醒她："别让这孩子扯头发，痛。"她一只手抱紧孩子，一只手仍然握紧盲人棍，不说话。

好不容易，剧和平忙完了。他从摊位走出来，三步并作两步，将孩子抱过去。孩子的小拳头里还有几根长头发，他将她的小手掰开，轻轻往她手心拍打了两下。孩子哇一声就哭了。盲人按摩师双手往前探，想要重新接过孩子。她那两颗无神的眼睛瞪得大大的。

"好好的，把孩子弄哭干啥？"她轻声问。

"她都将你的头发扯掉了好些，你也不管。"他说，像对待自己的母亲那样，半是嗔怪。

"没事，没事。"她说。

"我那龟儿子呢？"他将孩子放到一个用来放菜的塑料框里，用手一个劲摇。孩子在框里站不稳，跌倒又爬起来，爬起来又跌倒。像个被人玩弄的不倒翁。

"他去做义工了。"她回答他，双手搭在盲人棍上，站了起来。

剧和平有点不敢相信自己的耳朵，他不再去摇装孩子的塑料框。

"做义工？"他重复她的话。

"说是跟着街道办的某个部门。"她歪着头，像在倾听一种平静。

"别担心，这是天大的好事情。"他说完这话，转头看了看市场外面的天空：此时，正值盛夏，天空明亮。

七

做一名义工，完全不需要任何身份证明。剧福永觉得自己是个隐士，在城市里默默奉献青春，隐姓埋名。有时候，他觉得很快乐。比如走进敬老院，赵奶奶老拉着他的手，喊他长春。同行的义工告诉他，长春是赵奶奶的儿子，多年前离家出走后再也没回来。赵奶奶年纪大了，思念儿子严重了些，常常把别人当成长春。剧福永在赵奶奶面前扮演长春，喊她妈，想法子逗赵奶奶高兴。敬老院的人都称赞剧福永善良。大家都说赵奶奶有点怪，她一会儿将"长春"当成婴儿，一会又将"长春"打扮成女孩，要给他穿花裙子，梳长辫子。曾被她当成儿子的义工都怕她，除了剧福永。她让他穿花裙子，他就穿着。她给他扎头发，他就让她在头顶瞎折腾，甚至准备了一顶假发戴在头上。他顺着她，像哄一个任性的孩子。

"长春，过来，妈妈给你戴好口水罩。"

"长春，过来，该去尿尿了，别尿湿了裤子。"

"长春，今天穿这条花裙子。"

……敬老院里到处都是赵奶奶喊"长春"的声音。一到敬老院，剧福永就自然而然地变身成为"长春"。他一会儿穿着花裙子按赵奶奶的要求跳舞，一会儿戴着假发和口水罩坐在小板凳上陪赵奶奶喝粥，一会儿应赵奶奶的要求跑去厕所，装模作样撒尿。有那么几次，赵奶奶甚至到洗手间外头大声敲门，扬言要进去看看他是否有将尿撒到裤子上。吓得剧福永在厕所里紧张得真的要尿到裤子上了。大家都说赵奶奶是犯了疯病，见到她，全都敬而远之。剧福永不一样，他像个小丑一样，配合着赵奶奶，每天花样翻新。

赵奶奶弥留之际，剧福永守在医院。她时而清醒时而糊涂，嘴里不再念着"长春"。她睁着浑浊的眼睛，呆滞地看着远方。剧福永猜想她是在思念远方的亲人。他奇怪为什么她的亲人都没有来看她。敬老院的领导说赵奶奶是自己跑到院里来申请入住的，失去了所有的亲人，是一名孤寡老人。剧福永看着雪白床单上骨瘦如柴的老人，仿佛看到了流浪汉，小小的身体，孤苦、寂寥、落寞。他难过极了，趴在她的床边哭起来。

妈妈妈妈妈妈。剧福永小声呼唤着。赵奶奶的手抖动得厉害，嘴唇也跟着颤抖。他将耳朵贴到她的唇边，听见她发出含糊不清的声音："……以前……捉弄……你……"说完，她脸上展露出孩子般的笑容。他的眼泪还挂在脸上，他点着头，连声说："我知道，我知道。"她瞪大眼睛看着他，缓慢地摇头，表示不相信。她的嘴唇干瘪，连续抖动，努力发出无声的字。看她的嘴形，他知道她想说的是："我……无聊……"他笑了，拖着浓重的鼻音，告诉她："我理解，我理解。"

赵奶奶死后，敬老院的领导告诉剧福永，其实赵奶奶的儿子是出国了，很少回来。赵奶奶觉得儿子不孝，从不接儿子打来的电话，也不回他写来的信，她只想逼着他回到自己的身边。然而，儿子在国外工作，娶了老婆，生了娃，也不是想回来就马上回得来的。一拖就是几年。等她儿子真的下定决心要回国，赵奶奶已经永远地去了。他甚至没来得及见赵奶奶最后一面。

"赵奶奶出生在长春，是工作调动才迁居深圳的。她的儿子也不叫长春。"敬老院的领导若有所思。

"你们怎么不早告诉我这些事啊。"

"早告诉你？为什么呀，你俩不是相处得很好吗？"

"是啊，可如果你早告诉了我，也许我俩会相处得更好。"

"哦。那你以后还会坚持来敬老院吗？"

"当然会啊，我在这里很快乐。"

连剧福永自己都觉得做义工让他开朗了起来。他对这个世界、对周围的人有了新的看法。义工队伍里鱼龙混杂，什么人都能遇到。做保险的、工厂流水线工人、企业老板、公务员，每个身份不同的人都让剧福永觉得独特而有趣。他喜欢将自己的服务工时赠予他人时听到的那声由衷的谢谢。他觉得这没什么好谢的，可他愿意听到别人对他说谢谢。

王立新鼓励剧福永创业，他说了一个很时髦的名字：创客。他希望剧福永成为这座城市众多的创客之一。他越说越激动，找出一沓《宝安日报》，那上面有大把关于福永街道"十大重点园区"及"十大重点工程"建设的报道，他让剧福永重点关注"福海新兴产业园"和"深圳两岸文创梦想公园"。剧福永出神地看着王立新一张一合的嘴巴，觉得他很滑稽。剧福永只听义工聊天时谈到过"万福科创中心",但并不觉得这事跟自己有任何关系。可王立新不这样认为,他一个劲鼓励剧福永,要他多看、多动脑筋、多收集相关的资讯。

"创客为了什么?"他问。王立新被问愣了。傻小子,他心里想,创客还能为什么?为事业啊,为心中的梦想啊,为在这座充满着不可能和可能的城市有一席立足之地啊。

"要不你教我写作吧?"剧福永盯着王立新,双目炯炯。他想将赵奶奶的故事写出来,还有敬老院里其他的人,那些岁月留给他们的故事。他有信心将那些故事写得很感人。

"写作不用教,你自己想怎么写就怎么写。"王立新话说得急促,似乎早已料到他要这么说。

"我干爸说你一直想成为像契诃夫那样的作家?"

"对啊。你呢?你有什么想法?"

"我?我喜欢一堆'卡',比如卡夫卡、卡佛……也许,我也能成为他们那样的作家。可也许,不是谁都可以成为作家的。也许我只能成为我自己。"剧福永用手抓了抓头皮,有点吊儿郎当。还没开始呢,他就在打退堂鼓了,王立新想着,叹口气,毫不掩饰脸上的担忧之情。

八

多年写作让王立新拥有了不少读者。他们对他作品里人物的熟悉程度不亚于他自己。提起王立新,他们就会联想到剧和平、流浪汉、剧福永以及盲人按摩师等人。他们在他笔下看到小人物的命运,映照出自己的命运。小说的结尾,王立新通常会给出一个光明的尾巴,否则那些读者会联想到自己,感叹自己像纸一样薄的命运。

关于剧福永的故事,王立新写了一半,停下来,回了一趟家乡四川。他有近十年没有回过四川了。家里原先倒有几门可以走动的亲戚,后来,亲戚们三三两两搬出了大山,只留下几间烂房子。他记得十年前回去是为了补办身份证。这十年,剧和平劝了他几次,让他将户口从家里迁出来。从内心来说,哪怕深圳再好,哪怕他要在深圳终老,他都不愿意将户口迁出来,他与家乡总还

.219.

要有那么一丝联系才好的吧。他在深圳有居住证。每年申报区作协的奖励，去参加作协举办的活动，领导都说他是本土作家。他不知道他将户口迁出来后，家里还会不会认为他是家乡的人。他发表在省刊的小说，家乡的作家协会也会关注。给他打电话，人家总不忘问他有没有将户口迁出去，他回答没有时，话里透着坚定。每年，他都将当年发表的文章目录整理成电子文档发到作协的邮箱，作协领导对他赞不绝口，说他是从小山村走出去的唯一的作家，为村庄争了光。村里要每家每户凑份子钱修马路时，村支书通过县作协的领导要了他的手机号，在电话里对他百般恭维。说到最后一句，才说到重点："村里的路要修了，不然你们在外头的人买了车开回来，都停不到家门口。"他问支书他该寄多少钱回去才合适，对方说这个看他自己，他人不在村里住了，大家也早知道他不会再回到村里去生活，这个事主要就是看他是否愿意尽点心意。当然啦，他愿意多出一些就多出一些。他想说他还是按规矩来办比较好，村里其他家给多少他就给多少，但话到嘴边又咽下去了。

钱寄回去，村支书拿着汇款单到各家各户大肆宣传了一通。大家在几天之内全部知道王立新在深圳成了大作家。王立新的一位小学同学给他打电话，请他帮忙介绍一个能在政府上班的轻松工作，因为他听说在政府做临时工都比在工厂做工程师强。他不相信王立新是靠稿费过日子的可怜虫。他说报纸都报道过了，王立新成了大作家之后，当地政府给他奖励了一套商品房，还让他当了公务员，工资高、福利好。王立新将电话挂断后，先后又接了几个久不联系的人的电话，一个是他远房的表哥，一个是他上高中时暗恋过的女同学，两个人都曾是村里被迫辍学的孩子。表哥在县城买的新房要入住，邀请他回去一趟，他说一直知道王立新是个重感情、有理想，将来会有大作为的人。女同学离婚了，想来深圳找工作。她对高中时期发生的事情记得清清楚楚，王立新那时候有一头又黑又密的头发，浓眉大眼，瞅人的时候很专注，写的作文经常被班主任表扬。两个当年辍学的孩子在电话中哭了差不多一刻钟，哭得肝肠寸断，他们希望能得到他的帮助。有那么一小段日子，他一看到手机屏幕上显示的号码归属地是家乡的某个地方就感到两眼发黑。

通往村里的马路修好后，村支书特意给王立新打了电话，让他开车回去感受一下。他说他没车，村支书在电话里的笑声刺耳，边笑边问他是不是怕村里人向他借钱。他懒得解释，含糊其辞说有空就回去，村支书这才挂断了电话。

多年后回家乡，王立新也想将自己打扮得光鲜一点儿。但他转念又一想，何必呢。于是，他只简简单单往包里塞了一条牛仔裤，两件 T 恤。考虑到还从没坐过飞机，况且平日里飞机票折扣低，算起来倒比转两趟火车再转汽车还划算，王立新在网上给自己订了来回机票。回去之前，他打通村支书的电话，说了两层意思，一是想回去看看，二是为孩子上户口的事。村支书除了作为领导欢迎他回去看看之外，对孩子上户口的事回答得很果断："上户口的事小意思啊！等你回来，我去接你，我们当面聊！"

上了飞机，王立新给剧和平发了条短信。他没有告诉剧和平自己为什么要回四川，只说回去几天，办点事。剧和平在菜市场忙得热火朝天，没有立即回他短信。他想到村支书说的话，心里美滋滋的，有点怪自己早两年为什么没想到这一层。

从飞机上走下来的时候，王立新一眼看到村支书站在接机口。他心里暖融融的，那种乡情一下子溢过他的心脏，激动得说不出话来。村支书一把接过他的行李，像个好兄弟那样拍了拍他的肩膀，将他连牵带拉地带到了停车场。村支书笑得很灿烂，眯缝着眼说："我的车旧是旧了一点，走山路还是轻快的。不像你们出门还能坐飞机。"

离村里新修的那一条路还远着呢，王立新明显感到自己莫名地有些紧张。小时候，他在那条路上奔跑着追伙伴，他外出打工时，妈妈沿着那条路一直送他到县汽车站。下雨时，那条路特别不好走，深一脚浅一脚，全是泥。等到太阳晒干了路面，到处都坑坑洼洼，一不小心就会被坚硬的泥坯或者石头刮到脚面……现在不会了，水泥马路，像城里一样，像深圳的道路一样。他想到自己为村里的道路也出了一份钱，幸福感情不自禁地涌上来。

车刚开到那条路，王立新便清晰地听到了石头刮底盘的声音。王立新睁大眼睛，有点不敢相信眼前的这条路就是村支书说修好的路。正想开口问，村支书飞快地扭过头来扫了他一眼，笑着说："走村里这条路是个技术活，车技不好的人不敢开。我不知道你怕不怕。"王立新盯着村支书，思想进入无意识状态。他对着村支书这个公然耸立在肩膀上的头颅发了一会儿呆，然后问："这条路不是修好了吗？"不等村支书有所反应，又补充了一句，"不是说修的水泥路吗？怎么全是高一块低一块的石头路？"村支书再次转过头来飞快地瞄他一眼，声音不紧不慢："大家凑的那点钱只够修成这样啦。"

九

知道王立新回来了，有些村民跑到村支书家里来看他。晚餐是在村支书家里吃的，几位村民相陪。王立新心里有事，几杯酒下肚，有点藏不住，哑着嗓门，一不留神就说起了普通话："孩子上户口的事麻烦您帮忙张罗张罗。"村支书将杯中酒一口倒进喉咙里，瞅着他，用带着四川口音的普通话回答："好说，好说。"迫不及待，王立新将如何捡到剧福永的事情向村支书交代了一番，只不过，他将流浪汉说成了自己，还隐瞒了流浪汉曾获得一套商品房的奖励这件事。听了剧福永的故事，村支书喘着粗气，趴在桌上没出声。王立新没想到村支书这么快就醉了，心里有些怪自己没挑好时候说事。他站起身来想出去解手，村民以为他要去找酒店，都说让他留下来睡。他们说村支书醉了，不方便招待他，可以去他们那儿，简陋是简陋了一些，可不怕他嫌。好歹他也是这个村里出去的人，也不该有什么住不惯的。他不肯，倒忘了要解手的本意，执意要搭车去镇上找酒店住。他说不想给乡亲们添麻烦。

隔天，王立新去村支书家，他老婆说他到镇上开会去了，要很晚才能回来。他想，反正都回来了，也不急这一天两天的，转身就去了镇上赶场。集市上琳琅满目，不管见到什么，吃的、用的、小玩意，他都想买。他也不是没想过是否该给村支书买点礼物，但想来想去，想到全国各地反腐倡廉风头正紧，回来不为办事还好，为了办事就不敢轻举妄动。逛到最后，他买了几样新鲜水果。

提着水果去村支书家时，天已经黑了。在路上碰到三三两两的村民，王立新将水果散给他们吃，这个吃一个，那个拿一个，到村支书家门口时已经所剩无几。王立新没往心里去，大大方方提着稀稀落落的水果走进了村支书的院子。他看见大门口有个人影一闪而过，没太看清，像是村支书又不像是。他喊着："书记回来了吗？"喊了两声，村支书的老婆才从里屋走出来，回答他说还没回。他略为迟疑地转身要走，那婆娘突然提高了嗓门说："你来来回回走也挺累的，明天别来了，他总是早出晚归，你难得碰得到他。"他边走边点了点头。

　　回到酒店，王立新才想到可以打村支书的电话。连续打了几次都不通，他将手机摔到桌子上。这时，他的电话响起来，一接，竟然是村支书打过来的。他在电话中告诉王立新，这两天实在忙。王立新直接切入正题，问孩子上户口的事。村支书说自己记得这件事，但事情并没有他想象中那么简单，主要是这孩子不是他亲生的，而是捡的，带回来要上户口的话没那么容易。村支书让他别急，承诺说他将尽全力联系相关部门处理好这事。

　　等村支书回电话的几天里，王立新碰到了曾邀请他参加新房入住的表哥，表哥热情地把他领到了自己的家。表哥家白墙青瓦，金碧辉煌的铁门，开门进去，庭院深深。院子里有鱼塘，有八角亭，有绕墙生长的蔷薇。进到房间，家电一应俱全。表哥将他领到八仙桌旁坐下，端上茶水和水果，态度像是对待一个贵宾。他使劲回想，也没记起当年是否给表哥汇过几百块钱作为随礼。表哥坐到他的身边，问他何时回深圳去。他说事情办好了就回去。表哥问他是什么事非得回来一趟。他说为孩子上户口的事。表哥不解地说，上户口的事根本不用回来，一个电话就可以搞得定。他苦笑了一下。表哥让他放心，说这事准办得成。两个人又聊了一些村庄的变化。表哥问起孩子的妈妈，王立新摇了摇说，告诉他，孩子是捡的。表哥愣了一下，说："难怪不给你上户口，这捡来的孩子咋能落户到我们村呢？"王立新问："咋不能哩？"

　　"你傻啊，捡来的孩子入了你的户，你以后怎么生娃？"

　　"现在不是鼓励生二胎了吗？咋我捡了娃就不能再生娃了？"

　　"……我看你替这捡来的娃上户口只有一个办法，你办迁移，将你的户口迁移到深圳去！你办迁移，领导才好将你捡来的娃上到你的户口上。"

　　"为啥？"

　　"……为啥？现在农村户口吃香，很多人想迁回来都迁不回来了，你莫说你不知道呵？我们的田、山、土，那都是无形的钱，会增值的，我们每个人还有农业保险。你得承认吧，现在咱们农村比你们城里好。"

　　从表哥家出来，王立新有些燥热。他主动给村支书打了个电话。村支书很客气，没等他开口就开始解释为什么这么久没给他回信。无非是忙。他耐心地等村支书不说话了，这才慎重地问出这句话："我如果将户口迁到深圳去呢？我那捡来的孩子能不能入到我的户口上？"

坐上回深圳的飞机，王立新俯身看着自己出生的这个地方，默默说了声："再见。"他抢在飞机开始滑行前给剧和平打了个电话，告诉剧和平他准备将户口迁到深圳去。对方"哦"了一声。他觉得剧和平不该对他迁户口这件事表现得这么冷淡，于是冲着手机喊了一句："我说我要将户口迁到深圳去！"这回，剧和平干脆一声不吭。他握着手机不知所措，直到空乘员过来要求他立即关闭手机。将手机放进口袋，他想也许是信号不好，剧和平没理由对他迁户口这件事是这么个态度。要知道，当初剧和平的户口是好不容易才迁到深圳去的。可现在政策不一样了，能积分入户了，他不止一次游说王立新，要他通过积分入户的方法将户口迁过来。剧和平屈指历数户口迁到深圳的好处：孩子上学有保障，进公办学校不用交学费，高考希望更大。等我们退了休，每月拿的养老金比家里的高……

飞机起飞的时候，王立新看着越来越近的蓝天和白云，心里的失落感消失了一些。他笑了笑，靠到座位上，仰着头，闭上眼睛。他忽然想到，他这一生的永恒定律不过如此：从不弯下脊梁，哪怕是采摘玫瑰的时候。想到这，他感觉到自己正在一点一点被时间磨损，像受潮的火柴。

发表于《牡丹》2018 年 1 月刊

最后一个抖音

吴春丽 生于广西浦北，现居深圳坪山新区。广东省小小说学会会员。作品散见《深圳青年》《打工文学》《江门文艺》《深圳特区报》等。《跟一块木板谈情说爱》获第二届"龙华草根文学奖"，诗歌《我在龙华做普工》获首届"龙华羊台山文学奖"，微咖《木拐杖》获得深圳邻家网举办的520微咖大赛的"2016年3月份月冠军"。

一

连石头都说冷的季节——冬天。我穿了秋裤外加皮裤，还觉得不够暖，披了件棉外套，还是怕出门。心想，我实在是害怕外面呼呼作响的猛烈大风。

闹钟，反复地提示我，我的神经在催我：再不出门，就要迟到了。

奔跑，奔跑，跟往常一样，在还没到八点前，准时将手指按进打卡机，听它说一声我熟悉的话：谢谢！

眼前的机床，没有开启，它静静地蹲在原地。所有的人我都牢记在心，无论是高大的湖南籍还是瘦弱的贵州籍工友，他们的名字我都记得：国，学，军，磊，明，平，慧，青，生。时间，让我跟他们熟络。日复一日，久而久之，当我与他们相处时，早已去掉了他们的姓，直呼他们名字中的最后一个字。这让我想到我对亲人的称呼，比如，我喊妹妹时，也是喊她名字中的最后一个字。

时间，让来自五湖四海的我们，由陌生人过渡、上升到亲情的界线。

望着没有发出声响的机床，我竟渴望它再发声。以前，总觉得它太吵，令在办公室工作的我没法安心工作。后来，当我习惯了耳朵边有机床声响起——这是一种被人为开启之后才会启动的声音，这种声音的响起，令我几度研究，我为声源寻找过属于它的词：轰隆隆、嗡嗡嗡、颤音……不管是哪一个词，只要拿这个词来反复地咀嚼，就觉得对不上号。

有一阵子，办公室的同事，特喜欢玩抖音。我将抖音与机床一结合，似乎对上了眼。百度上是这样解释抖音的：抖音是一款音乐创意短视频社交软件，是一个专注年轻人的 15 秒音乐短视频社区。用户可以通过这款软件选择歌曲，拍摄 15 秒的音乐短视频，形成自己的作品。抖音和内涵段子属于同一家公司，素有"北快手，南抖音，智障界的两泰斗"的美誉。

我所理解的机床与抖音，并非是指时尚新词抖音。我这里说的抖音，是趋向于传统意义的抖的注解，来自"百度汉语"是这样解释的：1.颤动；哆嗦。2.振动；甩动。3.(跟"出来"连用) 全部倒出；彻底揭露。4.振作；鼓起（精神）。当我一次次从车间中走过，在车床前停下，我终于明白，车床所发出的声音，其实就是"抖"字的诠释。特别是注解中的"4"，特对，就是这个意思：振作；鼓起（精神）。

车间是一个创造产值的地方，车床的发声，就是让人心振作，鼓起精气神的地方。这个地方，带给我们许多人梦想和快乐！

车间的上方，是铁皮屋的屋顶，在盛夏，就算牛角扇对着狂吹，车间的工人，还是有人要脱掉工衣，光着膀子干活。现在，车间的工友们默默地坐在自己的工位，眼神里各自装着沉甸甸的心事。

我知道，工友们在担心什么？

当我在几天前摊开一张报纸，在深圳大分类密密麻麻的清算公告中，看到一则"终止营业并注销"，我忍不住落泪。一家我跟随它一起成长的模具公司，我们一起走过了四个年头，说倒闭就倒闭了。

二

此刻，我安坐在办公室。屋子内的物品已剩不多，陪伴我多时的水杯，成了显眼之物。我给水杯再一次添上滚烫的开水，拿它来暖我还在发冷的手。从公司对外宣布倒闭的那一刻，工友们众说纷纭："公司管理不善。""公司选址太偏僻，大老板不经常来盯紧，力不到财不到。""难道是因为我们自己上班偷偷玩抖音，没把活做好，竟然把公司做倒闭了？""合伙的生意很难长久，股东撤资了对公司的运作肯定有影响！"

作为公司的财务人员，我深知，资金是保障公司发展的基础之一。当几笔累计超过六位数金额的客户款无法追回之后，意味着将给公司带来资金链的影响。在接待供应商催款时，一位来到公司催款的女孩，声音很尖地叫着"我已经是第三次来催款了，只不过8000多块钱而已！"

三角债，是我对公司破产前的财务状态总结。

如何来挽救一家明知存活可能性已经不大的公司？老板唐曾做过努力。他曾说，不想被人家看笑话，既然开了公司就要坚持做下去，就算倾家荡产也要坚持做。在公司最困难的三角债时期，唐的合伙人老乡竟然选择退股，理由是持久亏本，不愿意再经营。唐在几度挣扎后，他做出了一个选择，一是卖掉湖南老家的一套房子，二是拿深圳的房产做抵押，以换取流动资金来周转，让公司继续运行。按理说，有了资金的注入，公司完全可以跳出困境，得到反弹，可是，任何一个行业都有淡季，当淡季与货款难以追回这样的老难题再次袭来，公司再也撑不住了。

我跟老板唐打交道的次数并不少，通常，我们的交流方式是打短号。有时，隔着手机屏幕，我都能感受得到他在那头的声声叹息。我记得，当他跟我说，"公司做不下去了"时，我能接听到他的眼泪。作为打工者，在以往频繁地跟老板通过电话接触之后，我能感同身受地体会到创业、守业的不容易。我因此特别感谢他，我的老板唐：是他，从湖南出生的他，1969年出生的他，带给了我们一家叫"易达"的模具公司，还给我们创造了四年的工作机会。

他的履历很简单，45岁，从湖南来到深圳后，先做业务员，先用20年的时间去积累人脉，相当于青年时期全放在接单上。在他45岁那年，和老乡合伙开办了公司。按照他所理解的思路，"我那些年跑过的路，接下的单，从龙岗、公明、松岗、沙井、长安、虎门、黄江、宝安，这一连串的数字，累计相加的数字，能够得上京基100的高度。"

一个做了20年业务员的资深者，最终选择来开公司，他的订单估计不会少。的确，自开公司以来，公司没有业务员，他是老板，却还是像以前一样，继续干着接单的活。因为他老板这个身份，他的订单金额足够大，我曾经见过一张客户的订单，足有六位数之多。生意最火爆的时候，车间要开两个班，就是白班和夜班，才能完成他接下的订单量。

我曾试着去解读，公司为什么会倒闭？是资金链的连接？肯定不全是。材料的上涨，员工工资的上涨，厂房房租的上涨，也就是物价的上涨，也许是导火索之一。但这个肯定不是最终的原因。或许还有更深层的原因。

三

最后一个工作日，我安坐在办公室。我不时抬头，看车间里的工友。贵州的学，真勤快，他拿起扫把，在扫地。这里，明天就是个未知数。也许，会有大型挖掘机过来，将这里一铲子铲除；之后，这里也许会建起一幢崭新的适合新时代的高层建筑，是那种带电梯的高层建筑。

我拿起抹布，一遍遍地擦拭我的办公桌。其实它已经被我擦拭过至少三遍以上，这时候的它，跟镜子一样，我对着它，甚至能看到我的影子。可我还是想擦拭它，它陪伴了我四年，我在这里敲打键盘，我在这里哭泣过，所有我的心事，甚至我的脆弱，只有它最懂。我一定要拿一块最干净的布，再次擦拭它，让它透亮，如同我此刻正在敞亮的心。

越到最后，越坚强。我以为，我会哭出来。原来，到了最关键的时刻，我会选择微笑着面对。

唐的短号打进来了："把所有员工的工资全部发放。你再检查一遍，看还有没有哪个供应商的货款没有支付的，一个也不能漏。我说过，就算倾家荡产，也不要欠任何人的钱。"

结束通话，我仿佛吃了定心丸。我脱下棉外套，对工友们说："开始发工资。"

之前，我就想象过这样的场面，要如何撤离？我想，脚步一定要轻，手势一定要稳（不能发抖）。

当所有的细节都已落实，公司到了真正关闭时。唐的短号再次打进来，我按下接听之后，对方一度没有声音传来。以我跟他多年打交道的经历，我能理解，这时候的他，处于一个假坚强的状态。我知道，我能做的，就是等他开口。

"公司的牌子摘下来了吗？"

"摘下来了。"

"帮我对着公司的牌子拍个照片给我。"

"好的。"

"等等，帮我给机床也拍几张照片。"

"可以。"

"照片发给你了，行吗？"

"机床都生浓浓的锈了，公司牌子上的名字易达……"说到易达，唐的声音发抖了，是那种久久的抖，是那种极度颤动的抖，抖到最后，声音变形、异样，我无法听清他的发音。

我立马给唐发送了一条微信，写上："保重。"

大约一分钟之后，唐给我回了信息："我学会玩抖音了。"

发表于《女报》2019 年 1、2 月合刊

挨揍的博文

周家兵 曾用笔名：麦田，周枫。祖籍湖北随州，现居深圳。有中短篇小说、散文等一百余万字，散见《文艺报》《长江文艺》《北方文学》《边疆文学》《散文百家》《散文选刊》《特区文学》《当代小说》等。有多篇作品被转载，入选多种文学集。散文《父亲的山冈菊花金黄》和《时光》入选高考模拟试卷现代文阅读题材料。广东省作家协会会员。

一

你妈的病确诊了。电话里父亲声音低沉地说。

博文起身到公司大楼空中花园接电话。二十六楼的风很大，呜呜地吹，几乎要把手机从掌心吹到空中，眼泪汹涌挤满眼眶。昨晚跟父亲电话里讨论母亲的病情，今天被协和医院权威医生确诊了，猛然之间，还是难以接受。

父亲似乎感觉到博文情绪的波动，轻声劝慰。医生建议住院化疗，病情能够得到控制。

博文返回办公室，输入电脑解屏密码，打开 D 盘"白血病"文件夹。在网上搜集到的一百多个文档，分为症状篇、保守治疗篇、化疗篇、骨髓移植篇、饮食篇、休息活动篇、定期检验和输血篇。髓性 M5b 白血病，这样的确诊，应对治疗方案，他和医生及父亲之间讨论过多次。他把以前考虑好的诊疗方案，再捋了一遍。

舅舅舅妈是妈妈娘家人，得征求他们二老的意见。三位医生的专业意见要听取——省城协和医院的夏医生，孝感市人民医院的柯医生，花园镇卫生院副院长吕医生。

之前，母亲说自己不化疗，不做骨髓移植，只接受中医保守治疗。老邻居张亚丽三年前患乳腺癌，化疗后，头发掉光，戴着帽子。每次去医院做化疗，都是爱她的丈夫、儿子和邻居们帮忙，杀猪样号叫着"弄进"儿子的小汽车。她向母亲哭诉，好几次晕死在治疗中。那时，母亲的病还没确诊。如今，希望母亲的想法会有所改变，起码会动摇。

父亲更多的是对命运的顺从和遵循。母亲的病情起因、变化、发展、治疗和未来的可能性，父子俩从方方面面都交流过，讨论得算是充分。

弟弟博义，按父亲的话说，跟他说不说一个样，搞不好还会惹一身洗都洗不掉的麻烦。可毕竟是亲兄弟。给博义微信上留言，妈妈病情确诊了。博义回复，把确诊报告拍照发我，我找专家再看看。

办不成事，还特别能摆谱。博文心里清楚弟弟博义的特性。从镇卫生院怀疑母亲病情严重，到孝感市人民医院、北京专科医院和省城协和医院，三地权威医院检验，基本一致，仅在病理发展趋势上的判断有些分歧。母亲的意思，省城协和医院是最后一次确诊，她不想再折腾了。每次检验都得抽血，这病本来就导致造血功能降低。

博文心里堵得慌，也觉得没必要跟弟弟较真。回复，报告在爸爸手里。妈妈的病，接下来如何治疗，你有什么想法？

博义微信不复，电话不接。关键点上，不是"无视"就是"开溜"。博文习惯了弟弟这套做法，只要他不搅和，事情反倒好办得多。就怕办实事的人，把难办的事情办了，不办事的人，在事情快要办完时，冒出来吹毛求疵，指手画脚，甚至妖言惑众，搞得办实事的里外不是人。

父母一起四十多年，他们的感情说不上浓烈，也谈不上冷漠，平淡得跟中国那个时代多数家庭的夫妻关系一样。父亲年轻时是泥瓦匠，虽然苦累，但算是个手艺人。母亲年轻时给村小学代过四五年课，一直引以为傲曾是乡村教师。

在孝感市住院期间，母亲看着一房一房跟她同样的病人，有七八十岁的老人，有几岁的孩子；有保守治疗过来定期输血的，有坚持定期到医院化疗的；有老伴陪着的，有姑娘女婿送饭过来的，有儿子用车拉过来接回去的，更多的是请护工、没有子女陪伴的孤独老人。

给住在省城的舅舅舅妈打电话，舅妈说，你爸爸已经把这事跟我们说过了。博文说，我马上动身赶回武汉跟夏医生当面沟通，很想舅舅舅妈也过来医院，一起商量。舅妈声音提高了说，我让你妹夫开车去高铁站接你。博文说，我准备自驾。舅舅接过电话说，这时候，不要一个人开车从深圳到武汉，坐高铁安全又便捷。

二

医院走廊两边都是病床，找了两个来回，父亲从洗手间出来，轻声喊他。博文问妈妈在哪张床？父亲拉他到走廊另一边靠窗位置。住院部床位紧张，母亲暂时安顿在医院的走廊上。博文跟父亲说，要不要托人找关系，帮妈妈弄一个床位。父亲说，等决定住院治疗，再想办法住进病房也来得及。

博文心痛难受，都是重病的人，住在人来人往的走廊上，尤其像母亲睡眠不好的人，都睡得安稳吗？

胡子拉碴的父亲，红着双眼说，你妈好不容易刚睡着，让她多睡一会儿吧。说着，从裤子右口袋摸出烟，弹两下开口一半的香烟盒，抽出一支，掏出打火机，准备点烟。经过的白大褂护士低声劝告，这里不能抽烟，到楼下中心花园抽吧。她边说边用手指了指窗户外面。

望着憔悴的父亲，博文说，你去下面抽吧，这边有我呢！父亲嘴角扯了扯，把一个要打的呵欠硬生生地压下去了。待会儿你妈就醒了，我们一起下去花园散步。父亲把目光眺望窗外，神情有些迷离。

武汉的秋天来得早，马路边上的阔叶，已开始兀自飘零。金黄的树叶在秋风里熠熠生辉。大学毕业离开武汉到深圳发展，一晃近二十年，都快忘记武汉的秋天是如此的风姿飒爽。深圳的秋天和冬天是抱紧在一起的恋人，难分彼此，稍不留神又到春色扑面了。窗外，协和医院的中心花园秋阳灿烂，黄绿色的树木静静站立在防滑砖砌成的花圃里。天高，云淡，肃穆，夹杂着莫名的沉寂，在住院部大楼和中心花园之间来回飘忽不定，沉闷和压抑弥漫整个空间。

表妹开车送舅舅舅妈来医院，歉意地说，小马前几天出差还没回。小马是表妹的丈夫，做建材生意，前几年随着房地产发展而发达。这几年房地产不好做波及建材生意，用表妹的话说，表妹夫已经焦虑地在全国各地四处考察，寻找出路和新项目。

表妹在走廊陪着母亲说话，其他人都聚集在夏医生办公室，商量着母亲接下来的治疗方案。夏医生建议住院治疗，尤其是第一疗程的化疗很有必要。后期采取保守治疗，化疗对目前病情控制也非常重要。

从外表上看，母亲就是个再正常不过的人，一个穿戴干净整洁的六十多岁的老太太。生病前，母亲在深圳跟自己一起住了三年多，刚去不习惯，自己便在小区附近找了一份打扫办公室清洁的工作，干得还很起劲。很多年轻同事都喜欢她做事麻利，爱干净。倒是父亲在深圳闲得慌，吵着要母亲辞职，跟他回乡下老家养猪养鸡养鸭种地。来年春节，你们回家就有无污染农产品吃。没承想，回到乡下一年不到，母亲就检查出这种病。

母亲坚持要回家保守治疗，坚决不化疗，一个疗程都不愿意。母亲的性格多少有些好强，一辈子都是嘴一张手一双。面对死亡的考验，博文希望母亲能妥协一次，也给自己一次机会。

舅妈看母亲态度里有些赌气，便强龙压不住地头蛇地说，决定权在你长子博文手里。你年纪大了，得听他的。舅妈是个典型的武汉女汉子。

博文劝母亲先把第一疗程的化疗做了，看病情，再做下一步打算。母亲别过脸去，谁都不看，生气地说，我的病我知道，不用博文拿主意。

舅舅咧开没几颗牙的嘴笑着说，博文有孝心，我们都听他的没错。

母亲坚定地说，我不想住院，只想回家。该吃吃，该喝喝，该养鸡养鸡，该喂猪喂猪，该种菜种菜，开开心心、自由自在地过。这把年纪不是死不过。博文博义也完亲结果了，我没有牵挂。

母亲转过脸看着博文，含泪哀求道，真心疼妈，妈只看中医，喝中药，治到什么程度算什么程度。我现在能吃、能喝、能动。博文，你回深圳去，该干吗干吗，我跟你爸爸在家，日子该怎么过还是怎么过。说到后面，母亲的请求变成了对生命顺其自然的豁达，夹杂着勇敢和对病魔的蔑视。

父亲忙着给母亲办理出院手续，取报告，拿药，转移医疗关系回孝感市，收拾衣服和日用品。博文在手机上下单，租赁一部别克 GL8 商务车。母亲晕车，商务车空间大，宽敞，母亲坐累了，后排椅子放平，铺上被子，可以睡上一觉。

母亲抱怨说，租车干什么？我们到"水厂"那边坐大巴回去，省钱又便捷。

博文对着母亲笑笑说，不赶着回去，我带着你们在武汉逛逛。武汉我熟悉，我慢慢开，一边给你们讲武汉的故事。你们坐车上朝外看。有想好好看的地方，说一声，我们就停下来。

母亲没有血色的脸上露出了笑容，你尽花些冤枉钱。我这病是个"化钱炉"，你还租车逛武汉？

父亲边帮母亲系安全带边说，听博文安排。黄鹤楼，去不去？

不去。有什么好看的？

去归元寺。你不是最喜欢烧香？父亲揣摩着母亲的心思，你替别人拜佛烧了一辈子香，求了一辈子菩萨，今天就为自己求一次。

博文心里计划，还要把磨山、东西湖都逛一遍，户部巷的武汉特色小吃也要去品尝品尝。

秋阳透过车窗照进来，暖意融融，母亲倦意上来，有些昏昏沉沉。父亲左手握住母亲的右手问她，要不要睡一觉，人会舒服点。

博文用余光扫一眼后面的父母，轻声问，妈是不是晕车了？

父亲微笑着说，你妈晕了一辈子车，自从生病后，反倒不晕车了。

博文心里一惊，第一个反应，是不是母亲身上的血脉不够，气血不足，连晕车的供给都供不上呢？

母亲接过父亲的话，高兴地说，老头子，你不情愿？老天爷总要给我一头好嘛！甘蔗还有一头甜呢！

博文却怎么也高兴不起来，眼眶湿润起来，赶紧眨巴眨巴眼睛，收收情绪，紧盯着前方，握紧方向盘。

博文一路提醒父母看左边长江浩瀚烟波,一会儿让父母看右边建筑讲段历史典故。过汉阳桥,到月湖风景区时,博文拐到琴台大道,绕着月湖风景区慢悠悠兜了一圈,让母亲透过车玻璃朝外看看绿树杂花,黄绿相间的树木,金灿灿的秋阳照在轻柔丝缎般的湖面上。

归元寺位于武汉市汉阳区归元寺路,由白光法师于清顺治十五年兴建,又称归元禅寺。归元禅寺又被称为"汉西一境",因古树参天、花木繁茂的人文景致而得名。它与宝通寺、莲溪寺、正觉寺合称为武汉市的四大丛林。

进到寺内,博文和父亲毕恭毕敬地跟在母亲后面。每到一处寺庙,母亲都能驾轻就熟地烧香拜佛,磕头求平安,求财源,求子嗣,求升学,求升职,每次都能根据实际情况,许愿,求保佑。母亲的虔诚让博文和父亲都深受感染,情不自禁,连身边许多香客,跟在母亲后面,有样学样。

看另一处有人求签,博文便有意拉开与父母的距离,悄无声息地挤过去,跪下来,诚恳地说,师傅,求个签。

师傅头不动,身不动,嘴唇不停地动,却听不清在念什么经。

师傅把两个木卦朝地上一掷,一正一反,拿取签筒,摇三下,依旧不停念着经文。把签筒朝博文面前一送。博文伸手过去,却没抽,抬头看师傅。师傅黄袍加身,头光锃亮,脸色白净,眉毛浓密,眯缝着眼,自顾念经。师傅拿签筒的手悬停在空中,纹丝不动,有些凝重。博文小心翼翼从签筒里轻手抽取一支,递给师傅,师傅不接,把地上的木卦捡起来,再掷,两个一致。师傅把签筒再送到博文面前,示意他把竹签放回筒里。如此三番,木卦终于和抽签前打卦一致。师傅便从博文手里接过竹签,看了编号,缓慢从佛像座后,找出对号字条递给博文。黄裱纸上写着一首诗:

> 黄河有水开通济,
> 自古从今不断流。
> 借问残花还结实,
> 自开自落几枝头。

博文在心里把四句话默念了好几遍,背下来。才想起,卦签是要解的,抬头看师傅，岿然依旧。博文心里慌乱起来，要不要请师傅解签？"残花"和"自开自落"刺得心痛，隐约觉得不吉利。我们是来求母亲身体健康，如果师傅解签真如"残花""自开自落"怎么办？想到此，悲从心底涌来，博文没忍住，眼泪哗哗就下来了。师傅终于睁开眼，看着博文，轻微张开嘴，像叹口气，却没有声息。师傅再眯上眼，自顾念经，博文已被身边求签的香客挤到一边。

三

八年前，乡下房子博文出资重建过。土砖黑瓦房是父母三十多前年建的，那时候弟弟博义出生没多久。改革开放的春风才刮起，父亲算是村里精明能干的好把式。正屋五间，左右各一个"皮水"房，一边是牛棚，一边是猪栏和鸡笼屋。小时候，母亲常说，等你们兄弟俩长大讨媳妇了，就把两边的"皮水"屋建成正屋，你们一家三间房，我跟你爸爸老了，住一间就够了。

重建后的老屋，五间正屋做了两层，两边的"皮水"屋改建成平房。屋顶上三面做了一米五高的钢筋水泥围墙，当晒场。秋收时，晒芝麻花生棉花蚕豆。平日里，晒衣服被褥小孩尿床的席梦思。不仅仅是自家的好晒场，还是村子里爷爷奶奶叔伯婶妈们的大晒场。遇到突变的天气，母亲站在屋顶上喊人过来抢收，自己先手忙脚乱地帮起忙来。这忙乱的场景成了全村老少闲聊时的喜悦话题，好像不期而至的狂风暴雨是逗乐大家的黏合剂。

母亲喜欢自家的味道：满地乱窜大红冠子的公鸡，小腿上挤挤擦擦的土狗，摇摇晃晃呆萌的鸭子，门前场子外面的银杏树。母亲喜欢银杏树，父亲便在门前种了一排，只成活了两株。秋天，母亲喜欢搬张凳子，坐在金黄色的银杏树下。

母亲脸色稍差，不够红润，容易疲劳，稍微走远点，腿脚便没力气。欣慰的是母亲能吃能喝，还喜欢大鱼大荤。母亲还能做点手上活，洗衣做饭撒满地谷子喂鸡喂鸭。当然洗衣是用洗衣机，做饭是用煤气。三年前，博文把家里的旱厕改成像城里的冲厕。母亲不喜欢坐厕，坐上去反倒拉不出来。博文便让师傅改成蹲厕，买回可折叠坐厕椅，放在蹲位旁边。想坐着方便，打开，朝蹲厕上一架。母亲一次都没用过，但她把串门的乡亲们拉到厕所，演示这把椅子如何使用，还添盐加醋地说自己如何舒舒服服方便的感受。看来母亲这次是能用得上了。

博义老婆小丽打来电话，博文快步走到门前场子外面去接。小丽在电话里大喊大叫——她一贯的做派。博文听她疯子样咆哮、数落。博文无可奈何地安慰，把心里的难过发泄出来，好受些。平复下情绪，理个头绪，慢慢说事。小丽停止哭喊，絮絮叨叨数落博义回家不做家务，不带孩子，不是在电脑前打游戏，就是抱着手机不放，半夜三更不睡，看低俗小说，浏览无聊网站。把博义的种种不是，从婚前说到如今，记不清有多少遍了。这个脾气暴躁又好强的女人，摊上博义也是够她身心俱疲的。

再婚的博义情路坎坷。前妻冷水不起泡，温温吞吞，博义想怎么来就怎么来，她陪着。两个人都不出去找事做，在家也不帮父母做事，成天不是到镇上玩，就是在村里打麻将。母亲实在看不下去，劝他们一起到深圳找哥哥帮忙谋份工作。父亲就说母亲，男的一家之主不带头，指望个女的？母亲寻思，劝她生个孩子，给博义施加生活压力，说不定他就改掉这"好吃懒做"的毛病。只要他能挣回五万块钱放你们二老手里，我就生孩子。那时候，五万块也就是出门打两年工的事，可博义就是做不到。母亲也无可奈何，她心里多少有些后悔小时候对博义的溺爱。

博义离婚后到东莞打工，认识了同事小丽，她带着跟前夫所生的四岁男孩。博义看上小丽是觉得她做事风风火火。小丽在东莞有房有车，娘家老妈帮忙带孩子。博义和小丽住到一起才发现，小丽脾气巨大，容易生气，经常情绪失控。母亲坚决反对他们在一起，每天打电话给博文，让劝劝博义。博文觉得有这样的一个女人管管，或许博义的人生会重新开始。博文委婉地劝母亲，他们先谈着，博义没有更好的人选，将来遇到更好的女人，博义能不能"接得住"，还是个很大的问号。

母亲耳尖，疑惑地问接完电话回来的博文，是不是博义两口子又吵架了？

博文微微一笑说，两个小孩子气，长不大。

母亲脸色阴郁，你打通博义的手机，我骂他几句，人家小丽好歹为这个家操劳，为你生了儿子。他懒病就不能改改？

博文岔开话题，我去孝感把中药抓回来，争取今晚能煲一次，喝一顿。

母亲劝道，今天太累了，明天去吧，反正一时半会儿死不了，别把人累病了。

让他自己安排。父亲边整理母亲的各种检验报告单据，边说。从小到大，自己做什么事情，父亲都是支持，很少反对，就是偶有不同意见，也是从另一个侧面提醒自己。

那你顺便去银杏谷看看叶子黄了几成？用手机拍几张照片回来。母亲一下子来了精神。

母亲喜欢看大片银杏树金黄金黄的叶子。距离三十公里外的几座山，被当地开发成旅游景区，种上密密麻麻的成片银杏树。深秋一到，漫山遍野金灿灿的银杏叶在空中摇曳，染黄了天空。满地金灿灿的银杏落叶，蔚为壮观。铺天盖地的金灿灿，被取名"银杏谷"，每年秋天游客络绎不绝。母亲兴奋地说，每次到漫山遍野金灿灿的银杏谷，都觉得自己成仙了。

回到镇上，夜幕四合。惺忪的几盏路灯眯着瞌睡的双眼，似睁非睁。电话征求父亲的意见，要不要把中药拿去镇医院，用全自动"煎药机"熬好，塑料袋包好，一次一袋，喝前放进温水里浸泡二十分钟加热，用剪刀开一个口，含在嘴里直接喝。父亲说那样还不如回家我们自己煲。博文也曾担心塑料袋加热控制不好温度，产生副作用。

母亲的病，除了中医治疗，还需二十天输一次血和血小板。第一次输血小板，母亲有些过敏反应——腋窝和胳膊肘瘙痒，起小疙瘩。博文给母亲轻轻挠痒。母亲有气无力地笑起来，说，好痒，用力大点挠嘛！护士马上提醒，千万别用力挠，抓破皮出血，麻烦就大了，很难止血。渐渐地，输血频密了，两周就要输一次，计量也加大了。

最让博文担心的是，母亲的饭量锐减，活动能力越来越差，走到门前场子外边都气喘吁吁。

通过北京的朋友帮忙，博文联系到一家知名的中医院。根据母亲每次检验单，调整了几次药方，母亲的病情似乎得到好转，医生建议带病人过去看看。

母亲却抗拒这事。人没病死，被折腾死。

博文希望博义在这件事上劝劝母亲。博义赌气地说，你决定不让妈化疗，采取保守治疗，现在还是你决定到底，免得我插手，乱了你的方寸。

博文压住心里直往上蹿的怒火，保持克制地说，妈看病这一年多来，已经花了好几十万，我没跟你提半点钱的事吧，只是让你作为幺儿，劝劝老妈，配合治疗。

博文把为母亲治病花费的流水账单，发给了博义一份。博义随手指着上面那项"武汉租车费"问，怎么有这项开支？博文耐心解释说，是为老妈逛武汉租的车。博义轻蔑地撇撇嘴说，治病变成游山玩水了。你是老大，不用跟我商量和解释，你怎么说，我就怎么听吧！

博文就真发脾气了，反问道，这几十万，你出了多少钱？

博义突然提高声音咆哮起来，我说过不认账吗？你在深圳有房有车有自己的事业，我寄人篱下像个上门女婿，作为哥哥，就非得这样逼我吗？

小丽突然火冒三丈地冲到博义面前，指着他鼻子质问，孩子不跟你姓吗？还寄人篱下？你把自己当成这个家的男主人没有？你说这个家，有哪样东西是你掏钱买的？今天哥哥在这里，我倒要跟你算个明白。又懒、又好吃好喝、又不好好上班，还喜欢在外面撩骚、装大款。

博义软了，声音低下来说，我工资卡不是都交给你了吗？

小丽毫无遮掩地威胁道，那点工资每月还你的信用卡都不够。从明天起，我把你的信用卡注销掉，不信你试试看？

博文铁青着脸，看这架势，再发展下去，博义的家就要散了。于是，他掉过头来，劝弟弟弟妹都少说几句，都要珍惜来之不易的幸福之家，好好过日子，遇事好好说。

半夜三更，博义发微信过来说，现在流行网上募捐，筹集像妈妈这种重病的治疗费用。发来一条新闻链接，报道说，在深圳东莞有三套房的男子，给刚查出白血病的六岁女儿网上募集治疗费用，筹集到四五百万，被网友揭穿。博文明白弟弟这种"不劳而获"的想法，面对生活的变故，利用大家的善良和同情心，把责任转嫁给社会大众。

自己不到山穷水尽、无路可走的地步，我做不到，拉不下脸面和自尊。他在微信上回复弟弟，妈妈的治疗费，你不用操心。注意身体，早点休息。

四

决定卖掉深圳唯一的房子，博文和小芬还是一夜没合眼，就像当年他们买这套房子一样。那时候是兴奋得难以入睡，这次是说不出的难受，不仅仅是要卖房，更多的是替母亲病情恶化的难受。翻过身来，博文把小芬紧紧抱在怀里，亲吻她的额头，深情地说了声"谢谢"。小芬怮哭，用被子蒙住头，双肩不停地颤抖。

博文悄悄起床，去厨房给全家准备早餐，用完早餐，孩子们还要正常上学。

博文签好委托书，让小芬全权处理卖房子的事情。

响应"双创"号召，夫妻俩辞职创业，经过艰辛打拼和揣摩顾客需求，电商小公司一年后便开始风生水起。这段时间，精力全放在陪着母亲治病上，公司的业务无暇顾及。而今，只剩下小芬和另外一个亲戚打理业务。选产品，采购，拍照修图，上传网站，同平台沟通，接受网上订单，发货，对接物流，售后服务等，两个人根本玩不转。任何一个环节都会出现问题，如果不及时处理，客户退货，差评，平台信用降低，排名靠后，连锁反应。上个月就因为客户投诉产品质量问题，拍照发过来，细心的小芬发现一个月内出现第三次同样问题，把这几次图片放在一起比对，发现图片背景家具和地毯居然一模一样，只是拍摄角度不同，怀疑同行恶意购买、退货、投诉，甚至索赔。小芬直接点破客户，结果遭到客户恼羞成怒的报复。这类问题，要是博文在公司，是不会这样处理的。电商小公司，往往因小事造成严重后果，甚至遭到平台封号的处罚。公司已经连续二个月出现亏损。博文平静如水地对小芬说，干脆关掉吧，还能省点开支。

博文想和父亲一起带着母亲去北京看病，父亲不愿意，说，少去一个人，少些花费。博文坚持，他想父亲帮忙劝母亲，也趁给母亲看病之机，想带他们游览首都北京。记忆中，父母还没有去过北京。

北京中医院的专家认真给母亲做了全面检查，重新开了方子。临走时单独对博文说，让她开开心心过吧！博文喉咙猛然就被锁紧了，哽咽着。和善的医生看着博文，轻轻拍拍他的后背。

根据病情，医院给母亲输了一次血和血小板，第二天母亲的精神好起来了。博文对父母说，在医院住着闷得慌，接下来几天，我们慢慢游览北京。

母亲孩子样地开心，高兴地说，好啊！好啊！博文像姑娘，心细。

父亲也高兴，心里却有说不出的苦处，私底下问博文，这花费太大了。博文把手机里小芬发过来的微信给父亲看，"卖房款已全部到账"。

父亲呆住了，一脸怒气。

博文反倒笑了，安慰父亲说，房子已经脱手了，每个月不用还房贷，还赚了几百万，现在反倒一下轻松了。

父亲甩手给了博文一巴掌。

博文的笑，僵在脸上。

父亲老泪纵横。当年博文在深圳买房时，他比谁都高兴，在村里逢人就说，儿子有出息了，在深圳有房有车，总算扎根深圳了。

父亲背过身去，不理他。

博文忍不住泪如雨下，双手扯着头发，硬生生把抽泣压回喉咙里，用手抹去满脸的泪水。

没想到，虚弱的母亲却要先去爬长城，你爸爸一辈子的愿望，当好汉嘛！

父亲抬头挺胸，小伙子样地笑着说，年轻时没去成，享儿子的福，去嘛！去嘛！

向当地人咨询得知，八达岭人太多，建议去慕田峪长城。

在长城上，一家三口开开心心地玩，博文忙着给父母用手机拍照、录视频，直到手机系统提醒，存储空间不足。

在北京慢悠悠玩，长城，故宫，圆明园，博物馆，恭王府，北京老胡同，看了天桥，还去人民大剧院欣赏了楚剧《荞麦馍赶寿》。母亲最难忘那个清晨，天没亮赶到天安门看了升旗仪式。白天母亲沉浸在新奇和兴奋中，晚上就显得疲惫，好在睡得香甜。

从北京回到孝感那天，母亲精神不错，说，正好是秋天，我们去银杏谷看看吧。

深秋的银杏谷，满地金黄。秋风吹来，叶子随风而动，像蝴蝶在翩翩起舞，那落满一地的叶子，又像是给大地铺上了一床金色的地毯，远远望去，煞是好看。满树的白果已经成熟了，一个个黄澄澄地挂在枝头，藏在树叶里。母亲为灿然的银杏树陶醉，这富贵的灿然，壮阔又豪放，浪漫又梦幻。

几对新人在银杏谷拍摄婚纱照。满地金黄的银杏叶，灿烂无比，衬托着新娘雪白的长长拖裙，黄白交辉相应，把大地装扮得格外亮丽。树叶随风在空中盘旋，时而飞上天，时而飘落到地，好像在和大家捉迷藏，又好像是一只只美丽的蝴蝶。那叶，是一个个捉迷藏的孩子；那果，是一位位套着黄色大衣的伴娘。一阵秋风吹过，银杏叶纷纷扬扬地从树上飘落下来，宛如无数只金色的蝴蝶在空中漫天飞舞。

母亲看得如痴如醉，不禁感叹，老头子，你看现在的年轻人，真是幸福啊！

父亲陪着母亲微笑说，他们遇上好时代嘛！

博文牵着母亲骨节粗大的手说，妈！你跟我爸也来点浪漫。说着，把妈妈的手交到爸爸手里，跑到他们前面，用手机咔嚓咔嚓变换不同的角度，给父母拍照。

母亲开始有点害羞，但，很快就适应了，牵着父亲的手，学着不远处新人拍照的姿势，配合着让博文拍照。花白的头发，佝偻的背影，在金灿灿的光影里令人心碎。

在门前场子外面垃圾坑里，细心的博文发现了带血迹的纸巾，悄悄捡起来，放到一边。晚上母亲睡下后，博文问父亲，母亲是鼻子还是牙龈出血了？父亲沉默，博文就开始低声地哭。这个征兆，在母亲确诊时，协和医院夏医生就提醒过他。千万注意病人任何出血征兆，尤其是鼻子和牙龈出血，如果伴随着低烧，那就……夏医生的目光投向窗外，博文心里一颤，永远记得夏医生跟他说这话的样子。

博文紧张地接着问父亲，妈的体温还好吧？

父亲稍微仰起头，浊泪滚过沧桑的脸颊。

博文脑海突然一片空白，险些从椅子上跌到地下。

夜越来越深，寒意阵阵。博文毫无睡意，似乎醒着，母亲的病就会停止恶化。搬张椅子，坐在屋檐下，清冷的月光洒在门前宽阔的场子里，阴冷，冰凉。母亲微弱的咳嗽声，不时从里屋传出来，沉闷，刺痛。父亲陪着博文，坐在大门的另一边，一根接一根，闷声抽烟。

博文起身，轻手轻脚，给父亲拿件大衣披上，给自己拿件中长秋装搭在腿上。

明天我去楼上看看，有没有老鼠做窝。父亲平静地说。

博文明白父亲的意思，去楼上是看母亲的棺材。母亲的病情确诊后，吵着嚷着让父亲给她早点准备棺材。父亲当即答应，说不定还能冲"心寒"，把你的霉运冲走。这是家乡孝感的风俗。博文按照父亲的意思，到市里买了当地最好的红杉木棺材。

父亲安慰博文，你妈值得，省城和首都，开开心心都玩了个遍。我们本地的银杏谷，今年是你妈玩得最开心的一年，看把她高兴得像做姑娘时一样。

五

给点阳光她就灿烂，每次输完血，母亲就像重新活过来一次。这次，却没有以往恢复得好，状态大不如前。细心的博文早觉察到，随着输血的计量加大和频次缩短，母亲输血后的状态是每况愈下。

柯医生把博文叫到办公室严肃地说，你母亲的病情不断恶化，需留院观察。她的鼻腔已经开始轻微出血了。低烧反复，要靠退烧药物来控制体温。

跟父亲商量了后，博文乘电梯下楼，打电话给小芬，这几天尽量带孩子们赶回来，看看奶奶。紧接着，又打电话给博义。博义好像总是不耐烦，前两天，我不是给爸爸银行卡里打了五千块钱吗？跟小丽刚为这事吵完架，气头上。博文压低声音，严肃地说，尽快带孩子和小丽回来看看妈。

母亲坚决不同意住院，按照当地风俗，老人最好的归程是在自家屋子里"走"。母亲吵着要回家，输完血，依然没有以往精神，几乎卧床不起了。

母亲看着博文苦苦哀求说，儿！妈不想死在外面，当孤魂野鬼。

在自家堂屋地板上"下铺"，母亲还是走了。在孝感，老人临终前，孝子贤孙用稻草铺在堂屋中间，垫上厚厚的被子，把即将离世的老人放在上面叫"下铺"。母亲合上双眼，吐出最后一丝气息，心满意足地走了。

按老家风俗，六十岁以上的老人过世叫"白喜事"，要大操大办。唢呐班和西洋号都叫上几个，轮流吹吹打打；搭上移动戏台，唱上三天大戏；请三位道士，日夜轮换超度诵经；鞭炮和烟花，要从村外燃放到灵堂；孝子孝孙披麻戴孝，花钱请人都要哭上三天三夜。

父亲把舅舅舅妈和博文博义叫到一起商量。博文抢在大家发表意见前，说，一切从简。舅舅舅妈对望一眼，沉默无语。

博义站出来反驳，按照老家风俗办，风风光光地送妈妈最后一程，面子总要撑起来吧。

博文扭过头，血红着眼，瞪博义，说，按你说的办，可以。拿钱来。

博义被哥哥这句话噎住了，一时不知说什么好，这是他的软肋。可哥哥当着娘母舅的面，说这话，就过分了。

博义转向舅舅舅妈，一边抹眼泪一边说，你看我哥，还是怕花钱嘛！好歹我妈也就这最后一回嘛！说着突然就号啕大哭起来，我含辛茹苦的老妈啊！

舅舅舅妈吓一大跳。舅舅上前扶住要倒地打滚哭诉的博义。舅妈脸色阴沉，显得眼神特别有光，没有任何表情地说，博义说的不是没有道理。博文还是年轻，在这件事上欠考虑。

父亲上前打圆场，博文，快给舅舅舅妈道歉！怎么跟七十多岁的娘母舅说话呢？随后，父亲一左一右，牵了哥哥嫂子的手，把他们引到里屋坐下，倒茶，赔不是。

舅舅坐在木凳上，怒气还在胸腔起伏，说，博家老弟，你摸着良心说，她这辈子，对你们博家怎么样？博义的哭声从外面一波一波地传进来，舅妈摇着花白的头，舅舅的眼泪滚滚而下。

冷冷清清，悄无声息，母亲的丧事在博义的主持下，一切从简，快速让母亲入土为安。

随着母亲土葬"上山"后，博文把母亲的"灵"送到门前场子外面，连同母亲的遗物，用火烧掉。一起烧掉的，还有在省城归元寺求得的那张黄裱签和为母亲治病花费的流水账单。

当着众多亲友的面，博义怒气冲冲，跑过去，扑倒博文。在熊熊大火旁，博文被博义打翻在地，骑在身下，一顿乱拳猛打。博文不还手，任由博义发疯般撕扯打骂。

打累了，博义倒在一旁继续干号，嘴里骂骂咧咧，我可怜的老妈，不孝的博文。

博文瘫在地上动弹不得，亲友们反应过来，上前扶起他时，博文嘴角流血，衣服被撕烂，伤痕累累。早该拉开两兄弟，在大家心底，却似乎觉得博义在替他妈报仇，在替围观的亲友出气。

舅舅舅妈返回武汉时，怒气仍然未消，理解不了博文的做法，更不会原谅他。他们放出狠话，不要博文送他们。父亲送他们上车时，佝偻着腰说，他妈活着时，博文对得起她！

来参加母亲葬礼的亲友们，似一阵风，呼啦一下，全吹不见了。

博义在母亲上山后第二天清晨，天还没亮就匆匆离开了家乡。听村头刘奶奶说，博义边走边哭诉，从今往后，不认这个不孝的哥哥了。

博文被父亲送进镇卫生院，吕医生给博文做了全面检查，皮肉伤，过度劳累，休息几天就会慢慢恢复。

为母亲"上山"帮忙出过力的乡亲们，博文带上礼品，挨家挨户上门，一一谢过。

博文要父亲跟他一起去深圳，父亲果断拒绝，语气就像前几天自己决定母亲后事从简一样。

博文就哭，跪在父亲面前哭。

父亲也哭，说，我的儿，我懂！

明天就回深圳去，捡起你的事业，继续好好搞。父亲打破沉默。你走后，我把你妈的"灵"再请回来。我替你们守她三年。你对得起你妈！家里的风俗我来处理，你放心回深圳去吧！

你一个人在乡下住，我不放心。博文哑着嗓子说。

我身体好着呢！父亲宽慰他，要是想吃肉喝酒，就上镇里买去。吃饱喝足再回乡下，要热闹有热闹，要清静有清静。

要不，你搬到镇上住。博文看不清父亲的脸，黑夜把一切都紧抱在怀里，用衣服盖着。我在堂哥一栋楼里给你买个套房，你跟他住上下楼。

千万不要乱花钱，你手里剩下那点钱，留着回深圳启动自己的事业。父亲语气里透出威严。

第二天下午，堂哥开着"比亚迪·宋"跑到乡下，把钥匙放到父亲手里。伯父，家里有我，随叫随到，过户手续，过两天你跟我去市房管局办了。

博文走那天，父子从镇上楼房里下来，大清早的马路边，孤零零的父亲送他一个人孤零零地走。似醒非醒的小镇，笼罩在清晨的大雾里。

发表于《长江文艺》2018 年第 8 期

诗 歌

我在工厂里写诗（组诗）

吴　言　辽宁西丰人。作品发表于《星星诗刊》《诗潮》《中国诗歌》《中国诗人》《天津诗人》《辽宁诗界》《辽河》等报纸杂志。辽宁省作家协会会员，本溪市作家协会会员，本溪市诗词学会理事。

旧螺丝

总觉得螺丝和螺丝的聚会，还有肉身的余温
总觉得旧时的锈斑
还没有从失眠的轰鸣声中走出来
油渍可辨，一切重复仍旧重复

总觉得停歇的自己是在把生活葬送
总觉得保持的角度
有一天
会被迫打住

加工车间的老鼠

嗅觉和我一样灵敏，当穿过衰老的零部件
钻头和扳手
已成为调养时光的病人

写与不写

我写与不写工业
打工者的青春仍会被订单所收缴

我写与不写工厂
上升的天车仍会上升，松动的螺丝仍会松动

我写与不写工人
汗滴仍会在酒窝处形成积水

我写不下去了
虽然按工龄计算，我也在工厂待了有十多年

但对于加班的夜晚，机器的轰鸣声正不断用口语的方式
写出一首首中国制造的诗

写给工人的一封信

工人师傅，你好
抛下诗人与工人的双重身份
我真的很庆幸距离流水线、洇开的汗渍和打盹的青春还很近
当你们还在坚持着加班
我看到了被机台绞灭的月光

以及禁锢身体的悲哀
悲哀耗费掉了对自由的向往
却拿一无所有与命运进行着交换
往往这些会使人战栗

而汗水换成洗发水、香水和矿泉水了吗
直到你给孩子交上了学费
直到你排队把钱存进了银行
直到你结束了后半个月的素食生活

食　堂

饭盒老了，工厂的味道却依旧熟悉
食堂老了，工人依旧一茬又一茬地更新
时光老了，风声依旧前呼后拥着工业区的月亮

比土豆先到的，是几根大葱
比喧闹先到的，是伴随着饥饿的痛
比菜谱先到的，是加班的消息
比排队先到的，是途经的那条小路

而我知道
和乡愁坐一会儿是件奢侈的事
那一群拥挤的碗
一再空无

发表于《星星·诗歌原创》2018 年第 6 期

去元芬的路上（外二首）

崔　绵　实名崔新红，男，曾获第七届工人文学奖新诗奖，首届全国青工网络文学大赛诗歌类二等奖，首届深圳社区文学大赛睦邻文学奖，"美丽深圳"观音山杯全国诗歌大赛二等奖。部分作品入选《深圳 80 后诗选》《深圳 80 后诗歌档案》《2014 年中国打工诗歌精选》《向劳动致敬——我们的诗》等。现居深圳龙华区。

我清晰地记得，那天我带着几个贫瘠的词
和一些雨滴，走在去往元芬的路上，去见你
相对公交，我更习惯步行。此刻
所有的期待都正在被一点点放大
对于红绿灯，道路两旁的花花草草
对于低洼处的草莓园，雨水浸润的心事
对刚刚经历过的夏天和这个姗姗来迟的秋天来说
都是如此
我在傍晚时分到达，心跳得异常剧烈
看到你正站在佳佳便利店门口，向我招手
你山花般灿烂的笑容，让我坍塌的心瞬间复原
不善言辞的雨水，爱的秘密

打乱了一个男人忧郁的内心
我们低头在街边行走，我把羞涩的诗句交给你
你的双眸里，闪烁着盈盈光芒，照亮我们未知的后半生
我知道你明白一切。去元芬的道路有几条
我们爱着的，只有彼此

在黄麻埔喝酒

原谅我不善于表达，黄麻埔的夜
和往常一样，桂花树正香，炭火正旺
我成百上千句的话语正在和锅里的鱼一起沸腾
曾经背井离乡的痛，深藏在心中数年的秘密
今夜，有月光一样温暖的忧伤
微风从羊台山畔缓缓吹来
我们开始感慨：这日子如同黄麻一样细密
请允许我举起杯吧，已经很久
没有人关心我们内心的孤独。今夜
让我们说起青春和爱情，还有被一根鱼刺卡住的
理想。这是最后的一片月光，我的好兄弟
今夜，在黄麻埔，星星正被打亮
今夜，没有痛，也没有秘密

在大浪，遇见一只白鹭

一个人要发下多么大的誓言，经历
多少年的风餐露宿，才能像你
在大浪体育公园的水边，迈着优雅的步调
以露水润喉。透过一枚斜阳的余晖，我隐隐约约看到
一只白鹭穿过前世的孤独，满怀心事，却举重若轻

我不会忘记，曾经翻越过的高山，飞抵过的

河流，以及在尘世间品尝过的每一种痛

我不会浮想联翩，在这里的湿地

只要眼中能有这水的一半温暖

就会落下，甘甜的泪水

在大浪，遇见一只白鹭，我不能轻易说出爱

当我抚平羽翼上的伤，我要学着

以一种优雅的姿态，再飞翔一次

选自《龙华作家作品精选集》，2019年1月，江苏凤凰文艺出版社

东莞，大排档里的谎言（外二首）

慕　容　又名慕容楚客，本名彭海波，1982 年生于湖南永州。中国诗歌学会会员。做过流水线工人，摆过地摊，当过服务员，有诗歌作品发表在《诗刊》《诗潮》《中国新诗》《创世纪诗刊》《世界诗人》；双语版《散文诗》《湖南诗人》《湖南诗词》《湖湘诗歌》《小溪流》《华声晨报》《清远文学》《永州日报》《长江诗歌》《大别山诗刊》《圆桌》诗刊、《流派》诗刊、《世界日报》《青年文艺》《大别山诗刊》等报刊杂志。现为《湖湘诗歌》执行主编，著有个人诗集《行走的忧伤》。

这里，是你最后的乐土
你肆无忌惮，脱掉上衣，大笑或者吆喝
吃肉、喝酒。寂寞，总在夜深时煮开
沸腾着你，卑微的落寞
你故作大方，点几瓶廉价的白酒
一碟米粉，或者，半斤肥肠
火烈的液体，装进你空虚已久的胃
便反刍成，许多壮语豪言
你说人生苦短，没有家人陪伴，也很快活

你说人间温暖，老板总是对你出手大方

整整三年，从未拖欠一分工钱

你说工头待你不薄，好活总会让你先做

你说工地的环境很好，没有风吹雨淋

也晒不到毒辣辣的太阳

我沉默良久，抢过酒壶，一饮而尽

你借刺鼻的油烟，狠狠地，抹了一把鼻子

你说兄弟，莫要笑我，今夜

请允许我在酒里，幸福一回

发表于《打工诗人》2017 年总第 31 期

在狮岭 ①

终有一天你会醒来

在宝锋路或者金狮大道

宝马与电动三轮，在你的身旁

呼啸、穿插，毫无规则

你穿越满是临时工的路口

麻木的脸始终微笑

枯黄的天空没有鸟飞过

只剩你孤独的自嘲

走出你在胡屋的蜗居，从双龙走到新扬

从龙头市场逛到皮革城的后门

你拖着一身疲惫，与每个

散发着铜臭的微笑，激烈交锋

只为两卷，便宜的布料

---

① 注：狮岭位于广州市花都区，有皮具之都之称。

夜行的机车，驮满了彷徨

这座永不停歇的小城，种满了一路街灯

昏暗的灯下，晾晒着许多

单薄的身体，以及丰满的梦

你假装熟睡，期待一个

出人头地的梦。堆积成山的

产品却让你恐惧，开始

大段大段的失眠

发表于《微光》诗刊 2016 年 11 月

城镇化

最后，我们不得不虚构一切

虚构炊烟，虚构田野

虚构老屋，虚构水牛

或者，虚构一堆堆坟土

用以安放，早已无处安放的

乡愁

发表于《诗潮》杂志 2018 年第 8 期

吭唷（组诗）

程　鹏　重庆开县人，在《打工诗人》《诗刊》《中国作家》《作品》等刊物发表作品。2008 年参加中国诗刊社举办的第 24 届青春诗会；获第四届深圳网络拉力赛非虚构二等奖；小说《小姨的婚礼》获开县文学奖。散文集《在大地上居无定所》获深圳第九届青年文学奖；组诗《一个村庄主要由三个人构成》获中国诗歌协会原创诗歌奖；散文《诗意的栖居》获首届孙犁散文奖。

吭　唷

500KG 货物重量的重！吭唷！ 55KG 身体重量的轻，吭唷！
360 度的脚力，吭唷！ 180 度的臂力，吭唷！
90 度的坡度，吭唷！

吭唷！吭唷！吭唷！

15 钱的生活，吭唷！！吭唷！！ 3000 克从海洋吹来风的盐味，吭唷！！
吭唷！！

1 吨的汗水滚着落日，吭唷！！吭唷！！
5000 斤异乡街头的况味，吭唷！！吭唷！！

吭唷！！吭唷！！吭唷！吭唷！！

15A 的力卸下 10KV 的货物电量
吭——唷

焊花落下 焊花落下

用几万吨的力砸断他们的骨头
用几万吨的力焊接他们的灵魂
焊花落下 焊花落下

没有一朵焊花像玫瑰一样美丽
没有一朵焊花像茉莉一样芬芳
身份卑微 身价低下

他们钢铁一样的脸，钢筋一样的手
紧紧抓住焊条，抓住钢，焊接它
焊花落下 焊花落下

用几千万人的躯体将大厦筑起
用几千万人的双手将城市建设
你要进入大厦，请你走货梯

他们装饰了时代的大厦
他们粉刷了城市人的梦

焊花落下 焊花落下

他们送去了万家灯火的温暖
他们裹紧了乡愁的棉被
请你亮出身份证，必须登记

有没有一个地方找到灵魂的住所
有没有一个家亮出良心的灯塔
焊花落下 焊花落下

冲凉歌

数九寒冬里冲凉，对着水龙头唱着歌
哆！他浑身哆嗦，牙齿冷得发颤
被钢筋砸断的手指冻成了弯勾

数九寒冬里冲凉，对着水龙头唱着歌
来！他浑身起鸡皮，嘴皮冷得发紫
思念故乡的眼睛挂着冰屑

数九寒冬里冲凉，对着水龙头唱着歌
咪！他浑身一片紫红，牙齿冷得上下打架
冰冷的水沿着黝黑的肩头滑下

数九寒冬里冲凉，对着水龙头唱着歌
发！他的肌肉在抖动，嘴唇一片乱颤
昏黄的白炽灯照着他苍凉的背脊

数九寒冬里冲凉，对着水龙头唱着歌

嗦！他的肌肉冻成肉块，身子由不得弓下来
十指的茧虫凝成小铁砣

数九寒冬里冲凉，对着水龙头唱着歌
拉！他的头发冷得根根竖起，眉毛倒立
冰冷的水滑过被钢片割开的伤口

数九寒冬里冲凉，对着水龙头唱着歌
西！他的头发冷成冰凌，眉毛结满霜花
一个跟头摔在地，像条黑黝的钢筋

乡　愁

我活在螺丝钉尖锐的词芒上
我站在扳手痛苦中心的句锋上
我不由自主被夹在钳子号叫的篇章

起转承合
乡愁的落日押在累与屈辱的韵脚里
我的思想漫游于未来

选自《装修工》，2019 年 1 月，花城出版社

出租屋札记（组诗）

魏先和　湖南隆回人，深圳市作协会员。发表作品及获奖若干，有作品在央视播出。出版诗集《安静下来》《深圳九人诗选》。

夜半哭声

撕心裂肺的，一个女子的哭声
把沉沉的夜撕开一道又一道口子
哭声时大时小，时断时续
不知具体来自哪栋楼哪间房
也不知为何而哭
也许来自生活的悬崖？
或者情人的肩膀？
房子挨着房子，窗户对着窗户
我不知道这个女人的年龄、身份和容貌
但我想该是负重而行吧
——住在出租屋里的人，大抵有着相近的命运
哭声不知会在何时停止

夜已很深，周边很静
疲倦的人们不管不顾
在被哭声不断撕开的黑夜里睡得那么安稳、踏实

对面楼的花短裤

住对面楼的女孩喜欢把内裤晾在
阳台外的不锈钢护栏上
有红的黑的，白的粉的
也有豹纹的，三角的，绣花的
像花花绿绿的旗帜
飘扬在窄窄的楼道之间，向阳光招手
密集的出租屋
唯有这窄窄的缝隙里，才可得到片刻的阳光
那片刻的阳光，可杀死花短裤上
带病毒的细菌，可给女孩私密的暗处
留下一点明媚的想象

我喜欢你们的样子

从逼仄的出租屋里，我拔出身来……
深夜回家的人，我喜欢你们的样子：
长长的影子紧贴城市
在拥挤的地铁上读书看报，或者电话讨论工作
把小小的屋子收拾得洁净、整齐
给阳台上的牵牛花浇水剪枝
喜欢你们认真谈恋爱，或者独饮悲喜
你们偶尔哼着小调，关心一场故乡花事
喜欢你们留一盏小夜灯

给无处安放的活蹦乱跳的梦想
我喜欢你们翌日一早又从挤扁的时间里
抽出身来
轻拍身上洒下的新的阳光
鲜衣怒马，谈笑风生

把地心的疼痛喊出来（组诗）

老　井　真名张克良，煤矿井下工人。在《诗刊》等发过多篇作品。有诗入选各种选集。出版有诗集《地心的蛙鸣》。获得过第二届桂冠工人诗人奖、首届诗探索·中国新诗发现奖等。是纪实电影《我的诗篇》的主要诗人演员之一，安徽省作协和中国煤矿作协会员。

光明和黑暗

煤块体内黑暗的器官一定是由

最亮的光明所构成，不信你用思想将它点燃

它是闪电的婴儿，月亮的伴侣

深邃时空海底里道德的准绳

地球童年悲剧和谎言的青涩结晶

在采煤时必须默默无声

拉紧身体的弦，射出劳动的箭

被高高抡起的铁镐，划出远海的光

黑暗中的织女星蓦地一现

脸上悬挂的疲惫无法开口

煤流滚滚，把地心的疼痛喊出来
就是雷管的暴怒
一群群半裸的莽汉撕扯下地心的黑暗
做长袍、做短褂、做糊口的黑米
时空里最深的谜底就埋在负八百米地心
井口刮来一阵冬天的微风，吹灭了矿工呼吸上
点燃的危险灯盏

淮北平原的井

淮北平原的井很多，村头储满天空情泪的
独眼，如插进大地肌肤内的水银表
矿墙内八百米深的井筒
像是岁月长长的听诊器，径直切开大地的肌肉
直接放到它的心跳上
午夜子时，村姑投井时产生的
那声脆响，扩散到淮北平原上就是
一层辽阔的秋霜。落到煤矿的老井底
就是一层沾满砒霜的银针。有几根
灰白的骨头被扎痛，从井底猝醒
站起来，口中背诵着领袖语录
开始收拾自己雨点般散落一地的肉体
井口绞车房内的女司机，握紧钢铁的操纵杆
像是握住内心惊恐万分的火苗
在 一个投井自尽男人
八百米深的忧愤目光里穿行，绞车运行得太吃力
井筒内往返的大罐慢得像散架的感叹号

煤　炮

——煤炮是煤体内瓦斯剧烈活动时产生的巨响

远远地听到了沉闷的轰鸣

煤田内虎豹般长眠的有害气体

被采煤的炮声惊醒

大地内心一团乌黑的危险逐渐膨胀开来

亘古的松涛从煤体内一直怒吼到工作面上

带红帽子的安检员，背瓦斯机的测气员

慌慌张张地朝职业的最深处奔

超限、超限，尖叫的瓦斯报警仪脸上闪烁着

恶性事故的预兆，领导命令所有的工人赶快撤出

只有采煤的班长还在和值班的矿调度员争辩

所有的工作都已干完，只等着装上雷管炸药往下崩陷

煤炮的声音越来越大

像是有谁在煤海深处拉响了

集束手榴弹。有害气体的嚣叫压住了班长的叫嚷

伏在底板上的钢轨也吓得面无人色

这是一生中平静的一天

我沉默地放下手中的钢钎

望了一眼埋伏在煤层深处的那排黑洞洞炮口

我踩住大地越来越烫的心跳，沿着事故总结报告中

起起伏伏的叙述，高一脚低一脚地

走到安全的巷道中去

轻与重

最轻盈的煤是采煤机割下的

用皮带运输机打上来的，把它捧起来
手心里便有了一团羽毛的轻盈
只要把它点燃
一甩手它就能呼啸着烫伤长大
稍重点的煤是炸药雷管崩下来的
用矿车运上来的，把它捧在手心
像捧着一块初经开凿的思想，只有竭力地将它扔高
它才能载着亘古的山河积淀
在新世纪额上的台阶前，飞上悬念迭出的一段
最重的煤是用手镐刨下来的
用骡子拉上来的，那天在某小煤窑的煤堆中
我就手捧起来了一块这样的炭
沉甸甸的它带着煤炭工业的重，扯拽我的身躯
直往地心深处坠。只是轻轻地一掐
就见它的身躯大恸
从这黑化石的肌肤表面瞬间，渗出的好多殷红之血
在时代辽阔的伤口上生动地洇开

发表于《草堂诗刊》2018 年第 8 期

回乡的前一天

陈才锋　湖北枣阳人，作品散见《绿风》《诗潮》《上海诗人》《湖南文学》《四川文学》《山东文学》《长江丛刊》等诸多报刊。现在深圳一家塑胶厂打工。

回乡的前一天，我在高架桥下
理了个发，小平头
师傅说这个已经不流行了
我甜甜地一笑，不语
我心里最清楚，在乡下
父亲和我坐在同一条板凳上
理着几个月才能理一次的小平头
这时的父亲，比太阳更光芒
在外十年了，明天回家了
也没有什么可带的，唯一的
就是理这个头型
给父亲看看
我是你遗弃的草
我是你遗弃的草
被布满水泥的南方，挂在风里

风力大的时候，就随风

落在哪里已不重要

把头削尖，试图在水泥上生根

可肉长的怎能抵达钢筋的心脏

念念不忘的总还是故乡

赐予我生命的远方

如今，却和我一样，没有了后方

没有了，还不认输

死死咬住那一块骨头

故乡，不经意间

我是你遗弃的最后一棵草

发表于《牡丹》2018 年第 8 期

城市·乡村·铁

陈少华　70后，四川营山人，四川省作协会员，广东省作协会员，深圳市作协会员。作品散见于《星星》《天涯》《天津文学》《作品》《中国诗歌》《奔流》《四川日报》《华西都市报》《散文诗》《雪莲》《椰城》《草地》等刊物，著有诗集《城市·乡村·铁》。现打工于深圳龙岗某公司。

我闻到了真实铁锈的味道

城市深处生长着铁，藏匿着铁

疯狂的节奏把铁溶入了空气

什么时候，我心中开始跳动

铁，还会如水一样温柔

不会裸露一些性格，还有沉重

压住一些呼吸，急促

对于铁，我相信城市之外的乡村

正在生锈，或者消失

镰刀，锄头，铁镐，犁铧

……原来铮亮，却渐渐暗淡

父亲哭了，母亲哭了，姐姐嫁入城市

他们拥有的铁太少，庄稼也少种

他们还在乡村守候着最后一寸铁

不忍离开

因为铁，我从乡村进入了城市

从一个城市再到另一个城市

努力寻找一些剩余铁屑，划伤自己

血，覆盖着铁，包围着铁，氧化，腐蚀

如田鼠、山鸡、野兔咀嚼着庄稼

也许，忘记了生存的疼痛与危险

铁与血一样红时，有一团火焰在燃烧

我看见恐慌，在使劲地摇晃

选自《中国诗歌：2018 年度民刊诗选》，2018 年 10 月，人民文学出版社

疼在骨子里的乡愁（组诗）

何水明　　生于1979年，甘肃岷县人。自由撰稿，打工谋生。有诗
作发《甘肃日报》《甘肃文苑》《甘肃农民报》《定西日报》
《长江诗歌》《银川晚报》《黄土地》《岷州文学》《轨道诗
刊》等。曾获甘肃省第二届残联文学大赛诗歌类一等奖。

九九重阳节

九月九日，没有登高也没望远

我在一家建筑工地的脚手架上

用另一种方式

把疼在心窝里的乡愁

用心舔舐

九月九日，我的兄弟们如我

去了天南海北

被生活的鞭子追赶着敲打

我的目光，涉过菊花绽开的芬芳

留守在家的父亲母亲

像秋收后，遗落在旷野上的几枝干瘪的麦穗

在秋风中飘荡
渐渐爬上额头的白发
还在被岁月无情地淘洗
村庄之上，谁在唤归
谁家的游子，面对故乡
长跪不起
一些长短句将彻夜失眠

工棚外的几只麻雀

秋雨蒙蒙，迷蒙了脚手架的高度
几只麻雀，在工棚外的雨中
嬉戏着，追逐着，咂舌
是包容冰笔下飞出的那只吗
是潘硕珍笔下飞出的那只
还是高耀庭笔下飞出的那只
诗人们有事抑或外出，忘了照顾它们
这些乡下的穷亲戚，便随我到异乡打工
多少年了，你们依然身穿那件
灰色的夹克
操持着和我一样的方言
显得，和这座城市格格不入
你们中，年老的有我父辈们的影子
年轻的，有着和我一样忧郁的眼神
村庄之上，一群群打工者外出
大片大片的麦田荒芜
一座座房屋紧锁的庭院里
就没有了你们的栖身之所吗
这个下雨天，本想把多日来积压在

身体里的疲惫

卸在工棚里的这块木板上

你们，却走进我的视野

牵出这个雨季湿漉漉的乡愁

脚手架上的天空

一朵朵的棉花糖，在天空中缠绕、绽放

秋收后的村庄，空旷而寂寥

一个个留守儿童

站在村庄之外

把一朵朵的棉花糖送远

目光尽出，一个个民工

站在脚手架上

将城市人的生活，一再地拔高

像麻雀一样，踩着脚手架的韵脚写诗

一栋栋高楼，一座座大厦

是最美的诗行

一群群大雁在脚手架的上空

呼啸而过。南归的翅膀

载不动棉花糖的寄托

一声高过一声的乡愁，树叶一样

落下来

砸在民工的身上

风裂子

立冬后的天气，已经很冷了

这座楼，还要把自己再砌一层

来自乡下的民工们，站在脚手架上
将城市的梦想，再次拔高
风，提着凌冽的刀子赶来
它把田野里的麦子、稻子、玉米放倒
再将树枝削得肢体突兀
站在大地上，独自忧伤
然后，直奔麦垛山而来
手，以及手腕
被刀子划出了，道道
叫作风裂子的血口子
凡士林抹不住的忧伤啊
创可贴贴不住的疼
自心底蔓延

汗　花

六月，将十万亩金黄的画卷打开
花儿便开了
这些花儿不是开在春天的大地上
而是开在，脚手架之上
开在，一张张憨厚而淳朴的脸上
这些花儿，本不属于城市
却在城市中开了
开在一个个建筑工地上
开在城市边缘
一个个思乡的梦里
这些花儿，曾经
开在故乡六月的麦田间
父亲的镰刀之上

如今，却在兄弟们脸上开了

开成一朵朵八瓣的莲花

打工路上的苦与乐

都融在其中

归乡的候鸟

一片片雪花

携来春节的消息

漂泊天涯的候鸟们，卸下

一身身的疲惫

从远方飞来

一阵阵脚步声

叩响了腊月二十三的门扉

母亲脸上的那朵花开了

妻子眼里的柔情浓了

父亲用一支长烟锅

吧嗒着心事

父亲知道

春节一过，这些候鸟们

又要飞向远方

子弹与蔷薇（组诗）

江飞泉 生于福建建瓯，现居深圳。广东省作协会员。作品散见
《星星》《诗选刊》《诗歌周刊》《特区文学》《打工文学》。
出版诗集《今夜万物安睡》《苍生辽阔》，著有小说集《哈
瓦涅斯的葡萄藤》。

书房01号：端不住的骨瓷碗易被打碎

我悄悄地对旁人说，别打扰她
这样一位潜在的阿尔茨海默病患者，将
修长的手指雪白放在黑色钢琴键上
一道道灰尘的影子藏在袖口
布满手镯的勒痕，而袖口捂住眼睛
她如母亲一样跳进我的瞳孔
像她这样的阿尔茨海默病患者
颤抖着手指，端不住的骨瓷碗易被打碎
她小心地端着，那些手的纹路
有的沿着苦难的曲线返乡
有的中途被迫终止

有的只在彼此对望。未归的鹳鸟

列着队，等着另一些鹳鸟

穿过寂静的沼泽地——

浮萍被风托起，漂泊在海浪上的扁舟

这样一位阿尔茨海默病患者

像极我，年轻的躯体装着衰老的灵魂

套着不合体的西装

书房 02 号：时间默认为辰时

当耳朵里溢出植物的根系

或茎叶，连同枯萎的种子与花瓣

一片从天而降的单音符"6"随之枯萎

我接住从窗外落下的冰雹和

被我错过的冻雨。此时，时间默认为

辰时，在之前一个时辰抵达的我

比之后抵达的我来得诚实

我舒张着手掌，推开百叶窗

外面开始有晴岚。雨后的火重新燃起

被抛到盲道上，一辆报废的车被点燃

如火炬。有人欢呼，聒噪的单词

从外面递到房间；而从房间递出去的

呼号瞬息被碾压，搅碎。洗车剂的泡沫

充满整个空隙，花叶开始慢慢从枝条脱离

书房 03 号：他记得，赤膊战斗的巨型阴影

他不知坐了多久，收听云层低沉的大号赞美诗

随手打开收音机，北方下雨，南方有台风

中部有霜冻。这样的天气并不适合嫁接回忆

删掉拨出去的号码，嗓子里塞着一卷海藻

舟楫从水底浮出，木质的象征主义

沉入水底多年依然晃眼。骨瓷，铮亮而刺目

如同某部分记忆，从心底挖出，淤泥、冻疮

及耳软骨的挫伤，止于一次无休止的搏斗

他忘记了本该属于他的玫瑰，宝石与号叫

书房外，杂乱无章的集装箱

在烈日下反光的舢板与渔人孤独的木舟

渔火依然在闪烁。他记得，赤膊战斗的巨型阴影

海水决堤，而浪涌过椴木丛，漫过堤岸

他擦去嘴角一抹夕阳的蜜糖

紧闭双眼，牙齿哆嗦如战鼓

战场上逃出的灵魂，一条腿毫无价值

书房 04 号：降落伞投递在耳朵后

星夜如缀满铬金纽扣的幕布，覆盖着悬棺

从渔船狭仄的房间看到的星座，或是打鱼人的火把

要么是开在赤潮里凤凰木硕大的花朵

悬棺坚硬的外壳如远古巨兽的化石

停泊在风口的长方体货柜，将历史、血迹和无字碑

掩埋在一起。土壤之下，光芒绽出水面如睡莲花瓣

一个女人交出她的花环，披在塑像上

这个塑像立在船头，有一个春天的名字

像妈祖一样闪耀，像女儿一样甜美

时光的降落伞投递在耳朵后

如蒲公英，触摸着桨橹弹性的肌肤

书房 05 号：蜂蝶逃离我身体的旷野

低音提琴响起。一只萨摩耶华贵如嘉宝

弹着群蜂的低音键舞蹈，我算着阳光交响诗

舌尖下蝴蝶跳跃。一樽比利时原酿橡木桶

掉落，裂开，莲花瓣纯洁的香味，一群群漫天纷飞的

苏威拉西蜂与玻璃翼蝶，逃离我身体的旷野

枝叶停靠着蝴蝶，舒展的微缩隐形直升机

坠落在失重的穹窿顶上。一道闪电飞驰而逝

发出重型卡车熟悉的呼救声

所有我熟悉的生物都聚拢在我的屋檐下

我不知如何摆放它们，我的子女们

当它们需要拯救，我正检阅着晚归的繁星

发表于《星星诗刊》2019 年第 5 期

小镇生活及其他（组诗）

李双鱼 原名李剑飞，1984 年出生于广西博白县，2000 年开始文学创作，2003 年来深圳打工至今，作品散见《诗刊》《山花》《诗歌月刊》《广西文学》《作品》等，著有诗集《落花返枝》。

东江夜饮

在东江边，一艘废弃渔船
被抽掉了风浪、雷暴之后
改造成一座水上餐厅
夜色沉降，华灯初起
江边风急，诸友团团坐定
而你伫立船头
望向远处闪烁碎银的江面
还有水墨勾勒的青山
不动，也不语
你若有所思：想到醉后
如能蜕掉这层人皮

跃入江中，做一尾游鱼
多好。可是，众人开始唤你
酒菜叫齐。你知道
多艰难，要长乐，就轻轻烧自己。

桃花诗

烟花升起，桃花落下
除夕之夜，人间灯火不熄
我讨厌没完没了的烟花和爆竹
只爱门前的桃花一树
那树下的春泥
护着小小的桃
只怕新年太吵闹
正月初一，女儿早起
非要我摘下桃花一枝
拥进怀里
在屋里奔跑
"时间开始滑走"
这是一道难解的算数
我不知道身后的时光
是否静好，还剩多少？

小镇生活

这个柔软的午后
自然刚刚止住一场雨
窗外全是安静的东西
雕花的木窗

很少透进耀眼的光芒

我有一个偏僻的小镇

有一条临河的街道

有一生平淡的日子

出生、成长、结婚、生子

一切笼统而真实

无论忧伤还是欣喜

抬眼望去

是我钟爱的偏冷月色

应　酬

舌尖微酸，又有一股辣

从漫长的闲谈尽头

淡淡返回。许多语言的浮沫

凉了，自然消逝，不必自吹

一席盛宴，不断有人离座

谁在掌灯？且无意提起

一个空出来的位置

要寻一个接替者

有人喊："变脸了！"

色彩纷繁却不辨喜怒

斟酒的人影恍恍惚惚

如是我见：穿堂的姑娘，似风，似蝶

烟熏火燎的大厨，油头，黑面

伏在洗手间抠喉的消瘦青年

费力往微露曙光的前途凑近一步

枯荷图

那深藏于淤泥之中的
还未挣脱万古的离愁
你的书房案头
摆了一盆文竹
细枝碎叶，接通窗外的
秋日夕阳，肆意破窗的暖风
内心深处还有什么可以斩断
我不清楚，烈酒在吹拂
我们不妨从 53 度
持续升温，杀青一生
使其成为枯荷
使其毛笔变秃

桂　花

秋日里次弟变凉的东西
唯有桂花独具暖意
我对那些抱定寒枝
不肯轻浮的事物
保持一贯的敬意
如此，当我目睹
在清秋寒风中
那个采桂花的人
腰间别着布袋
他抻长了身体
像一只猴子

想要够到那些形如繁星的花朵
感到颤抖
零落、沤烂、变身
来年再返枝

蝶　变

窗下一条正在修筑的无名道路
伸向高尔夫球场的人工湖
而白色的圆形沙坑，让我想起
昨夜里，你反复翻转的计时工具
凛冬将至，一切无骨易碎之物
能否在黑沉土地里得以重生
这确实需要消耗一点运气
才能与劈头而下的春雨
形成一个自然法则
那时：穿过鸡蛋花、篦杜鹃、黄槐
穿过公园大妈啪啪打开的绿绸扇
无限接近一次有关生命的决绝蝶变

绮云书室

伴读的常青藤，绿叶与根须
织进斑驳的砖缝里
那锈迹和脱漆同步的木门
吱呀作响，被夜风吹去
斗拱的图案，排出落雨的挑檐
"绮云书室"的匾，悬着
一轮明月——请

来自西乡的朋友

你们有着一百多年前的翅膀

绕过数根吐芬的红木

仿佛无数粒星火，嵌入书页

我也想挥翼飞去

河东河西，洗脱沧桑换一副傲骨

1885 年的创办者

在一场绵绵细雨里

遥望这个新世纪

为了继续漫长无尽的读书之径

你应当有一个读书人的模样

你所渴求的好

不是使人哽咽

使人痛楚

使人身陷泥潭的剥夺

而是，在关乎家国命运的时刻

从背后掏出带刺的玫瑰枝

火　炬

在茨坪镇

满街火炬形的路灯

与挺直的水杉行道树

笼在一团湿淋淋的雾水里

花坛里的映山红

离剥出花骨朵的日子

还隔着一个不知雪落深浅的冬天

如果你手捧星星之火

穿过纷飞之物

与我紧紧拥抱

那么，暮云低垂

为我们献上通往内心的湖水

小梅沙

我是千万人之一

我身边还有千万尾游鱼

等着看落日

和堆满集装箱的船只

从遥远天际

抵达我们的雷声和细雨

浇灌盐田的每一束花枝

在海风中鼓动的帆影

将往日运送出去

多美的今昔

让我们忘记沉重的事

当我们漫步小梅沙

我们都会深信不疑

眼前的一切真实不虚

发表于《诗潮》2018 年第 5 期

给往事文身（外三首）

刘桃德　男，江西省莲花县人，旅居深圳。广东省青工作协会员，深圳市龙华区作协会员。生意之外闲时提笔，有作品散见于《光明日报》《中国诗歌》《散文百家》《南方工报》《萍乡日报》《打工文学》等报刊杂志。有诗歌作品获《光明日报》2016年"诗意·故乡"全国诗歌大奖赛三等奖、2018深圳市优秀群众文学二等奖、第二届全国打工文学征文大赛优秀奖（诗歌类）、深圳市第三届龙华草根文学大赛三等奖。有作品入选《青年作家年鉴（2017卷）》《2016中国诗歌排行榜》《2016江西诗歌年选》《2018江西诗歌年选》。

我身体的表皮
分布着大大小小的疤痕
每道疤痕就是每件
流血往事的刀印
它们在某些漆黑的夜里
会唤醒伤痛的记忆
那样醒目那样难寐
以至于它们
那样将我在南方拼搏的辛酸

在皮肤的浅层

揭示着城市那张痛彻心扉的皮

没得医了

得想想办法

直到有一天我突发奇想

想起了文身

我在烙铁灼伤的脸上文上玫瑰

我在切去半截的中指文上蝴蝶

其他疤痕文上老鹰，蜻蜓

还在我的往事里面文上梦想

从这以后

我睡踏实了

我每天梦见我的漂亮文身

和我的一些梦想一起在跳舞

发表于 2018 年 12 月 2 日《宝安日报》

车过粤赣高速

迎着故乡的灯光一路前行

车过粤赣。沿途的灯火飞快逃离

开路的汽笛是饱满的

车窗外的白云，村庄，树木，牛羊

那一掠而过的风景

飘摇，虚无，透明

我在异乡过着白云一样的日子

看云卷云舒

看倒流的赣江之水

看两旁的群峦山野

这些被我称之为故乡的事物

于我片段相结。新奇与旧识相遇
终归要落到实处
落到生我养我的故土
沉默又，如此，安详

槐树下的母亲

向村口眺望。槐树下的母亲
有些高大，有些渺小
我呼喊的声音吹来一小片风
风一吹，母亲头上的黑发越来越少
蝴蝶般飞来飞去
我惊叹。一望无际的日子
蜷伏的，我的疼就如母亲枯枝般的手相似

想起母亲，我就从异乡回到故乡

除了沉默，没有什么话说
我大大方方地装着收拾行李
任由泪水在我眼眶打转
这没什么好丢人的
我蹲着，把母亲给我的乡物一一叠放
连同母亲的叮嘱，思念、祈祷
一并带到异乡
此刻。不想说出，任何离开的理由
唯有
想起母亲，我就从异乡回到故乡

发表于《宝安群文》2018年第4期，总第77期

一粒微尘散落在机台上（外一首）

周启早 诗人。湖南怀化人。2016 年出版汉英双语诗集《我在流水线上拧螺丝》，代表作《我在流水线上拧螺丝》荣获第二届全国打工文学征文大赛诗歌类金奖，为其赢得很高的声誉和影响，成为其被引用最多、翻译最多、流传最广的一首诗歌。《火花》、泰国《中华日报》、菲律宾《世界日报》、瑞士《迷你文集》等发表了对其诗歌的评论 9 篇。

一粒微尘散落在机台上
被另一粒微尘轻轻抹去
一个工友留下一摊血迹
被另一个工友轻轻抹去
轻轻地轻轻地
仿佛什么都没有发生

发表于 2018 年 9 月 30 日《打工诗人》，总第 32 期

母亲，一朵饥饿的花儿

母亲，一朵饥饿的花儿

摇曳在贫瘠的大西北餐风饮露

白天她拴着太阳干活

晚上她扯着月亮纳鞋

母亲，开在我心尖尖上的一朵花儿

她像一根钢针纳进我的胃里

饿的时候想起她会疼

饱的时候想起她更疼

发表于 2018 年 1 月 14 日《宝安日报·打工文学》

岁月流徙（组诗）

徐向东 诗歌作品见《中国作家》《诗歌月刊》《诗林》《诗潮》《中国诗歌》《南方日报》《菲律宾商报》《上海诗人》《香山诗刊》等。有诗歌、文学评论、小说、报告文学、散文和新闻作品获国家级、省级奖。著有诗集《季节无言》、长篇小说《归者》，为第一作者合著长篇报告文学《王道》等。

菩 萨

此时，雪覆盖了每一片土
村前屋后，树早已光秃
起伏山峦，将一排排黑瓦照亮
几位头发银白老人
还会像往常一样，坐在村口不？
记得每一次我离开时
他们微笑祝福，像一尊尊菩萨
风很温暖，吹得我耳根发烧
我有一千次意愿，将故乡搬到异乡
土墙一片剥离的盐

山冈一块铁，乡间几朵雪
未来屋檐下，还有麻雀飞来飞去

那些乡亲

大年三十，他们离开城市
从一个村庄回来时，就几天时间
在另一个年份，有望不到的千山和庙宇
北方的冷风，在南方已经有些弱
经过时，一朵一朵木棉花吧嗒掉下来
有些疼痛，就像那些刺坚硬
风像冬天又像春天，飘进窗口
季节不分明，日子有些模糊
民工返程时，年就过好了
树枝上，早已挂满了大大小小的灯笼
夜色下，流着城市缤纷的光
多年前，他们从很远的乡下来
眼神不定，抓住一片叶摇摇晃晃
日子在过道里躲藏，或者飘忽
那些乡亲，有的踩三轮，有的搬运
有的在这些木棉树下午休，打牌
吸上一口呛人的烟，咳嗽两三声
今天路上空空，几只宠物狗在溜达
一棵树一排树，都像寂寞兄弟
手臂粗壮，使不完的力气寻找一片天
等她穿一条红裙到来，活就有了
据说他们的闲散模样，儿女管不了
那些熬粥的日子，不用放盐
不用攀比和施舍，几根坛子菜

可以喂养小小的胃，过寡淡流年

急　诊

这纠缠不清的冬日，忽冷忽热
一个多月咽炎，跟着一群人咳嗽
我看见，市中医院报号墙上的名字
连起来是一台麻将，一场墟日
过道上，一个红衣小女孩在跳舞
她戴口罩，脸有点白，奶奶在训她
就像我的小时候，心花怒放
我们经历许多，有时在糖丸中治愈
然后走向陌生社会。当年母亲说
吃五谷杂粮，哪有不生病
光阴里，有些死结需要解开
后面跟着迷茫的人，排着长队
尘世复杂，有河流，高山峻峰
岁月圆与缺，时间是一把箭，也是一剂良方
夜是夜了，城市的窗口有明有暗
不容猜想。那些火烟或者声音
有多少是空白，多少色彩斑斓
无人知晓。我们好像都没病
又好像在病中问药，就像今夜
月光暗影，一些人带着情绪去急诊

乡关何处

庞　锋　1971 年生，陕西礼泉人，现居东莞厚街。毕业于北京大学经济学院，《北京晚报》专栏作家，资深媒体人，《徽商传奇》《鳌台书院》执行主编，《作品》杂志社评论员。广东省作家协会会员，东莞市作家协会厚街分会副会长兼秘书长。2018 年被厚街镇人民政府授予"文化名家"并设立"庞锋文学工作室"。迄今已在《人民文学》《文汇报》《散文》《散文百家》《作品》《红豆》《散文选刊》《飞天》等数十家报刊发表各类作品 150 万字。散文作品入选 2014、2015、2016 年江苏、广东、湖北、北京等地高考语文模拟试卷现代文阅读与理解。

这是什么地方依然是如此的荒凉
那无尽的旅程如此漫长
我是永远向着远方独行的浪子

——许巍《故乡》

近乡情怯

这座小城，以前住着我，现在埋着我的祖母。

太阳像二十年前那样照耀着脚下这片土地，草木肆意地生长，坟茔隐没在丛草里，埋葬她的土地静静地沉睡着。跪在坟地里烧纸，火焰噼啪作响，包裹我的火光和灰烬味道，像四年前那样缠绕到身上。这块土地，什么时候成了我心上的泥土？它曾经那么熟悉，像眼泪、血脉、小时候我肿胀的腺体。

而今眼前完全是另一番景象：礼泉河枯了，沟壑累累，如同退化的器官，哀伤的河床被一片芦苇荡覆盖着，发出一种神秘的声音，又仿佛是来自天际；河岸上，祖父生前开垦的麦地上，已经建起了幢幢小楼，喧嚣的车流从泥河桥上驶过。城市的胳膊或者手指探入这块土地，故乡已由一个村庄赫然坐落于闹市之中。我茫然于一个村庄的消失或位移，在脑海中搜寻关于祖母的一些记忆。

四年前，我是祖母去世前一个礼拜回到故乡的。在那样暗沉寒冷的天气里，一进屋子，寒意便从心底慢慢渗透每块骨骼，让人更感觉到冷。祖母已经下不了地，她的脸塌着，眼球深匿在一大堆皱纹中，表情接近空白，像一张揉皱了的白纸。她看见我时，想说话，喉咙里有咕咕的声音，仿佛地下的暗河，呜呜地涌动着。我的心陡然揪紧，眼窝里蓄满了水。我真担心她的灵魂在一刹那间逸出她苍老衰败的躯壳，眼球会突然跌出眼窝。事实上，她已慢慢垂下眼皮，像关闭空落落的两扇仓库门，里面充满了淡薄的黑暗。我感觉一种轻盈透明的东西正溢出她的身体，像蜻蜓一样被风、被阳光穿透……祖母停止呼吸那一刻，我一下子愣住了，手脚冰凉。原来死亡竟是如此轻易，仿佛她倦了，说睡就睡着了。月光透过窗帘的缝隙均匀地洒泻在床上，她睡得像一块石头。祖母没有等到春天，就走了。时间把她的躯体刮得干干净净，世界就此轻柔无声，像落下·块深色的柔软丝绸，陪伴我的将是无数个一无所有的黎明。

风雨潇潇，物是人非，那些不能承受的沉痛，已经成为可以诉说的经历了。我杵在坟头，站得像一棵树，那根一直扎下去，向祖母的深处伸展。这个属于故乡的下午，阳光白花花的，秃秃的枝丫挂不住一绺阳光。我感觉到一股悲怆从我的血液和骨头里窜了出来，封锁了我神经上所有的光亮。倏忽就起风了，坟地隐约传来不明意义的悲啸，我似乎又听见铁锹掘土掩埋棺木，发出沉闷的卜卜声。空气成了半流质，后背直冒冷汗，像渗到了骨头里。几只蜻蜓平稳地盘桓，翅膀上闪动着光芒，鸽哨声时隐时现，悠长，平缓，渐渐近了，扑棱棱飞过头顶，又渐渐远了，在天边像一团飞舞的纸屑。我知道，祖母已经走了，就像那个黄昏，你刚要靠近，它却一头栽进了黑夜。

"鸟飞返故乡兮，狐死必首丘"，在熟悉的乡音里，我茫然寻找辨别着这块土地残留给自己的根性。在粤城十几年，还不能完整地说几句粤语，身体里关于秦人的气息与血性却越来越少，在故乡与异乡的进退中妥协苟安，青春也没守住。它早已被磨合成一束速度之光。这束光倾斜着它的底座，静立在我的视网膜上。一些事物逐渐地显影、浮现、清晰，而另一些事物逐渐地远去、淡隐、消失，收进时光幽惚的暗处。一切都在时间中丢失了，回不去了。

黄昏开始消泯掉周围的细节，残酷得只剩下轮廓。河岸上隐隐约约有了光，缩成一团一团，有些刺眼。缱绻的乡思未尽，夜，就这样滚落下来。月光似有似无，深的碑碣和树的阴影都浓得化不开。虫鸣高一声，低一声，柏树沙沙作响，空气里浮满了冷寂和灰茫。我坐在月光下，夜晚不再是一个时间，整个夜晚就属于我和祖母了。我总感觉祖母的面容在眼前闪过。我好像听到了某种呼唤，那呼唤像是来自记忆底层的一座重锁的密室。

从坟地回来时，母亲已经睡了。我不想扰醒她，便又踅回到祖母的屋里。灯光照在墙壁上，一只断了尾巴的壁虎，静静地贴在那儿。我看它，它也看我，墙壁很白。祖母的轮椅靠在墙角，明亮了一下，只那么一下，那尖锐明亮的颜色，就硌伤了我的眼睛和心。我伸出手去，做了一个抓住它的姿势，却怎么也抓不住，心中一片无望与悲伤。我仿佛看见祖母的侧影，她躲开我的视线独自背转身去。我知道，她哭了。清明的北方，夜里生凉，风很大，想必明天会有一场大雨要下。院里半人高的月季花，经风一吹，香得刺鼻。我倏忽想起贾平凹先生《老生》后记里面的一句话：风刮很累，花开花也疼。

西岭村人家

西岭村，唐昭陵九嵕山南麓的一个小山村。那是我岳父母的家。这个巴掌大一点的村庄，已经没有几户人了。那天，我们回到村里的时候，已近晌午。炫目的太阳越来越毒，像是长满了蜇毛，贴上体肤灼感剧烈。远的近的蝉声像金属弹片断断续续地震动着。风倏忽就起身了，先是温温柔柔地托一片树叶，忽上忽下地袅袅，再就吹来一片片云来，越集越多。树木、山野、屋舍、果园，开始扁扁地伏在地面上，静听着云端里沉闷的雷声。忽然几颗很大的雨点飒飒地打在巴特的额上，那突然感到凉意而仰望的脸朝我回望了一下，吠了两声。巴特是邻居家养的一条狼狗。雨点渐渐大了，在地上跳起了泡沫，积水慢慢高了起来。门口新栽的皂角树被暴风摁在泥地上，树身左右摇晃，似在愤恨地咒骂。土地不见了，屋舍浸在水里，被淹没的树木淌着水。淋漓的雨遮天盖地，如同积满怨仇的女人。急雨之下，蝉掉到地上，湿重得不能再飞了，好不容易爬上半截旧木头，一个水浪拍来，蝉嘶了一声，又泡回到了水里。

岳父是在雨前赶回来的。前几天，这里下了一场冰雹，地里的农作物受罪不轻。听说我们要上来，岳父去地里摘了一筐梨瓜回来。

"这几个熟了，早都可以吃了，给你俩留着呢；这几个七八成熟，可以带到路上吃。"岳父说完，慢慢蹲下身子，将那些瓜一个个拣出来，用水轻轻洗了起来。

他说这话时，我的心里感到一种从未有过的温暖淌过。

岳母在里屋收拾抹洗着，她擦拭着爷爷奶奶的相片，抬眼问我们，有法子么？这相片能合成一张不？

妻子接过去，看着看着，眼圈就红了。

她想起自己出嫁那天，爷爷拄着拐杖站在屋檐下，目送婚车渐行渐远，消失在小路尽头。他眼神忧郁着，一如结冰的老井。那眼神她太熟悉了，而父亲现在的样子，越来越像爷爷了。他蹲在门口，脸朝外，一口一口地抽烟，望着湿漉漉的地面走神。他已明显老去，发须中夹杂霜雪，一如冬晨夕下大片的麦茬。

我坐在岳父对面的矮凳上，提着半个屁股谨慎地问，爸爸您有心事？我以为他知道了我和父母的事情。

岳父将那半锅子剩烟杵灭了，说，"这一个月我们这茬人已经走了好几个了，昨儿又走了一个，他最后死时是一点办法也没有，人在炕上躺着，命还睁着两只眼。"

岳父眼里的光很久才回来。

我们僵在那儿，都不说话了。长时间的寂静像石头一样沉重。

"爸爸，今年昭陵初中考到县一中的学生多吗？"岳父退休前是老师，我有意岔开了话题。

"学校没有几个娃咧！"突然，邻居家的小女孩像一枚飘飞的叶子落在门道里。她把头凑到我跟前说："我们学校原来有三四千学生娃，现在只剩下一百多了！"

岳父说话的语速很慢，抢不过小女孩。

"嘻——有条件的，都到县城读去了！"岳父一句话，刺得天空更灰暗了。

小女孩的眼睛很大，细细的，长长的，眼梢微微地向鬓角挑去，她点头，再看我的时候，阴云似乎遮住了眼睛，像是要落雨了。

岳父蹙眉说，她妈在县上给她哥陪读去了，娃跟她爷她婆在屋里。

小山村里的人一年四季过着平淡如水的日子，他们就像田地里的泥土一样卑微而坚强。那天，岳父断断续续地告诉我村里的一些事。栓娃家养了几十头猪，价不好，全赔进去了；强子媳妇前年患上肺癌，把公公买断工龄的十几万花光了，人也没留住；卫卫年纪不小了，媒人给说了个媳妇，女方家里穷得跟水吹了似的，还嫌弃山村条件不好，要求他在县城买房买车，听说最后没法子，给县南乡一家人当了上门女婿；秀她娘老说自己命不好，媳妇受不了北山上清贫的日子，撂下两个孙子，硬是跟人走了；年轻时曾在北京当空军志愿兵的国胜，因身体原因退伍回来，托亲戚在西安给找了个当保安的差事，一干就是十几年，如今两个儿子都在城里安了家；四婶两口子总是那么勤劳能干，半山腰旱地的三亩葡萄园让他们侍弄得风生水起，儿子今年又生了个大胖小子，她整天抱着孙子合不拢嘴；村西头坡上的几户人家，前年领上了国家的搬迁补偿费，搬到坡下公路边的平房里去住了；也有几家条件好的，为了娃上学，在县城买了房，过城里人的日子去了。其实，村庄距离县城也不过十来里路，但在心理上，他们俨然把自己当成了一个城里人。如今，村里就只剩下了些老人，他们和村庄一样衰老和孤独着，好像是留下来专门看守村庄的。也许，乡村的房屋、炊烟和土地永远成了梦境里一种奢侈的温暖了。

想想也是，城里的世界一天一个样，农村亦是。村庄里的一切，似乎已从陈旧的记忆里脱离了轨道。村里的路呈南北走向，几十年了一直在那儿，却年久失修，泥泞得更显窄了；那些桑树和泡桐还在那儿，槐树却被城里人花大价钱买走，站到大街上去了。村庄正一点一点被时间掏空。我似乎谛听到了一个乡村变迁的脚步声，这块土地像疤痕一样在眼前晃动。乡村那么零乱，脚步匆忙，为生存奔忙的个体身影变得飘忽不定。无论是坚守乡村生活的农民，还是弃农逃离家园闯荡都市的他们的下一代，现实都像把火炬，在这片土地上冷静地燃烧着，谁也无法改变。

夏季的白天总是过得飞快，一不小心，一个下午就被聊成了黄昏。天色渐晚，岳母和妻子在厨房张罗着饭菜。农家饭总是那么香甜可口。金黄的菜籽油，还有自家地里长出的菜蔬，柴火饭的味道，跟城里的就是不一样。岳母不停地给我碗里夹菜，将盛满油饼的碟子一次次往我这边挪，嘴里同时念叨着，快吃，快吃。那一餐，我的胃口超好，不知不觉吃了好多东西。妻子在一旁偷瞄，低着头笑。

村庄每天都醒在鸟声里。我在梦里都听见鸟叫，直到醒来。我听得出它熟悉的叫声，我在粤城很少听见这样的鸟叫。在这里，它是每天都叫的，似乎每天都在那个固定的枝头。

我睡到天大亮，才潦草地起来。岳父早去地里了。天不亮就出门，是他的老规矩。

岳母告诉我他不去别的地方，就待在自己的园子里。妻遂挎上篮子，唤我一起去地里转转。村里的地都不远，在路的东边，一条细径被草簇拥着通向远方。我们找到岳父的时候，他正忙着给一棵苹果树疏枝；太阳像个刚煎好的鸡蛋，有些耀眼，岳父的脸上汪着汗。阳光就像一个轻盈灵巧的飞虫，在他发梢、衣领和背后飞动。他干活的样子比那张脸要年轻得多。我一直羡慕岳父那双手，在那个年代既能写粉笔字，又能摸农具，他伺候果树就像以前教书那样，一板一眼。我对于果树的修剪不懂，向他请教，岳父笑着说，你对这还有兴趣？你没务过园子，剪树里面的门道多着呢，既要控制好树势的强弱、整形与结果并重，还要考虑密枝的疏除、压条、挂果与土地之间的平仄关系。比如这棵树，它的临时性枝条就太多，要去弱留强，去平留斜，将直立枝拉斜。我没感觉到他在讲一棵树，而是像在讲关于人生的哲学。

一聊起他的园子，老人的眼睛发亮，话也稠了起来。园子里的果蔬，因了时光，有了灵性，成了村庄最好的邻居。地里的豇豆有的还在开紫色的花，有的已经发青、变硬；青椒垂着娇人的绿耳朵，碧翠欲滴；香瓜叶丝绒似的簌簌作响，在晨光里，浓郁的芳香弥漫，行走时仿佛可以带动它的香气。岳父默默地领着我们穿越果园，身影映在土地上，和故乡融为一体。他穿越果园的姿势很神圣。

"下过雨，地里的马耳菜就长疯了。"岳父说话时，锄头也没闲着。

"可惜咧，马耳菜摊煎饼香得很！"妻子边说，边飞快地采摘着。

"把这还稀罕的，满地都是，咱地里种的菜都吃不完呢。"岳父笑着说。

岳父说的"马耳菜"，也是城里人常说的"马齿苋"。在广东，我的居所旁边有个文化公园，去那里散步，我们常常为寻到几株马齿苋欢喜得不得了；而在两千公里之外的故乡，岳父整个夏天都在地里挥汗如雨，用锄头跟它作着斗争。这种野菜的生命力极强，在故乡的田野里随处可见，总是被农人当杂草一样锄掉，但在异乡偶尔吃到，那味觉上的记忆，便连绵成我最初也是最终的故乡。

二十年前，这块地种着麦子，后来改栽苹果树，现在又成了一大片石榴园，仅存的几十棵苹果树像岳父一样，也老了。还记得，那些年我们暑假返乡，晚饭后常带孩子来这儿，打着手电筒满地里捉蝎子。时间总是无声无息，恍若隔世。如今这块地上冒出来两座坟，是妻子爷爷奶奶的。坟茔在土地无声的繁华中保持寂静，像进入生命的梦境。草根下隐透的黄土，如隐匿的历史，如血脉里的基因深入土地。岳父佝偻着背，杵在坟头抽烟，阳光把他捏成一小团。虽然他的表情包裹得很严实，但我还是看见他的两条眉毛很迅速地彼此凑了凑，眉间多出一条窄而深的沟壑。岳父在埋有祖辈的土地上，胼手胝足，起早贪黑，用熟悉的动作操劳自己的一生，又将像他的父辈那样，平静而安详地走向土地。我终于明白，岳父为什么不去城里住，而执意留守在这偏僻的乡下了。

七年前，儿子在宝鸡给他们另外置了一套房子，岳父母也尝试着跟儿子去城里生活。城里真大，走下客车他有了溺水的感觉。虽说有吃有喝的，可是连一个亲戚朋友都没有，住在楼上，上不着天下不着地，过个马路都战战兢兢的。他觉得自己一夜之间就老了，那种液态的生活让他很茫然，甚至会坐卧不安。太闷了，就想出去走走。他沿着清江河散步，四周被青草和树木包围，感觉内心的芜杂好像一下子都被清空了。这个时候，他特别希望能够拥有一块地，像在乡下那样。从那以后，岳父就断断续续地回乡下，想孙女妞妞的时候，便到城里住些日子；后来干脆一到寒暑假，岳母便带着妞妞一起回来，即使城里的房子空在那里。妞妞刚回到乡下，感觉什么都新鲜，可没有几天就倦了。她的嘴像被弹簧张开了似的，一边舀了半勺饭口齿生香呱唧呱唧嚼着，一边在你面前说着奶奶的好。吃完，嘴巴一抹，又嚷嚷着要回城里去。岳母嗔怪她，刚才你还说奶奶的好，这么快就离心离肺的。妞妞把头摇得像拨浪鼓，扑哧一声，笑了，脸上透着一股子机灵劲。

聊起孙女，岳父挑着眉毛，看了我一眼，压低声音神秘地说："不要说小孩子家，现在的年轻人跟庄稼、土地和村庄不亲，有几个人愿意待在村子里？外面的世界大得很，一个个削尖了脑袋往城里钻，巴不得走得越远越好。逢年过节回来待不了几天，又会走的。"我木木地望着岳父，手心里握满了汗。

事实上，我们这次回来待不了几天，也要走了。不知什么时候起，分别总会让人流泪。那天，我拘束地立在门外，说，我们要走了。岳母站在门内，收拾着行李，嘤嘤地哭。我们走出门没多远，她好像突然想起了什么，碎步跑回，将一包东西塞到妻子手里，说，把这包干蒲公英带上吧，你喉咙不好，路上泡水喝。

连接村子和公路的是很长的一段下坡路，我们越走越低，岳母越来越高；她目送我们的背影渐行渐远。妻红着眼不时地回头，朝她摇手，回吧，回吧。

巴特还一直跟在我们身后，像送老朋友出一趟远门。"巴特回去，快回去！"它望着我们，退后几步，一扭头，朝山上悲戚地吠了两声。在村子最高的地方，岳母成了一个圆点。夕阳下，村庄好像老去了不少，那座山，那道坡，那片土地都似乎有些泛黄了。

去回民街

天空簌簌地洒起细雨，城西客运站，左等右等，不见来车。一辆电动三轮摩托倏忽停在我的一堆行李前，露出一张男人的脸。满世界的噪音里，传来他沉郁的声音："坐车吗？"风吹日晒让他脸上的皱纹都成了黑的，像一块干旱龟裂的土地；他的脖子安了轴一样，有规律地左右转动，说话时舌头早早地就往后拽，一笑会往外流口水。

"残疾人——"妻悄悄说，"坐这车安不安全？"

她不安地从我的身上滴溜溜地转到他的身上，脸部的表情变化很快，春天，秋天，轮流地交替，在这样短的时间里。

"嘘——"我用食指压住嘴唇，朝她摆了一下手。

师傅，红埠街 25 号，秦逸轩大酒店，就在回民街旁边。

西安的交通什么时候起，也跟广州一样堵。一上车，我就后悔了，甚至生出些许厌恶，因为他一直喋喋不休。他不时地扭头过来说，不安全？干我们这行最不喜欢这几个字！

显然，妻子轻轻的嘀咕声被他听到了。过了玉祥门，他的电动三轮车就开始在各种车辆之间穿绕，活像一条泥鳅；我们坐在车上，心卡在嗓子眼，面面相觑，手抓得紧紧的。

也不知道过了多久，车子好像停了，他撇开两条不一样粗细的腿，下车指着对面一栋楼，说，快看看，是不是这里？往前走就是回民街。他走路的姿势呈规律的 X 型，右脚踩到地面，延迟了几秒，又反弹了回来。

"谢谢你，以后开车慢点，路上车多。"看他这个样子，我毫无意识地伸过去一只手。

他握我的手很有力，像一把生命的钳子。他的手上有一股咸湿的汗味，我突然觉得它特别好闻。后来我才知道，他叫雷鹏，四川达州人。当年他和村里的年轻人一起翻越秦岭来到西安城，做梦都没想到自己的身体会成这样。十年前，他还是个行动自如的蜘蛛人，一次事故让他险些成为植物人，命是捡回来了，却落下了终身残疾。来西安二十年，他只是一个讨生活的异乡人，却挚爱此城如同故乡。

那你没想过回家？我问他。

"没有，我的身体已经这样了，能有口饭吃，就不错了，我拉客，老婆在三桥贩菜，总比待在农村强一些。"他咧着嘴笑，胡子满脸跑。

我们目送他的车子，歪歪扭扭地消失于巷子的另一头，拐了一个弯，倏然不见。

橘黄的路灯下，细雨飘飘，我们打着伞沿着酒店门口的小巷走了很远，才到了回民街。夜色朦胧，丝毫没有影响人们的兴致，城里就是城里。要说回民街并不大，却混杂着五湖四海之人，南腔北调，行色匆匆，有者轻声细雨，有者豪气霸天，像蚂蚁，似螃蟹。"一真楼"泡馍馆就在回民街西边的小巷里，霓虹色的招牌在夜幕中闪闪烁烁，朝我们挤眉弄眼。来这里的人还真不少，店里有名号的题词能记住的，除了作家陈忠实，还有就是我的乡党曹佰庸先生了。这家店还固守着传统的吃法，排队，买单，手里拿枚形如一元硬币大小的铝号牌，候食。

看了腕表，已是夜里九点多了，食客仍络绎不绝。一真楼装修古朴，木质的桌椅，纹理清晰可见，有老关中的味道。它让我想起了高亢低回的陕西老腔："太阳出来照西墙，西墙背后有阴凉；他大舅他二舅都是他舅，高桌子低板凳都是木头。"

"24 号——，24 号！"

"在这儿呢！"我恍恍惚惚，以至于服务生连叫了两遍，才怯生生地应声。

一大碗泡馍便霍地端至眼前。一碗高汤，一碟糖蒜，羊肉压着碗底的香气，筷子那么轻轻一挑，蒜苗、粉丝、黄花菜、木耳等便尽现碗中。这吃食肉烂汤浓、其色如奶、香醇味美、黏绵韧滑。刚入口是一个味儿，咽下去又是一个味儿，留在舌尖上还有一个味儿，张开嘴凉空气进来，又出现一个味儿。一碗泡馍下来，浑身每一个毛孔都眉开眼笑的，那真叫一个舒坦。一朝步入西安，一日吃尽千年。牛羊肉泡馍有着千年历史，可以说是最具关中饮食民俗特色的一个文化符号，一个关中最有代表性的民俗饮食文化图腾；它是西安一张旅游名片，更是一道美食风景。当初回族人带着他们的双手，一路迁徙来到长安，他们的手艺聚得越多，便形成了如今的回民街。西安，一座繁华的国际化都市，林立的高楼围绕着古老的西安城，也围绕着不同气质的老街小巷。我羡慕西安人"有味"而闲适的小生活，因为像回民街这样的巷子在西安很多。走出一真楼，夜色更深了，行人渐少，想着我们明天又要漂泊异乡，离开这个魂牵梦萦的地方，心似乎扯上一根隐形的线，扯紧时颠沛流离，不免让人生出几分惆怅，眼眶湿润。

滞留西安

"旅客同志们，陇海线受连日暴雨，线路中断，抢修时间无法预计……"广播员棉花糖一样的声音盖过旅客的头顶，候车室顷刻寂静，然后是一阵喧哗，五湖四海的方言挤成一团。

刚进西安火车站，就得知火车大面积晚点的坏消息。

等吧。看这样子一时半会儿是走不了的。

黏稠的汗味、脚臭味、荷尔蒙味和隔夜的口臭味混合在一起，裹挟着嘈杂的人声。一个小时，三个小时，五个小时过去了……五个小时对于我来说，可以干很多事情，可以看一本书，想象一座城市、一些街道、一个村庄、一片庄稼、一群老友、一盏暖灯、一碗可口的饭菜……

困意袭来。在候车室转了好几圈，我才找来几块纸皮铺在地上，枕着旅行包，头一歪就睡着了。睡梦中感觉人群走动，咳嗽，小心地清嗓子。后半夜醒转，候车室里人增多了，很多人因找不到位子休息，惶惶不安。妻歪着脖子，斜靠在椅子上，脸色暗黄而憔悴。她根本就没睡，一直留心照看着行李。环顾四周，地上躺着的，靠墙打盹的，站着发呆的，一脸的茫然和疲惫。身边一位老妇人蹲在地上，给小男孩一口一口地喂食泡面。孩子一声不吭地站在那儿，眼神清澈极了。也许他是第一次去很远的地方，和他的父母团聚。看着孩子心里一阵生疼，想起那些年，我的孩子也是这么大，跟随我们无数次地奔波在路上。我起身将位子让给了他们。

火车站的洗手间永远人满为患，门帘垂落，一股尿骚味，进去就蜇眼睛。我站在更衣镜前，看着镜子里的自己，着实吃了一惊，这才一天没刮胡子，枯草就长满一脸，跟囚犯没啥两样。男人们聚在厕所门口吸烟，空气里弥漫着肺里呼出的浊气；女人们路过时掩着鼻，踮着脚尖绕着弯儿走。

"旅客同志们，您好！我是西安火车站站长，陇海线受连日暴雨，线路中断，抢修时间无法预计，K84、K1686、K8162、K1510、K8188……现在停运，买了票的旅客，请到指定窗口办理全额退票，改乘其他交通工具。给您造成不便，我们深表歉意！"

我刚回到座位，就听到这趟列车确实停开的消息。这是我已经预料到的结果。

我们怎么办？妻子着急地问。

去北郊坐动车走吧，我应她，还有明早十点钟的票。

去西安北站，十二公里的车程，龙首、盛龙、万达、凤五、凤八……这还是北郊吗？给我们开车的司机姓白，操一口陕北普通话，人很热情。他像导游一样，一路给我介绍着我的故乡。他显然把我当成了一个外地人，心里泛着些许酸涩。北郊变化确实很大，它已经由一片荒郊发展成万幢楼房的城市森林，变得完全陌生了。如果说，千年古城墙结构确立了西安城市的雏形，那么北郊则是继南郊之后，为我们提供的又一个现代城市的标本。一条街道，一个窗口，一些秘密，一双眼睛，一个世界，这巨变中的北郊，是我完全没有预料到的。

外面的世界在不断地"提速"，生活节奏、城市建设，包括火车的物理速度。G98 次列车是狭长的、矩形的，像是一行没有标点的过长的句子，在旷野上奔驰。黑暗迎面撞来，利箭般冲进山岳的盲肠去了。正迟疑间，天光豁然开朗，黑洞吐出了白昼。动车时速三百一十公里，就像一颗子弹，从西安射去广州。

我想起了第一次离开故乡，去到一个陌生的地方。那时的绿皮火车不像现在朝发夕至，它从西安出发，一路"咣当咣当"，两天一夜，途径渭南、灵宝、郑州、漯河、武汉、长沙……几乎每一个站都要停。车内，方言大抵听不懂，陌生的面孔一个挨着一个，在过道上互相拥挤着，我的身子绷得紧紧的，两条腿变成了一条，一泡尿憋出去两千里；河流越来越宽，植被愈来愈绿，黄土渐渐成了红土，火车已穿过大半个中国，窗外夜黑如墨，恐惧和孤独感慢慢浸透了全身。当我踏上广州站台那一刻，才知道一切都来不及了，我是真的离开了，故乡已经成为自己内心思念的一个地方了。

往事就像车窗外的树，火车过去了，树还在。妻推了一下发愣的我，问，快到广州了吧。她一觉醒来，列车已深入粤北，韶关站一现即逝。我们拖着行李刚下动车，人还在站台上，儿子就打来电话，说，爸爸，你们走到哪儿了？我等你们回家。儿子的话，让我潸然泪下。家，是故乡？抑或异乡？蓦然回首，二十年，两千公里，竟走了这么久，又那么远！不管是在南方，还是北方，站台只占据了很小的位置，甚至只是城市的一个角落或者一个影子，却聚集着无数奔赴在异乡和故乡的脚步。站台上人影匆匆，声音与气味依旧互不相识，容颜和色彩互不相识，还有谁归去？又有谁匆匆地来？

发表于《红豆》2016 年第 1 期

大地上的家乡

曾　野　诗人，小说家。作品散见于《人民文学》《中国作家》《大家》《青年文学》《散文》《散文选刊》《美文》《散文诗》《诗刊》《星星诗刊》等刊。作品入选《21世纪中国文学大系》等国内多种选本。作品曾被《读者》《中外文摘》《中国青年》等刊选载。参加过第四届全国散文诗笔会；2006年广东省青年作家创作会等。

曾获第五届深圳青年文学奖；湖南洞口文学艺术奖；第二届全国青年产业工人文学大奖中篇小说奖；深圳睦邻文学奖等。现居深圳。

一

　　我把一枚硬币朝空中抛去，一个长得很好看的女子正迎面走来，在她接近我的时候，我顺手接住了自高空落下来的硬币。女子露出了好看的微笑。金属的阳光也落到了我的手心。我握紧了这枚从高空坠落的硬币，仿佛握住了一枚温暖。我突然对陌生有了动情的部分。我心情舒畅，阳光却如此大方地遍布大地。这样的景色总让人想起春天。

　　阳光如此明媚。我漫步在街上，看见自己安静的影子在阳光里，像一幅流动的画卷。燃烧的思想隐身于我的方向。我有我的方向，你有你的道路。生活呼吸着城市工业的空气，时光静流，人声喧嚣。谁又能想到自己，想到自己的明天将遇见哪一辆马车。赶马车的人早已遗弃了乡村的风情。与远方相遇，交织的夜晚有着猜想的温暖。

我透过沙发墙上的镜子，发现嘴上的胡子都不见了，才想起昨天我刮了胡子。我对着镜子说话，嘴上的胡子刮得非常干净，没有留下一点的痕迹。它们已经去向不明。仿佛尘世里每个人的孤独，在万物的大地上奔跑着，谁也打探不了孤独的去向。

在穿过红绿灯的斑马线上，涌动着许多陌生的面孔，每一张面孔都洋溢着别处生活的微笑！他们大都穿着工衣，有几个上衣上还挂着厂牌。他们里面大多都是女性，只有几个男生夹杂在她们的中间。她们穿的是一种颜色，他们穿的又是另外的一种颜色。我的头脑里马上浮现了加班和工资两个词语。多年以前，我活在这两个词语里。我不停地加班，工资还是那么的低。我换了无数的工厂，每一家都让我难以逃遁。我真羡慕那个时候的自己，从不会懂得辛苦和汗水的疲惫，充满了对未知事物的好奇。我怀疑那个从前的我，怎么会那么有精神？凌晨下了班，还能趴在铁架床上写诗、画画。我一次次在诗歌的句子里和绘画的线条里做着天真的梦想，体味着夜晚的抒情。

她们经过我时，像一个擦肩而过的回忆。

我喜欢穿着工衣的她们，像我的老乡我的亲戚，像我忽略的寂寞和忧伤。走着走着，我发现街上的人越来越多了。男男女女，多么青春。今天是个好日子，很多工厂都放假了，他们有了自己的时间，她们成群结队，有说有笑。有的手里拿着一根甘蔗，有的拿着一个煮熟了的玉米棒，还冒着腾腾的热气。她们像乡村的风景，遍地生长。

我一直这么走着，在大街上漫无边际地走着。阳光如此明媚，我竟然有了迷路的感觉。我在一个站台上上了一辆公交车，上了车才发现，车上座无虚席，有空隙的地方都挤满了人。有几个女孩子看上去很高兴，在拥挤的人群里大声地讲着话，用的是四川的家乡话，但听得真切。只见一个女孩对另外一个女孩说，你是不是看上他了哟？

说这话的人和听这话的人都情不自禁地笑了。

二

我在夜幕下经过中医院，橘黄色的路灯照亮了行色匆匆的路人。灯光把大地照耀得很清晰，如同白昼。我从容的身影和内心的焦虑是复杂的，矛盾的。天越来越冷了，寒风吹拂着我的面孔和双手，我才感觉到这个城市也是有寒冬的。尽管要穿厚厚的外套，睡觉要盖厚厚的棉被，但与家乡的寒冬相比，这真的算不了什么。我其实很喜欢这个样子，睡觉很安然，写作最舒服，对于一个居家的男人来说，这样的季节是再好不过的了。

在离中医院不远的一块空地上，那个看相的老先生还没有回家，还坐在那里等人去占卜问卦。这个时候，只有他一个人，静寂地坐在那里。他打开自己的钱包，在聚精会神地清点着今天的收获，五块十块地数着，时不时用个手指在自己的嘴巴里蘸点口水。

我在街摊上花两块钱买了一个熟玉米棒。我问卖玉米棒的妇女，玉米熟么？她说，熟。玉米好吃么？她说，好吃的。我说，你选一个好吃的给我。她就选了一个给我。我说，真的好吃的么？她说，你要相信我，真的好吃的。我付了钱，接过她递给我的熟玉米棒，在巷子拐弯的地方咬了一口，果然好吃的。

我想起了妇女言辞诚恳的话：你要相信我，真的好吃的。

三

尘世里我们无法去猜测生命的指向，或者命运的疼与欢。阳光擦亮我的窗户，干净的光线涂抹在散开的窗帘上，窗帘上的花朵醒了，它们一朵一朵地盛开了。在忘尘的想象里，在心灵的野地里，它们多么繁茂，多么旺盛，多么生机。稠密的青草和露水沾染着清香的空气，生命诞生，万物生长。我沿着想象的途径望着窗帘，以及窗帘上充沛的阳光。阳光里住着天使，她们每一个名字都浸入了我们的心灵。我房间里的窗帘是一位陌生的女子留下来的。她原来住在我现在的房间里，听房东说，去了另外一个城市。她走了，留下了有着她气息的窗帘。我对她有了更多的猜想。

不消说，她一定遗留了上帝给予她的梦，我如此无端地置身于别人的梦里。

我用虚构的可能性寻找着时间的痕迹，我的善良常常显露了笨拙。我喜欢朴实而亲切，我喜欢干净而谦虚，我喜欢娴惠而素静，我喜欢诚实而明亮，我喜欢温柔而大方，我喜欢的当然不止这些。在遥远的某件事物里，也许就有着现在某件事物的开始。人间的心事与人间的忧伤都在体验着疼与欢、爱和憎。我在路上遇到一对男女在吵架，男的低着头在抽烟，女的受不住用了很厉的声色：你要我怎么样你才甘心呢？

她的声音很响。路过的人忍不住笑了。

生活中很多的时候，我们笑了就有了泪。生活通过时间刻画了命运的栖身之所，也消融了时间里的生命。距离是一种美，美在一种错觉。在一起的人会与你有离别的时候，有分手的时候。离别了分了手就不在一起了，彼此的想念有可能是一天两天，也有可能是一生、是永远。

四

两个像母亲的女人，坐在草地上，她们在快乐地说着话。旁边停放着打扫街道路面的环卫车和扫把。很显然，这是两个搞清洁卫生的环卫工人。我在路边商店买了一包好日子香烟，拆开封口，从里面抽出一支来，准备点燃。这时我无意间看到一个肥壮的男人从附近一家福建城发廊走了出来，他眯了眯眼睛，朝空气里放肆地打了一个喷嚏。男人的掖下夹着一个精致的小公文包。男人满面红光，看得出来，男人刚才进去了一定有了满意的收获。很多这样的男人，他们体面而安然地在这样的场所停留短暂的片刻。然后从里面走出来，走进人群里，从此隐身，无人可知他适才的秘密。这个男人走了一段路，在一个补鞋的地方又停了下来。他的鞋有了灰尘，他想把鞋擦得更亮一点。补鞋的师傅很受力地擦拭着他的鞋，鞋很快就擦好了。他走在路上，鞋比先前更亮了，再亮的鞋在路上走得久了还是会被灰尘蒙上的。

一个乞讨的老头，挡住一个浓装艳抹的女子，把手里的破杯子伸到女子的面前。女子不给钱，老头不让。女子生气了，老头也当仁不让地瞪圆了双眼怒视着女子。这两者相映成趣的几十秒钟里，过路的人有的在捂嘴偷笑了。

五

在家里看看书，发发呆，听听音乐，觉得这样挺好的，有一种幸福浮现的感觉。看书看得累了，就到外面去走走，外面的天气还是那么的好，阳光与我不慌不忙地走着。很多人与我不一样，他们行色匆匆，他们很忙。他们在时间的跑道上赛跑。时间从来不住在这些人的家里，不是在公司就是在路上。时间对于很多人来说，是非常欠缺的。世俗的生活让很多人忙于时间里，沉醉于时间里。他们昼夜地忙碌着，就是为了过得更好。什么样的生活才是更好的呢？很多人说，我今天很忙，没有时间。在以物质和金钱来衡量一个人价值的今天，时间的最大证明，就是有人拥有了物质生活的财富。车子房子票子等等，让一个人才尽其用。在时间的深处呕心沥血，终于赢得了时间。今天的生活是越来越繁忙了，忙得不可开交。很多人连过年都没有时间回家，想想真是不可思议。

赢得了时间的人，其实已经失去了时间。

在当下，在今天，幸福生活的指向是什么呢？它真正的意义是什么？我相信很多人是难以回答这个问题的。我们从来就没有认真地想过，我们活着究竟想干什么？我们得如何地活着？走在大街上的人，像奔跑的马。我是那个赶马车的人，我在时间的背后欣赏这一切。我的时间是我自己给予的。所以，我像主人一样在家里，在时间里，享受这纯净的生活。

以前，我很不明白，一个女人怎么可以去养狗？而且把狗当作个孩子养着，疼爱着，给它洗澡，穿新衣服，带它睡觉，高兴的时候总是把它抱在怀里。在路上，我又遇见了这样的情景：一个高挑的女人，长得优雅而迷人，怀里正抱着一只小狗，一边走一边拿脸去亲近小狗的嘴巴。这么漂亮的女人，她的小狗应该知足了。小狗与女人的情缘相比起红尘中无数的男子，又有几个能如此得到她的宠爱呢？

女人欢快地哼着声调，软绵绵地感染了小狗。小狗在她催人入梦的声调里，很乖地打起了瞌睡。喉咙里还发出亲昵的嗡嗡声来。女人正走着，不知从哪里闪出了一个邋遢的乞丐男子，他目光痴呆对着女子，咧开嘴来坏坏地笑着，把女子吓了一跳，女子很矫情地骂了一句粗话。小狗也惊醒了，对着满街的阳光汪汪地叫着。莫名其妙的举动，让看到此幕的行人不由得扑哧一笑。

我看到的这个场景，再细细回想起来，觉得也是一种幸福。一个女人，她的内心总是寂寞和脆弱的。在一个人的时间里，小狗的陪伴，会让她感到生活在时间里的具体和结实。她会因此而让自己的寂寞像烟雾消失。在夜晚来临的时候，她抱着小狗，就像抱住了安慰和勇敢。

再遇见牵着小狗走在大街上的女人，我就安静地在远处看着。我突然想，女人可能自己都不知道她幸福的感觉其实就是在生活的时间里，和一只小狗去散步。

六

这尘世里，有没有一个人像自己这般？或者像自己这般的是一个女人。遇见另一个自己，我想，在生活的现实里是无法实现的。我们只能在虚构里沿着猜想的路途去寻找、去相遇。我们穷其一生，也只能在想象的路上遇见自己了。

过去了的是从前，正在继续的是今天，即将来临的明天将是个什么样子？明天是一个值得期待的日期，它永远出现在未来的路上。每个人都将抵达自己的未来。而未来给予我们的是不同的方向。

就像现在，就像此刻，我被风抒情地抚摸着。这对于很多在巷子里打麻将的男女来说，风无法触摸他们，风在小店的门口就停住了脚步，风敞开了事物的一切，被阳光打扫得健康而干净。我站在男女们遗弃的风情里，被风轻轻地吻着。我安静得不想说一句话。

男人说，今天手气真背，没自摸过一回。

女人说，今天邪门了，我也没自过摸哩。

男人抽出一支烟来，点燃。深吸一口，粗重地吐出来，烟圈旋出很远，最后沉入风里，去向不明。女人手里捻着一个牌，在桌上不轻不重地拍着节奏，修长的手指甲上涂抹了很浓的红色。男人和女人不经意对视了一下，各自轻声发了笑。男人问女人，你输了多少了？女人说，八百。女人问男人，你呢？男人说，快一千了。

风和我在巷子的过道上，每一个方向都能进入城市的生活。而男人和女人，他们和她们，显然失去了方向。他们在生活里以游戏的方式隐藏了各自的方向——从前的方向，以后的方向。

再见了从前，就会相遇后来。今天一场游戏的结束，意味着新的游戏在今天重新开始。你无论怎样地洗牌，只要有风，就会有风吹草动的境遇。

建筑大面积地覆盖了大地，大地上只剩下了建筑和活动的人。万物变得坚硬而冷漠。城市的公园，只留下了生活诗意的最珍贵的一个部分。在那里，风吹得很静，像一个梦境。我去公园的跑道上跑步，总会遇到一对老人，他们两个有说有笑地在散着步。好几年了，我一直遇见他们。我和这对老人从来没有说过话，但在同一条跑道上，我们熟悉了汗水的方向。我喜欢在跑道上看到运动的女子，她给予了风和阳光的风景，也给予了道路难以言说的热爱和赞美！

七

晨光中的阳光照着街巷，照着市场，照着行人。四周的景物及光影还沉睡在城市的睡眠里。楼下小店的卷闸门紧紧地关闭着，老板娘和她的男人一定还在昨晚的夜里做着梦吧。昨夜这里一定又是个失眠的夜晚。小店里有一张麻将桌，打麻将的人常常把这里的夜晚弄得很响。长长的巷子里从头到尾，随处可见这样的小店，店里并没有卖什么商品，只是象征性的摆放一些香烟、饮料和米酒等。这里的小店说到底主要是用来打麻将的，这一个又一个的小店只不过是一个又一个麻将娱乐的点罢了。生活就由这个点牵引着许多人的日常。他们和她们沉湎于这样的娱乐。

小店遮蔽着城市工业的孤独，在别处闪烁着黑的火光。

晨光里的阳光并不暖，天气又变得冷了许多。这样的天气，懒在床上睡觉倒是很不错的想法。可想法终归只能是个想法而已，生活是经不起幻想的，在现实的面前，异乡的生活显得严峻而残酷。凌晨的四五点钟，街上就有打扫卫生的环卫工人了。他们冒着寒风，用扫把沙沙地清扫着地面上的杂物和垃圾。

早晨去市场买菜时，阳光已大片大片地落了下来了，落在市场的门前，落在来来往往的人身上。在市场门前，一群妇女坐在水泥的台阶上，像游手好闲的富人，用织针在娴熟地编织着手里的毛线。她们大都来自农村，听口音，沾着很浓郁的乡村气息。她们脸上闪烁着晨光中的阳光，手里在不停地挑拨着欢腾的内心。她们在市场的门前，在这一刻的呈现里，唤起了我对于乡村的愁绪和别离后的依恋。

她们坐着，她们编织着，有一种幸福聚拢在她们的周围。她们一定爱着自己的家乡，爱着自己的孩子，爱着她们的男人。家乡已经看不见这些女人了，她们逃离了家乡的眼睛，在别处，在城市的深处，她们叽叽喳喳，像要飞的鸟儿。她们构筑了城市的另一个乡村。

这些女人，都不简单。

此情此景，正在温暖我时，一个妇女忽地站了起来，沾着很重的乡音问我，先生，要办证件么？说着，递给了我一张卡片，卡片正面写着：

东南亚证件（集团）有限公司，代办一切文凭、证件、刻章、票据，联系人李××，手机：130668×××××137142×××××，敬请保留，以备急用。

卡片背面写着：

本公司代办以下业务：1.各学校毕业证，各中高等院校学历、学位证书，自考、成教函授、外语等级及各种档案材料。2.各类操作证，技术等级证，电工、厨工、美容美发、会计、会计师、工程师、教师、医师等资格证及职称证。3.各种防伪身份证、户口本、未婚证、结婚证、离婚证、准生证、出生证、结扎证、妇检证、健康证，各种士兵证，退伍证等。4.驾驶证、行驶证、营运证、附加费、养路费、车牌等。5.并可根据客户要求和复印件制作各种证件。（自备相片）

八

我几乎还没来得及展开想象，老鼠就窜了出来。在我的房间里，在我的床下给了我夜晚惊鸿一瞥。在这里住了这么多年，还是第一次发现在自己的房间里竟然有了老鼠。这个发现，令我吃惊不小。天哪，这里也来了老鼠。我从床上爬起来，拉亮了灯，找遍了房间的每一个角落，都不见了老鼠的踪影。我想，老鼠许是逃走了吧。我熄了灯，继续睡觉。

哪知没过多久，老鼠又窜了出来，它迅速地穿过我的床前，逃往阳台的方向。我又拉亮了灯，四处寻找着老鼠。老鼠仿佛会隐身术，只那么一刻，你翻箱倒柜也无法寻觅到它的足迹，哪怕它的一点点气息。这样三番五次地闹腾，我彻底失眠了。

老鼠的出现让我越发感到了寂静，夜晚是多么的漫长。

这里竟然出现了老鼠。这使我对这里的生活环境感到了不安。房子越盖越多，越盖越密，人越住越多，垃圾越来越多，人的生活环保意识也越来越让人担忧。在寂静的夜里，我想起了生活的优雅。当下的生活，有几个人有了真正优雅品质呢？人趋向于幸福的表层，在生活的自我践踏里烦躁不安。生活失去了它原始的宁静。万物离开了散发泥土大地的根基，在虚空的大地上，城市工业的繁荣构成了美好童话的消失。人的距离越来越远，人的诚实越来越少，人的心灵越来越坚硬。我们需要的柔美和温暖在慢慢地褪色，成为后来的虚构和想象。寂静的夜晚多么漫长，我在生活的难度里触摸自己的寂静，寂静多么美好。

我在寒风里叫住了踩三轮车的河南人。家里堆积了很多饮料瓶、啤酒瓶还有旧报纸书刊等杂物。昨夜老鼠的闹腾，我下定决心要把这些杂乱无章的废旧物资清理掉。一定是这些落满了灰尘和污垢的东西吸引了老鼠的到来。河南人在我的面前刹住了三轮车，寒风的作用，河南人的头发和呼吸都沾染了晨光里的水雾。河南人笑着问，东西多么？我说，还好。河南人就跟着我上楼，一层又一层，到六楼。我问河南人，你踩着车在外面溜达，冷不冷呢？河南人说，哪会不冷呢？都习惯了。用的是一口纯正的河南音腔。

巷子里踩三轮车收废旧品的大都是河南人，有些好像都是一个村子里的人。他们有时候闲着没事时，就几个人围拢在巷子的墙角旁，一边打牌，一边讲着笑话。

堆积如山的一大堆的东西，被河南人清理得干干净净。清理好后，河南人就轻拍着拾掇好了的手看着我说，我怎么开价给你呢？我说，你随便说个价吧。河南人说，现在金融危机，你也是知道的，生意不好做了。我点点头表示认同他的话。河南人把嘴里那根烟抽完，扔在地上踩了两脚后，才说，两块钱。两块钱？这是我始料未及的。我以为河南人在开玩笑，我说，两块钱，你开什么玩笑啊。我这么多的东西，最起码也得卖二十多块钱吧。河南人说，以前当然是可以的，可你知道现在是什么行情，我收你这么多的东西我也只能赚到几块钱。河南人好像带着无辜的嘲笑看着我，你说怎么着？我说，五块钱，全部五块钱好了。河南人说，五块钱我不要了，你另外找别人来收吧。我说，那多少呢？难道就两块么？河南人说，我给你再加一块钱吧。三块钱，你要卖就卖。看河南人神情很真诚，我只好点点头同意了。河南人就弯下腰来，把拾掇好的东西全部扛在了肩上，下楼去了。

我发现，他的背影在楼梯间消失的时候特别好看。

九

大地有大地的心事。我们穿行在日常的大地之上，却无法知晓大地的忧伤。一个富有诗意和思想的生活观察者，她一定懂得了大地的情感。大地蕴含了人类生命的巫语。在这里，我选择了她作为第三人称，这个她是个女的，而不是男的他。我们常说，大地是母亲。她洞察了大地的一切，成为我们的眼睛。这使我想起了诗人顾城的一句诗：黑夜给了我黑色的眼睛，我却用它来寻找光明。我们寻找的是我们在大地之上的家乡。

我们该在哪里停下来，又该在哪里起程？大地在远方的神秘里，带给了每个人传奇。我们又难以捕捉到生命与大地之间微妙的情感。多年前我们在这里相遇、相识。我们成了邻居，在一起有了生活。我们与大地紧密相连，像亲戚。月光同时照亮我们的窗子。你有你的睡眠，我有我的寂寞。我们的呼吸，有着种种美妙的安静。

我们在楼梯间相遇，我们彼此微笑致意，有时候我们还会偶尔说上两句话。你穿睡衣的样子很好看，自然得仿佛大地上的风，轻轻地吹着。我想赞美你！但我没有勇气去这么做，因为我看到你脸红了。你脸红了，就显得更加的乖巧。我只呃了一声。你像大地上的野葵花，朝着我的声音盛开……不得不承认，你点缀了岁月的虚构和想象。

今天我想起来了，你租住的房间已经成了别人的房间，你早就搬走了。漂泊的生活就是这样，昨天我们也许还见了面、说了话。今天你就成了陌生人，消失在了茫茫人海里。有一些幸福的瞬间，使我们获得了友谊和信任。在同样的一个地方，一个空间里，我们独自歌唱了这异乡的世界。而世界却站在大地上，倾听大地的心灵和歌唱。

有很多人我们好像很熟悉了。等到搬走了才发现其实这只不过是熟悉生活里陌生的背影。再一次相遇时，好像在哪里见过，但又无法想起来究竟在哪里见过。很想喊一声，但又不知道她叫什么名字。于是我们只好在缘分的瞬间里擦肩而过，偶尔微微一笑。

十

去外面时，路过烟酒专卖店，我忍不住又买了一包香烟。这段时间里，我抽了不少的烟。天气冷了，坐在房间里，我点燃一支烟。吸一口，觉得全身暖和了起来，有了一股力量。我也不知道这是怎么了，一下子对吸烟心血来潮。她和孩子当然是反对我抽烟的。她看到我又买了一包烟回来，就问我，是不是遇到了什么心烦的事情，怎么最近老见你抽烟呢？孩子见我从烟盒里掏出一支烟含在嘴里，就说，老爸你又抽烟了。

我向来很少抽烟和喝酒，基本上没有这两样爱好。也许，这段时间我对香烟有了鬼使神差般的迷恋，就像有段时间我对喝啤酒有了鬼使神差般的迷恋一样。我想，可能是我遇到了内心里自己也不知道的孤独。需要通过这淡淡的烟草味来驱赶内心的孤独吧。我也知道，吸烟与喝酒都是难以消融一个人生活里的情绪的。不是有一句话这么打趣喝酒的么：借酒消愁愁更愁。我想，吸烟也是同样的道理。喝啤酒少量一点，对身体还无大碍。听有些朋友说，适当喝点啤酒其实还是养胃的。也不知道这话是真是假，也从未认真去医学界人士那里求证过。吸烟就大不相同了。吸烟是有害的。买回的香烟上就很醒目地印刷着这样的文字：吸烟有害健康。

吸烟等于在吸收生活的病菌，很多人却心甘情愿地让这样的病菌在自己的身体里滋长。这让我想到了人和生活的玩笑。

我对她说，放心好了。从明天开始，我决定不再买烟抽了。还原到从前的自己，不抽烟不喝酒。让自己在生活里保持纯粹和健康。

我觉得很多人的生活都是绚丽多彩的，他们有大把的节目和热闹。我越来越羡慕他们，以及他们在生活中的游戏心态。我不习惯把肤浅和无聊这样的词用在他们的身上，事实上，他们有着他们的有趣和意义。真正的意义也许在生活里是个人虚构的感觉。你认为的意义恰恰对他们来说就是无趣。而你认为的无趣在他们看来，就是有意义的生活。我居家的日子当然是最多的，在房间里度过的时光绝对比在房间以外的时光要多得多，但我乐此不疲。因为我习惯了把房间当成我创作的大地和天空。我在大地和天空里有滋有味地活动着。你说，我是一个耐得住寂寞的男人。你问我晚上不出去玩么？我说，晚上没有可去的地方，就在家里了，哪里也不去。你竖起大拇指！是在夸赞我吗？别，我其实也想在晚上去外面走走，与谈得来的朋友散散步、喝喝茶，聊聊这异乡的生活。

穿着丝袜裤的女子，在寒风里优雅地行走着，高跟鞋敲打着窄窄长长的巷子。巷子里散落的脸谱都张望着女子的身影。巷子很静，他们微笑着抽着烟。这娘们儿，这么冷的天气，当真只要风度不要温度了。

女子走路的节拍具有音乐的美感。她不紧不慢地走着，从容得让人不得不回过头去看她。她旁若无人地朝着巷子的前方走去。她好像嘴里还在轻轻地哼着小曲，她仿佛映照的阳光，把巷子的小路照得非常温暖。

眼睛所见的事物远不及心灵的世界。游戏的好处是随遇而安，不要过于目的。过于目的东西已经削减了游戏的趣味性、真实性和自然性。真正的游戏也许是一种我们对于生活的假定，或者说是一场由来已久的想入非非。心里埋藏的某种东西，在生活的舞台现身，在这之前，你根本无法揣摩原来是这么一回事。你恍然大悟，呀，我的天，原来是这个样子的哦。它把另外的一种生活表演了出来，让你看到了生命隐藏的游戏。生活的结一个又一个地解开了，又一个一个地结扎在了一起。你感到了惊诧，游戏的内部具备了生命深度的抒情和思想。游戏无法逃脱时间的手艺。

我们成为时间里的每一种手艺。

有一个女子挨着你身边的座位坐了下来。她的身体的气味迅速与你身体的气味融洽在了一起。你们那么亲密地坐了很远的路，谁也没有下车。女子的语言在眼神的表达里，像一首朦胧诗。你轻轻地咳嗽了一声，而女子恰在此时挨着你的咳嗽深度大方地打了一个哈欠。这个哈欠让你无意中发现了女子的熟悉。

对于你和她来说，游戏不过才刚刚开始，而大巴却已到站了。

爱说出来，是要承担的。承担诺言和责任，承担心里的那个约定。男女之间，女人的善良和男人的诚实，往往在一刹那间交织。即逝的情感在刹那间因为真切和热烈而充满矛盾。男女之间的一些动作，也许并不见得是真实的。这里面蕴藏了诚实背后的谎言。女人问，你爱我吗？男人说，爱呢。女人说，当真么？男人说，当真的。女人就心花了，男人也怒放了。男人与女人缠绵得自然，像树上的叶子与花朵，在春天的枝头迎风招展。自然的美，自然的景，自然的心灵，自然的事物……这一切都通往了心爱的道路。

一对男女在去往中医院的路上，遇到了什么开心的话题，两个人都呵呵地笑了。女人则有了高涨的情趣和肢体语言，她情不自禁地朝着男人的屁股摸了一把。男人摸得乐了，也顺手在女人的屁股上摸了一下。女人跳了起来，很有弹性。女人这下不是摸了，而是用手掌在男人的屁股上娇笑着啪啪扇了两下，男人也在女人的屁股上啪啪地扇了两下。这时，女人和男人同时浪笑了起来，发出旁若无人的笑声来。

这时，从书报亭走来了一个手里捏着一只破碗的乞讨老人。他把碗伸到了这对男女的面前，这对男女立刻止住了笑。男人用手挥了挥，示意他走开。女人则眯缝着眼睛望着他。乞讨的老人仍旧伸着他的破碗，在男女的面前摇晃。男人说，走开啦，你有病。女人好像很高兴的样子，看着男人的表情。这乞讨的老人也真是运气来了，突然发现了离书报亭不远的地上，正蜷曲着一元钱的纸币。老人二话不说，提腿运气，风快而至目的地。弯腰拾了起来，展开来一看，真是一元人民币。老人眼睛亮了，回头再来看这对男女时，才发现他们已经走远了。

语言真是很奇妙的东西，它就像生活的催眠术，可以迷倒一个人。两个人原本就是陌生的，也根本不认识，偶然遇到了一起，有一个就开了口，另一个人也开了口。语言用了它神秘的磁性，吸引了这两个人。后来这两个人就熟悉了，就了解了，也就懂得了。

每个人的生活都依靠语言来完成，最终达到自己觉得的满意。

还有一种语言不需要通过声音说出来，只需要眼睛和肢体的动作，就可以明白了。这种语言往往需要一个有着丰富生活的内心才能察觉到它的意思，才能感触到它的温情。比如现在，我看到了车站拥满了许多回家的人，他们排着队在窗口等待着买票。他们大包小包地揽着行李，他们的眼睛写满了内心的语言。这一切告诉我，回家过年了。

发表于《作品》杂志 2018 年第 4 期

左 岸

紫 殷 柴培爱，女，笔名紫殷。河南新野人，东莞市作家协会会员，现居东莞长安。有散文随笔、诗歌、小说散见于《中国青年报》《南方都市报》《杂文月刊》《光华日报》《东莞时报》《侨乡文学》《南叶》《南飞燕》《星星文学》《长安文学》《潇湘文化》《今日新野》等报刊。

隔壁康岛是一家有 500 多名员工的日资电子厂，男女比例大约是 1∶5。我们金成是位温州老板开的做家私配件的五金厂，有 350 多名员工，男女比例大约是 5∶1。我们厂的男工没事总爱往厂房楼顶跑，看隔壁的漂亮妹子。如果说只远远望着不言语也就罢了，可他们偏偏爱吹口哨。有时候，看见一群花儿一般的女孩向厂门口走去，他们的口哨就瞬间响亮起来。那些女孩们赶紧低头掩耳匆匆加快脚步，有的竟不慎踩了裙摆或是高跟鞋踏进了地面上的小坑里差点扭了脚，偶尔也会来一句"真讨厌"。

康岛的人事主管刘生为此事来找过我，说我们金成的男工太野蛮，惹得他们厂的女工都不敢在厂区里走路。说实话，五金厂的男工整体文化程度是低了些，但这并不代表做人的综合素质就差。用野蛮来形容他们，太过分了。这个我可管不了，厂规上并没有规定男工不能对女工吹口哨。再说了，我们厂的男工多数都没成家，你们厂的妹子下班了个个打扮得花枝招展，是不是故意吸引我们厂的帅哥也难说。我一向照章办事。刘生见我这样一番说辞，这个走路不见脸先见脚和大肚腩的男人准是气坏了，扶了扶黑框眼镜，板着脸走了。

打发走刘生，我叫来了保安队队长老黄。老黄是湖北黄冈人，三十四五岁，当过武警兵，身材高大，模样周正，办事利落。我们厂小，我虽是人事主管，因为没有本地厂长（外省人在东莞办厂，大多数都请有本地厂长），所以跟政府有关部门打交道的事情都需要我亲自做，并不是仅仅负责招工、上岗培训、考勤、人事考察、调动、后勤等这些事情。许多厂内的事情我都交给老黄了，我们是半个老乡，所以这个保安队队长的权力可比一般厂的保安队队长权力大，他也乐意做，我也落个清静，闲暇时读读书写写文字养养花草。我问老黄男工在厂房楼顶吹口哨是怎么回事，哪个部门的，搞得康岛的人事主管找上门，我都不知道该怎么说。

小木，我们厂女工少，抛光部的一百三十多号人，大部分都是光棍，湖南人占了大半，其余是安徽人、河南人、江西人、广西人、四川人和贵州人。这个情况你是知道的。没个女朋友，上班干活怨言很多，货都赶不出来。对康岛的女工吹个口哨也不是什么大事，上学那会儿，哪个男生没鼓起腮帮子对漂亮女生吹过口哨？不足为奇，我都没当回事，男生们还特别喜欢看女生们出丑时的窘迫样。听抛光部（在五金厂，抛光也叫磨光）主管刘大军说，这段时间他们部门的员工干活可带劲呢！不用怎么管，货就早早磨好了，太阳打西边出来了。老黄说起这件事眉飞色舞，好像占了康岛多大便宜似的。为什么队长叫我小木，这是有原因的。其实我不叫小木，我姓柴，可老板陈生说小柴不好叫，叫小木比较顺口也亲切，就这样我成了小木。老板娘李总喜欢笑嘻嘻地叫我木头。

其实抛光部的环境也真够恶劣。一百多台磨光机，一齐响起来，再加上车间四壁上大锅盖似的排风呼呼作响，磨光材料麻轮布轮碎屑和空中的灰尘搅和在一起乱飞，有时候真让人睁不开眼睛，喘不过气来，只听听这嘈杂声就头晕眼花，甭提干活了。可这些男工们都戴着白色棉布口罩，弯着腰，双手拿着不锈钢把手或是锌合金锁面等半成品一丝不苟地在磨光机上下或是左右来回磨。他们是那么的认真。不认真不行，报废率不能超过3%，否则白干不说还要被扣半成品的成本费。所以就出现了同是在一个部门上班工资差两倍的现象。这和主管分货也有关系，因为工价不同，磨货难易程度不同，这就让管一百三十多号人的主管刘大军权力颇大。不认真不行，磨光机随时有可能咬破主人的皮肤或是削掉他们半个指头。按刘大军的话来说，我们抛光部这些人都恨不得叫 QC 部那些女人们姑奶奶，别老给我们下返工单。一天磨 8~12 个小时的货，眼睛都直了，双手都不听使唤了，脖子都快断了。为了生活，我们四处劳苦奔波。可我们抛光部清一色的纯爷们愣是没女孩子看上，真叫人揪心。我们有什么前程，前面黑乎乎的，连条道都没有。抛光工们吵着刘大军分货不均，自然是那句老话：官向官，民向民，老君爷向着咱稀归人。好货都让隆回人拿去了，我们还有什么劲头干？每每为分货吵得不可开交时，刘大军就会两手叉腰眼睛瞪得像两颗大枣：都别吵，抓阄。大家一下子安静下来，你看看我，我看看你，连隆回的一帮人也赶紧把准备领走的好货放回原地。众人默认抓阄是最公平的办法，看天照应不照应了。

又有几个人写了辞工申请书，刘大军递给我。小木，你快点给我招工。要是能给我们部门的人介绍个女朋友也行，这样就能留住人。我只管他们上班有钱赚，我还能管他们娶老婆？你真会开玩笑，你找厂长或者老板去，我可没那个能耐。康岛的女孩子多，你这个当主管的也给你们部门的未婚青年出出主意，近水楼台先得月。员工流动性大，对你这个主管也没什么好处。刘大军只好收回那几份辞工书，摇摇头走了。在东莞，爱情是八大怕之一。有网友总结东莞人的八大怕：怕老家来人；女怕剩，男怕婚；害怕借钱；渴望爱情又害怕爱情；怕当房奴；怕养小孩；怕外出就餐；怕老去。

为了生活，或者是为了梦想，谁不辛苦，不苦哪来的甜？我们要坚持要坚强。活在东莞，我们如履薄冰。生怕一个趔趄没站稳被摔倒，再爬起来成本很大，或者"一失足成千古恨"。所以东莞这座世界工厂成了流动性很大的城市。只有爱情才能让来去匆匆的人们暂时停下来或者停下来再也不想走了，梦想着有一天成为其中的一员。可是在东莞，我们渴望爱情又害怕爱情。在这个陌生的城市，没有亲人没有朋友，有的只是对未来的畅想以及对现实的迷茫。孤独的身影寂寞的心，渴望一份真感情。有时两个渴望被爱的人，很简单地相互吸引了，草率地结合了。

爱情是浪漫的，现实是残酷的，最终抵不过俗世的纷扰，来不及向对方解释什么就分道扬镳，像双曲线那样最终背道而驰。伤了，痛了，才发现，我们不过是寒冷黑夜里抱团取暖的两只刺猬罢了。从看到黎明曙光的那一刻，我们精神抖擞起来，都时而放松或收缩身体，用自己的刺把对方扎得血淋淋的。可是我们依然相信爱情、渴望爱情。比如抛光部的男工，整天在磨坊灰头土脸、汗流浃背的，但下了班，他们冲了凉换上干净衣服，立马换了个人似的，那模样一点儿也不差。可为数不多的女孩子们，很难在晚上注意到他们。原因很简单，没空啊，要么加班要么拍拖去了。说实话，我也想让厂里的年轻人都有个伴侣，他们稳定了，我也没那么忙了。也不过是想想而已，每天都有办入厂手续和出厂手续的人。看惯了，心也淡了，人生不过是聚散两依依。只不过，在南方，我们相遇过。而我，这个来自河南南阳的娇小又丰满的女孩子，连个完整的姓名都不曾被别人知道。他们只知道那个管人事的女孩子是个爱看书爱养花的小个子，有一头长长的黑发，清秀面善，有个奇怪的名字叫木头。

没事的时候，我喜欢站在二楼办公室的走廊上四下里望望。两个清洁工一男一女正各司其职，好像划清了界线似的，谁也不会往对方的区域里多扫一扫帚。不过还好，厂区里总是那么干净，找个碎纸屑也不容易。他们都怕保安队长老黄唠叨。厂区里种了八盆半人高的发财树，老板让种的，五百块一盆。两个靠围墙的一米宽两丈长的花坛里种了些时令花草，有虎尾兰、马蹄莲、醉胭脂、紫苏、一帆风顺，远远望去，一片碧绿，一团粉紫，一簇乳白，它们在阳光雨露的滋润下，热闹而欢快地竞相开放。而我，静静地倚窗而立，突然羡慕起这些娇鲜的花儿，犹如我水样的青春，一点一滴流逝，我却无法将岁月紧紧握在掌心，感觉些许残留的余温。湖南隆回的厨工阿贞正坐在小板凳上择菜，她抬头向我打招呼。我缓过神来，看着她把绿得耀眼的上海青一片片剥下来，分三个篮子装。我好些好奇，为什么不放在一起？阿贞说当然要分开了，最外层的大叶子做员工餐用，中间的做管理餐用，最里层的那个花心呀，给老板老板娘做小灶用。天呀，上海青作为一种普通的蔬菜，它也不知道自己会在一个温州老板这里，被划分为三个等级。其实有了管理餐和员工餐之分，有了管理服和员工服之分或是厂卡的颜色之分，人和人之间已经被区分开了。挺着胸、腆着肚，不是主管就是大师傅；头大脖子粗，不是老板就是伙夫。这些话也不是大家凭空瞎编的。一些话一直流传并且被大家认同，那它就有存在的道理。有谁还记得当年我们南下的时候，背着不重的行囊，满心欢喜或是焦虑恐慌，几乎是一个模样。东南西北中，发财在广东。广东对我们有着多大的诱惑呀！大规模的职工下岗始于1993年，那一年广东可是风光极了，天南地北的人都聚集到了这里，做了南漂一族。那时候若能在一家企业里谋个人事主管的职位，那可是比家里的铁饭碗都强得多。自己的七大姑八大姨说起来脸上都有光——广东的厂好进，俺有亲戚管事呢。那个时候进个厂真不容易，中国是个典型的熟人社会。其实1993年的广东对我来说只是耳闻，那时的我正在一个叫施庵镇中的学校里念书，读多了汪国真席慕蓉的诗，正做着少女的美梦——希望生命的花季开成美丽的白玉兰。

　　每次发了工资，总有十个八个人请假。厨长寇师傅有一次跑到人事部问我是不是厂里少了很多人，我说没有。他反映，有五天时间连续剩很多米饭和菜。那这样就要查查原因了。仔细一看请假条或计件员工的无货放行条，特别是抛光部，竟然有五分之二的人请假或是开了放行条。老板若是看到有这么多的饭菜要倒掉，肯定要发火。我问保安队队长老黄是怎么回事，他只笑而不语。这里面一定有什么猫腻。怎么队长也学会有事藏着掖着了？不好说呀！队长欲言又止，寇师傅也低头抿嘴笑。你们这是干吗？有什么不可告人的秘密就我被蒙在鼓里？我有些不高兴。把抛光主管刘大军找来一问就知道了。队长还是开口了。队长拨通抛光部的内线，不一会儿刘大军就来了，笑眯眯的，问我有什么好事。刘大军三十来岁，湖南隆回人。他是由员工提升为主管的，做了主管不到一年，体态明显发福。在金成，有三分之一的隆回人。就你们那个部门请假的人最多，开放行条的人也最多，你不是赶不出货来吗？那些人都哪里去了？以前开饭他们最积极。这些条子一多半都是你老乡或者亲戚的。刘大军缓缓坐下来，摇头苦笑。有什么办法，他们都是一个人吃饱全家不饿的主。我那个外甥亮子有三天没进厂门了。还有我那个弟弟小光，被QC部的女工投诉偷看她们冲凉。二十八了，还没摸过女人的手。在磨坊，他们每天吃粉尘，还要穿两条裤子，外面的前后反穿，下班了脱下来，免得别人嫌他们脏。都在左岸呢，我叫不回来呀！小光不是每天都穿得挺精神的那个男孩吗？白衬衫蓝西裤黑皮鞋，在抛光部也显得很特别，多干净的一个人。刘大军一听我这样说，竟然伤心起来：你不知道，他小时候得了脑膜炎，傻了。跟在我身边，多少做点货出来，挣个生活费。本来我也不想说他傻，可QC部的女工们要联名举报他，我只好自曝家丑。你说，跟个傻子有什么好计较的？可他从来没去过左岸，所以真傻呀！若不是话赶到这里，刘大军的口风还真紧，他以前只说刘小光是他的表弟，两人长得有几分相似。左岸是个大型发廊，听说里面还有网吧。一说起左岸，他们几个男人竟然眼睛放光，话也多了起来。听说那个叫小蕊的，才五十块一次，那么水灵的妹子。我也听出点眉目，沉下了脸。老寇和老黄赶紧脚底抹油开溜了。刘大军摆出一副他这个主管不好当的样子。是啊，即便是烈日炎炎的夏天，抛光部的员工也穿两条裤子，怕浑身脏走在人群里遭人嫌。可是那经过一天劳动聚集的汗臭味，却怎么也消不掉。女工们看到抛光部的人都趔趄着身子，生怕灰尘汗臭突然长了脚跑到她们身上似的。可他们看到女工们还偏喜欢大声吆喝，想引起她们的注意。辛辛苦苦一个月，拿了3000到6000元不等的工资，打麻将找女人，几天就没了。就这样，想谈个女朋友还真是镜中花水中月。说起小蕊，那个十多岁的北方女孩，就有点无可奈何。第一次在厂门口见她，感觉她只有十四岁的样子，身材瘦小，皮肤白嫩，两只眼睛透着灵气，说起话来低声细语再加上一抹浅笑，特招人喜欢。可她说自己已经十七岁了。我想让她做磨光 QC，慢慢学，总比在发廊强。可她连连摆手，说自己没文化也没证件，工厂里不热闹，还不如左岸好呢！

对于抛光部的部分员工去左岸，绝对不是小事，小蕊还那么小，说大了就是犯法。村里治安队与左岸相隔 200 米远，我不相信他们不知道这个发廊。老黄说治安队也经常有人在这里理发，还说左岸的老板娘是我老乡，一个四十多岁喜欢绣十字绣的漂亮女人。她把店里挂满了装裱好的绣品，有仁、道、福、喜鹊踏梅、风听荷雨、鸳鸯戏水，等等。说真的，一般发廊里无非是贴几张时尚性感的美女大头照，她们留着不同款式不同颜色的发型，微张的饱满朱唇，撩人的眼神，让人不禁心里一阵燥热。发廊里挂满十字绣还真是第一次听说，看来这个女人还真不简单。我总寻思着有时间了会会她，毕竟小蕊在她的店里不是什么好事。

下班后回到租房，想起抛光部的员工去左岸，想起小蕊，再想想我那整天忙忙碌碌的男友，心里总有些莫名的不安。记得多年前，这个衣领挺直雪白的男孩，这个背诵得了去掉序 616 字《琵琶行》的男孩，这个把含笑的《飞天》演唱得如痴如醉的男孩，拿着我发表的一篇 1500 字小文的镇报找到我。离家三千里，在无亲无友的寂寞里，在对美好生活的憧憬中，我们成了恋人。十年前的我正值双十年华，从小就对武侠小说痴迷的我，对大街小巷到处播放的《飞天》这首歌特别有感觉，大漠，剑客，美人，黄沙满天，刀光剑影。就在这个时候，这个男孩为我清唱了这首充满诗情画意的歌：

……

大漠的落日下／那吹箫的人是谁／任岁月剥去红装／无奈伤痕累累／荒凉的古堡中／谁在反弹着琵琶／只等我来去匆匆／今生的相会／烟花烟花满天飞／你为谁妩媚／不过是醉眼看花花也醉／流沙流沙满天飞／谁为你憔悴／不过是缘来缘散缘如水

……

我感觉他就是在南方等我的人，尽管相隔千里，我们还是在东莞长安相遇了。平凡而又寂寞的成长了二十年，偏偏又有着不可与人说的梦想，离家三千里，在别人的城市里小心谨慎地做着一份工，难道就为了今生的相会？既然有缘相会就有相爱相守。在见过家长得到认同之后，他好像变得越来越忙了。他从没送过我花，送的全是书。照他的话说，男人就是要有事业心，忙碌点就是为以后我和孩子能过上好日子。情人节，200多元一束玫瑰花，放在公司宿舍，三天就枯萎了，多不划算，省下钱够我吃一个月早餐。因为男友不送花，所以厂里宿舍和租房我都种了几盆花，有钻石玫瑰、黄玫瑰、绿萝、九层香和一颗两米高的剑麻。钻石玫瑰冷天开花，越冷花骨朵聚得越多，每个寒冷的清晨，它们仰起红红的小脸四下里探头探脑。黄玫瑰热天开花，绿萝、九层香总是一簇簇碧绿浅紫鹅黄，剑麻的枝叶苍翠肥硕，阳台上倒也四季热闹。瞧着满眼的花儿，我的心情也会舒畅点。有时候，我就穿着一套粉蓝的竹纤维睡衣趿着双有公仔图案的拖鞋，呆呆地坐着，手中捧着一本古诗词，看着太阳的影像从剑麻那绿叶的微隙中筛下来，一阵暖风吹过，整个阳台满地圆圆的日影都欣然起舞。偶尔一只蜜蜂飞过来嗡嗡作响，我毫不躲藏，一点也不怕这小生灵蜇痛我——也许它只钟情于这色彩缤纷的花儿罢了。男友是忙了些，可收入也不错，纵然明白甘蔗没有两头甜的道理，可我的心里总有些空落落的。女人们在一起最爱讨论的话题就是减肥，可保持苗条的身材也不是件容易的事情。让男人有钱又有闲就像让女人多吃又不胖一样难。随着时光一点点消磨掉，初恋热恋的激情如潮水般退去，我再也记不起白居易的《琵琶行》那脍炙人口的精妙诗句了，留在心底的唯有一句"商人重利轻别离"。而此刻的我也被岁月摧残着。昔年的红唇已经没那么娇艳了，需要借助一管2号的玫瑰红唇彩。这淡淡的玫瑰红，只需浅浅地划过一道弧线，我整个人就显得容光焕发。我的一双大眼睛下面悄悄起了眼袋，也没有了当年的清澈明净。还有我的头发，以前要把发夹里面那个弓形弹片取掉，夹上才合适。可现在，装上弹片，依然松落落的，直从脑勺后面往下滑。每年都要换不同的发夹才行。长发绾君心，我真的不舍得将它们剪去。有时候我在想，女孩子还是不要轻易让男友见家长的好。有时候说两句抱怨的话，父母也会给男友帮腔，好像我成了多么小心眼多么不识好歹的人。二老准是受了甜言蜜语、糖衣炮弹的攻击。没办法，当今社会，男人的能力很大程度上体现在赚钱多少、工作好坏、房车如何、女友老婆是否漂亮上。至于你的心灵多么美好，多么有才情，对不起，那些很难被外人看到或是不能直接转化成面包美酒房子车子的东西，没有人会在意。就像抛光部的那些男工，他们那么辛苦，他们也很善良，其中有人会吹笛子、会画画，那又怎样，他们还是很难找到合适的女朋友。这个世界就是这么的不公平，让人有时感觉喉咙里卡着一团火，想骂娘，不然梗在那里，活活把心灼烂烧焦。

我在金成工作了八年，也算是厂里的老人了。做满五年以上的并不多，工资低，伙食不好，找不到男朋友女朋友，没有老乡熟人受排挤，都成了他们来去匆匆的理由。那个五十多岁患过小儿麻痹症号称自己是八级钳工的温州厂长，大家都叫他王师傅。温州人最喜欢别人称他们师傅或老师了。王师傅是个色鬼，家里有个傻老婆和一个脑子不太好使的女儿。女儿和我也差不了两岁，可他总是爱和我开玩笑，我不怎么理他，所以做了几年的人事文员都没得到提升。每年都有几十份调资单、调职单经我手公布存档，心里不免有失落感。那些车间里的女工只要嘴巴甜点的，奉承他几句的，或是由他趁机摸上两把的，基本上都有了较好的工位。工位好就意味着劳动强度小工作环境好工资也高些。这都是年纪大点的女工，没念过几天书，为了家庭孩子，有时候不得不曲意逢迎。而我，就是倔强的木头，所以他有时故意挑我工作上的毛病。比如饭堂里的菜今天怎么这么咸，这个菜太辣了那个菜没味道，米饭煲得太硬了，米饭煲得太软了，等等。众口难调，人家湖南的师傅和广东广西的师傅都没说饭菜不行，你这个厂长还一个劲地对我挑刺，好像管理餐是我亲自做的。厨长寇师傅闻声过来道歉，满脸堆笑把王师傅拉走这才完事。当厂长离开后，那些管理人员就会小声对我说，小木，别和那个老鬼一般见识。只念过两年书的妈妈教育我：做人要诚实本分，做事要踏实肯干。确实，没有老板喜欢专拍马屁偷奸耍滑的员工，他们要的是效率，是利润，而我们，得到的是每月或多或少的一沓钞票。最后还是老板娘李总说我做事认真责任心强，提升我为人事主管。我也知道，李总也不喜欢色迷迷的王师傅，但他是老板请来的，对老板是忠心耿耿的，工作上也很尽心。还不是他的权力在作怪，不然哪有女人愿意理他。可是为了工作，我也不能得罪他。有时候他会来到人事部坐一会儿，问问招工情况。说不上几句，他就会说小木呀，你的肚子怎么一直没见大，是不是你老公不行呀？听到他说这话我就恶心，都五十多岁了，身为厂长还这么不正经。要么，他就说小木呀，你怎么这么瘦呀，是不是老公摇床太厉害了？我不会开玩笑，也不敢骂他，只有喊队长老黄过来把话岔开。老黄喜欢跟王师傅说小木是文明人，咱们还是到保安室说说左岸的新鲜事吧！一听到左岸这两个字，王师傅更是心花怒放。那个小蕊还在吗？他连忙问老黄，老黄欲言又止故弄玄虚。

我跟男友提出要求：相恋十年生孩子，不管男女只生一个。男友也同意，可总有人喜欢悄悄议论。是啊，厂里的女工每年总有几个怀孕或流产的，为了请到假或是急辞工拿到全额工资，我也没少陪她们到医院做孕检。没有男人作陪，看那些妇产科医生的脸，好像谁欠了她们八百吊钱似的。曾在医院看到一个打扮入时的年轻女孩子做妇检，她说自己没有男朋友，被那个四十来岁满脸严肃的女医生骂了一顿：装什么装，没有男朋友，宫颈会糜烂成这个样子？在我们这里少扮清纯。周围的患者们刚才还蔫蔫的，这下立刻来了精神，或撇撇嘴偷笑或窃窃私语。妇产科可真是个让人害怕的地方。所以我也是特别的小心，不打算要孩子，掐着日子算安全期，几年来倒也平安无事，扁平的肚子竟成了某些人的话柄。在外面养个孩子也不容易，那么多的费用，所以还是要好好工作攒些钱再说。

一提起小蕊，我就想见见左岸的老板娘。一个月明星稀的夜晚，在左岸的一间装修雅致的小客厅里，我见到了这个面容姣好身材高挑的女人。同是河南人，我却长得娇小。河南女人多数都身材高大，泼辣能干。若不开口说话，没有人会把我当作河南人，一准说我是南方人。所以闲聊时一说起籍贯，我就有点尴尬。

她说自己叫阿虹，45岁，来自河南信阳的光山县。光山县是个有名的贫困县，历史上的两次大饥荒已让河南人特别是光山县的人把粮食当成了亲爹妈。阿虹说有个煤矿老板给她家拉来了一卡车小麦，她的亲爹就让她跟着煤矿老板坐车走了。那个矿老板也没多少钱，黑矿，坍塌事故伤了人，导致他对她一点儿也不好，时常打她。直到现在，她的左腿上还留有半尺长凹凸不平的伤疤。没有文化又善良的河南老人们，总对我说那是两次自然灾害。上学时书上也说是自然灾害。我就不明白，为什么我们河南总遭天灾，为什么还有那么多封建王朝在河南建立都城？当我长大了，查了一些史料后，才发觉真像当年刘少奇主席说的那样，是"三分天灾，七分人祸"。后来，光山县依然贫穷，像我这么大的，很多女孩子连小学都没毕业，早早外出打工了，要么嫁人了，也算是给家里省口粮。饥荒贫穷，至今河南人都摆脱不了被歧视的命运。在南方打工，河南人也是非常的不容易。怕被人看不起，所以他们也喜欢吹牛。不管在外面是怎样的艰辛，回家了说起来竟像是掉进了蜜罐，这也是带回家的钞票给他们壮的胆。阿虹说自己没文化，当过洗碗工当过保姆当过洗头妹攒了些钱，后来被一个中年本地人看上，再后来，就开了这家发廊。我又提起小蕊，阿虹说她已经没什么用了，该让她走了，正休息呢。我的心里咯噔一下，一种不祥之兆直冲脑门。小蕊竟自己跑了出来，穿着一件粉红的无袖及膝睡裙，脸色苍白，整个人显得木木讷讷，眼神涣散。这哪是半年前的小蕊，那个花儿般的小姑娘。这半年，她到底遭到了怎样非人的待遇？我恶狠狠地瞪了阿虹一眼。在你的眼中她就值50块钱？那你呢？你凭什么高价？你说什么呢？她们老家是山区，穷死了，她父母逼着她来打工，这么矮小瘦弱，没有身份证，没有厂家要，最后还是我收留了她，她父母可是收我一年4000元，一共收了我四年的钱。刚来时小脸蜡黄，经过我的调养，她吃得白白胖胖，也好看多了。洗头水泡裂了她那双小手，她干不了洗头妹，后来的事你都知道了。我凭什么高价，我连那个男人什么身份都不知道，连尊严也不要了，我穷怕了！倒是你，凭什么不生孩子男人也宝贝似的疼着？我被她一顿呛。谁说我不生，相恋满十年，我自然会生。我也有难言之隐：职场竞争激烈，女人更容易因容颜早逝、结婚生子被淘汰。父亲在"文革"中落下病根，长年病痛而被儿子嫌恶，我要补贴家里。所以我很珍惜自己的工作，我也很珍重自己的这份恋情。广东对我来说，真的是个我应该感恩的地方。小蕊摇头说自己不想回家，回家了就会被打死。她哪儿也不想去，就留在左岸。

我想把小蕊救出火坑，不然这一辈子就毁了。在我整天忧心忡忡的时候，厂里发生了一件大事：刘小光失踪了，他的宿舍床铺叠放整齐，好像几天都没人动过。一个月过去了，我闲来无事，到四楼楼顶走走。康岛厂的女工们穿着天蓝色的工衣戴着白色的工帽正排队往车间里走。突然被一块板子绊了脚，我蹲下身，拾起这块大约一尺半长一尺宽的光滑木板，惊呆了：这画像上的人不是小蕊吗？披肩发，穿一条粉红的裙子，笑盈盈地依在一幅花开富贵的十字绣旁。是不是有人暗恋小蕊？我不知道该不该替小蕊高兴，不管她的身份是怎样的低贱，可依然有人喜欢她。不知道她有没有想过自己的将来。也许有一天她也会成为一个母亲，疼爱自己的孩子，她的孩子不会像她那样再受苦了。日子总是有盼头的。

左岸已经改成绣坊，我再也没见到小蕊。记得一个女人说过：只要我的灵魂是干净的，我就是纯洁的。在外面打工的生活艰辛，我实在没有理由去讥笑一个为活命而被现实蹂躏的弱小者。想起小蕊，我的心里就隐隐作痛。我和那些抛光工一样，还有小蕊，辛苦而又心甘情愿地做着自己的一份工，为面包为爱情，也为了远方的父母。在南方，在一个叫东莞长安的城镇，我们可能没有自己真实的姓名，有一天身份证上的地址也可能改变，可我们这一群鲜活的年轻人，来自湖南河南四川安徽广东广西江西等省份，我们真的在这片土地上流下汗水寻找过自己的梦想。真的，我们来过。

发表于《长安文学》2017年第2期

大哥隆焱

张　旭　笔名骚风，男。湖北省公安县人。现居深圳。广东省作家
　　　协会会员。出版散文集《醉时光》。

一

2016 年春天，隆焱大哥要回成都了。

在离开西乡之前，打铁文艺社和"蒸藏"生态主题餐厅联合为他举行了一场以"珍藏在一起的美好时光"为主题的诗歌朗诵欢送会。参加欢送会的诗友从深圳各地会聚西乡，最远的文友从惠州赶来，其中有打铁文艺社的当家人晋东南先生和《宝安日报》社领导王国华老师。那天话别的场面相当感人，数位诗友伤感不已，泪水盈眶，我便是其中流泪最久的那一个！

当天晚上，我发了一个公众号，是一首名为《大哥》的诗歌，专门为参加隆焱大哥的欢送会所写，并在欢送会上朗诵，全诗如下：

> 只要想到这些年幸福的事情
> 脑海中便回旋大哥的笑脸
> 也许我该写下一些爱的语言，比如温暖
> 如暗夜里星火燎原

串联成人生美好又甜蜜的瞬间

只要想到这些年幸福的事情

便记起在西乡的某个傍晚

在固戍的地铁口

身穿工衣的隆焱大哥，还有袁峰小弟

那一晚我们初见

未曾说相见恨晚，恰似相知许多年

大哥，有幸认识你，上帝可怜见

母亲没有带给我血缘兄弟

我的兄弟等在时光的另一端

只为某一刻相见，告别人生的孤单

从此人生就多出一份挂念

天下没有不散的宴

大哥，如今你就要归乡关

人生如潮水，离别时我们不要说伤感

道一声珍重，道一声珍重

确信离别是为了下一次再见

在诗歌下面，我批注了一段文字：

近段时间心情沮丧，颇为伤感！说不清因果缘由，也不仅仅是隆
焱大哥要离开深圳返还成都吧？

隆焱大哥夫妇在深圳打拼20年，现在，不得不回到老家去！

相识是缘，相聚是缘，相知是缘。世界上最近的距离是，无论彼
此在哪里，都像在身边。

打铁文艺社今天举办"珍藏在一起的美好时光——隆焱大哥离深
返乡诗歌欢送会"，早上写了这首小诗，本没有那么伤感的，也没想
要提前告诉隆焱大哥，思量等到欢送会现场朗读。但是在去参加欢送
会的路上，在地铁里，突然想，也许先发给隆焱大哥看看好些吧，很

快收到隆焱大哥的"感谢"回复。我坐在地铁里,看着这首小诗,一时间竟莫名激动,凝噎无语,泪水滑滑而下,止不住,间间断断达半小时之久!

想来自己大把年纪了,并不常常感动流泪,今天突然洒泪半小时,完全不在控制之中,究竟何故!唉,男儿有泪不轻弹,情到深处自然真。

待我上台朗读诗歌时,晋东南先生介绍说:"张旭在地铁上流泪半小时,方才平复!"想想真是一件极难为情的事,但上到台上,叫出一声大哥,我的眼眶又润湿了!

这一天是 2016 年 3 月 27 日。

二

初次见到隆焱大哥的情景,全在意料之外。

2014 年 10 月,我写了一首歌词《走到一起来》,虚荣心使然,急切地想为歌词谱上曲,但于曲谱,我完完全全是个门外汉,情急之下,便在深圳"邻家"群里吆喝,想要寻找能帮助谱曲的人,王一宪大姐向我推荐了袁峰小弟。

袁峰小弟并不推辞,很快为我的《走到一起来》谱好了曲。为表达对袁峰小弟的感谢,相约聚首,于是我在某日傍晚,如期出现在固戍地铁口与袁峰小弟碰面。哪承想到,袁峰小弟为我带来了隆焱大哥!

此前,我对"隆焱"这个名字并不陌生。当时,我们都在深圳"邻家社区"发诗发文,我喜欢隆焱大哥诗歌中散发出来的朦胧、柔韧、哲理与率性之美。比如他的诗歌《时间有罪》,我从诗歌里看到了隆焱大哥对生活的"坚持与妥协"。再比如《水的骨头》,诗歌里充满暗示、哲理和隐喻,让人爱不释手。由于对隆焱大哥的诗歌有感觉,免不了品头评足,彼此有了来往和唱和,但对其真实身份和状态一无所知。网络上的故知,突然碰到,又见其面相和善可亲,真是喜不自禁。

我更没想到的是,隆焱大哥与袁峰小弟来自同一家公司,还是同一科室的同事。他们都供职于长营电器（深圳）有限公司，公司位于西乡固戍航城大道，是台湾统一集团旗下的家电公司。

那时候，隆焱大哥与大嫂在长营电器工作已有 17 年之久，隆焱大哥从基层做起，历经仓储部仓管员、领班、组长、课长、执行副总、办公室高级行政专员等多个岗位。

那天晚上，我们在固戍的一家湘菜馆里吃饭，一边喝酒，一边谈文学，谈诗歌，谈音乐，谈古论今，谈深圳，谈西乡，谈打工生活的点滴和境遇，谈过去，谈当下，谈未来……无所不谈，知无不言，言无不尽。末了，隆焱大哥告诉我一个秘密。他说，他完全被我的诗歌《这个早晨》感染了，曾经把《这个早晨》打印出来分发给办公室的同事一起读，他惊讶地发现那些平时根本不读诗的同事的脸上，居然焕发出赞许的光芒。他向我转述他们同事的话："张旭的诗是游离在城乡之间梦幻的音符，飘逸却不失厚重，沉重却又有抚慰，空灵中蕴含着力量！"

我看着眼前的隆焱大哥，眼眶有些朦胧，有些湿润，我的感动在内心狂乱，如一江春水！我做梦都没有想到，在我们尚未谋面之前，隆焱大哥已经默默地为我和我的诗歌做了许多。

我与隆焱大哥第一次见面，那种契合，正像我在诗歌《大哥》里写的那样："那一晚我们初见，未曾说相见恨晚，恰似相知许多年。"

隆焱大哥不止一次表达对我诗歌的喜好，但他对我之于诗坛的陌生和漠然感的惊讶。他建议我多关注国内诗坛，关注国内知名诗人动态，多参与深圳举办的文学活动。

那晚的沟通，隆焱大哥对我的启发是深刻而深远的，对我后来之于文学的态度产生了重要的影响。在此之前，我就像一匹迷途的老马，走自己的路，吃自己的草，写自己的诗；那晚之后，我开始关注深圳的文学动态，积极参与一些本土的文学活动，并于 2015 年成功加入深圳市作协，又于 2017 年加入广东省作协。

固戍之约之后，隆焱大哥在"邻家社区"，在我的诗歌《一日之计》后面留言。隆焱大哥说："在我工作的村落，我和张旭见过一面，我问他知道张尔不？他摇头；又问他知道阿翔、吕布布、樊子、李双鱼不……他只是摇头。看着一脸茫然的他，我心痛。当然更多的是欣慰：他是一个纯粹写诗的人。没有名利的入侵和纷扰，干净，宁静。"

但愿我能坚守，诚如隆焱大哥所言，做一个纯粹写诗的人，做一个宁静的人。

三

隆焱大哥是有福之人，与他慢慢熟悉后，知道了他更多生活的细节：比如他有一个幸福的家庭，据袁峰小弟说，嫂子是天底下最贤惠的女子，她与隆炎大哥同一天来西乡，同一天进入长营电器公司上班，工作上与隆焱大哥并肩作战，生活上对隆焱大哥体贴入微，家里家外一应事宜打点得妥妥当当的，全不用隆焱大哥操心。只是，我是福薄之人，与隆焱大哥多次见面，竟然无缘见到大嫂，自然也无缘品尝到大嫂调制的美味佳肴，这是隆焱大哥欠我的一笔账，有机会再找他慢慢算。隆焱大哥有一个女儿，当时已经从学校毕业，在深圳上班了，当然，我也一直没能见到过这位侄女。

隆焱大哥的业余生活丰富多彩，除了文学，他还积极参与一些户外运动和公益活动，他一直都是打铁文艺社的活跃成员，经常参加打铁文艺社在西乡街道及深圳其他地区举办的各类公益活动。他爱音乐和电影，这一点我深有体会。有几次与隆焱大哥在福田或者罗湖会面，分手时他都会说："你先忙你的，我还要到东门的音像市场去转转。"原来他是要去淘碟的，如果淘到喜欢的音乐和电影光碟，他会不惜重金购之。

隆焱大哥非常幸福的家庭，非常文艺的业余生活，让所有认识他的人羡慕不已。

除此之外，隆焱大哥与人为善，古道热肠，有极好的人缘。无论是在他供职的长营电器公司，还是在深圳的文学圈里，他都享有很好的口碑和很高的地位，熟悉他的人对他有一个约定俗成的称谓"隆焱大哥"，有的人干脆冲口而出叫他"大哥"，比如打铁文艺社的创始人之一王盛菲，打铁女将、作家、主持人马虹玫，诗人江飞泉等等，当然还有我。

2016年，我有机会出一本集子，我征求隆焱大哥的意见，他觉得我的诗歌更有力量，希望我能先出一本诗集。主意拿定，我挑选了一堆诗歌发给他，隆焱大哥不辞劳苦，为我逐一甄别，仔细挑选，还为我的诗集设计出了封面！可惜事不遂人愿，作协的意思是，申报诗集的人比较多，慎重起见，建议我先申报一本散文集。

散文集就散文集吧，聊胜于无。我挑了80篇散文，发给隆焱大哥，他又是一番忙碌，为我挑选，编排，去芜存精，最后又为我逐篇校对，那种呵护与体贴，远超朋友之情，胜于兄弟之谊啊。

隆焱大哥无私助人，这大概也是他"好福气、好人缘"的原因吧。

四

天下没有不散的筵席，隆焱大哥要离开长营电器公司了，他要离开西乡，离开深圳，他要回成都去。

有两个不得已的原因：一是随着深圳的城市发展规划，长营电器公司要整体搬迁到惠州去；一家在深圳经营了近30年的公司，曾经是深圳的三大纳税大户之一，要搬迁到惠州，很多老员工从感情上无法接受；隆焱大哥也是如此，他们夫妇在长营电器兢兢业业，工作了近20年，突然要"下嫁"惠州，心里的疙瘩无法化解。而另一方面，双亲在堂，且年事渐高，作为家中长子，隆焱大哥要回成都尽人子之道，百善孝为先啊。

隆焱大哥决定回成都去，圈里圈外的朋友都流露出惜别之情，打铁文艺社王盛菲策划要为隆焱大哥举办一个诗歌朗诵会。她的策划立即得到了当家人晋东南先生大力支持，《宝安日报》王国华老师也积极呼应，圈里圈外朋友更是积极响应，于是有了文章开头以"珍藏在一起的美好时光"为主题的诗歌欢送会。文友们带着写给隆焱大哥的诗和散文，当面诵读，还有一些诗友直接朗诵了隆焱大哥的诗。

吴春丽朗诵隆焱大哥的诗歌《疼痛》，音韵婉丽，款款情深。有消息透露，隆焱大哥这首诗歌，与当天的某位参与者有关，当然，我不去揣度这层意思，是真是假由它成谜。但是，诗歌留给我极好的印象，一直在我记忆深处挥之不去：

你的阳台上，仍然空无一人

只有到了有风的日子

那些陈旧的蜘蛛网

才会被动地摇曳

一种脆亮的空响划破寂寥

那把木质的椅子

就这么空着

已经有些时间了

我似乎知道，你就在门后

在另一把椅子上

坐着，发呆、入禅或者饮茶

甚至，把玩风景

直到午后，直到寂寞难耐

心生渴望

我试着去造访你。敲你的门

敲了很久。没有回应

透过猫眼，我望见你若即若离的背影

整整一个下午

终于耗尽了

我等待的快乐

我是和那些流动的时间一起下楼的

刚刚下到一楼

天就黑了

顺着黑暗的指引

回到三楼

已是子夜时分

我看见你的房子，仍然一片漆黑

有风轻轻拂面而过

万物开始慢慢变凉

此时，我想你一定还在那里

安静地等着

有人再次来敲你的门

由于有一些文友因事不能到达现场，实际上，欢送会还有场外互动环节。未能到场的文友纷纷写了诗歌通过手机发到现场；打铁文艺社的漫画家们更是慷慨动手，为隆焱大哥画了肖像漫画；时任宝安区作协主席王熙远老师更是写下藏头诗送给隆焱大哥，表达美好的祝愿：

隆情难比雪中火，焱热更喜水镇冰。

回首鹏城友情处，蜀都百年尚铭心。

打虎还得亲兄弟，铁石心肠亦感恩。

相交文坛好兄弟，送别宝安姐妹情。

王熙远主席在诗后附言："深圳文坛隆焱回蜀侍奉双亲，恐不再返深，打铁兄弟姐妹以诗会相送，场面感人。虽余不能亲睹离别之情，却也可感其告别形式之雅儒。吾虽与隆焱未曾深交，然友人多点赞其人，故以打油诗一首相赠，以期此举在宝安蔚然成风，善莫大焉！"

事后，王国华老师深情感慨："这是沉默的力量。隆焱长期默默地参加和支持深圳的各种文化活动，无私地帮助文友，影响了周围许多人。"

相比之下，我就十分惭愧。隆焱大哥离开西乡之前，曾托付我办一件事情，尽管我已尽力，但终究没能办妥，至今愧怍。另外，隆焱大哥回成都之时，我曾许诺要抽时间到成都看他，到如今已快三年，成都之行依然渺茫！

好在来日方长，也许，明天我就能动身去成都吧！

南下搵食记

金克巴 原名金学舜。鲁迅文学院广东中青年作家研修班学员。作品散见于《福建文学》《雨花》《山西文学》《山东文学》《北方文学》《湖南文学》《天津文学》《天涯》《四川文学》《散文百家》《鹿鸣》《散文·海外版》等刊物。有散文集《寂寞如花落无声》出版。

自小我便与食物纠结在一起。20世纪80年代中，我有一个十分要好的小学同桌，他家有棵柿子树，柿子熟了的时节，他带给我一个红通通的柿子，我舍不得马上吃掉它。放学时双手捂着柿子像捂着宝贝蛋儿回家去，刚出校门就被一个捣蛋鬼故意推搡一下，柿子"啪"的一声摔得稀烂，捣蛋鬼和他的拥趸却围着皮开肉绽的柿子得意扬扬地哄笑起来。

上中学时，有一天上午我们正在上课，窗外突然闪出一条人影，来人是一个失魂落魄的中年汉子，在教室门口跟老师说找雷四春。雷四春站起来往外走，中年汉子见到儿子顿时号啕大哭起来："四春嘞，你妈去啦，再也见不着你妈啦！"原来四春的妈脑子向来不大灵光，肚子里吞擀面杖——直肠子。那年头冰棍稀罕，有人背着小木箱到村里卖冰棍，她就跟村里人夸口说自己一口气能吃下一箱，村里有个好事者就跟她打赌，你说你厉害是吧？真能吃一箱算我白请！四春妈毫不费劲地一想，嘿，大热天吃冰棍正好消暑解渴，这个赌咱打，不打还不是人。于是她开始一根接一根地吃冰棍，冰棍是镇上冰棒厂

·344·

出的，自来水加糖精。四春妈不愧是糊涂国的佼佼者，咯吱咯吱地一气吃下二十三支冰棍，完了脸色煞白。围观者说，瞧那模样兴许五脏六腑都冻僵了。过一会儿四春妈就支撑不住瘫倒在地上，众人这才慌了神，连忙手忙脚乱地将她往几里外的乡卫生院抬。四春妈在路上已经扛不住了，半句遗言都没搁下就咽了气。

乡亲们都穷，好不容易养几只鸡，下了蛋要攒着换盐吃。村里有个牛高马大的汉子在税务所工作，一米八几的个头，有一回不知怎么就跟人打赌，赌一口气吃下二十个皮蛋，别人一估计，二十个皮蛋差不多五斤——我就赌你吃。海吃海喝正是壮汉的强项，见有人跟他赌吃不禁窃喜。不就是二十个皮蛋？再多几个又有何妨！于是皮蛋用笸箩装来了，只见大胃王将剥好的皮蛋一个接一个往嘴里填，很快二十个皮蛋就落进他的肚子。他打着饱嗝揉揉肚皮，吃皮蛋的感觉真不错。当年那个赌吃皮蛋的人至今健在，垂垂老矣，待在乡下恬静地颐养天年。

从我家出门走一里多的山路就是另一个村庄，门前有一条通往城里的柏油路。两个村庄虽然互为邻村，田间地头都紧紧相连，但两村之间似有一道诡谲的魔咒——两村儿女不宜联姻。邪门啊！村里有人掰着指头细数给你听，反正联姻的下场都不善，有上吊的、溺亡的、喝农药的、离奇病故的，每一例都够让人惊骇和伤心一阵子。我家隔壁有个叫素素的女孩，自小没上过学，生得魁梧壮实，腿肚子有小水桶那么粗，挑起刚割下的稻子腰闪都不闪，老婆婆见了都竖起大拇指，赞她是穆桂英再世。那时还不出鬼，素素就嫁到邻村。丈夫在外赚钱，就让素素在村前107国道边搭了间小屋，开起小卖部，货架上摆着村民们所需的日用品零食什么的。素素没文化也没经营头脑，再说连生下三个小孩，小卖部里的待售食品任凭小孩拿着吃，别人做生意赚钱她开小卖部蚀本。不出两年就把丈夫给她的本钱亏得所剩无几，丈夫回来跟她扯皮不休。受了丈夫刻薄谴责的素素一味愧疚，愈来愈觉得自己对不起丈夫。最后有人在两山之间的池塘里发现了她的遗休。

80年代末，外婆小脚蹒跚，腰弯得像弦月。我偶尔跟母亲讨要几分钱，去村里货郎家买两分钱一块的薄荷糖。到外婆家去——我就盼着到她家去，去她家的蜿蜒山路于是变成快乐的旅途。到了外婆家，她准会塞塞窣窣地拿出为外孙预备的麻花、皮蛋或者糖果，她那只仅存的青花瓷罐像永不枯竭的藏宝洞。然而，外婆永恒地滞留在了80年代。临终前她卧病在床，母亲问她想吃点什么，外婆有气无力地吐出两个字"麦糊"，就是面粉煮成的糊糊。即便她身体没虚弱到风中枯叶的地方，一辈子艰难度日的外婆也说不出什么吃的名目。

底层生活，我沿着这棵大树艰难地攀爬，来到1997年。

1997年8月，我推开一扇窄门——去南方打工。这期间有差不多半年时间一直为最基本的食宿而仓皇奔走。最初去南方打工就是出于好奇心，留着长辫子的辜鸿铭老先生曾经摇头晃脑、意味深长地说："广东嘛……"我的青春总是跃跃欲试，一不留神就变成奔跑的马儿；再就是听说挣钱容易，用力一摇金叶子就从树上往下掉。然而到南方去，没有一技之长的我正在浑然不觉中变成盲流。暂住证、遣返、食宿、寻工，每天都在多重折磨下茫然地随波逐流。

山川形势迥然不同。第一次开始漂泊之旅，对不起！我没有准备飞翔的翅膀；第一次嗅到咸涩的海风，来吧！吹乱青春的发线；第一次谛视葱葱郁郁的蕉林，想不到！我已经置身另一种气候地带；第一次谛听广东话，竖起耳朵！感受汉字作为一种表意文字的独特魅力；第一次看到乡愁的月亮，你瞧！它高悬在距故乡两千里之外的夜空上；第一次面对陌生面孔，心怦怦直跳！瑟瑟缩缩地掏出求职简历推销自己；第一次辗转于出租屋；第一次因为身上没有暂住证有一种犯罪的感觉。南方第一站——东莞长安。到长安没多久，猎奇的火焰很快就在严酷的生存环境缺氧窒息。怀揣的杯水车薪，很快就堕入弹尽粮绝的境地。有一次我身无分文，情急之下异想天开，咱沿途拣些易拉罐和矿泉水瓶换钱买盒饭吃。东瞧瞧西看看好不容易拣了二十多个矿泉水瓶，鼓鼓囊囊地塞了两大塑胶袋，好像魔幻气球里正膨胀着食物的香味，屁颠屁颠地拿到废品收购站，收购站老板像打发叫花子一样，脸上挂着一脸的不屑，两只指头夹着一张一元纸币。

多次寻工未果后的一天傍晚，我心意彷徨地来到新民我哥打工的厂门前，那当儿他俨然是我人生的启明星。哥工作待遇都挺好的，但他不可能在保安的虎视眈眈之下大摇大摆地领我进他宿舍。食宿维艰，我的一举一动都牵动着他的心。那天下午，哥特地在他宿舍里用电饭锅煲了一锅鸡汤犒劳我。在他厂外的马路上，他手里提着盛在搪瓷缸里的热鸡汤走过来。我的心一下子激动得不知如何才好，那时日别说喝鸡汤，一日三餐都成问题。我不好再三跟哥伸手要钱，给他添的麻烦已经够多了。为了安顿好我当晚的住宿，他只得四下央求老乡让我搭上一宿。但是又担心我被突如其来的老鹰从危巢逮去。

我意外邂逅中学时的同学小华，他正在步步高电子厂的员工食堂当厨师。他的状况在失魂落魄的我看来蛮不错，但提及工作小华还是一脸闷闷不乐，原来在来"步步高"之前，他在株洲做生意，经手的钞票不少，后来生意失利数钞票的机会越来越少，不得已才侧身打工之列。一番寒暄，聊逝去的岁月，聊那些故人飞黄腾达的传奇，竟然有一番"同是天涯沦落人"的感慨。我未曾料想在南方会遇上小华，在学生时代我们之间的交流就极少。好歹同学一场，他很想帮我一点忙，想托人把我介绍进"步步高"，只是他的权力范围仅限于灶台锅铲，他只得力所能及地从持掌的锅铲下匀出一碗饭给我吃——每到吃饭时间，就让我在外面等着，他拿着盒饭给我送来。患难之时，箪食瓢饮是何其可贵！后来随着我的漂泊不定就再也没遇见过小华。我也没有一直待在哥附近，那儿没有我的工作机会。

我承认作为草芥，低层次的煎熬让我深陷其中，难以超越马斯洛所说的需求层次的递进过程之外。食宿无寄的日子，如果说我还有超脱之处的话，那就是我对南方植物产生了浓郁的兴趣。在劳碌奔波的旅途中，我会停下脚步饶有兴趣地观察它们，也让自己从低层次追求的挫折中暂且解脱出来。直面异乡风景时获得的美感和当时身份的失重糅合在一起，让自己沉湎于一片云的惝恍之中。为了解决食宿问题我徒然无力地让宝贵光阴消蚀在长路的辗转里面，有时到某地借宿一晚，再徒步几公里只为蹭上一顿饭。但是路上的虚耗并不可靠，未必真能解决孤注一掷的求助愿望。春节过后，当地人将装饰节日气氛的花木盆景扔在门外，里面有五彩的花卉黄灿灿的金橘。我的肚子饿得"咕咕"叫，金橘打量着我，它做好了牺牲的准备，我忍不住摘下几颗金橘，剥去橘皮就往嘴里送，嘴里顿时充斥着浓烈的酸涩，那玩意儿果然是好看不好吃。我依稀想起那个王戎识李的典故，也记住了金橘的味道。

在那些艰难的日子，漂泊之旅不会因挫折和艰险戛然而止，现在它袅袅地牵引我来到深圳布吉——我的一个表弟在吉厦村当治安队队员。表弟是小心谨慎的人，工作单调，他在村口的岗亭值班，检查过往的车辆与行人是否可疑。我以为到了表弟那里，会多一点人身保障，起码不会被当地治安队抓去。我知道自己贸然投奔会给表弟增添不少麻烦，只是情急之下顾不得那么多。我的一生当中或许有将近两万个昼夜，阳光意味着活力，黑夜意味着安静。但眼下对我而言，白天意味着煎熬，夜晚伴随惊悸。表弟白天在村口的岗亭值班，晚上则独自住在山路边的治安岗亭里，旁边有一片翠绿欲滴的香蕉林，山后垴就是砖瓦厂和泡棉厂，经常有工人从门前经过。表弟还是有点担心，怕来查岗的治安队头头撞上我这个陌生人，按照纪律表弟显然不便留我住在岗亭里。有一天晚上，不出表弟所料我真被治安队头头撞上，队长指着我问，什么人？还以为是表弟拦截到的一个可疑分子。表弟告诉他实情，队长的表情显然不悦。我忽然想起小时候村里的大小孩吓唬一帮小孩子，说头顶上轰轰隆隆的飞机是国民党的轰炸机，吓得我们立马趴在地上半天都不敢动弹。我真怕走在外面刚好碰上查暂住证。怎么办？白天当然要斗胆四下找工作，晚上则钻进表弟的岗亭。口袋空空的日子少不了跟表弟借点钱，但依然得勒紧裤带过日子，我待在岗亭里吃了约莫一个多星期的方便面。在吉厦周边找了半个多月的工作都一无所获。表弟的叔叔就在山后垴开砖瓦厂，砖瓦厂旁边有一条路穿过野地通往国道。临走那日恰好碰上他叔叔，看见我就嘿嘿笑，但笑的表情像粘在脸上化不开，他急促地说："还不赶紧走，要是给治安队抓住，就麻烦啦！"

　　该求助的人都求遍了，我在关外的寻工路越走越窄。下一站是宝安，我至今都觉得不可思议，为什么当初会选择去宝安？照说那里没有亲人故旧。仅仅凭着对陌生文友宙哥的思慕？仅仅因为他曾经也是饱尝辛酸的寻梦者？仅仅因为几句乡音就能在游子心上激起一串串涟漪？仅仅因为漂泊是漂泊者的通行证？宙哥的培训事业风生水起，他的人才培训班一度在宝安遍地开花。我当时正陷身衣食无着的窘迫，便抱着试试看的心态去找他。我揣着一张辗转得来的他的名片，按图索骥我找到了此行要找的人——宙哥。下午客车开进了宝安车站，我把性命交给那些为载客而显得躁动不安的搭客仔，任凭他驾着摩托车在宝安街道上心猿意马地驰驱，载着懵懵懂懂的我来到宙哥的人才培训中心。宙哥不在，初来乍到，我也不便多问，待在走廊上心意茫然，时间的空挡好像让我预备接下来的会面。一直等到夕阳西下，宙哥还迟迟未归，培训中心的员工拥进走廊尽头的小餐厅吃饭。唉，美好的食物！我的肚子不争气的"咕噜咕噜"直叫，事实证明，灵与肉并非总是和谐相处。释迦牟尼深谙凡人的弱点，得道成佛的过程就非得无情驳回肉体一再的诉求。但我恰是凡人，只得下楼买个面包安抚自己的辘辘饥肠，漫漫长旅还少不得它的鼎力相助。跫跫囊囊——宙哥的足音听起来铿锵有力，抑或只是疲惫归来的步伐沉滞。初识宙哥，我突然滑稽地双手递上他的名片（而不是我的名片），勿须太多言语介绍自己，只说自己来自他的故乡——人们牵强附会说是嫦娥的故里——一个散发着桂花馨香的城市。宙哥何许人也！这些年在江湖上什么苦没吃过？什么样的人没见过？他不了解我却一如理解我当下的一切，我们一见如故。忘不了那天晚上荷塘灯火；忘不了湛蓝色的夜空下的文学之谈；忘不了饕餮美食。在南方的夜空下，且让我枕着文学的梦想入眠。

我当然知道自己千里迢迢到南方来不是为了找人倾谈文学的。宙哥的日程每天都排得满满的，能见上他一面都难。对我来说，在南方找工作无疑成了一块相当难啃的骨头。在东莞长安时，哥的火眼金睛早就看透那点，劝我打哪来回哪去——可是，哥明明知道，当我汇入南方滚滚的人流时，就已经彻底截断了故城那点可怜巴巴的工作关系。我全凭一腔一厢情愿的热情攀上悬崖，惊觉自己原来并不具备一双会飞的翅膀，悬崖下面是万丈红尘。现在，我唯有觍颜在宙哥那儿待下去。宙哥当然了解我的困境，他的胸怀为像我那样落魄的人而敞开，并且经常提供力所能及的帮助，他也因此在朋友圈里赢得"孟尝君"的美誉。我拿定主意要在南方待下去，就把自己想参加电脑培训的想法告诉宙哥，宙哥爽快地答应了。宙嫂也答应我的培训费可先挂着，但要想办法尽早补上。我在有一餐没一顿里胡混日子，三餐并做两餐。实在饿得不行才从口袋里挤出两块钱到楼下买个快餐吃。我住在宙哥靠近西乡的一个培训点，四周都是工厂，两元三元能买带荤的盒饭。但是我料定自己在没找到工作之前，迟早会再一次陷入饥馑之灾，于是经常笼罩在一种悲壮的气氛中。

八月十五，人在他乡。宙哥倒好，给手下员工分发月饼居然不忘给我一份。说实话我平生第一次见到那么饱满厚实的月饼——五仁的，里面有好吃的馅。记忆中故乡的月饼比吃饭的碗口还大，饼皮上嵌着一层香喷喷的芝麻，馅是冰糖、果脯、花生仁之类加工而成。中秋节的晚上，夜空明月高悬，牵引着身在异乡的我。我捧着宙哥送的月饼踽踽而行，来到一片草坪上。

我热望早日找到一份工作，哪怕只是一个小小作坊容膝寄身也好！我杌陧不安地待在宙哥在西乡的培训点。白天，光明攫取黑暗；夜晚，街市长出许许多多扑腾的影子。仅有的一双皮鞋白天伴我四处奔走，晚上搁在阳台上让它畅快地呼吸深圳的晚风，不料一天晚上，其中一只皮鞋被生性顽劣的大风刮落，等到它的主人早晨醒来，那只皮鞋早被敬业的清洁工扔上垃圾车拉走了。正一筹莫展，宙哥不知什么时候"巡视"来了，闻讯哈哈大笑。嘿嘿！五十步笑一百步，他曾经的经历也好不到哪去。20世纪90年代初宙哥背着药罐子来到宝安，当时他沉疴缠身，只想一边打工一边挣钱治病。找不到工作的日子，就住在沙头角的山上，饿了就到山脚下的屠宰场拣些猪皮熬着吃。

说笑归说笑。没过多久宙哥从培训中心带来一双皮鞋，说是一个培训老师不要的，让我试试合不合脚。培训点为招徕更多学员，经常安排老师到外面去发传单，有几回我闲不住自告奋勇地也到外面去发传单，宙哥未置可否。

有一回该我倒霉，发传单竟然稀里糊涂钻进新安湖一个住宅小区，待我七拐八弯走到小区大门时却被保安喝止。他招手让我到门卫室去，里面一个保安板着脸问，谁让你到里面去发传单的？

我想这下糟了，只知道连声央求，大哥，放我走吧！我进去时也不知这是啥地方。

"按规定罚款一百。"保安脸上仍然写着一块铁，像我前辈子欠了他一块铁，好不容易在这儿被他撞上。

"我身上真没钱！"我差不多挖出心肝想让他知道我没骗他。

"没钱？"保安说，"好，叫你老板来。"

"老板……没有老板，我是义务来帮朋友的。"我的舌头在打结。

"你这人忒不老实，好，你等着！看我怎样收拾你。"

保安很快对我失去耐心，他"噼噼啪啪"地拨打了一通电话。没过多久，外面"呜呜呜"地驶来一辆警车，有个大盖帽跳下来跟保安说了几句，然后打开闷罐车厢，脸上挂着铁色，示意我上车，连话也懒得说一句。那年头他也许抓"三无"抓得神经都麻木了，看了我这号人有一种视觉疲劳。我被推推搡搡地塞进车厢，大盖帽"咣当"一下麻利地锁上车门。

拘留所早就扣押了不少人，还有"三无"络绎不绝地往里送。为了化解拘留所场地有限的难题，在看守人员的呵斥下，"三无"人员排队、登记、没收裤带，天蒙蒙亮就被遣送走。试想，大家要是被带到一处梦寐以求的乐土该有多好！突然送来的人群里，有一个三十来岁的妇女情绪失控，倒在地上打滚、号啕，不肯起来，把自己弄得披头散发，如同待宰的生猪。我很快被送进囚房，褊狭的囚房像稻苗密布的秧田，见缝插针都是人，墙角有一个便坑，有人正蹲在坑上用力地解大便，空气中搅和着令人窒息的臭气。是夜，我蜷缩在囚房的角落里，等待毛茸茸的厄运即将展开的另一个环节——遣返。那时刻也许压根就没有亲友知道我因为是"三无"人员给抓去。翌日，天还没亮，我被外面的吆喝声惊醒，看守人员像老鹰逮小鸡一样，将每两个"三无"用一副手铐锁在一起，每人分发一个面包一瓶矿泉水，赶进停在拘留所院子里的大客车上。再见，宝安！

大客车穿过街市，把沿途的工业区远远甩在身后，我一直幻想着能栖息其间。颠簸整整一上午，终于抵达目的地——韶关戒毒拘留所。到韶关戒毒拘留所没多久，看守人员就把等待遣返的人一个个提去讯问，要求提供亲属确切的联系方式。囚房的环境跟在宝安差不多，不同的是，由于我们可能要被关押上一些日子，里面的饮食都是"正宗"的服刑人员做出来的。一日两餐：一盘米饭加上几条咸萝卜，米饭的上面还看得见两截稻草几粒谷壳。第三日中午，米饭上面贴着两块大肥肉，有点加餐的意思，难道好事近了？果然吃过中饭，看守人员点到我的名字，说外面有人来接你，办好手续可以走。我如梦方醒，走出拘留所，哥正在门外等我。原来他昨天接到拘留所打的电话，当天就心急火燎地赶到韶关，拘留所说翌日方可放人，他只得在旅馆住上一宿，第二日哥替我缴纳了五百五十元罚金。见到哥我的眼泪在眼眶打转，却最终没有流下来。

后来我很少见到宙哥，无意间从媒体上得知他的消息，原来他早就成了一个新闻人物：从社会底层跻入象牙塔，抛弃拥有百万资产的事业而一心向学，由寂寞无名的打工者蝶变成文学博士，再被名校录取，读到博士后。我一直记得他说过的话："不是为吃苦而吃苦，否则吃再多的苦也没用！"是的！在这个过程中需要美丽的蝶变。

虽然在南方吃了不少苦，1998年春节过后我依然"吃了秤砣铁了心"，一心向南。去火车站买票，我惊诧地发现通过正规渠道根本买不到，因为铁路运力有限，到南方打工的人又集中出行。文友雷君在广州一家杂志做编辑，我跟他相约节后同行。雷君显得很轻松，他一个表叔就在火车站工作，托他买两张票没问题。直到发车当天我还没见到车票的影子，就焦急地去问雷君到底能不能弄到票。雷君蛮有把握地说：没事，一定没事！眼看离发车的时刻越来越近，我背着行李来到雷君家，那时他才说：想不到，我表叔现在才说票售完了。我那葱郁的心情被一股突如其来的凛冽寒风扫得七零八落——那咋办？雷君依然很淡定，隔着镜片的眼睛里有灵光闪动，他说，别急！到时保准带你上火车。

列车进站，没票根本过不了验票关嘛。雷君的表叔把我俩领进火车站的一间办公室，里面还有一道门正好通往站台。我们连一句感谢的话也来不及说，就匆忙汇入人潮。车厢节节爆满，虽然有武警现场维持秩序还是显得很乱。站务人员也竭尽全力地做好本职工作，争取让站台上的旅客全都挤上火车。一个车门挤不上去，就拥向另一个开着的车门，最后连车厢里烧锅炉的地方也挤满了十分兴奋又十分疲惫的旅客。但是火车才开到赤壁，我们就被赶了下来，理由是锅炉间不能搭人。于是又是一番惊心动魄的忙乱，我俩再次挤入一拨人流里面，到处沸反盈天，好不容易才挤上一节车厢。窗外寒风刺骨车厢里面却热浪袭人，俨然是冰火两重天。车厢里几乎没有立锥之地，女人顾不上害羞胸口紧贴陌生男人。车厢里充斥着厕臭、体气、食物的气味、浊重的呼吸、洗衣粉与汗液混合的复合气味，车厢"咣当咣当"晃动时人连站都站不稳，体力经过一天一夜的透支，早已成了强弩之末。第二天晚上八九点才到广州，辘辘饥肠在嘀咕着如何向主人提出抗议。

来亦难去亦难，一票难求、"黄牛党"、万人滞留、返乡潮、客运高峰，无一不在提示那来自底层的声音。在深圳罗湖火车站、东莞常平火车站、广州火车站，我都领略过人山人海的壮观场景。2005年的腊月二十七，夜幕低垂，寒风军团横扫大地，我在人声鼎沸的广州火车站的广场外某个临时候车点。口袋里塞着一份报纸，里面有一则报道，有人因为超长时间的候车疲劳当场晕厥在地。而最近几年在南方春节时出现了一种具有中国特色的"摩托车返乡部队"，成千上万的打工者无惧千里长途，风餐露宿，骑摩托车沿国道返乡。

在南方，一条四通八达的马路由于车辆快速增多，很快就面临交通阻塞的严峻形势，只得在十字路口增设立交桥。在施工的一年半载里，南来北往穿行于这条马路上的人们将先得忍受更加严重的阻塞，或者远远地绕行。十字路口由于施工而终日尘土飞扬，路人掩鼻而行。在我辗转于周边几个城镇长达十年的光阴里，几乎无时无刻不在忍受公路扩建带来的不便、颠簸、扬尘；钢筋混凝土建筑无孔不入地侵袭时的蹿突；打桩机楔入大地时的轰隆回响。我目睹城镇主干道由于扩建，呈胶着状态的施工战，施工围网将川流不息的车辆和行人挤进窄小的路中央，搭客仔骑着摩托车杂耍般地在人群里钻来钻去，如狂城乱马寻觅他们的猎物。

发表于《黄河文学》2018 年第 7 期

一个人的深圳

邬　霞　四川人，1982 年出生，1996 年南下打工，1998 年开始写作，2001 年开始在打工刊物发表文章，近几年在《天涯》《作品》《诗刊》《散文海外版》《广州文艺》《芳草·潮》等杂志发表文章。非虚构作品《等待阳光的珍珠》获第三届"我和深圳"网络文学拉力赛优秀奖。2014 年出版散文集《深圳纪事》，参与纪录电影《我的诗篇》的拍摄，2015 年登上央视"五一"特别节目《工人诗篇》。个人事迹被凤凰卫视、《中国青年报》等媒体报道。

你想通过读书改变命运，跳出农门，但你不是读书的料，高考失利，无缘踏进大学校门。父母的劝说、担忧、不舍和眼泪，丝毫动摇不了你的决心，鸟儿长大了总要独自飞翔。在家被父母照顾得好好的，这需要非一般的勇气与决心。你不知天高地厚，只想独闯天涯，无所畏惧地一个人背个背包来到了深圳，行囊里装着两身换洗的衣服、家乡的美味和爸妈省吃俭用存下的三千元钱。初来乍到，面对陌生的城市，你觉得新鲜又刺激。这里和电视画面上一样美，你觉得这是你梦想起航的地方，你的选择没有错，你像打了鸡血一样兴奋。你只有自己，没有亲戚朋友，没有任何人能帮你，你觉得这是你最酷的时分。你首先要解决住的问题，为了节省开支，去了十元店。之后，你开始天天跑人才市场，去工业区。你文化程度不高，这里的大学生多如牛毛，有些大学生找不到工作还是进了工厂坐流水线。你知道这里处处都要用钱，只想尽快找到包吃包住的工作，暂时稳定下来，先生存再发展，你可不想落魄到流落街头，那样就太丢人了。

你找工作舍不得坐公交车，舍不得买瓶矿泉水，走路走得脚底起泡，你也无怨无悔。为了得到一份工作，你学会了低声下气。被拒绝后，你轻声唱励志歌曲，为自己打气加油。这一招还真管用，你一唱，浑身就充满了力量。你看到有些地板砖缝里冒出青草或开着星星点点的花，觉得它们的生命力如此顽强，再艰苦的环境也不放弃自己，你不信自己这样一个有血有肉、有手有脚、有思想、有情感的人还不能生存下去。你也看到有人睡在公园的长椅上、天桥下，他们是出来久了没找到工作，为了省钱，或者是钱用光了，这让你心里有一丝恐慌，但也让你发誓要更加努力。

终于，你在宝安区找到了包吃包住的工厂，将背包往肩上一挎，就去了工厂安排的宿舍。你买了床帘、桶、衣架、席子、毛巾、沐浴露、洗发水，将床收拾干净，铺上席子，拉上床帘，就有了自己的床位，比起十元店，好太多了，关键是，还免费，你心里有说不出的满足感。你刚进厂，分不清东南西北，自己花时间去了解地形。你正式上班了，坐在流水线上，成了地道的打工妹。被工友欺负，但你从来没有怕过，渐渐地，他们也就不再找你的麻烦，而是与你做了朋友。有些小女孩因为第一次离家，想家的时候就忍不住哭，嚷嚷着要回家，你像个大人一样安抚她们。你不适应这里的气候，脸上长了青春痘。你在插件工位上，手指起了血泡，下班后腰酸背痛，眼睛也有些花。上班管理严格，你甚至忙得没时间上厕所、喝水。你尝到了艰辛的滋味，却没有想过打退堂鼓，不，那不是你的作风。你知道你要做什么，你需要什么。你相信没有过不了的坎，漫长的人生当中，这点苦痛算不了什么，困难只是暂时的，闯过去了就是一片艳阳天。拿到第一个月的工资，你高兴得手舞足蹈，原来挣钱的滋味是如此美好，学生时代想都想不到能挣这么多。你留了点零花钱，悉数寄给了父母，你相信父母会为你感到欣慰。你给父母打电话从来报喜不报忧，自己选择的路，跪着也要走完。

厂里的文员每天穿着自己的漂亮衣服、脚蹬高跟鞋坐在办公桌前敲打电脑，他们神气活现，看员工的眼神充满了轻蔑，似乎天生有一种优越感。你不甘于这样的命运，你不想像工位上的其他人一样一直做这份工作，得了颈椎病，视力下降；你也不想像村里出来打工的女孩们打几年工挣点嫁妆就回去草草嫁了，一生了无生趣。你相信命运掌握在自己手里，成功更要靠自己，便利用业余时间去学习电脑，自考大专。在厂里你抓住了一次内招的机会，坐进了办公室，当上了人事文员。你的住宿由十二人间搬到四人间，清静了许多，而你的伙食也有所改善。这份工作比较清闲，你没有满足于这种状态，因为你知道，要想生活得更好，要不断学习，才会有更好的工作，只有目光放得长远，将来才不会为生活焦虑。别的女孩休息时候吃雪糕、嚼话梅、剥瓜子，放假的时候逛街购物、四处玩耍、谈情说爱，你在做好自己本职工作的同时，也在利用业余时间学习财务知识。与数字打交道本是你的弱项，但你硬是凭着不懈的努力最终拿到了会计资格证书。而大专学历证书也拿到了手，正准备进攻本科。

你成功跳槽到福田区一家公司做会计，出入写字楼，算是成了真正的白领。你每天穿着职业套装，脚踩高跟鞋走在光洁的地板上，发出悦耳动听的声音。公司没有宿舍，有房租补贴，你到城中村租了一个带厨卫的单间，你将工厂宿舍的行李搬到房间里，去商场买了席梦思床、床上用品、生活用品、厨具，这是你离开家乡的第一个家，你经过精心布置，看起来很温馨。你一切从简，毕竟一个人搬不了大件的东西。你一个人上班下班，买菜做饭。一个人住在外面不安全，每天走在小巷里你都特别留意周围有没有可疑人物。你特意在步行街上的货架上挑了几件便宜的男式衬衣和男式皮鞋、拖鞋，把衬衣挂在阳台，把皮鞋和拖鞋跟你的鞋子一起放在门口的鞋架上。你很独立，坚强，再也不是父母跟前的娇娇女，可你毕竟也只是一个弱女子，若遇到不怀好意的男人，终是敌不过。你看了许多单身女子受到威胁的故事，也学到了一些如何应对的方法，但你可不敢保证真遇到事可以做到临危不惧，保持清醒的头脑，成功逃脱。你天生爱花，在阳台放了些从花店买回的花盆，在外面看见别人丢弃的花盆，只要能搬的你都会搬回来。

周末或节假日，你一个人去逛街、逛公园、逛商场、泡图书馆、爬山、散步、跑步，或去做义工，帮助那些需要帮助的人。不出去的时候，你就看书，学习新的知识，你信奉活到老学到老。看书累了你就起来伸伸懒腰，甩甩腿，开音响听听歌，给花浇浇水。你每天的时间安排得满满当当，忙得像个陀螺，不允许自己有一丝松懈，只希望自己过得充实而快乐，没时间去消沉、迷茫、自怜自艾。你看着其他女孩谈了男友，也很羡慕，但你更害怕受伤，许多跨省恋都没有好结果，虽然有人追你，你却拒人于千里之外。看到别人两公婆吵架或打架，或听说男方或女方出轨，你就对婚姻没有信心。你还是觉得一个人的生活逍遥自在，看到身边结了婚的同事逛个街都要时不时看时间，到点了就要忙着回去给老公孩子做饭，她们要买个什么也要犹豫再三，你觉得她们活得没有自我。你不必去看任何人的脸色，想买什么就买什么，想干什么干什么，你享受这种自由状态。你从不会带人来你的租屋，从来无人来打破这份宁静。你可以和一群人疯，也可以独处，你已经习惯了，人一旦养成一种习惯，就不想改变。你学会了理财，每个月深圳通、话费、房租水电、交通费、生活费这一笔笔开支都记得清清楚楚，隔段时间会打钱给父母，其余的全存了起来，你知道将来用钱的地方多着呢。

有时，看着那一家家的灯火，你会想每扇窗中，有多少人为了生存来到这里，又有多少人，跟你一样，是为了梦想。深圳是一个充满诱惑、充满活力也充满魔力、充满魅力的城市，这里竞争大压力大，每天有人走，也有人来。你发现自己彻底爱上了这个城市，爱上了她的美、她的快、她的繁华与热闹，你甚至有了留下来的念头，想体验这个城市更多的精彩。年轻的时候在深圳拼搏过，是多么自豪的一件事，将来老了也有了谈资。不可否认，有时听着旁边一群人的欢声笑语，你还是会有一些落寞的感觉。走在外面，看见别人一家团团圆圆，你会想念自己的爸爸妈妈。

又过了两年，你去了一家上市公司，当上了财务总监，收入更高了，你用这些年存下的钱付了一个单间的首付，总算有了自己的家。作了简单的装修，过了一段时间，你搬了进去。这次，你买了自己喜欢的家具、床，更用心地布置。你有点恍惚，有点不敢相信在这个城市有自己的家。那晚，你买了一瓶红酒为自己庆祝，边喝边哭。刚来的时候你没哭，遇到困难的时候你没哭，现在你却哭了。这些年每走一步，都是走向青春的坟墓。你终于找到了发泄的出口。

发表于《莲花山》2018 年第 3 期

此心安处是吾乡

——打工路上苦也甜

窦玉红 笔名予心若玉，湖北襄阳人，现居深圳。广东省青工作协会员，曾获深圳市"劳动美，诗歌情"诗歌大赛优秀奖，龙华区"观澜杯"征文二等奖，广东省"西樵杯"产业工人文学大赛文学奖，广东省第二届"全国打工文学"征文优秀奖，第五届"龙华草根文学奖"三等奖等奖项。

当我写下这个标题时，24:00 的指针已划过，我却毫无睡意。我断定今晚必须一口气写完它。深圳的午夜时分，霓虹闪烁，一切都在黑夜的喧嚣中膨胀。我却非常享受这个时刻一个人的安宁，静下心来，坐在桌前，细细梳理此刻的思绪。仿佛自己写下的每一句话，每一个字甚至连标点符号都牵扯着我寂寞的心。手指在键盘上跳舞，情感千丝万缕。每个人都在自己选择的路上走，每一段旅程都是一种修行。回过头来看看自己走过的路，无论好坏，都是一种风景，都是你人生中不断成长的阅历。感悟人生，或许你会叹人情冷暖，世事苍凉；或许你会说生活美好，阳光灿烂。无论哪一种感悟，它都是你人生旅途中不可或缺的人生精华中最写意的一笔，都是一种成长和历练。

我是 2001 年才到深圳打工的，在此之前对打工基本没什么概念，在自己家乡过得好好的，干吗要跑出去打工？离开父母家人和朋友，离开从小生活的家乡，孤零零地跑到一个陌生的地方工作和生活，该是多么痛苦的一件事呀。

这完全是没结婚之前的想法，那是在父母的庇护下长大，衣食无忧，饭来张口，衣来伸手，根本不识人间烟火，不知柴米油盐的贵贱，更不知生活的艰难困苦的时候。后来自己参加工作，结婚生子后，终于尝到生活过日子是何等的艰难。每个月等着发工资交房租和生活开支，别说存张，月月够用就阿弥陀佛了。随着女儿的出世，向父母借钱买了房子之后日子更是紧张，平常吃的粮食都靠我回娘家拿，孩子不生病还好，一生病就得到处借钱；孩子爸不思进取，没有理想抱负，成天靠着死工资做着发财梦，还染上赌博，欠一些赌债，三天一大吵，两天一小吵，日子过得焦头烂额。我曾无数次抱着生病的女儿，想着麻将桌上的那个男人痛苦万分地反问自己："这是你想要的生活吗？你真的要过这种水深火热的日子吗？"我自己摇头，可又能怎么办呢？那个男人是自己看上的，并且是在父母极端反对的情况下结婚的，既然选择了这条路，只能硬着头皮，再苦再难生活也要继续，日子过成这样又有什么脸面回娘家呢？我一次次原谅他，一次次盼着他能改邪归正，好好过日子。可事情并不像我想象的那么简单，赌博的人也许真的拉不回来了。他赌到不上班，赌到彻夜不归，我实在忍无可忍了，在一次掀翻了他打麻将的桌子之后，大吵一架，带着一岁半的女儿回了娘家，再后来闹离婚。前夫开出的条件是："离婚可以，房子归我，孩子你带走，我不会出一分钱抚养费。""你真不要脸，房子是我父母拿钱买的，孩子也是你的，你凭什么？""婚是你要离的，你必须无条件答应，要不然门儿都没有。"在我气得近乎发疯的状况下决然同意他无耻的条件离了婚。

离婚后，我只简单地收拾了女儿和自己的一些衣物回了娘家，忍痛辞了工作——那是父母到处花钱找关系千辛万苦为我谋的一份差事。此时的我早已身无分文，且又欠下父母一万多块钱的买房钱。而前夫在我们离婚后不久因还不起赌债就把房子卖了，得知这一消息，我杀他的心都有了。我恨自己怎么瞎了眼找了这么一个人。母亲除了骂我几句，终日以泪洗面，她心疼的不是钱，而是心痛我过着这么苦的日子都不肯回家和他们讲。她当然知道我是不忍心让他们操心，父亲只默默地一根接一根地抽烟。在娘家，我躺了半个月后，彻底想清楚了以后要走的路：忘掉这段痛苦的经历，重新开始我的人生之路，将这一切画上句号。我决定外出打工，我要靠自己养活女儿，还清欠父母的钱。当时妹妹已在深圳一家不错的公司上班，以前也曾打电话说过叫我过去。父亲联系好妹妹后说厂里正在招工，就给我买了去深圳的火车票，把到站时间清楚地告诉她并反复叮嘱一定要请假去车站接我。

2001 年 5 月 8 号，我带上简单的行礼，踏上了去深圳的火车。妹妹早已交代不要带什么东西，到了再买，这地方啥都有。在此之前，我未出过远门，也从未长时间离开过家人，那种亲情分离也许是我一生最痛苦的事情，若不是因自己无知地走上这条错路，何苦要让女儿和父母来承受这份痛楚。父母亲送我走那天，女儿哭喊着："我不要妈妈走，我要妈妈和外公、外婆在一起。"她这一哭，简直撕裂了我的心，但凡那个男人有那么一点家的概念和责任心，我也不会走上离婚这条路，也不会让幼小的女儿没有完整的家庭和父母的爱。父亲塞给我一沓钱，只简单地和我说了几句话："在外面，两姐妹互相照顾。潇潇（女儿的小名）你就不用操心了。在火车上不乱和别人搭话，困了睡觉时把钱装好，饿了买点饭吃。觉得外面不适应就再回来，有我和你妈在，永远都有你一口饭吃。到了来个电话，好让我们放心。"女儿哭，母亲也哭，父亲依旧是一根接一根地抽烟。他平常极少抽烟，一次是我离婚时，再就是这次送我走他才不停地抽。我知道父亲心里难受，他不能像母亲那样流泪，所以他只能用抽烟来表达心中的那种痛和爱。那一刻我强忍着眼泪心痛到无法言说。恍然间，我看见父亲两鬓斑白的头发，额头上深深的皱纹，微躬的腰身，这段时间，父亲真的老了很多。我上了火车，看见父亲蹒跚的背影，再没有以前那么高大了。我想起朱自清的《背影》，当时还不大理解作者的感触，如今只觉感同身受。在火车启动的那一刻，我泪如雨下，再也忍不住喊出声来："爸、妈，我对不起你们！"一节车厢的人以为我出什么事了，都关心地问："丫头，咋的了，哭成这样？"又是帮我拿行礼，又是给我让座。我说："没事，舍不得孩子，从小到大没离开过父母。"随着火车慢慢地启动，我紧揪着的心一阵阵的痛。我透过火车的玻璃窗看着女儿还在母亲怀里挣扎着哭，父亲一个劲儿地朝我摇手，火车越走越远，直到再也看不到他们，直到离家乡越来越远。带着对父母和女儿的亏欠，带着对自己的斥责，带着对前夫的怨恨，更带着对美好生活的期盼，我随着火车，踏上了一千五百多公里的征程，驰向深圳这个很多人都向往的繁华大都市。就这样，我开始了长达十六年的打工生涯，做梦也没想到我会一个人这么坚强地走到现在。

经过二十个小时的长途跋涉，我终于在第二天下午到达广州火车站。火车站人山人海，下了火车，我整个人都懵了，头晕晕的，感觉走路飘飘然，好像还在火车上晃荡一样。我一个劲儿地跟着人群走，妹妹交代只要跟着人群走，到出站口她就在那儿等着我。那时没有手机，一不小心走岔了路简直就是天各一方。我有些后怕，万一没等到妹妹，万一被人骗走了钱，东南西北都不知道，我该怎么办？我一刻也不敢松懈，紧紧地跟着人群走。一路上到处都是举着牌子接人的，我死死地盯着出站口两边黑压压的人头。"姐，我在这儿。"老远听到妹妹清脆的声音大声地叫我，还摇动着双手，一颗悬着的心才终于落下了。紧跟着妹妹到长途汽车站买了到深圳的长途汽车票，又经过四个多小时的颠簸终于在晚上七点多到达妹妹上班的地方龙华民治。那时的民治还没有深圳北站，我们只能坐火车到广州，再转汽车到这里。夜晚的深圳，街头到处人山人海，灯火阑珊，霓虹闪烁，高楼林立，这是我从小到大没见过的繁华。明天，明天的明天将是怎样的生活在等着我呢？此时我已疲倦得没心思想明天了。下了车跟着妹妹穿过几条街巷来到一位老乡租住的房子里，这是妹妹提前跟人说好的，只住一晚，明早厂里招工去面试，进了厂就好了。

来深圳打工可以说我是特别幸运的，没有别人那样艰苦的经历，比如顶着烈日，冒着狂风暴雨到处找工作；没有暂住证被抓，没钱租房住桥洞，没钱吃饭；进黑厂被老板坑，几个月不发工资；还有被骗去做传销；等等。到了深圳老乡家里，他们早已准备好饭菜，那晚我饱饱吃了一顿，舒舒服服洗了澡，美美地睡到天亮。早上带齐证件随妹妹一起到她所在的公司面试，因公司扩建，开了分厂，正在招工，所以妹妹这么急着叫我过来。那个年代进厂真的很困难，尤其是效益和待遇都还不错的厂，想要进去更是难上加难，拿钱送礼都难。还好妹妹事先找了人，只花了五百块钱我就顺利进厂了，但别说想进好点的部门，就是最累的部门挤破脑袋也不容易进来。我上班的地方离总厂有一段距离，走路半个多小时。安置好了宿舍，妹妹帮我买了生活用品，又交代一些工作上和为人处事该注意的细节常识，叫我好好上班，她休息了会过来看我。说完，她就回去上班了。我的工作终于尘埃落定，一切就这样美好地开始了，我甚至开始憧憬着每个月拿工资的喜悦，想象着父母亲和女儿开心的笑容。

公司包吃包住，我很幸运地免去了这两个问题。当时出来打工的最低诉求也就是赶紧找个厂，只要管吃管住，哪怕再苦再累，工资低一点也愿意。我就这样在妹妹的帮助下顺顺利利安置妥当，成了一名不折不扣的南漂打工妹。这是一家日资塑胶厂，生产各种打印机、复印机配件及一些汽车零部件，我进的部门是生产部，也就是公司最累，工作时间最长的部门。妹妹所做的工作是办公室文员，当然比生产部门轻松多了。我每天要连续工作十二小时，白、夜班倒，每个月休息八天，如果公司订单多要加班就只有四天休息。每天上班在车间里，我和轰隆隆的机器声，长长的流水线，还有那些千奇百怪的产品相伴。我刚来是生手，一上班就是跟着老工人学着看产品，披批锋，擦油，看外观，打包装，慢慢地就开始自己独立作业了。刚开始半个月，两手起泡，腿脚都肿，腰酸背痛，整个人像要虚脱了，从小到大还真没像这样累过。如果是在没结婚前，这样的工作我肯定不会做，可眼前再苦再累，我必须咬着牙坚持。想着家里可爱的女儿，想着父母对我的期望，这些苦又算得了什么呢！

因为是新员工，老员工免不了都会欺生，什么脏活累活都吩咐你去做，一点没弄好就会被骂，又不敢吱声，只有老老实实去做，好多的委屈只能下班回到宿舍偷偷落泪。记得有一次上夜班，我和一老员工一起作业，我擦油，她打包装，到了后半夜，她困得不行，就对我说："你一个人先做吧，我去休息一会儿。"就这样一走就是两个钟不见回来，我一个新来的干两个人的活，自然是忙不过来。看着产品源源不断地从流水线下来，要擦油，又要包装，一时堆得乱七八糟，桌面上，纸箱里，流水线上到处都是产品。这时，组长过来不问青红皂白就把我一顿臭骂："你这是怎么做事的，做不过来趁早走人，别指望有人来帮你，像你这样堆产品怎么得了？"我本想解释一下："这是两个人干的活儿，我一个新来的能干得过来吗？"可我那不值钱的眼泪哗哗地往下流，话到嘴边生生地又咽了回去。我从小到大哪被人这样骂过呀，可此时此刻，为了保住这个饭碗，这份工作，天大的委屈也只能忍着。那个组长骂完走了，我边流泪边加快速度干活。那个老员工回来后，看着红着眼睛的我，猜想我是被骂了，不但没安慰我，反而责问我："你没告我的状吧？"我抬头看看她，一句话没说只摇了摇头又开始干活了。"想要在这里长期做下去，平时就要少说话多做事，要学会识眼色、会做人。"她边干活边和我说，我只听没搭话。有几个和我一起进厂的同事因受不了老工人的气，受不了这份累，没做几天就辞职走了。我也想过不干了，就是被组长骂的那一刻，被老工人不屑一顾的那一刻，但我必须坚持，这份工作对我来说太重要了，即便忍气吞声，我也要干下去，还要干好，说不定有一天也可以做组长。想想这些，心情就好多了，也信心十足了。日子一天一天地过着，我每天都是拖着疲惫的身体下班，回到宿舍赶紧洗洗倒床就睡，基本上一觉醒来又到了上班时间。

一个月的时间很快过去了，各方面基本都适应，也没有刚进厂时那么累了，通过努力工作上也有了起色，常常受到领导的表扬，那个骂我的组长和看不起我的老工人也对我有了很大的转变，那时心里比吃了蜜还甜。这就是我人生中第一次打工的经历。当我拿着第一个月450元工资的时候，我居然激动得哭了。那时没有手机，打电话都是在公用电话亭打。我清楚地记得在电话亭给父母打了一个多小时电话，当时哭得一塌糊涂，什么想家呀，想女儿呀，委屈呀一股脑儿地倒了出来，并对他们说不用担心我，我一定会好好干下去。半年之后，由于我工作出色，又和同事们相处融洽，由工人升为组长，工资也渐渐上涨。每个月我除了买些生活用品，自己只留极少的钱在身上，把剩下的工资全都寄回家，一是为了向父母证明我出来是能挣到钱的，二是让他们不要为我的生活担忧，我有足够的能力养活自己和女儿。

出来打工第一年春节，我没回家过年，因厂里要加班，过年加班比平常工资高一倍，我不想白白浪费掉。再就是刚出来半年，存的钱不多，我想赶紧存够欠父母的钱，因为弟弟也不小了，到了该结婚的年龄，家里刚刚建了一幢两层的楼房。这是我此生第一次在离家千里之外的异乡过年，大年三十晚上整个厂区一片寂静，留厂过年的没几个人，那种孤独寂寞、思念家乡的感觉，常人是根本无法理解的。我在宿舍的走廊上用IC卡往家里打电话给父母拜年，母亲把电话放在女儿嘴边："快叫妈妈，问妈妈好。"听着女儿叫妈妈，我的心都碎了，忍着眼泪笑着说："潇潇在家听外公、外婆的话，妈妈挣钱给你买好吃的，买漂亮衣服，以后还让你上大学。"我又对母亲说不要操心我，我在这边吃得好，住得好，工作轻松，升职做了组长，涨了工资，过年加了几天班，比平常多一倍的钱。母亲在电话那头开心地讲着女儿，说着家里的一些事情，叫我安心在外面打工，家里一切都好，不用牵挂。

时光匆匆，岁月如梭，转眼到了2007年，出来打工也有六个年头了。妹妹和弟弟都相继结婚成家，女儿也上了小学，家里的条件一天比一天好起来，父母亲又建了一幢三层的楼房。我这些年打工，不仅还清了父母的钱，养活了女儿，手里也有了些存款。其实有时想想真的很辛酸：作为女儿，没能在父母膝下尽孝，当他们拖着疲惫的身体从田间劳作回家，需要一杯水，一碗热热的饭菜时，我不在；当他们生病需要照顾，需要端药送水时，我不在；当他们为我的事操碎了心，流干眼泪时，我不在；当女儿半夜发烧生病，父母亲不顾劳作的辛苦，连夜骑自行车送往离家十来里的镇上医院时，我不在；当万家团圆，欢喜过年时，我也不在；当看着别的孩子在妈妈怀里撒娇的时候，我不在；当开家长会别人家都有妈妈去时，我不在；当节假日表演完节目需要妈妈表扬时，我不在；看着别人的孩子吃着妈妈做的可口的饭菜时，我也不在。我欠了父母太多太多，我伤了他们最深最深。我欠了女儿太多太多，我不是个好妈妈，准确地说，不是个称职的妈妈。

打工这些年为了省下火车费多攒些钱，为了不请假多加些班，回家的次数极少，一年也就过年回一次，二老每年过生日也都只是打个电话寄些钱回去就算孝敬了，就连爷爷去世，我还在车间上班，是送走爷爷后父亲才打电话跟我说："爷爷九十多岁走是喜丧，走得很安详，没什么病痛，你也别太伤心，上班那么忙，又这么远，就没告诉你，好好上班，别记挂家里，家里都好着呢，我和你妈身体还好，潇潇也听话，好好上班就行，照顾好自己身体，今年村上来统计房产，家里那幢旧房过户到你名下了……"不等父亲说完，我早已泪水涟涟，哽咽得说不出话来。这就是我的父母亲，总是默默地把什么都给我安排好。一个人漂泊在异乡，心中的凄苦也许这个世上只有父母亲才懂。我下决心一定要好好工作，多挣钱以后回家好好孝顺他们。

2008年时，一场铺天盖地的金融危机席卷全国，很多公司短时间内关闭，失业人数剧增，我们公司也不例外，遭遇了前所未有的惨淡，订单减少一大半。公司为了渡过难关开始裁员，当时走了一大批人。幸运的是由于我工作上表现突出尽职尽责，领导出面保住我继续留在厂里上班，因此我更加珍惜这份工作，并暗暗下决心要一直做下去。这期间厂里有订单做就上班，没有就放假，工资基本只能保住底薪。一个月有十天半个月的休息天，很多人都利用休息时间在外找事做。那段时间，我摆过地摊，打过零工，发过宣传单，餐厅洗过盘子，只要放假，就没让自己闲过，虽然很辛苦，但很充实，也多挣了一份工资。记忆最深刻的要属摆地摊儿的事了，没经验，还收到假钱；不过，学了一些社会知识，最后还是赚了一点钱。

庆幸这样的状况没持续多久，公司就开始有了转机，订单渐渐多了，一天比一天忙起来，加班也多了，一切又恢复到之前的繁忙，并且公司 2008 年年底又在龙华观澜开了分厂。公司生意好，我们打工的也有归宿感，从这以后也就结束了在外兼职打零工的日子。每每想起这些，我总是记忆犹新，往事历历在目。为了省钱，我经常都是一个月不出公司大门，在厂里吃住，一年也就春节才回一次家。为了过年回家能多带些钱回去，我从下半年就开始节省了。看见喜欢的衣服不舍得买，总安慰自己，反正天天上班有工衣穿，买了衣服也穿不上，放着浪费。我都是趁商场换季时去淘几件。看见商场里昂贵的水果，我也舍不得买，总是挑打折便宜的尝尝鲜；看见同事们那各种各样的化妆品，大几百甚至上千元一套的，我更是望而却步，想都不敢想；想出去旅旅游那就更是水中望月了，通常都是约三五好友到深圳周边不收门票的公园走走看看。那时龙华公园和羊台山是我们最常去的，再就是网上搜几张图片饱饱眼福。为节省回家的路费，十几年了来来回回从未舍得买过卧铺票，因为一张卧铺票的价钱买硬座够我来回两趟了，省下的钱又可以给女儿买好多漂亮的衣服，可以让父母亲好好改善下伙食。每想起这些自己心里都在隐隐作痛，但看着这些年的存款一年年多起来，虽然不多，心里偶尔也掠过一丝幸福的满足感。

这些年在外打工，虽然日子过得还算充实，安安稳稳的，但总还是有一种流浪感。三毛曾说过："心若没有栖息的地方，到哪里都是流浪。"也许当背起行囊选择南下时，也就注定了我漂泊的一生，一如天上的白云，一年一年在异乡的天空游荡。这家公司是我 2001 年出来打工进的第一个厂，一直工作至今，妹妹结婚后离开公司，和妹夫开了店做生意，还在深圳买了房。弟弟一家则留在家乡上班，方便照顾父母。我就继续留下来安心打工，一是因为自己没学历、没技术、没啥特长；二是比较懒不想东奔西跑去找工作；三是公司工作环境和待遇都还不错，很知足。还有就是没勇气辞职，怕再找的工作不如这里好，怕那种"人走茶凉"的凄凉感。这些年看多了同事们辞职离开时的场面，更怕看到自己一手拉着行李箱，一手提着放一卷凉席的水桶在路上走……

所以，我不敢轻易换厂。这家公司可以说我是离开家乡后的第二个家，一路走来，融入了太多的情感，其中的辛酸和快乐只有自己最清楚，也时常感叹"此心安处是吾乡"，既来之则安之。

我虽然一直没换厂，但却经历了公司的两次搬迁，而我要搬三次家。第一次是 2012 年 8 月份，因各种原因吧，公司由龙华民治搬往东莞塘厦。总厂和分厂一共两千多人的公司，搬迁可不同于个人搬家那么简单，前前后后大概一年多才理顺。当时有的人选择离开，我和更多的人选择跟着公司去往东莞塘厦。大部分人都早早地过去租了房子，搬去公司宿舍，但我在生产一线工作，必须坚持到最后一台机器搬走才能考虑自己的安顿。那段时间，看着昔日车水马龙，一片繁忙的工厂突然间空空如也，宿舍里的舍友也陆陆续续搬走，剩我一个人守到最后，那时的心里有一种想哭的感觉。终于熬到搬走最后一台机器，我才开始收拾打工这些年所有的家当：一只大皮箱装下了所有的衣物，一只大纸箱装了被子和床上用品，零零碎碎的杂物和鞋子又装了一大箱，一床席子，一只桶和一个脸盆。这就是我的第一次搬家。最后望了一眼工作了十年的车间和住过的房间，把行李搬上去往塘厦的班车时竟没忍住泪水，深深地说了一句："别了龙华，有空一定回来看你。"

搬到东莞塘厦半年之久，由于对龙华有太深的感情，当时新厂急需老员工，于是我立马向领导写了申请到龙华观澜的分公司上班。回到龙华这片熟悉的土地上，我心里的喜悦自是不言而喻，毕竟这是我离开家乡来到深圳唯一落脚的地方。这就是我的第二次搬家。刚刚住了半年的宿舍又要搬走，幸好东西不多，如上次一样，一只皮箱，两只纸箱又随班车来到观澜分公司新的宿舍。这一次我想应该不会再搬了吧，就安安心心把自己的小窝布置得美美的。这里环境优美，车间宽敞，宿舍更是合我心意，只住两个人，设施齐全，最主要是安静、自由，我最不喜欢吵闹。来到这边上班，职位一步步升高，工资一年年增加，领导、同事对我的做事能力也都非常认可。庆幸自己这些年在公司一直挺顺利，工作上、生活上都过得简单而开心。

我来到新公司工作两年多，尽责尽职，年年评为优秀员工，职位一步步高升，工资也由最初的四百多元涨到现在的五六千元。最幸运的是在公司还认识了一位会写诗的老乡陈才锋，他在各大刊物发表很多作品，获奖证书一摞一摞，直把我看傻眼。看来我真是井底之蛙，鼠目寸光，每天只知道上班干活，下班睡觉，竟不知道深圳的文化氛围这么浓厚，外面的世界那么精彩。这下把我这么多年来爱好写作的心思调动了起来。之前我一直都喜欢读书写作，但只是写写日记而已，没有正式写过文章。刚出来那几年迫于生活，只知道拼命地上班，哪有什么诗和远方。后来，我在他的帮助下，知道了什么是写作，学会了怎么投稿。工作之余，他还带我去参加一些文学活动，介绍我认识了很多热心文友和一些作家老师。尤其是参加一些颁奖活动时，看见获奖人员上台领奖那一刻，我的内心也被深深地触动了。于是工作之余，我利用休息时间努力读书和写作，常去周边的图书馆看书，去听一些名人文学讲座。自此我的生活再不是上班、下班、吃饭、睡觉的那种单调而枯燥的模式了，生活开始多姿多彩更充实起来，完全没有刚出来打工时的苦闷和孤独感了。这时的龙华已在早几年前建起了深圳北站，地铁和轻轨也给我的出行带来了太多方便，无论是去市内还是到宝安，地铁到处可去。我坐的最多的是四号线，我上班的地方只坐一趟公交就能到达清湖地铁站，可以在这里转乘各条地铁路线去参加各个地方的文学活动。我一边多向别人请教，一边自己多写多练，慢慢地终于有了些小小的成绩，经常也有作品在各大刊物上发表，还在广东省和深圳市的一些打工征文中获优秀奖。那种激动和鼓励更加坚定了我写作的信心，我工作并快乐着，写作并开心着，幸福指数不断攀升。每当我下班累了，坐在电脑前敲击键盘时就有一种快乐感；每当我想家想亲人了，就把这种浓浓的情感融入文字中去；我写下自己的青春足迹，写下打工路上的艰辛与快乐，写下美好生活的期许与希望。不管怎样，我都会一直写下去，为爱好而写，为生活而写。

生活从来都不是一成不变的，又有谁的日子会过得像流水那样轻松呢？本以为可以安安稳稳地在公司上上班，写写东西，可以一直这样快乐地工作到退休，不承想五年后的今天，2018年7月，老板宣布12月份之前，这里的工厂要全部搬往塘厦总厂。这就是我前面说的公司第二次搬迁，而我则要面临第三次搬家。深圳龙华，东莞塘厦，这两个让我纠结的地方，是去是留，我有些茫然。领导找我谈话，要求我再去东莞继续工作，工资不变，职位不变，说不定还有更美好的前景。考虑到如果去的话，我的保险在深圳买了十三年，再去买东莞的就太可惜了，不去，就要面临失业、搬家、重新找工作。这对于四十岁没文凭、没技术的我来说无疑是一个很沉重的话题，一切都要从头开始。经过再三考虑，我还是决定留在深圳，留在龙华重新找工作。这里毕竟是我工作和生活了十六年的地方，于情于理，我都有太多的不舍，一路走来，哭过，笑过，辛苦着也快乐着！

　　昔日宽敞、整洁、明亮的车间，短短一个月之内搬得满目疮痍，下个月底，这里将空空如也。公司搬迁东莞塘厦，绝大部分工人都选择不去东莞而留在深圳找工作。我莫名的有点小忧伤，毕竟工作了这么多年，熟悉的同事都将一个个分开，心里有一种说不出的滋味。这一次搬家就没那么简单了，东西越来越多。我是一个恋旧的人，对于自己的东西不管有没有用，都不舍得丢弃，所以我每次收拾东西都要花费很长的时间，我知道那是在留念、在徘徊、在犹豫、在哀伤。自从车间搬第一台机器开始，我就在整理东西了，每天下班都要捣腾一阵，衣服、鞋子、被子、电脑等一些杂七杂八，足足装了五大箱，外加两箱书。这着实让我犯难——这么多东西，走时怎么搬呀？整理物件，其实也是在整理思绪，整理自己曾经打工的日子，一段过往，一个故事，一种难忘且深刻的经历。或喜或悲，或忧或愁，都一并打包装起来，码进皮箱，然后搬运到下一个住处，开始下一段征程。虽然有太多不舍，但这毕竟是对自己打工这些年的一个交代，也是另一种新生活和新工作的开始。

　　从湖北到深圳，一千多公里，我走了十六年，风餐露宿，跌跌绊绊，岁月剥蚀着我的容颜，皱纹爬上额头刻下一道道伤痕，白发印染了中年的双鬓。十六年了，我把一生最美的青春年华，献给了龙华这片热土。回想起自己这些年来走过的路，若不是父母的相依相伴，又哪来现在衣食无忧的生活。从学校毕业参加工作，经历了不幸的婚姻，出来打工直到现在，整整十六年，五千八百多个日日夜夜，操碎了父亲、母亲的心。如今，他们已六十多岁，虽然早已步履蹒跚，满头白发，还在老家种着十亩农田，日夜劳作。当初选择离开，只是想过平静的生活，想多挣点钱，好好地报答父母的养育之恩。如今女儿也十八岁了，马上要上大学了，听话乖巧，聪明伶俐；弟弟妹妹都已各自成家，过着幸福和乐的生活；自己从一无所有离开家乡，到现在拥有不错的工作和生活。坎坎坷坷，风风雨雨十六年，虽然苦过、累过、哭过，最终收获了满满的、最简单的幸福！人生还有什么不满足呢？

每一天我们会面对不同的风景和不同的人，有的人会伤春悲秋，有的人会欣喜恬淡。有没有那么一刻，你厌倦了现在的生活，想过另一种人生？有没有那么一刻，听着别人的故事，忘记了自己要唱的歌？我虽然现在仍然生存在社会的最底层，依然还会在工厂里过着按时上下班的打工生活，但我却像一株顽强生长的小草，在风雨中迎着朝阳一路快乐生长。我将一如继往地努力工作，并且认真写作，写下打工路上的苦与甜。在这充满阳光的城市，汗水和成功会相伴而行，路在脚下，更在心中！我将触摸着梦想的温度，奏响人生最美的乐章。我相信我会在深圳这片土地上拥有一份更好的工作，会有一个全新的开始；我相信深圳的明天会更精彩、更辉煌。我要为自己加油、为深圳加油！

　　"试问岭南应不好，却道，此心安处是吾乡。"南宋诗人苏轼的这句诗正是此时我最真实的心情写照！

打工记

杜怀超　生于1978年，江苏人。中国作家协会会员，曾获中国作协重点作品扶持、江苏省作协重大题材项目扶持、第五届紫金山文学奖、第七届老舍散文奖等；著有长篇系列散文《一个人的农具》《苍耳：消失或重现》和长篇纪实散文《大地册页——一个农民父亲的生存档案》等作品。

　　我无法想象农民的父亲摇身一变，干起了瓦工的活计，由原本的农民身份转变为农民工，夹杂着工人的因素。这三十多年的土地耕种历史，说抛弃就抛弃了。从农民到农民工，看似只是一个字的增加与删去，然而，如果把农民工这个城市的流行词安置在父亲身上，确实是让人匪夷所思。

　　我与父亲在土地问题上有一场激烈的"战争"。按照国家规定，我考上学校，就可以退掉我的口粮田。土地的减少，就可以减轻父亲的负担。要知道，父亲一直坚持着力种田，劳作的方式依旧是"牛耕人拉"。他本能地对现代化机械工具排斥，对生硬冰冷工具排斥。他以为，铁器的寒冷对庄稼会造成生命的硬伤，每一粒粮食都是有温度的，只有浸泡过汗水的粮食才是暖人的，饱人的，活命的。他对庄稼的肥力也有着自己的看法，多年来始终坚持农家肥的选择，尽可能地少用化肥。他认为化肥的过多使用，不只是对土地板结的加重，也是对土地自身元气的伤害。父亲坚持搜集农家肥。农家肥就是来自牛、羊、猪等动物的粪便或者人的粪便等，这些农家肥的使用，增加了土地的肥力，而且暄松土壤，提高泥土韧劲，促进庄稼生长，环保又健康。农家肥好比中药，对庄稼是一种缓慢地催熟生长，不似化肥，一蹴而就，过多地使用，会造成庄稼的倒伏。这是农家肥与化肥的最大区别。父亲可不是这么看，他对农家肥的理解则是，人与动物都是依靠庄稼活命的，从哪里来回到哪里去。人吃庄稼，庄稼也吃人，这符合自然规律及平等思想，这才是所谓的接地气。庄稼、人、动物始终是邻居，一起在大地上生长。

我坚持要父亲退地。父亲哪里是种地，分明是在养地，用生命在服侍着土地。这是我不忍心看到的，也是我多年刻苦攻读诗书的缘故。可以说，逃出这泥泞的土地，成为我当初读书目的之一。农村人，改变命运的唯一出路就是读书。我一直对农民用血肉之躯在大地上耕种心怀敬意，虽然没有过多的经济收入，但是他们这种朴实原始的生活方式，熔铸他们的汗水。农民一年到头种地，算下来除去化肥种子，不算上人工，所剩无几。所以大批的土地抛荒，农民进城务工，成为时代的潮流。这种大背景下，父亲坚持种地。他的信念就是，农民就必须种地，这是对土地的负责，谁也不能辱没了土地的尊严。

我找到村长，父亲知道后大发雷霆。村里的态度在我意料之中。村长说，土地现在不值钱了，退不退都无所谓，反正也没有人愿意种的。村长的意思就是我们退地可以，退给谁是个问题。实际上村长是含糊其词，间接地拒绝我退地的请求。想当年，在靠土地活命的年代，父亲靠力气在芦苇地的附近、河流的岸边，一把锄头开辟出三五分荒地，遭到多少风言风语，还有村长的刁难，一度要没收父亲开辟出的荒地。如今，时过境迁，土地成为各自手中的鸡肋。

父亲知道我找村长后，火冒三丈。他什么话都没有说，只是在不停地收拾着凉床。凉床，乡村里一种简易的床，几根木棍加上一些绳子，上面再盖上一张用芦苇编织的席子，就成为最常见的睡觉之物。这样的床，多是用来看青或者守护田地之用。庄稼成熟时节，村里的人为了防止过路的人顺手牵羊，常常扛着一张凉床，彻夜守护，这就是看青。现在，父亲又把凉床拾掇起来，他要睡到地里去，阻止我的退地。时节正值夏季，天空炙热，大地像个病人般，大汗淋漓。父亲的凉床就安置在山芋垄上，横跨着。父亲他只要从凉床上一伸手，就可以触摸到山芋那宽大的绿叶。谁也想不到，这么炎热的天气里，父亲躺在凉床上，居然在山芋中间睡着了。山芋，这些属于父亲的大地子民，似乎读懂了父亲的心事，它们迅速在空气中伸出绿色的手掌，伴随着父亲酣畅的鼾声，给父亲送来阵阵微风。山芋是熟悉父亲气味的。曾几何时，父亲带着我们在月亮下耕种，我们担水，父亲压苗。天上星辰璀璨，我们都把星斗当作大地的灯盏，照彻着我们夜晚的劳作。父亲说，大地是不亏待我们的。父亲指着星辰，说那不是星星，是庄稼人把种子种在了天上，等着我们把它们摘下来种到地里去呢。你们看，那月亮不就像他手里的那把锄头？正刈割着田间的杂草。人勤地不懒。你给田地多少血汗，泥土就给你送上多少粮食呢。

这是我脑海中不曾出现的场景。作为中国典型的农民，一辈子都交给了土地，侍弄庄稼，这是他们的不二法门。活着，是这片土地，死了，还是这片土地。这份忠贞早已刻入生命的年轮。按照父亲的话说，农民，就是以种地为生，不种地，还叫农民吗？而现在，我将要面对的却是抛弃土地，或者说是背叛土地的父亲，这是我无法理解和接受的。

我从母亲的电话中得知，如今父亲拿着行头，成为活跃在村间的一名真正的农民工。他熟练地操着瓦刀一家家砌墙加瓦，掉线、和浆，爬上爬下。这是我无法想象的，父亲不是农民吗？他怎么突然之间会抛弃土地，走上打工的道路？曾经的誓言、情感和心血都付之东流了？

我曾写过父亲与推土机搏斗的故事。我们村子属于郊区，背靠城市，这使得我们的村庄在土地与城市的缝隙间，获得两种不同的时代气息，城市与乡土的气息。时代的步伐，随着城市高楼大厦的林立，张着硕大的口，向着乡村吞噬过来，那种摧枯拉朽的力量，颠覆了大片、大片田地，村庄在渐行渐远中消失。取而代之的是，乡村城镇化建设，那种蜿蜒的"一"字形村庄，正逐渐被立体式的多功能的集中化的小区建设所取代。这对于父亲来说是难以接受的。他居然把床搬到地里住，睡在黄豆、玉米秧的中间，在面对着推土机的强劲冲击中毫不退缩。当然，父亲是以失败而告终的。

父亲对高楼大厦以及乡村水泥马路、自来水和工厂、寺庙等诸多的抗争，一度成为村长头疼的事。父亲天生就是捍卫土地的钉子户，即使是给村里安装日常饮用的自来水，他也是激烈地抵抗。村口那口古井，一直是父亲忠实的伴侣。他说喝不惯漂白粉的味道。老井的水给了父亲神秘的水气。大年初一，天麻麻亮，父亲总是第一个踩着积雪、冒着寒气，担着两只水桶赶到那口古井边取水。父亲说，谁抢到初一的第一担水，谁就抢到了新年的财气。这是祖辈传下来的。水是有灵气的，金木水火土，都是有玄机的。父亲用那颇似深奥又表述不清的叙说，让我看到不曾认识的父亲。守住土地，守住大地上一切的事情，这是父亲的认识疆域。在他看来，背叛土地都是败家子。

父亲会瓦工手艺，我是不感到惊诧的。对于大地上的稼穑之事，父亲是天生的"会家子"。这个天生里，包含着对于活在地面上的人，对一切与泥土有关的事情，是必须学会的生存技能，反过来说，不会这些技能也就无法生活在民间。父亲的会家子很多，比如砌灶台、烟囱、拉院墙以及建造厢房等。就拿砌灶台来说，这是村里人家必需的建造物。每一个新房子都要在厨房砌灶台，但灶台却不是每一个人可以自行建造的。小小灶台，看似简单，实则它包含着通气、热量的物理问题以及俊丑的美学问题。会砌灶台的人，在水泥、砖瓦的堆砌中，可以使得灶底的烟火顺着烟囱直向云天，不会砌灶台的人只会把灶底的烟火回流屋内。更有荒唐自大的人，以为灶台简易，自行建造，不承想居然有一天倒塌下来，没有酿成灾祸就算万幸。父亲对砌灶台有绝技，他可以砌出美学上的灶台，秀气、精巧和耐用。颇具特色的是，父亲砌的灶台有个明显的标志，在两锅之间，父亲安放一只水瓮。水瓮，顾名思义就是盛水的容器，这对民间以柴火为燃料的人家来说，尤其以为宝。村里的人家哪里舍得用柴火烧热水？他们的热水洗澡洗脸多来自这个水瓮。父亲的这个手艺令多少寻常人家着迷。正是因为这一手艺，使得父亲在村里总有人三请四邀，吃吃喝喝，不亦乐乎。乡村人家，对待这类事情，总是发挥着集体的力量。自然就有着这种守望相助的传统习惯，与物质无关。没有人会把砌灶台与金钱连起来，否则的话会遭人唾弃与咒骂的。有的人看中钱，时常因为几块钱而争吵不停，但是在这些盖房子、砌灶台等大事上却又显得大方豪爽。一支烟或一场酒席，村里的人甚至会把自己的命搭上。乡村文化就是这么悖论。再有钱有势，他要是不高兴你，就是不睬你。当然，有的人要是奉承巴结起来，又比哈巴狗还要龌龊可怜。村里出外混好的或做官的人回来，都会形成不成文的规定，不管钱财与官位，进村开始，见到人必须敬烟，否则，村里人的吐沫星子会把你淹死。

对于父亲外出打工的缘由我们是无法得知的。这件事在他内心中孕育应该不是一天两天的事。一个生死相依土地的人，居然有了脱离土地的念头，这其中隐藏着多少心思与秘密？经济社会的发展，造成人们价值观的畸形变化。土地上一年的耕种收获比不上打工者一个月的工资，这是否对父亲是个巨大的刺激与诱惑？对于六十多岁的老人来说，多年的土地情结，竟然可以放下？父亲的这种变化，恐怕不仅是他个人的问题，也许以土地为重心的农耕时代已走到尽头？

让父亲跟随在建筑承包工身后打工的，不是别人，正是与父亲有纠葛的村长——掌管着村里土地大小事务的村长。不承想多年的村长，也在时代的嬗变中，摇身为走街串户、活跃在村里村外的一支工程队的头目。只是村长的这支队伍实在奇葩，所属的队员，不是年轻力壮的小伙子，而是清一色的有手艺的老人队伍，他们负责着方圆十里的盖厢房、砌灶台、建筑结构简单的楼房，做木工、水电工、土工以及粉刷工等生意。村长和父亲是有过节的，他曾经想与父亲换取交通便利的那块庄稼地盖房，父亲死活不同意。父亲的意见是，把庄稼地都拿去盖楼，将来大家吃什么？土地是父亲的命根子。虽然父亲的执拗，没能阻止村里大楼大厦的建造，一个个建筑物甚至以疯长的速度，在土地的四围拔节，成为大地上难以消化的硬刺。父亲依旧抱着农具，在土地上折腾。有土地在手中，就有生活。可是现实的是，父亲如今克服与村长的芥蒂，握手言和，竟然跟随在村长屁股后，拿起瓦刀，砌砖盖楼。拿惯农具的手，他是如何站稳在高高的脚手架上握住瓦刀的呢？是村里的变迁还是不断长高的大楼使然？村里大部分劳动力清一色地离开土地，孔雀东南飞。他们南下深圳、东莞、江浙沪一带，成为候鸟的一群，在南方的屋檐下开始寻找食物。他们的外出打工回家探亲时，给村里注入新的现象，许多村里不曾见到的电器设备、锃亮锃亮的皮鞋甚至不敢想象的轿车都拥入村庄。听着他们说着带有普通话味道的方言，高谈阔论着外面的花花世界，看着从腰包掏出的大把钞票，一时间古老的村庄失了眠。

我不知道父亲与村长是如何一拍即合的，父亲可谓是年事已高的农民工了，如何会被他看中的，这也是个问题。我追问村长。他给我的回答让我惊诧。"老？在村里这已经算是年轻的了。你看看村里，还剩下什么人？一个字，空，村里静寂得很。"不要说年轻人，就是那些乡村的鸡鸣犬吠，已经成为历史的回声。走在近百户的村落里，稀稀疏疏地碰到些老人，偶尔听到一两声孩童的哭声，除此以外，静，静寂的静。村长说，现在的农村，真是十室九空，留守的全是老年队伍或者儿童团，哪里还有什么人气？他说他这个村长，成了留守村长。现在，村里有什么老人去世，你知道么，抬棺材的人都找不齐。上次东村的老人去世，一连找了三个村子，才找齐抬棺材下地的人。当然，现在的人比以往简单，以前请人抬棺材，需要大吃大喝，八大碗侍候。现在好了，简单。按照出工的价格付，一切用金钱来衡量，不讲人情。人呢？都进城了。进城干啥？挣钱呗。一切向钱看。

我问父亲。"您给村里人家盖房子也要钱？"

"要。"

"砌灶台呢？"

"也要。"

发表于《青春》2017年12期

转载《散文选刊》2018年第2期

转载《读者》2018年第3期

母亲的北漂

侯保军　男，70后，山东泰安大汶口大侯村人，十九岁开始发表诗作。作品散见于《北京文学》《海外文摘》《散文选刊》《时代文学》《黄河诗报》等刊物。

屈指算来，母亲离世快四年的时光了。她在北京打工，有十年的光景。

2003年秋天，母亲忙完地里的最后一份活平静地说："我想去北京打工，顺便帮你妹妹照看下孩子。你父亲也入土为安了，家里一切都不需要我料理了，在北京看看干些活挣点钱，帮家里减轻些负担。"母亲本来没话，这是她说得最多的一次。

母亲说去就去，只带着简单的衣裳，我送她去火车站。十多年过去了，至今还记得她离家去北京的模样。她穿着那件青蓝色女式西服，白色衬衣，青蓝色的裤子，藏青色的毛尼鞋。临上车时，母亲又回头用坚定语气说："放心吧，你娘走到哪里行得正、站得直，走到哪里也不会让人戳我的脊梁骨。"那一年母亲五十五岁，父亲因病离世已半年。

直到两年后，2005年冬天，我去北京朝阳区一建筑工地打工才见到母亲。此时母亲住在妹妹那儿，母亲说在干路边的绿化，一天三十元，干八小时，开始在附近，后来远了弄了一辆破脚踏三轮，每天来回。就这样活儿却很让她自豪，母亲说我成工人了，过上朝九晚五的上班生活了。

我问母亲累吗，母亲说不累："你们小时候家里几亩大地的麦子玉米，春种秋收我一个人都能干了，别说这一点了。现在十冬腊月天太冷了，所以路边栽花种树搞绿化的都停了，所以才闲下来。"其实在北京的母亲真的没有闲的时候，两年来她除了给妹妹照看孩子之外，摆过地摊，卖过服装，不管冬冷夏热都睡到那间放衣服的小铁屋里。母亲以吃苦耐劳、沉默无语的性格，挤在了这座都市。

在我临离开时，母亲从抽屉里拿出二十五元钱，说什么也让我拿着："知道你在外面干建筑不易，这点钱你拿着零花。"我说不用。母亲不愿意，推搡中，我触摸到她带茧子凹凸的手掌，硌得我心一疼。那一年我三十五岁，在北京朝阳区芦苇乡一处建筑工地上垒砖抹灰。

其实母亲打工信息来源全依赖于附近的人才劳动市场。一开始在大兴劳动局，后来转到大兴桥底。为了不让招聘人看出年过半百，母亲把自己一头的白发染黑，尽量打扮得年轻健康，问及年龄时说四十出头。介绍时母亲操着一口转调的土话加京腔。但由于母亲的朴实，好多年轻人都不好找的工作却让她很轻易找到。也难怪，母亲不怕脏累，不怕吃苦，又不嫌工资低。

母亲一开始干家政，打扫房间卫生擦玻璃，后来干保姆，照顾城里的独居老人。已是五十七岁的母亲，应当被儿女照料了，却要照顾别人。母亲说没事。母亲总是这样，面对苦累，总是这样淡淡回应。

后来在京郊很远的路程去照顾一位独居老人，对方应许给高一些薪酬。母亲欣然同意，说苦些没什么。每天从大兴出发要坐近两个小时的公交车，早上天不亮她便匆匆起床，一路颠颠簸簸，八点之前要赶到人家的住处，洗刷、拖地、做饭等。母亲血压低，一上车没一会儿便颠簸得难受呕吐，她捂着嘴强忍着，一直忍到下车才哇得吐在地下。后来她带上方便袋，呕吐时便吐到袋里，下车后还不忘找个垃圾箱丢在里面。

记得那一年冬天九点多，我在家乡打电话问候母亲，铃响却没人接，后来妹妹说，母亲正在挤公交赶回居住地的路上。

母亲以她的勤快无语与朴实平和博得小区里人们的称赞，许多被她照料过的老人都成为她的知心朋友，见面总是以姐妹相称。但有一次例外。

母亲被家政公司调派去照料一位儿子千万资产的老太太。母亲像往常一样勤快而无语地干着，而那老太却尖刻嘲弄起母亲，一会儿说她手糙脚大，一会儿嫌她不会说话哄人开心，一会儿说这儿不干净那儿没扫好。母亲一开始忍着，心想吃人家的饭受人家的管，给别人打工哪有不受人说的。但时间长了那老太认为母亲老实，便肆无忌惮地拿她开涮，说母亲是野村妇，无文化教养之类的话。母亲一气之下不干了，说钱多有什么了不起，钱多就要拿别人的自尊开涮吗？人穷志不短，穷要有穷的尊严！后来那老太后悔了，再去叫家政找母亲回去，母亲说什么也不回去。

2008年，我又开始了北漂打工的生活。这时母亲开始在工厂做饭，先后去过大兴的央视星光基地、西红门镇的刘村等，那时工厂只招四十岁左右的中年妇女，此时母亲已到花甲，是她的吃苦耐劳与干练的气质，一次次让工厂厂长挽留。

那年初夏，在北京我见到了神采奕奕容光焕发的母亲。她身穿洁白衬衫，一脸的白胖，做饭时挥勺端锅，干脆利落，动作敏捷，连我也自叹不如，完全不像花甲的年纪。

说实话，虽然同在北京，但相隔几十里路，与母亲见面却不容易，有时两三个月才能见一次面，母亲就经常打电话给我。在北京打工的日子，每年我的生日，母亲便第一个打电话给我，我北京打工唯一祝福我生日的人，便是我的母亲。她去世多年后，仿佛每年我生日，都能听到那温暖的带着京味的乡土话。

"儿呀，今天是农历五月二十五你的生日，祝你生日快乐！买那种长长的面条吃一碗，祝你健康长寿！"我回应道："儿的生日，娘的苦日，更祝娘健康快乐！"

后来工厂因2008年金融危机停产时，厂长看母亲勤劳朴实，许诺再开工时一定第一个招母亲进厂。母亲答应了，可是一等就是多半年无音信。妹妹和旁人都劝她别等了，母亲说做人要守时诚信。果然没多久，厂长亲自开车接母亲去工厂上班了。母亲在那儿一干就是四五年。

那年夏天，我又去看母亲，看见她正在烈日下挥着铁铲往锅炉里添煤。毒毒的太阳照着母亲，黑红的脸上渗满汗粒，沾满煤灰的工作服上都沤透了。我看到后忙过去帮忙，母亲却挥着手连说不用。"在家夏天玉米地里施肥拔草浇水，比这里累和热，我都没事，别说这点儿活儿了。等我换上新工作服，戴上洁白的厨师帽，在干净的餐厅给姑娘打饭时，她们一个个口甜地叫我大妈谢谢，我还挺美的！"母亲说笑着，一副以苦为乐的样子。

临分别时，母亲低声对我说不要再来看她了："工厂要裁员，把年纪大的裁掉，我谎称五十出头，你一来别人都看我，哪有这么大的儿子呀！厂长想留我也没个借口呀，以后不要来了。"我说："要不别干了，年纪大了歇歇吧，我养你老。"母亲嗔怒道："年龄大找个工作不容易呀，我得珍惜，能干就多干点，也为你们儿女减轻些负担。"后来我几次打电话说去看她，她都不让去。累了病了自己拿药吃点，母亲这样坚持着。

2013年冬天，母亲一个人又在大兴区市郊的农村找了一个活，母亲说这里到处跑着拉炭的大货车，空气又黑又脏，活还累，不但要做饭打扫厂区，还要闲时搬铁干活，老板一会儿也不让休息。我回电话说："娘咱不干了，我打工养得起你。"她说不干了，干到年底后不干了，歇歇。那一年冬天临到年，母亲总给我打电话说不干了，不打工了。她第一次打电话那么主动，也许娘真的太孤单，也累了。

年底春节，母亲第一次同我坐车从北京回家过年。春节过后，她又踏上去北京打工的征途，说工厂忙要回去上班。其实她还要到劳务市场自己找活，那年她六十六岁。直到在北京刘村的一个服装厂打工做饭时，母亲感觉心烧，查出重症，却无力回天。

在她从北京回家乡治病的日子里，亲友们问："病好还去北京吗？"母亲想了一会儿，用沙哑的声音说："病好了，在家待一阵子，然后再去北京。"

如今母亲已离世几年的时光，她在北京打工的日子虽然苦和累，但，也许是她一生最快乐的时光。我想如果人有灵魂，也许她还在北京。

发表于《北京文学》2018年第11期，总第675期

空心菜

倪海兰 笔名清如海兰，深圳市作协会员，文学创作中级职称。曾在《知音》《家庭》《读者》《滇池》《短篇小说》《黄河文学》《思维与智慧》《新民晚报》《北京青年报》等报刊发表作品。

在我的老家，有一座村庄。村庄尽头，有一座小庙。父亲的菜园，便靠近小庙那儿。他用棉花棵编织成围栏，那些菜呀、瓜呀，在中间生长。

当我看到父亲的时候，他正弯着腰，提着桶，舀一瓢水，泼到菜秧根部。老实说，那些菜们长得并不好，一个个黄巴巴的，耷拉着脑袋。我问父亲，那是什么菜？父亲淡然答道：空心菜。他的水瓢浇上去，水很快浸湿土壤。连同落下去的，是父亲额上汗珠。蝉鸣在树林子里此起彼伏，一转眼，便叫了二十年。

常吃空心菜，是在南方。准确地说，是1994年的秋季。等到二十个秋季过去，我已经在这座城市扎了根。南方的青菜很多，我在超市转了一会儿，抱回去一捆空心菜。鲜绿的叶子，掐叶成段，在热锅里倒上油，浇上蒜茸，将菜叶放进去，一阵滋啦啦响，翻炒几个回合，空心菜就出锅了。冒着热气，叶子犹自鲜嫩，仿佛刚从菜园采摘回来。搛一筷子，鲜嫩不可言传。

不知什么时候起，我开始爱上美食，不，应该是食物。南方多台风，来袭的前一天，我往往会惶恐不安。拎着购物袋去超市，带回一大堆食材，将冰箱塞得满满当当，我满足地吁口气，拍拍手。也许是长期生活不稳定，我对吃有着异常的恐惧和担忧。我总是拼命地将食物塞下去，让它们填满我的胃和心。

1994 年的秋季，我踏入了这座南方城市。那时候，我在一家工厂。每到中午饭点，我挤在人群里，拥入饭堂。那里已经排了长队，每个人左手拿着一张饭卡，右手端着一个缸碗。排到窗口，把碗递进去，里面伸出来一个勺子，往碗里"啪"倒一勺菜。那菜里，便有空心菜。它的茎有些涩，也许是老了的缘故。吃了五年的空心菜后，我回了家乡。那时已有了喜欢我的男孩子，但很快的，我们分了手。父亲送我出了远门，在那个有着月亮的晚上。自此后的无数个时刻，我都在回忆那晚的月亮，那么圆，那么亮，带着凄清，带着秋意。那秋意里，分明夹杂着父亲一路的咳嗽声。

再见到父亲时，我已在外面度过无数个春节。一个男孩喜欢我，我也碰巧喜欢他，于是带他回到老家。但明显的，父亲并不喜欢他。我有些失望，为父亲的失望，但那时，我并不知道，父亲的失望，会对我以后人生的失望造成多大的影响。如果知道，我会改变我的选择吗？答案是否定的。

知道父亲生病的消息，是在一个夏天。准确地说，是仲夏。我乘高铁，坐汽车，又打了出租车，才找到回家的路。村里变了模样，包括父亲的样子。他的脸庞凹陷下去，头顶的头发已经稀少。他蜷缩在一张椅子上，那张椅子搁在门口。与他遥遥相对的，是公路对面，一个同样坐在小卖部里的老头。两个人都蜷着手，迷蒙着眼睛，望着对方。隔在两人中间的，是一条道路。时常有摩托车经过，腾起一阵尘土。一只猫过来，蹭着父亲的衣角，柔软地叫了声"喵"。父亲伸出手，想去摸猫的脑袋。然而那只猫，究竟还是走了。

这个场景，被我无数次描写在文章里。这时候，我已经爱上了文字。也许从我踏出家门那一天，就注定了，要用文字描写我的人生轨迹。我曾经说过，我出生在一个小乡村。那时候，父亲是我的骄傲，也是全家的骄傲。我小的时候，父亲还很英俊——穿着中山装，整洁笔挺，骑着自行车，到乡里开会。每当他回到家，总是站满找他办事的乡亲。他忙得不可开交，但脸上的笑是舒心的，是满足的。再后来，父亲老了，他的腰一天天弯下去。原本见了一面笑的乡亲，也远远地避开，甚至连邻居叔叔，我们做了一辈子的邻居，父亲卸任村干部后，在某一个夜晚，一家人把父亲骂得狗血淋头。我攥起拳头，渴望某一天，凭一己之力，能够恢复家中昔日盛状。

那些往事，渐去渐远，成了一个个小黑点，蜷缩在记忆的某个角落。而我始终在城市漂泊，生活困窘不安。我没有能够光宗耀祖，尽管在报刊已发表了几十万文字，但囊中羞涩，对家乡多年避而不回。

一个夏季，大哥因病去世，父亲的脸瘦得更狠了，眼神一天天黯淡下去。他沉默着，不再说一句话。我从远隔千里的城市打回去电话，也只是草草说几句就挂了。他日夜思念着其余的儿女。除开我，他还有一个儿子，一个女儿，都在杭州成家立业。他渴望过路的大巴，能把他捎到他们身边，让他享一享天伦之乐。

知他心意的另一个女儿，却只能在他背后，哀伤地望着他落寞的背影。我在这座城市生活了快十年，习惯了它的大榕树，整洁的街道，和陌生的人们；甚至习惯了，因为写作的才能，被企业和领导重视。我骄傲地活着，以为自己过着体面的生活。渐渐的，我也以为自己是深圳人了。直到有一天，一个深圳人亲口告诉我，要让你的子女上学，首先得有深圳户口，要么得有深圳房产。望着深圳的高楼大厦，我哀伤了。这座生活近十年的城市，突然变得如此陌生。托了文学的福，我的女儿得以顺利入园，我很是快乐且感恩了一段时间。

然而就在我探望父亲，并知他心意的同时，我的满足被彻底击破。深圳的楼那么高，我连一扇窗也买不起。而假如我有一间房，就可以接父亲来深圳看看，来我生活的城市看看，让他远离家乡的闲言碎语，远离那个成就他、埋汰他的地方。而他，也是多么想摆脱一成不变的生活，那么想到陌生的遥远城市看看啊。他年轻的时候，就是一只鹰啊！

最终，我还是辜负了父亲的期望。我只能默默地，把发表我文字的杂志，放到父亲身边。面对父亲的心愿，我甚至羞于提起，自己爱好文字的习惯。我发表的文字的数量，我在文学上的成绩，在父亲的心愿面前，是那么不值一提。直到父亲去世，我一直不知道，我用愧疚和泪水织成的文字，他究竟看了多少？

与此同时到来的，是女儿的生病，因为尘螨引起。我发疯地擦洗着家里的每一个角落，渴望它们变得明明晃晃。我怀疑每一个角落里，都隐藏着致我女儿生病的病菌。我在半夜听着孩子的咳嗽，内心无助而不安。我在为我的人生担惊受怕的同时，又在为女儿担惊受怕，我已经怕了这担惊受怕的日子。长期以来，我躲在小屋，马不停蹄，完成我的写作，甚至忽略了，对女儿生活环境的创造。而这一因果报应，究竟还是因为文学引起。幸也？悲也？我的心里充满负罪感，直至停下这支撑我多年的精神支柱——写作。

我的身子变得疲惫不堪，每天都像蜗牛一样，拖着重重的壳，在城市的道路蹒跚独行。这座城市仍然光鲜亮丽，但我心里清楚地知道，它并不属于我。而我究竟在哪里，未来在哪里，我并不知道。有时候，我会走到无人的角落哭泣，仰望夜空中的高楼星火。此时，响在耳边的，只有沙沙的夜风。哭过之后，擦干泪，仍旧回到我的蜗居，那个维持生存的地方。为了我们的居住，托了文学的福，房东十年来只涨了一百块钱。

父亲已经不在了。他走的那个晚上，我没有开机。我的眼泪仿佛没有止境了，一想起父亲，泪就涌出来，悲伤难言。

我已经很久没有写字了。父亲离开的事实，把我的心彻底堵上，长长久久。我忽然不知道，且失去写作的意义。也许长久以来，我一直在为自己写作，为这长久不安、漂泊动荡的生活而怨恨。父亲走后，我才明白，是对父亲的爱，一直支撑我写下去。如果你去过我的博客，会发现，2012年我发表了90篇，2013年发表125篇，2014年发表43篇，2015年发表33篇，而2016年，仅仅发表6篇，而这，还是过往文字。父亲是在去年秋季去世，自那个秋季过去，我的生活便进入寒冬。

但生活还是要过的，尽管缓慢，有了物质，又能怎样。某一个疲惫的黄昏，我爱上了炒菜。牵着女儿的手，她早已恢复如初，健康活泼如小鹿。从超市买回空心菜，细细切了，热热炒了，装盘盛碟，浅浅品尝。空心菜，茎是空的，鲜嫩如初笋，叶子炒后碧绿如昨。我忽然忆起，这是父亲最爱的菜。不知何时，原本生在南方的空心菜，竟然也能在北方傲然成活。而我，一个出生在北方的人，在南方的城市，行走多年。恍惚间，又回到北方的城市，在这个南方的夜晚，依稀有夏夜的蝉鸣。

每个人的内心，都是一座孤岛，盛着独特泛黄的记忆。总归会有一天，那些卑微的地方，会照亮你的生命。而我的孤岛，将建在父亲的大地上。这座孤岛，有泪，有爱，有文学，有梦想，有归去，也有来处。

空心菜，本就是空心。心若空了，行走就轻了。这便是空心菜的来历。

尘埃里的幸福

郁小尘　女，本名王书阳，深圳市作家协会会员，广东省作协网络作家高研班学员。在《短篇小说》《奔流》《佛山文艺》《散文诗》《鹿鸣》《金山》等刊物发表小说和散文，曾获第五届"观音山游记"征文奖、首届"光明杯"文学大赛征文奖，长篇散文《回家过年》获深圳第六届原创文学拉力赛优秀奖。出版散文集《时光谣》。现居深圳。

　　清晨，罗西准时醒来，看了看床头的钟表，不多不少，时针正指向五点钟。

　　上铺又传来窸窸窣窣穿衣服的声音。罗西知道，翠花又要开始行动。罗西盯着黑漆漆的上铺床板，脑子在飞速地旋转着，她无论如何也想不出，这个叫翠花的女人，每天早早起床外出，究竟要做什么。邻铺的燕玲翻了个身，又睡着了，发出均匀的呼吸声。两只不大不小的老鼠，从敞开着的窗子外跑进来，在宿舍里"吱吱"叫着互相追打。走廊外的路灯一摇一晃，灯光照进屋内，闪烁不定。对面的和盛工业区内，传来隆隆的机器声，夹杂着几声汽车喇叭的鸣叫声。很快，翠花穿好了衣服，从上铺下来。罗西赶紧闭上眼睛，装出熟睡状。翠花下了床，像往常一样，轻轻地拉开房门，瘦长的身子如幽灵般飘出屋子，几乎没有发出任何声响。

　　罗西百思不得其解，她的脑子里转得更厉害了，这个叫翠花的女人，在搞什么名堂？她究竟在做什么？从她进厂两个月以来，每天天不亮就往外跑，肯定是去做什么见不得人的勾当！

罗西决定跟踪翠花。

罗西轻轻地穿好衣服，蹑手蹑脚地下床，拉开了房门。翠花已到了楼下，沿着公路向西北方向疾步走去。街上的路灯忽明忽暗，路上行走着三三两两下夜班的工人。罗西生怕被翠花发现，始终与她保持着一定的距离。走了一段路程，翠花在一片菜地处下了公路，沿着小路一直走下去。走到一片低矮的房子前，七拐八拐人就不见了。罗西在附近找了几遍，没发现一个人影，只得按原路返回厂里，躺在床上却怎么也睡不着。

罗西对这个名叫翠花的女人，从一开始就没有什么好感。进佳利厂第一天，一个身材矮小、满脸青春痘的保安把她领进了二楼生产车间。车间又长又宽，灯火通明，五六百名员工正在里边忙碌。一个身材高大的男子背着手在车间走来走去，突然扯着嗓子喊："翠花——扫地！"车间里一阵大笑。正疑惑间，罗西看到从楼下"咚咚咚"跑上来一个女人。女人四十多岁的样子，身材瘦长，眼睛很大，五官十分周正。女人拿着扫把开始扫。她手脚麻利，动作极快。后面刚打扫干净，有员工恶作剧把纸片和垃圾乱丢地上，她又跑回去扫后面的。她跑前跑后，不厌其烦，脸上始终带着微笑，仿佛她打扫的不是垃圾，而是金银财宝。

一个组长模样的瘦高男子把罗西带到插管组，让一个叫刘平的女孩子教她插管。罗西终是忍不住好奇心，问刘平，那个翠花是做什么的？刘平说，新进来的清洁工。清洁工负责车间和宿舍卫生，工作又脏又累，工资又低，都没有人愿意做的。真是想不明白，她都那么大岁数了，还出来打工！

一天工作下来，忙碌而又紧张，罗西的神经绷得紧紧的，累得快要喘不过气来。终于熬到晚上下班，罗西拖着疲惫的身子回到宿舍，冲了凉收拾好床铺躺在床上，望着开花板想到自己的命运，心中不免有些凄然。

那天，父亲和母亲又因为"狐狸精"事情吵了起来，吵着吵着便动手打了起来。母亲疯了一样大声叫骂，引得街坊邻居都来围观。罗西默默地进屋，翻出平时积攒下的800多元钱，收拾好几件衣服，在父母的吵闹声中，默默地离开了家。那时，她正读高三。

罗西来深圳，投奔的是同学的姐姐，罗西叫她梅姐。梅姐说，一无技术二无工作经验年龄还不满 18 周岁，大厂是不要的。梅姐在关内做白领，她通过朋友的帮忙，把罗西介绍到佳利厂，做了一名流水线工人。

罗西从进厂的第一天，便发现翠花每天清晨外出的秘密。不过很奇怪，每天上班时，她又能准时地出现在车间。

翠花很勤快。每天车间宿舍打扫个遍。见了领导点头，见了同事微笑，见了谁都很亲。罗西觉得，这个世界这么冷酷，谁都不可亲，也没必要对别人亲，自己的父母都那样，还有什么人可以让她感觉到温暖？

翠花像一团谜，让罗西捉摸不透。越是好奇，越想揭开谜底。再一次跟踪时，罗西聪明了许多，她换了件从没穿过的长衣服，把扎着的马尾发披散下来，戴了顶太阳帽子，遮住了大半个脸。这样，罗西都可以大胆地进行跟踪行动。

还是那条路，罗西与翠花保持着一定的距离。下了菜地，前面是一片瓦屋民房。拐了几个弯，翠花来到一间小屋前，轻轻推门。门打开一条缝，翠花身子一闪，进了屋里。

罗西想，这个女人，肯定是来约会的。罗西这么想着，心里一沉，忽然又想起了花心的父亲，心里不免感叹：这世道，成什么样了！有钱人这样，没钱人也这样。这么想着，罗西准备离开。屋里的灯亮了，接着罗西听到了说话声。忍不住好奇，罗西从窗子的缝隙往里看，看到翠花正挽着袖子，在淘米做饭。旁边果然坐着一个男人。翠花对那男人说，以后晚上要早点收摊，天太黑了，看不清路，你万一有什么闪失，可如何是好？男子说，晚上的时候生意最好，要多挣点。现在两个孩子，一个高中一个大学，正是用钱的时候。男人停了一下，又说，你也要保重自己，别太累着了。你看你的身子，是越来越瘦了。翠花挽起袖子，开始削着土豆。翠花说，你放心吧，我身体棒着呢。昨天我买了点排骨，炖些汤给你补补身子。男人说，你每天这么早回来给我做饭，有没有被人看到啊？翠花说，没事的，我动作很轻。厂里不让员工在外面住宿，就是怕迟到。我不会迟到的。现在生意才开始，咱们要比别人便宜一点，活要做好一点。男人说，这个不用你说，我是知道的。辛苦就这两年了，等明年咱儿子大学毕业了，生活就会慢慢好起来。翠花说，是的，坚持着，这两年咬咬牙也就过去了。元旦我们厂没货，厂里要放三天假，我可以去给你打打下手。"唐美商场"那里人多车多，你出摊时，可千万要小心。罗西听得似懂非懂，悄悄地离开。

罗西在迷惘中打发着无聊的时光。有时不加班，工友们拥向网吧或在宿舍上网，罗西则待在宿舍里看韩剧，一边看一边抹眼泪，常常是泪眼婆娑，泪湿衣衫。

这天下班，翠花抱着一堆书兴冲冲地进来，对罗西说：西西，你看我给你带来这么多书，以后你要天天看书，就不会感觉无聊了。这些书，是我在深圳念大学的儿子的，我让他带回来给你读。如今这社会，没有文化是不行的。你这么小的年纪，要多学点东西才行，将来能用得着。

罗西接过书，望着翠花爬满皱纹的脸，温暖从心底涌起。

元旦放假的时候，罗西待在宿舍里看书，忽然记起翠花说的话，便决定去"唐美商场"看看。在商场前的一角，罗西看到那个补鞋子的摊位。翠花正忙着招揽生意。翠花的男人，端坐在椅子上，两手不停地忙碌着，一只空了的裤管迎风飞舞。他的旁边，放着一对拐杖。

冬日的阳光像金子，从高大的古榕树上倾泄而下，把树上的叶子摇碎，散了一地。男人额上的汗珠，如珍珠般晶晶闪亮，翠花拿出毛巾，给男人擦拭。那一刻，人间久违的真情扑面而来，罗西对这一对卑微而不卑贱的夫妻，生出了无限敬意。罗西感到，这种相濡以沫，低微到尘埃里的爱，是多么幸福。

发表于《福海文学》2018 年冬季刊

深圳市第十五届来深青工文体节第三届
全国打工文学征文大赛获奖名单

体　裁	作　者	标　题	获奖等级	地　区
一、小说类				
小说	陈卫华	《乌金》	金　奖	深圳
小说	曾楚桥	《结拜》	银　奖	深圳
小说	周益民	《凌霄花》	银　奖	湖北
小说	王先佑	《追凶》	铜　奖	深圳
小说	陈柳金	《旨亭街》	铜　奖	东莞
小说	游利华	《星期天下午在静庐》	铜　奖	深圳
小说	毕　亮	《幸福里》	优秀奖	深圳
小说	喻　敏	《工地上的年夜饭》	优秀奖	深圳
小说	唐　诗	《受潮》	优秀奖	深圳
小说	闫玲月	《蛙鸣》	优秀奖	深圳
小说	叶清河	《穿过人生的背面》	优秀奖	清远
小说	李逸轩	《出租屋里的裹尸布》	优秀奖	佛山
小说	段作文	《花半里》	优秀奖	深圳
小说	周家兵	《挨揍的博文》	优秀奖	深圳
小说	管启富	《忧伤的杜果》	优秀奖	深圳
小说	王成友	《遇见宁古》	优秀奖	深圳
小说	王国军	《开注塑机的人》	优秀奖	深圳
小说	大　海	《目光越拉越长》	优秀奖	中山
小说	吴春丽	《最后一个抖音》	优秀奖	深圳
小说	杨晋林	《老麦的遗嘱》	优秀奖	山西
小说	吴小林	《我在深圳做保安》	优秀奖	深圳
二、散文（或非虚构）类				
散文	庞　锋	《乡关何处》	金　奖	东莞
散文	曾　野	《大地上的家乡》	银　奖	深圳
散文	柴培爱	《左岸》	银　奖	东莞
散文	张　旭	《大哥隆焱》	铜　奖	深圳
散文	金克巴	《南下揾食记》	铜　奖	深圳
散文	邬　霞	《一个人的深圳》	铜　奖	深圳
散文	侯保君	《母亲的北漂》	优秀奖	北京
散文	魏　松	《给留守儿子的三封信》	优秀奖	深圳

体　裁	作　者	标　题	获奖等级	地　区
散文	木　冰	《半个包子滋润的梦想》	优秀奖	深圳
散文	王进明	《忽作东南飞》	优秀奖	深圳
散文	倪海兰	《空心菜》	优秀奖	深圳
散文	张　谋	《诗文志》	优秀奖	深圳
散文	侯志锋	《他乡明月》	优秀奖	佛山
散文	窦玉红	《此心安处是吾乡》	优秀奖	深圳
散文	汪晓宁	《梧桐树下》	优秀奖	佛山
散文	孙善文	《回家过年》	优秀奖	深圳
散文	甘利英	《太阳从南山升起》	优秀奖	深圳
散文	郁小尘	《尘埃里的幸福》	优秀奖	深圳
散文	杜怀超	《打工记》	优秀奖	江苏
散文	司长冬	《1999年的回家之路》	优秀奖	佛山
散文	张　喆	《石头开花》	优秀奖	深圳
三、诗歌类				
诗歌	吴　言	《我在工厂里写诗》	金奖	辽宁
诗歌	崔　绵	《去元芬的路上》	银奖	深圳
诗歌	慕　容	《东莞,大排档里的谎言》	银奖	东莞
诗歌	程　鹏	《吭哼》	铜奖	深圳
诗歌	魏先和	《出租屋札记》	铜奖	深圳
诗歌	老　井	《把地心的疼痛喊出来》	铜奖	安徽
诗歌	杨泽西	《城市》	优秀奖	河南
诗歌	陈少华	《城市．乡村．铁》	优秀奖	深圳
诗歌	周启早	《一粒微尘散落在机台上》	优秀奖	湖南
诗歌	李双鱼	《小镇生活及其他》	优秀奖	深圳
诗歌	李秋彬	《都怪我》	优秀奖	深圳
诗歌	刘桃德	《给往事文身》	优秀奖	深圳
诗歌	陈才锋	《回乡前的一天》	优秀奖	深圳
诗歌	龚碧艳	《嫁给春天》	优秀奖	深圳
诗歌	张伟彬	《打工故事五则》	优秀奖	深圳
诗歌	李建毅	《精彩福海》	优秀奖	惠州
诗歌	李西乡	《从少年到青春》	优秀奖	深圳
诗歌	巴　汉	《一直在路上》	优秀奖	重庆
诗歌	江飞泉	《子弹与蔷薇》	优秀奖	深圳
诗歌	徐向东	《岁月流徙》	优秀奖	中山
诗歌	何水明	《疼在骨子里的乡愁》	优秀奖	甘肃